Née en 1950 dans le Maryland, où elle vit toujours, Nora Roberts a connu un début difficile dans sa carrière d'écrivain avant de devenir la reine incontestée de la littérature féminine. Elle a commencé à écrire alors qu'une tempête de neige la bloquait chez elle et, depuis une vingtaine d'années, elle enchaîne succès sur succès dans le monde entier. Ses romans, plusieurs fois récompensés aux États-Unis, sont régulièrement classés sur la prestigieuse liste des meilleures ventes du *New York Times*. Auteur prolifique, Nora Roberts avoue être terrifiée à l'idée de perdre son talent si elle cessait d'écrire : c'est pourquoi elle travaille tous les matins. Elle examine, dissèque, développe le champ des passions humaines et ravit ainsi le cœur de millions de lectrices. Elle a l'art de camper des personnages forts et de faire vibrer, sous une plume vive et légère, le moindre trait, la moindre pensée. Du thriller psychologique à la romance, couvrant même le domaine du roman fantastique, ses romans renouvellent à chaque fois des histoires où, toujours, l'émotion le dispute au suspens.

L'art du crime

# Du même auteur aux éditions J'ai lu :

Les illusionnistes (n° 3608)
Un secret trop précieux (n° 3932)
Ennemies (n° 4080)
Meurtres au Montana (n° 4374)
La rivale (n° 5438)
Ce soir et à jamais (n° 5532)
Comme une ombre dans la nuit (n° 6224)
La villa (n° 6449)
Par une nuit sans mémoire (n° 6640)
La fortune des Sullivan (n° 6664)
Bayou (n° 7394)
Un dangereux secret (n° 7808)
Les diamants du passé (n° 8058)
Les lumières du Nord (n° 8162)
Douce revanche (n° 8638)
Les feux de la vengeance (n° 8822)

*Lieutenant Eve Dallas :*
Lieutenant Eve Dallas (n° 4428)
Crimes pour l'exemple (n° 4454)
Au bénéfice du crime (n° 4481)
Crimes en cascade (n° 4711)
Cérémonie du crime (n° 4756)
Au cœur du crime (n° 4918)
Les bijoux du crime (n° 5981)
Conspiration du crime (n° 6027)
Candidat au crime (n° 6855)
Témoin du crime (n° 7323)
La loi du crime (n° 7334)
Au nom du crime (n° 7393)
Fascination du crime (n° 7575)
Réunion du crime (n° 7606)
Pureté du crime (n° 7797)
Portrait du crime (n° 7953)
Imitation du crime (n° 8024)
Division du crime (n° 8128)
Visions du crime (n° 8172)
Sauvée du crime (n° 8259)
Aux sources du crime (n° 8441)
Souvenir du crime (n° 8471)
Naissance du crime (n° 8583)
Candeur du crime (n° 8685)

*Le cercle blanc :*
La croix de Morrigan (n° 8905)

*Les frères Quinn :*
Dans l'océan de tes yeux (n° 5106)
Sables mouvants (n° 5215)
À l'abri des tempêtes (n° 5306)
Les rivages de l'amour (n° 6444)

*Magie irlandaise :*
Les joyaux du soleil (n° 6144)
Les larmes de la lune (n° 6232)
Le cœur de la mer (n° 6357)

*Les trois clés :*
La quête de Malory (n° 7535)
La quête de Dana (n° 7617)
La quête de Zoé (n° 7855)

*Les trois sœurs :*
Maggie la rebelle (n° 4102)
Douce Brianna (n° 4147)
Shannon apprivoisée (n° 4371)

*Trois rêves :*
Orgueilleuse Margo (n° 4560)
Kate l'indomptable (n° 4584)
La blessure de Laura (n° 4585)

*L'île des trois soeurs :*
Nell (n° 6533)
Ripley (n° 6654)
Mia (n° 8693)

## En grand format

*Le secret des fleurs :*
Le dahlia bleu (et poche n° 8388)
La rose noire (n° 8389)
Le lys pourpre (n° 8390)

*Le cercle blanc :*
La croix de Morrigan
La danse des dieux
La vallée du silence

# NORA ROBERTS

## Lieutenant Eve Dallas - 25
## L'art du crime

Traduit de l'américain par Sophie Dalle

Titre original :

**CREATION IN DEATH**
Éditeur original
G.P. Putnam's Sons published by the Penguin Group

© Nora Roberts, 2007

Pour la traduction française :
© Éditions J'ai lu, 2008

*Ah ! La pendule retarde toujours ;*
*Il est plus tard que vous ne le croyez.*
ROBERT W. SERVICE

*Et la musique répand sur les mortels*
*Son magnifique dédain.*
RALPH WALDO EMERSON

# Prologue

Pour lui, la mort était une vocation. Tuer n'était pas qu'un acte élémentaire ou le moyen d'atteindre un but. Encore moins un geste impulsif ou un chemin menant au profit et à la gloire.

La mort était, par et en elle-même, le tout.

Il s'y était pris tardivement et regrettait souvent les années qui avaient précédé la découverte de sa raison d'être. Que de temps perdu, que d'occasions manquées ! Mais il avait fini par se trouver, et était à jamais reconnaissant d'avoir finalement su voir en lui-même et découvrir ce qu'il était vraiment. Ce à quoi il était destiné.

C'était un virtuose dans l'art de la mort. Le gardien du temps. Le maître du destin.

Cela avait demandé de la patience, bien sûr, et de l'entraînement. L'heure de son mentor avait sonné bien avant que lui-même ne prenne les commandes. Même à son apogée, son professeur n'avait pas imaginé la portée, l'immensité du pouvoir que cela pouvait lui procurer. Il était fier d'avoir appris, d'avoir amélioré et élargi la palette de ses compétences tout en perfectionnant ses méthodes.

Dans ce duo, il s'était très vite rendu compte qu'il préférait les femmes comme partenaires. Au sein du grand opéra qu'il composait et recomposait, leurs performances surpassaient de loin celles des hommes.

Ses exigences étaient peu nombreuses, mais très précises.

Il ne les violait pas. Il avait tenté quelques expériences en ce domaine, mais jugeait l'acte de mauvais goût et humiliant pour les deux parties.

Le viol manquait singulièrement d'élégance.

Comme pour toute vocation, tout art sollicitant habileté et concentration, il reconnaissait avoir besoin de vacances – ce qu'il appelait ses phases de sommeil.

Durant ces périodes, il se distrayait comme n'importe qui. Il voyageait, explorait, s'offrait des repas gastronomiques. Il pouvait aussi bien aller skier ou faire de la plongée sous-marine que se contenter de lire ou de boire des cocktails exotiques, assis sur une plage magnifique à l'ombre d'un parasol.

Il en profitait pour planifier, préparer, organiser.

Lorsqu'il se remettait au travail, il était reposé et impatient.

Comme maintenant, songea-t-il tout en affûtant ses outils. Davantage même, bien davantage après cette toute dernière période de congé au cours de laquelle il avait compris quel était son destin. Il avait alors renoué avec ses racines. C'était là, à l'endroit où il avait exercé pour la première fois sérieusement son métier, qu'il reformerait et rétablirait les connexions avant que le rideau tombe.

C'était tellement plus intéressant ainsi, songea-t-il en testant la lame du couteau à cran d'arrêt muni d'un manche en corne qu'il avait acheté chez un antiquaire lors d'un voyage en Italie. Il le leva vers la lumière, l'admira. Une pièce authentique datant de 1953.

Il ne l'avait pas choisie au hasard.

S'il prenait plaisir à employer des objets anciens, il n'en dédaignait pas pour autant les accessoires modernes. Le laser, par exemple – une merveille pour l'application de la chaleur.

L'important, c'était la diversité – le pointu, l'émoussé, le froid, le chaud –, une série d'éléments sous diverses formes, par cycles variés. Il fallait beaucoup d'habileté, de persévérance et d'attention pour élaborer ces derniers en fonction de l'aptitude de sa partenaire.

Alors, et seulement alors, il pouvait mener à bien son projet et se féliciter de son travail.

Avec celle-ci, il était bien tombé. Elle avait survécu trois jours et quatre nuits – et elle avait encore de la vie en elle. Quelle satisfaction !

Il avait démarré en douceur, évidemment. C'était vital, absolument vital de monter, monter, *monter* jusqu'au crescendo final.

Comme tout expert en son art, il savait qu'ils approchaient du sommet.

— Musique ! commanda-t-il.

Paupières closes, il laissa les premières notes de l'ouverture de *Madame Butterfly*, l'opéra de Puccini, se répandre en lui.

Il concevait sans peine que le personnage principal ait choisi de mourir par amour. N'était-ce pas ce même choix qui l'avait, tant d'années auparavant, conduit sur le chemin où il marchait désormais ?

Il enfila une combinaison de protection par-dessus son costume blanc taillé sur mesure.

Il pivota sur ses talons. La contempla.

Comme elle était belle !

Toute cette jolie peau blanche couverte de brûlures et d'hématomes, parsemée de fines entailles et de perforations méticuleuses. Autant de preuves de sa retenue, de sa patience, de sa minutie.

Pour l'heure, son visage était intact. Il réservait toujours le visage pour la fin. Ses yeux le fixaient – grands ouverts bien qu'un peu éteints. Elle était presque à bout. Il était dans les délais. Parce qu'il avait anticipé, il s'était préparé.

Il s'était déjà procuré la prochaine.

D'un air presque absent, il regarda la deuxième femme à l'autre extrémité de la pièce. Elle dormait paisiblement grâce aux drogues qu'il lui avait administrées. Peut-être pourraient-ils commencer demain.

Mais pour l'instant…

Il s'approcha de sa partenaire.

Il ne les bâillonnait jamais. Il voulait qu'elles soient libres de crier, de supplier, de sangloter, voire de l'insulter. D'exprimer toutes leurs émotions.

— S'il vous plaît, murmura-t-elle.

Rien de plus, seulement : « S'il vous plaît. »

— Bonjour ! J'espère que vous vous êtes bien reposée. Nous avons beaucoup de travail aujourd'hui.

Avec un sourire, il posa la lame du couteau entre la première et la deuxième côte.

— Si nous nous y mettions ?

Ses hurlements résonnèrent à ses oreilles comme une musique.

# 1

De temps en temps, la vie valait vraiment la peine d'être vécue, décida Eve. Elle était allongée sur une chaise de repos à deux places, face à l'écran vidéo. C'était un film d'action – elle adorait voir des trucs exploser – et elle n'avait pas besoin de réfléchir pour comprendre « l'intrigue ».

Elle pouvait se contenter de regarder.

Une grande jatte de pop-corn noyé dans le beurre salé était posée sur ses genoux, et le gros chat vautré sur ses pieds lui tenait chaud. Elle était en congé le lendemain, ce qui signifiait qu'elle pourrait dormir jusqu'à ce qu'elle se réveille naturellement, puis traîner sans le moindre scrupule.

Cerise sur le gâteau : Connors se tenait à ses côtés. Et comme il trouvait cela écœurant, elle avait le bol de pop-corn pour elle seule.

Franchement, que demander de plus ?

Quoique... elle avait sa petite idée sur la question dans la mesure où elle avait l'intention de sauter sur son mari dès le générique de fin. Histoire de rallonger le programme.

— N'importe quoi ! marmonna-t-elle tandis qu'un tram de tourisme entrait en collision avec un dirigeable publicitaire. Vraiment n'importe quoi.

— Je croyais que l'histoire te plairait.

— Il n'y en a *pas* ! s'exclama-t-elle en engloutissant une poignée de maïs soufflé. C'est justement ce qui me séduit. Une suite de détonations reliées par quelques répliques.

— Agrémentée d'une brève scène de nu.

— Oui, mais ça c'était pour toi et ceux de ton genre.

Elle lui jeta un coup d'œil tandis qu'à l'écran des piétons hurlants fuyaient des débris qui tombaient en chute libre.

Il était sacrément beau. Un visage sculpté par des dieux en état de grâce, une peau claire d'Irlandais, une bouche sensuelle. Et des yeux bleus de Celte qui la voyaient telle qu'elle était.

À cela, il fallait ajouter de magnifiques cheveux noirs, un corps mince et élancé, un petit accent irlandais – si sexy –, l'intelligence, le sens de l'humour, la force de caractère et l'expérience... Un véritable trésor.

Entièrement à sa disposition.

Et dont elle avait la ferme intention de faire le meilleur usage dans les trente-six heures à venir.

À l'écran, une bagarre de rue venait de se déclencher parmi les ruines. Le héros – facile à identifier dans la mesure où c'était lui qui avait cogné le plus jusqu'ici – surgit à travers la mêlée sur le dos d'une moto-jet.

Fasciné malgré lui, Connors plongea la main dans le bol de pop-corn. Et la ressortit aussitôt en examinant ses doigts.

— Pourquoi ne pas te contenter d'une tasse de beurre fondu arrosée de sel ?

— Le maïs est un bon vecteur. Quoi, qu'est-ce qu'il y a ? Tu as sali tes petites mimines ?

Il s'essuya les doigts sur ses joues.

— Elles sont propres maintenant.

— Hé ! protesta-t-elle en riant.

Elle posa le bol sur le sol. Elle n'avait rien à craindre : même Galahad, le chat, ferait la grimace. Enfonçant l'index dans les côtes de Connors, elle roula sur lui.

— Tu vas me le payer, camarade.
— Combien ?
— Je propose un plan à long terme. Je pense que nous pourrions commencer par…

Elle baissa la tête pour lui mordiller la lèvre inférieure. Le sentant bouger, elle se redressa légèrement et plissa les yeux.

— Tu me pelotes les fesses ou tu finis de t'essuyer les doigts ?
— D'une pierre, deux coups. À propos du premier paiement…
— Les intérêts seront… exorbitants.

Elle s'apprêtait à l'embrasser quand son communicateur bipa.

— Nom de Dieu ! grogna-t-elle. C'est nul ! Je ne suis pas de garde.
— Pourquoi ton appareil est-il dans ta poche ?
— L'habitude. C'est stupide. Merde !

Elle vérifia l'écran d'affichage.

— C'est Whitney.

Poussant un soupir, elle se passa la main dans les cheveux.

— Je suis obligée de décrocher.
— Vidéo en pause ! commanda Connors. Lumières à soixante-dix pour cent.
— Merci, murmura-t-elle. Dallas !
— Lieutenant, veuillez vous présenter à East River Park, au carrefour de la 2ᵉ Rue et de l'Avenue D, en tant que chargée d'en…
— Commandant…
— Je sais, vous étiez en congé, l'interrompit-il. Vous ne l'êtes plus.

Elle lui aurait volontiers demandé pourquoi, mais elle était trop bien entraînée pour formuler une telle requête à voix haute.

— Entendu, commandant. Je contacte l'inspecteur Peabody en chemin.
— Je vous retrouve au Central.

Il coupa la communication.

— C'est inhabituel, commenta Connors, qui avait déjà arrêté le film. Que le commandant te joigne personnellement, et te bouscule de cette manière.

— C'est sûrement grave, répliqua Eve en fourrant son appareil dans sa poche. Je n'ai aucune affaire importante en cours. Désolée... notre soirée est gâchée.

— Ce n'est que partie remise. Mais puisque je suis libre, je crois bien que je vais t'accompagner. Je sais rester discret, ajouta-t-il avant qu'elle puisse protester.

C'était vrai. Et sachant qu'il avait modifié son propre emploi du temps pour elle, au risque de retarder l'acquisition d'un petit pays ou d'une planète, elle lui devait bien cela.

— Allons-y.


Il savait être discret quand cela lui convenait. Il savait aussi observer. À leur arrivée au parc, il vit un grand nombre de véhicules de police, et une petite armée de flics en uniforme et de techniciens.

Les journalistes – qui avaient le don de flairer ce genre d'affaires – étaient déjà sur place, refoulés par une partie des troupes. On avait érigé des barrières de sécurité et, de même que les médias et les badauds, Connors devrait se contenter de ce point de vue lointain.

— Si tu t'ennuies, lui dit Eve, n'hésite pas à t'en aller. Je rentrerai par mes propres moyens.

— Je ne m'ennuie pas facilement.

Il la contempla. Son flic. Le vent soulevait les pans de son long manteau noir – un vêtement indispensable en ce 1$^{er}$ mars, tout aussi rude que les premiers mois de l'année 2060. Elle accrocha son insigne à sa ceinture. Geste inutile, songea Connors : elle avait l'allure et l'autorité d'un policier.

Grande, élancée, elle s'approcha des barrières à longues foulées. Ses cheveux châtains, coupés court, voletaient dans la brise.

Il admira son visage, ses yeux d'ambre qui voyaient tout, sa bouche ferme – et pourtant si douce et chaude un peu plus tôt.

Elle lui jeta un bref regard avant de franchir le périmètre de sécurité afin de s'attaquer à ce pour quoi elle était née.

Elle se faufila parmi les uniformes et les techniciens. Certains la reconnurent. D'autres virent en elle ce que Connors avait vu : l'autorité. Comme un subalterne l'interpellait, elle s'immobilisa, écarta les pans de son manteau et tapota son insigne.

— Lieutenant. On m'a donné l'ordre de vous guetter et de vous escorter. Mon partenaire et moi-même sommes arrivés les premiers sur la scène.

— Bien.

Elle l'inspecta rapidement. Plutôt jeune, impeccable. Les joues rosies par le froid. L'accent d'un natif de New York, tendance Brooklyn.

— Qu'est-ce qu'on a ?

— Lieutenant, j'ai reçu l'ordre de vous laisser voir par vous-même.

— Pas possible ?

Son regard se posa sur l'insigne qu'il arborait sur son épais manteau d'uniforme.

— Très bien, agent Newkirk, j'y vais.

Elle jaugea la distance à parcourir, étudia la ligne d'arbres et de buissons. La scène semblait parfaitement sécurisée côté terre. Côté rivière, la police fluviale barricadait la rive.

Un frémissement lui parcourut l'échine. Si elle ignorait encore de quoi il s'agissait, il était évident que c'était du sérieux.

Les projecteurs disposés par les techniciens éclairaient les lieux de leur lumière blafarde. Elle aperçut Morris qui venait dans sa direction. Pas de doute, si on avait appelé le légiste en chef, c'était grave. Son visage soucieux ne fit que le lui confirmer.

— Dallas. On m'a dit que vous étiez là.

— J'ignorais que vous l'étiez aussi.
— J'étais tout près, avec des amis. Dans un petit club de jazz de Bleecker Street.

Ce qui expliquait ses bottes ; le motif noir et argent qui avait dû appartenir autrefois à un reptile ne semblait guère approprié à une scène de crime. Même quand on était une fashion victim tel que Morris.

Son long manteau noir était doublé de satin rouge cerise. Il portait un pantalon et un col roulé noirs – une tenue excessivement simple, pour une fois. Ses longs cheveux noirs étaient rassemblés en un catogan retenu en haut et en bas par des anneaux d'argent.

— Le commandant vous a prévenu, devina-t-elle.
— En effet. Je n'ai pas touché le corps. Je vous attendais.

Elle ne lui demanda pas pourquoi. Elle devait tirer ses propres conclusions sans parti pris.

— Newkirk, avec nous ! ordonna-t-elle.

De loin, on aurait pu croire que c'était une étendue de glace ou de neige. Et la façon dont le corps était disposé dessus aurait pu paraître astucieuse – un mannequin posant pour une photo un peu limite.

Mais même à cette distance, elle devina tout de suite ce que c'était.

Son regard accrocha celui de Morris. Ils n'échangèrent aucune parole.

Ce n'était ni de la glace ni de la neige. Ce n'était ni un mannequin ni une œuvre d'art.

Eve sortit une bombe de Seal-It de son kit de terrain.

— Vous n'avez pas ôté vos gants, lui fit remarquer Morris. Ce produit va les abîmer.
— Exact.

Sans quitter le corps des yeux, elle les enleva et les fourra dans sa poche. Elle appliqua le Seal-It sur ses mains et fixa son magnétophone sur son manteau.

— Enregistrement... La victime est de sexe féminin et de type caucasien. Vous l'avez identifiée ? demanda-t-elle à Morris.

— Non.

— Non encore identifiée. Âgée d'environ vingt-cinq, trente ans. Brune aux yeux bleus. Un petit tatouage en forme de papillon bleu et jaune sur la hanche gauche. Le corps est nu, étendu sur un drap blanc, les bras en croix, paumes vers le ciel. Elle porte un anneau d'argent à la main gauche. Diverses lésions visibles indiquent qu'elle a été torturée. Lacérations, hématomes, brûlures, perforations. Entailles croisées aux deux poignets, cause probable du décès.

Elle leva les yeux vers Morris.

— En effet, confirma-t-il.

— Sur le torse, on peut lire une inscription : quatre-vingt-cinq heures, douze minutes, trente-huit secondes.

Elle poussa un profond soupir.

— Il est de retour.

— Oui, acquiesça Morris.

— Il nous faut une identification et l'heure du décès.

Elle scruta les alentours.

— Il a pu l'amener ici à travers le parc ou par la rivière. Le sol est dur, et c'est un lieu public. Nous relèverons certainement des empreintes de pas, mais elles risquent de ne pas nous être très utiles.

Elle tendit la main vers son kit, et marqua une pause comme Peabody surgissait.

— Désolée d'avoir mis si longtemps. J'ai dû traverser toute la ville et il y avait un problème dans le métro. Salut, Morris !

Un bonnet rouge enfoncé jusqu'aux yeux, Peabody se frotta le nez et regarda le corps.

— Nom de nom !

Elle s'écarta légèrement.

— Le message. Ça me rappelle vaguement quelque chose.

— Identifiez-la, ordonna Eve avant de se tourner vers Newkirk. Que savez-vous ?

Il se tenait au garde-à-vous, mais parvint à se redresser encore davantage.

— Mon partenaire et moi étions en patrouille, et surveillions ce qui paraissait être un vol en cours. Nous avons poursuivi un individu mâle jusque dans le parc. Le suspect se dirigeait vers l'est. Nous ne pouvions l'appréhender, car il avait trop d'avance sur nous. Nous nous sommes donc séparés dans l'intention de lui couper la route. C'est là que j'ai découvert la victime. J'ai prévenu mon coéquipier, puis le commandant Whitney.

— Prévenir le commandant n'est pas la procédure habituelle, agent Newkirk.

— Non, lieutenant. Mais au vu des circonstances, j'ai pensé que c'était non seulement nécessaire, mais indispensable.

— Pourquoi ?

— J'avais reconnu la signature. Mon père est policier, lieutenant. Il y a neuf ans, il appartenait à une brigade spéciale chargée d'enquêter sur une série de meurtres... portant cette signature.

— Votre père est Gil Newkirk ?

— Oui, lieutenant.

Ses épaules se décontractèrent légèrement.

— À l'époque, j'ai suivi l'enquête d'aussi près que possible. Au fil des ans, et surtout depuis que j'exerce ce métier, mon père et moi en avons souvent discuté. En constatant l'état de la victime, je me suis donc dit que le mieux était d'alerter le commandant directement.

— Vous avez eu raison. Bonne initiative, agent Newkirk. Restez dans les parages.

Elle pivota vers Peabody.

— La victime s'appelle Sarifina York, vingt-huit ans. Domiciliée 21e Rue Ouest. Célibataire. Employée à *L'Étoile*. C'est un club rétro dans le quartier de Chelsea.

Eve s'accroupit.

— Elle n'a pas été tuée ici, et elle n'était pas enveloppée dans ce tissu quand on l'a amenée. C'est un maniaque de la propreté. Heure du décès, Morris ?

— 11 heures ce matin.

— Quatre-vingt-cinq heures. Il l'a donc enlevée dans la journée de lundi, voire un peu avant s'il n'a pas déclenché le chronomètre tout de suite. Traditionnellement, il s'attaque à la première très vite après l'enlèvement.

— Merde, merde, merde ! Je m'en souviens maintenant, pesta Peabody en s'asseyant sur ses talons. Les médias l'avaient baptisé L'Homme à l'anneau d'argent.

— On avait laissé filtrer l'info sur la bague.

— C'était il y a dix ans.

— Neuf, rectifia Eve. Neuf ans, deux semaines et... trois jours se sont écoulés depuis que nous avons trouvé le premier corps.

— C'est peut-être un imitateur, suggéra Peabody.

— Non, c'est bien lui. Le message, le temps écoulé... les journalistes ne connaissaient pas ces détails. Nous les avons gardés secrets. Mais nous n'avons jamais clôturé l'affaire. Nous n'avons jamais pu arrêter ce salaud. Quatre femmes en quinze jours. Toutes brunes, la plus jeune avait vingt-huit ans, la plus âgée, trente-trois. Toutes ont été torturées pendant une période qui a duré entre vingt-trois et cinquante-deux heures... Il a perfectionné son art, ajouta-t-elle.

Morris opina.

— Comme dans les autres cas, il semble avoir d'abord infligé les blessures les plus superficielles. Je pourrai le confirmer après l'autopsie.

— Marques de ligatures aux chevilles et aux poignets – juste au-dessus des entailles... Apparemment, elle s'est débattue. Les autres, il les avait droguées.

— Je vérifierai.

Eve se rappelait chaque détail de cette sordide affaire, ainsi que la colère et la frustration qu'elle avait engendrées.

— Il l'aura lavée soigneusement de la tête aux pieds avec des produits de marque. Pour le transport, il l'aura enveloppée, probablement dans du plastique. Nous n'avons jamais prélevé la moindre fibre sur les précédentes victimes. Mettez la bague dans un sachet, Peabody. Morris, vous pouvez l'emporter.

Elle se redressa.

— Agent Newkirk, je vais avoir besoin d'un rapport détaillé sur-le-champ.

— Oui, lieutenant.

— Qui est votre supérieur ?

— Grohman, lieutenant. J'appartiens à la brigade 17.

— Votre père y est toujours ?

— Oui, lieutenant.

— Parfait. Filez rédiger votre rapport, Newkirk. Peabody, renseignez-vous auprès des services des Personnes disparues. Quant à moi, j'appelle le commandant.


Lorsqu'elle quitta le parc, le vent était tombé. Piètre consolation. La foule des badauds s'était dispersée, mais les requins de la presse étaient toujours là. Le seul moyen de contrôler la situation, c'était de les affronter.

— Je ne répondrai à aucune question, lança-t-elle par-dessus le brouhaha. En revanche, je suis prête à vous faire une brève déclaration. Si vous continuez à hurler, vous n'aurez rien. Au cours de la soirée, poursuivit-elle tandis que le niveau sonore chutait d'un coup, deux agents du département de police de New York ont découvert le cadavre d'une femme dans East River Park.

— L'a-t-on identifiée ?

— Comment est-elle morte ?

Eve fusilla du regard les reporters qui tentaient de rompre les rangs.

— Vous êtes tombés d'un nuage ou vous vous plaisez à écouter vos propres voix ? Comme n'importe quel imbécile le sait, l'identité de cette personne ne sera révélée qu'une fois ses proches avertis. La cause du décès sera déterminée par le médecin légiste. Et le premier abruti qui ose me demander si on a des pistes sera privé de toute nouvelle information concernant cette affaire. C'est clair ? À présent, laissez-moi faire mon boulot.

Elle s'éloigna au pas de charge. Elle était à mi-chemin de son véhicule quand elle aperçut Connors appuyé contre le capot. Elle l'avait complètement oublié.

— Pourquoi n'es-tu pas rentré à la maison ?

— Pour rien au monde je n'aurais raté ce divertissement ! Bonsoir, Peabody.

— Salut !

Elle parvint à sourire malgré ses joues glacées.

— Vous êtes là depuis le début ?

— Presque Je me suis esquivé un moment.

Il ouvrit la portière du véhicule et s'empara de deux gobelets isolants.

— Pour aller vous acheter un petit cadeau.

— Du café ! s'exclama Peabody. Du café chaud.

— Ça devrait vous décongeler. Alors ?

— C'est grave, admit Eve. Peabody, recherchez toutes les infos pour contacter la famille.

— York, Sarifina. Je m'y mets tout de suite.

— Je vais rentrer, déclara Connors.

Soudain, il se figea.

— Vous pouvez me répéter son nom ?

— York, rétorqua Eve. Sarifina. Tu vas me dire que tu la connaissais, devina-t-elle, l'estomac noué.

— Une jolie brune, vingt-huit, trente ans ?

Il s'adossa contre la voiture tandis qu'Eve acquiesçait.

— Je l'ai engagée il y a quelques mois pour gérer un club dans le quartier de Chelsea. Je ne sais pas grand-chose d'elle sinon qu'elle était intelligente, dynamique et efficace. Comment est-elle morte ?

Avant qu'Eve puisse répondre, Peabody intervint :

— La mère est à Reno – c'est dans le Nevada –, le père, à Hawaï. Je parie qu'il fait chaud, là-bas. Elle a une sœur en ville. À Murray Hill, pour être précise. Et je viens de recevoir les données du service des Personnes disparues. La sœur a signalé sa disparition hier.

— Commençons par l'appartement de la victime, puis le club. Nous nous occuperons des proches ensuite.

Connors posa la main sur le bras d'Eve.

— Tu ne m'as pas dit comment elle était morte.

— C'est moche. Je ne peux pas te donner de détails ici. Si tu le souhaites, je peux te faire ramener ou...

— Je t'accompagne. C'était une de mes employées, enchaîna-t-il sans lui laisser l'occasion de protester.

Eve ne discuta pas et grimpa au volant. Non seulement ce serait une perte de temps et d'énergie, mais en outre, elle comprenait son attitude. Qui plus est, il pourrait lui être utile.

— Si un employé – surtout un cadre – s'absente plusieurs jours de suite, te prévient-on ?

— Pas forcément. Je ne connais bien sûr pas son emploi du temps par cœur, mais je peux l'obtenir. Si elle a manqué à l'appel, quelqu'un a dû la remplacer et son absence a dû être signifiée à un supérieur de la division Spectacles et Divertissements.

— Je veux un nom.

— Tu l'auras.

— On a signalé sa disparition hier. La personne assignée à cette affaire a sûrement interrogé – en tout cas elle aurait dû – ses collègues de travail, ses voisins, ses amis. Peabody, renseignez-vous.

— Entendu, lieutenant.
— Dis-moi comment elle est morte, répéta Connors.
— C'est à Morris de déterminer la cause du décès.
— Eve.

Elle jeta un coup d'œil dans le rétroviseur, rencontra son regard.

— D'accord, je peux te raconter à peu près ce qui s'est passé. On l'a suivie. L'assassin a pris tout son temps pour l'observer, noter ses habitudes, ses déplacements, ses points faibles – par exemple, à quels moments elle était seule et vulnérable. Une fois prêt, il l'aura enlevée. En pleine rue, vraisemblablement. Il a sans doute un véhicule prévu pour cela. Il l'aura droguée et emmenée dans son…

Ils avaient appelé cela son « atelier », se souvint-elle.

— … en lieu sûr ; une maison individuelle, probablement. Arrivé là-bas, soit il aura continué à la droguer le temps de se préparer, soit – si elle était la première – il se sera mis à l'ouvrage.

— La première ?
— C'est ça. Quand il se sent prêt, il déclenche le chronomètre. Il la déshabille et la ligote. Il emploie de préférence une corde parce que ça frotte quand elles se débattent. Il fait appel à quatre méthodes de torture – physiques, on ne peut parler du psychologique – qui sont : la chaleur, le froid, les instruments coupants et les lames émoussées. Il commence en douceur, et continue crescendo jusqu'à ce que la victime ne lui procure plus aucun plaisir ni aucun intérêt. Alors, il met un terme à son supplice en lui tailladant les poignets. Une fois qu'elle est morte, il grave sur son torse le nombre d'heures, de minutes et de secondes durant lesquelles elle a survécu.

Il y eut un long silence.

— Combien de temps ? souffla Connors.
— Elle était solide. Quand tout est fini, il les lave avec des produits de toilette de marque. Nous pen-

sons qu'il les emballe dans du plastique puis les transporte dans un lieu qu'il a repéré et sélectionné à l'avance. Il les dépose sur un grand drap blanc. Et leur glisse un anneau d'argent à l'annulaire de la main gauche.

— Mouais... Cela me rappelle quelque chose.

— Entre le 11 et le 26 février 2051, il a enlevé, torturé et tué quatre femmes de cette manière. Puis il a arrêté. Comme ça. Brusquement. Il s'est volatilisé dans la nature. J'avais l'espoir qu'il soit en enfer.

Connors comprenait mieux maintenant pourquoi le commandant l'avait appelée à la rescousse bien qu'elle fût en congé.

— Tu as travaillé sur l'enquête.

— Avec Feeney. C'était lui le responsable. J'étais simple inspecteur, grade deux. Nous n'avons jamais réussi à l'avoir... Il a refait surface ici ou là, poursuivit-elle. Deux semaines, deux semaines et demie – quatre ou cinq femmes chaque fois. Puis il disparaissait pendant un an, dix-huit mois. Et le voilà de retour à New York, où nous pensons qu'il a débuté. Cette fois, nous le coincerons.


Dans son beau salon, avec la bouteille de champagne qu'il ouvrait traditionnellement à la fin de chaque projet mené à bien, celui que les médias avaient surnommé L'Homme à l'anneau d'argent s'installa confortablement devant son écran de divertissement.

Il était trop tôt pour qu'on annonce la nouvelle aux informations. On ne découvrirait pas sa toute dernière création avant le lendemain matin. Mais il ne pouvait résister pas à la tentation de vérifier.

Juste quelques instants, au cas où... Ensuite, il savourerait son champagne en écoutant de la musique. Puccini, peut-être, en l'honneur de... de...

Ah, oui. Sarifina. Quel joli prénom! Du Puccini pour Sarifina. C'était à Puccini qu'elle réagissait le mieux.

Il passa de chaîne en chaîne, et fut récompensé presque immédiatement. Enchanté, il se redressa, croisa les chevilles et tendit l'oreille.

*L'identité de la victime ne sera révélée qu'une fois ses proches prévenus. Si rien ne permet de confirmer pour l'heure que cette jeune femme a été assassinée, la seule présence du lieutenant Eve Dallas sur la scène du crime indique que l'on soupçonne un meurtre.*

Il applaudit tandis que le visage d'Eve apparaissait.

— Vous voilà! Re-bonjour! Que c'est bon de revoir ses vieux amis. Et cette fois, nous allons enfin apprendre à nous connaître vraiment.

Il leva son verre comme pour lui porter un toast.

— Je sais déjà que vous serez la plus belle de mes œuvres d'art.

# 2

L'appartement de Sarifina était de style urbain branché. Peintures et étoffes de couleurs contrastaient avec le noir laqué des tables et des étagères. Un décor soigné et dynamique, songea Eve. Celui d'une femme qui n'avait ni le temps ni l'envie de faire des chichis.

Le lit était recouvert d'un édredon rouge carmin et de coussins à motifs audacieux. Dans l'armoire, une collection de robes « vintage ». Là encore, sobres, simples, mais aux couleurs vibrantes. Les chaussures – sans doute « vintage », elles aussi – étaient rangées dans des boîtes transparentes.

Sarifina prenait soin de ses affaires.

— C'est ce qu'elle était censée porter au club ? demanda Eve à Connors.

— Exactement. Rétro – années 1940. Son rôle était de se mêler à la foule, de reconnaître et d'accueillir les fidèles, d'aller de table en table.

— Il y a quelques tenues plus modernes, deux tailleurs stricts. Nous allons vérifier ses appareils électroniques, ajouta-t-elle en jetant un coup d'œil sur le communicateur de la table de chevet. Au cas où il l'aurait contactée. Ce n'est pas dans ses habitudes, mais les choses changent. Occupe-toi des vidéocoms et de son ordinateur. Elle avait un bureau, au bar ?

— Oui.

— Nous analyserons le contenu de ses machines là-bas aussi.

Elle ouvrit le tiroir du petit bureau placé sous la fenêtre.

— Pas d'agenda, pas de communicateur de poche. Elle devait les avoir sur elle. Un sac à main très chic dans le placard et un de ces… – comment appelle-t-on ça, déjà ? – cabas de ville. Quelques pochettes du soir. Nous interrogerons la sœur pour savoir s'il manque quelque chose.

— J'ai trouvé une pinte de lait de soja dans le réfrigérateur, annonça Peabody en pénétrant dans la pièce. Date d'expiration : mercredi dernier. Et un reste de repas chinois qui, selon moi, traîne depuis bientôt une semaine. Je suis tombée sur un bloc-notes.

Peabody le brandit.

— Une liste de courses – des provisions et deux ou trois autres bricoles. Et une photo d'elle avec un garçon, à l'envers dans un tiroir, ce qui, d'après moi, indique qu'il s'agit d'un ex-petit ami.

— Très bien. On emballe et on étiquette.

Eve consulta sa montre. Il était près de 1 heure du matin. Ce n'était pas le moment de frapper aux portes, au risque d'exaspérer les voisins.

Les gens énervés se confiaient moins facilement à la police.

— Ensuite, nous irons directement au club.

Connors ayant une prédilection pour les vieux films en noir et blanc produits au milieu du siècle dernier, Eve avait une certaine culture en matière de mode et de musique des années 1940. Du moins, tel que le Hollywood de l'époque les avait décrites.

En pénétrant dans *L'Étoile* à 2 heures du matin, elle eut l'impression de se retrouver dans une machine à remonter le temps.

L'immense espace était divisé en trois niveaux, chacun accessible par un court escalier blanc. En dépit de l'heure tardive, toutes les tables ornées de nappes blanches et toutes les banquettes en tissu argent matelassé étaient occupées.

Les membres du personnel s'affairaient, les hommes en costume blanc, les femmes en petite robe noire à jupes à godets. Les clients étaient en smoking, costumes rétro ou robes longues.

Ici, élégance et sophistication régnaient en maître. Eve fut vaguement surprise de compter autant de jeunes de vingt ans que de centenaires.

Sur l'estrade laquée noire, une formation jouait un morceau. Mais peut-être que le mot « orchestre » aurait mieux convenu, songea Eve, car il y avait au moins vingt musiciens – cordes, cuivres, piano et batterie. D'innombrables couples s'agitaient au rythme endiablé du « swing » sur la piste de danse.

— C'est le top du top! s'exclama Peabody.

— Tout ce qui est vieux revient à la mode, commenta Connors en parcourant la salle du regard. Je vous conseille de vous adresser à la directrice adjointe, Zela Wood.

— Tu connais le nom de tous tes employés par cœur? s'étonna Eve.

— En fait, non. J'ai consulté le fichier. Nom, emploi du temps, photo d'identité... Ah! Ce doit être Zela.

Eve suivit la direction de son regard. La Zela en question était une superbe jeune femme vêtue d'une robe dorée qui mettait en valeur son teint café au lait. Ses cheveux cascadaient jusqu'au creux de ses reins. Elle se déplaçait sans arrêt mais réussissait à donner l'impression d'avoir tout son temps.

De toute évidence, elle avait repéré le grand patron, car elle avait les yeux – presque de la même couleur que sa robe – fixés sur lui.

— Mademoiselle Wood, la salua Connors comme elle s'approchait.

— Quel plaisir!

Elle lui offrit sa main en même temps qu'un sourire éclatant.

— Je vous trouve une table tout de suite.
— C'est inutile, intervint Eve. Allons dans votre bureau.
— Bien sûr, répondit Zela sans ciller. Si vous voulez bien me suivre.
— Mon épouse, fit Connors, ce qui lui valut un regard noir de la part de cette dernière. Le lieutenant Dallas et sa partenaire, l'inspecteur Peabody. Nous avons à vous parler, Zela.
— Très bien, acquiesça-t-elle.

Sa voix était posée, mais son regard trahissait une certaine inquiétude. Elle les conduisit au-delà des vestiaires et des toilettes jusqu'à un ascenseur privé auquel on accédait avec un code.

Quelques instants plus tard, ils émergeaient dans le XXIe siècle.

La pièce, sobrement meublée, était entièrement dédiée au travail. Des écrans muraux affichaient divers emplacements du club parmi lesquels la cuisine, la cave à vins et l'entrepôt aux alcools. Sur le bureau trônaient un communicateur à lignes multiples, un ordinateur et un fichier contenant des disques.

— Puis-je vous offrir quelque chose à boire ?
— Non merci. Vous connaissez Sarifina York ?
— Évidemment !

Son inquiétude grimpa visiblement d'un cran.
— Il y a un problème ?
— Quand l'avez-vous vue pour la dernière fois ? s'enquit Eve.
— Lundi. Le lundi après-midi, nous organisons des thés dansants pour nos clients les plus âgés. C'est Sarifina qui s'en charge, elle est très douée pour ce genre d'événements. Elle travaille de 13 heures à 19 heures, et je prends le relais pour le soir. Elle est partie aux alentours de 20 heures, peut-être un peu avant.

Zela jeta un coup d'œil furtif à Connors, repoussa ses cheveux.

— Le mardi, elle est en congé. Mais elle n'était pas là mercredi. Je l'ai remplacée. J'ai simplement pensé que...

Zela se mit à tripoter son collier, laissant courir ses doigts sur les pierres scintillantes.

— Elle a rompu avec son petit ami récemment et elle le vivait mal. Je me suis dit qu'ils s'étaient rabibochés.

— S'était-elle déjà absentée sans vous prévenir ?
— Non.
— Vous dites cela pour la couvrir ?
— Non, non. Sari n'a jamais manqué le travail. Jamais, insista Zela en regardant franchement Connors. C'est pour cette raison qu'au départ je n'ai rien dit. Elle adore travailler ici, et elle exerce son métier formidablement bien.

— Je comprends et apprécie que vous preniez la défense de votre collègue, Zela, intervint Connors.

— Merci. Le jeudi, toujours pas de nouvelles. J'ai tenté de la joindre, sans succès. J'avoue que je ne sais plus si j'étais furieuse ou inquiète. Un peu des deux, sans doute. Quoi qu'il en soit, j'ai appelé sa sœur. Sari l'avait inscrite sur la liste des personnes à prévenir en cas d'urgence. Vous comprenez, monsieur, je ne voulais pas lui attirer des ennuis en alertant votre bureau... Mais elle a eu un ennui, n'est-ce pas ? Si vous êtes là, c'est qu'elle a eu un ennui.

— J'ai le regret de vous annoncer que Sarifina est morte, lâcha Eve abruptement, sachant qu'il n'y avait aucun moyen d'adoucir le choc.

— Elle... Quoi ? Qu'avez-vous dit ?
— Vous devriez vous asseoir, Zela, lui conseilla Connors en la poussant doucement vers un fauteuil.

— Vous dites qu'elle... qu'elle est morte ? Elle a eu un accident ? Comment...

— On l'a assassinée. Je suis désolée. Vous étiez amies ?

— Ô mon Dieu ! Mon Dieu ! Quand ? Comment ? Je ne comprends pas.

— Nous menons l'enquête, mademoiselle Wood.

Le regard d'Eve glissa brièvement jusqu'à Connors qui venait d'ouvrir une porte dissimulée dans le mur pour sélectionner une bouteille de cognac.

— Savez-vous si quelqu'un l'ennuyait ou semblait s'intéresser à elle tout particulièrement ?

— Non. Enfin, beaucoup de gens s'intéressaient à elle. Elle a un charme fou. Je ne comprends pas.

— S'est-elle plainte que quelqu'un la harcelait, la mettait mal à l'aise ?

— Non.

— Buvez cela, ordonna Connors en tendant un verre à Zela.

— A-t-on posé des questions à son sujet ? continua Eve.

— Seulement ce soir, il y a quelques heures. Un inspecteur de police. Il m'a expliqué que la sœur de Sari avait signalé sa disparition. J'ai pensé que...

Elle fondit en larmes.

— J'ai vraiment pensé que la sœur de Sari s'affolait pour rien. J'étais un peu inquiète, certes, parce que je pensais qu'elle avait renoué avec son ex et qu'il l'avait peut-être convaincue de laisser tomber son boulot. C'était le problème, précisa-t-elle en s'essuyant la joue. Il ne supportait pas qu'elle travaille presque tous les soirs.

Elle écarquilla les yeux.

— C'est lui ? Ô mon Dieu.

— Vous a-t-il paru du genre violent ?

— Non, pas du tout ! Je le trouvais geignard. Plutôt passif/agressif, pas très malin. Jamais je n'aurais imaginé qu'il puisse lui faire du mal. Pas comme ça.

— Nous n'avons aucune raison de le soupçonner pour l'heure. Pouvez-vous me communiquer son nom et ses coordonnées ?

— Bien entendu.

— Vous avez conservé tous vos disques de surveillance de lundi ?

— Oui. Nous les archivons pendant une semaine.

— Je vais en avoir besoin. Vous me donnerez aussi ceux de samedi et de dimanche dernier. Lorsqu'elle est partie lundi, était-elle seule ?

— Je ne l'ai pas vue quitter l'établissement. Je suis arrivée vers 19 h 45, elle enfilait son manteau. J'ai lancé un truc du genre : « Tu as l'intention de dormir ici ? » Elle a rigolé. Elle était restée un peu plus tard pour remplir des papiers. Nous avons bavardé quelques minutes. Nous avons surtout parlé boutique. Elle m'a dit « à mercredi ». Je lui ai répondu de bien profiter de sa journée de congé. Sur ce, elle est sortie du bureau, et moi, je me suis assise pour vérifier la liste des réservations. À mon avis, elle est partie seule. En tout cas, elle ne m'a pas dit qu'elle était avec quelqu'un.

— Parfait. J'aimerais que vous me remettiez les disques de sauvegarde et les coordonnées de son ex-petit ami.

— Tout de suite... Puis-je me rendre utile autrement ? Je ne sais pas quoi faire. Sa sœur ? Voulez-vous que je joigne sa sœur ?

— Nous nous en chargerons.


Quand on frappe à votre porte au beau milieu de la nuit, la plupart des gens se doutent que ce n'est pas pour vous annoncer une bonne nouvelle.

Lorsque Jaycee, la sœur de Sarifina York, lui ouvrit, Eve lut immédiatement la peur dans son regard. Avant même qu'un mot fût prononcé, elle s'écria :

— Sari ! Oh, non ! Oh, non !

— Pouvons-nous entrer, madame ?

— Vous l'avez retrouvée. Mais...

— Il vaudrait mieux que nous entrions, madame.

Peabody la prit par le bras et la poussa doucement devant elle.

— Nous devrions nous asseoir.

— C'est affreux. Je sais que c'est affreux. Je vous en supplie, dites-moi tout de suite ce qui s'est passé.

— Votre sœur est morte.

Peabody la sentit frémir.

— Nous vous présentons toutes nos condoléances.

— Je le savais, je m'en doutais ! Je l'ai su dès que le club m'a prévenue de son absence. J'ai compris qu'il était arrivé quelque chose de grave.

Peabody conduisit Jaycee dans la salle de séjour encombrée d'objets, de photos de jeunes garçons, d'un homme et de la victime. Les tapis et les coussins de couleurs vives semblaient avoir beaucoup servi.

— Votre mari est-il là, madame ? Voulez-vous que nous allions le chercher ?

— Il n'est pas... Clint a emmené nos fils en Arizona. À... Sedona. Pour une semaine.

Jaycee regarda autour d'elle d'un air hagard comme si elle s'attendait qu'ils surgissent.

— Ils sont allés camper sans moi. Je n'en avais pas envie. J'avais du travail. Et je trouvais agréable la perspective de passer une semaine seule à la maison. Je ne les ai pas appelés. Je ne leur ai rien dit parce que je ne voulais pas les inquiéter. À quoi bon puisque tout allait s'arranger ? Je me répétais sans arrêt que je m'affolais pour rien. Malheureusement...

Se cachant le visage entre les mains, elle éclata en sanglots.

Eve lui donnait une dizaine d'années de plus que sa cadette. Elle avait de courts cheveux blonds et des yeux bleus comme un ciel d'été.

— J'ai averti la police, hoqueta-t-elle. Quand on m'a annoncé qu'elle ne s'était pas présentée à son travail, j'ai averti la police. Je suis allée chez elle, mais elle n'y était pas. On m'a dit que je devais remplir une déclaration au service des Personnes disparues.

Paupières closes, elle soupira.

— Qu'est-il arrivé à Sari ? Qu'est-il arrivé à ma sœur ?

Eve s'assit sur l'ottomane devant le fauteuil afin qu'elles soient face à face.

— Je suis désolée. Elle a été assassinée.

Jaycee blêmit.

— Ils ont dit... J'ai entendu qu'on avait découvert le corps d'une femme, ce soir, dans East River Park. Son identité ne devait pas être révélée avant qu'on ait prévenu ses proches. C'est-à-dire moi.

Jaycee pressa les doigts sur ses lèvres.

— Je me suis dit que ça ne pouvait pas être elle. Sari n'habite pas du tout dans ce quartier. Mais j'attendais qu'on frappe à la porte. Et vous voilà.

— Vous étiez proches, votre sœur et vous ?

— Je... je ne peux pas. Je ne peux pas.

— Je vais vous chercher un verre d'eau, proposa Peabody en lui effleurant l'épaule d'un geste réconfortant. Vous permettez que j'aille dans la cuisine ?

Jaycee se contenta d'opiner, le regard rivé sur Eve.

— C'était mon bébé. Ma mère est morte quand j'étais petite et mon père s'est remarié quelques années plus tard. Avec sa nouvelle femme, ils ont eu Sari. Sarifina. Elle était si jolie. Une poupée ! Je l'aimais tant.

— Se serait-elle confiée à vous si elle avait eu des problèmes ?

— Oui. Nous nous parlions régulièrement. Elle adorait son travail. Il lui convenait à la perfection et elle s'y épanouissait. Mais Cal – l'homme qu'elle fréquentait depuis plusieurs mois – avait du mal à l'accepter. Il lui en voulait de ne pas passer ses soirées avec lui. Quand il lui a lancé un ultimatum, elle en a été à la fois furieuse et blessée. C'était simple : soit elle démissionnait, soit il la plaquait. Alors ils ont rompu. C'était mieux pour elle.

— Parce que ?

— Parce qu'il ne lui arrivait pas à la cheville. Je ne m'exprime pas uniquement en tant que sœur.

Elle marqua une pause, accepta le verre que lui tendait Peabody.

— Merci... Ce type était un égocentrique, et il détestait qu'elle gagne mieux sa vie que lui. Elle en avait conscience, et s'était résignée à tourner la page. Mais cela l'attristait. Sari n'aimait pas perdre. Vous ne croyez tout de même pas que... que c'est Cal ?

— Et vous ?

— Non.

Jaycee but une gorgée d'eau puis une deuxième.

— Ça ne m'a jamais traversé l'esprit. Pourquoi aurait-il fait cela ? Il ne l'aimait pas. Et il s'intéressait beaucoup trop à son nombril pour se mettre en rage au point de... J'aimerais la voir. Je veux voir Sari.

— Nous organiserons cela. Quand l'avez-vous vue pour la dernière fois ?

— Dimanche après-midi. Avant le départ de Clint et des garçons. Elle est passée leur dire au revoir. Elle était si pleine de vie, d'énergie ! Nous avions prévu une séance de shopping samedi – demain. Mes hommes ne rentreront pas avant dimanche. Sari et moi devions faire du lèche-vitrines, déjeuner ensemble. Ô mon Dieu ! Mon Dieu ! Comment est-elle morte ?

— L'enquête nous le dira, madame. Dès que je serai en mesure de vous fournir des détails, je le ferai.

Sous aucun prétexte elle ne raconterait à cette pauvre femme ce qui était arrivé à sa sœur. Pas tant qu'elle n'aurait personne auprès d'elle pour la soutenir.

— Voulez-vous que nous prenions contact avec votre mari pour qu'il revienne aujourd'hui ?

— Oui. Oui, j'ai besoin d'eux. Je veux qu'ils rentrent à la maison.

— Entre-temps, voulez-vous que nous demandions à quelqu'un, une voisine, une amie, de venir chez vous ?

— Je ne sais pas. Je...

— Jaycee, murmura Peabody, vous ne devez pas rester seule. Laissez-nous vous aider.

— Lib. Pourriez-vous prévenir Lib ? Elle viendra.

Dès qu'ils furent dehors, Connors aspira une grande bouffée d'air.

— Je me demande souvent comment tu supportes de faire ce boulot, de vivre en permanence avec la mort et d'essayer de pénétrer l'âme de ceux qui la provoquent. Mais quand je vois tout ce que tu fais pour ceux qui restent, la manière dont tu partages leur douleur, je suis encore plus ému.

Il lui effleura tendrement la main.

— Tu ne lui as pas dit ce qui était arrivé à sa sœur. Tu lui laisses le temps de surmonter le choc.

— Je ne sais pas si je lui ai rendu service. Ça va la détruire. J'aurais peut-être dû le lui dire tout de suite alors qu'elle est déjà brisée.

— Vous avez eu raison, décréta Peabody. Elle a son amie, mais elle va avoir besoin de sa famille.

— Bien. Allons voir ce que Morris a déjà découvert. Écoute, ajouta Eve en pivotant vers Connors, je te contacte dès que possible.

— J'aimerais t'accompagner.

— Il est déjà 4 heures du matin. Tu n'as aucune envie de venir à la morgue.

— Un instant, murmura-t-il à l'intention de Peabody, avant d'entraîner Eve à l'écart. J'aimerais aller jusqu'au bout. Participer.

— Je pourrai te répéter les propos de Morris, et toi, tu pourras dormir. Mais ce n'est pas pareil, enchaîna-t-elle avant qu'il puisse répliquer. Je veux que tu me dises que tu ne te sens pas responsable de cette affaire.

Il jeta un coup d'œil vers l'immeuble qu'ils venaient de quitter.

— Sarifina n'est pas morte parce que je l'avais engagée. Je ne suis pas à ce point centré sur moi-même. Il n'empêche que je voudrais participer.

— Entendu. Tu prends le volant. Nous nous arrêterons en chemin. Il faut que je discute avec Feeney.

Il avait été son entraîneur, son professeur, son partenaire. Bien qu'ils n'en parlent jamais ni l'un ni l'autre, elle le considérait comme son père.

Il l'avait repérée dans la masse alors qu'elle portait encore l'uniforme, et l'avait prise sous son aile. Elle n'avait jamais demandé à Feeney ce qui l'avait poussé à se charger d'une débutante. Elle savait seulement qu'elle lui devait tout.

Elle aurait réussi sans lui. Elle serait devenue inspecteur grâce à sa volonté, à son dévouement et à ses aptitudes. Peut-être même aurait-elle fini par atteindre le grade de lieutenant.

Mais sans lui, elle n'aurait pas été le flic qu'elle était.

Quand il avait obtenu ses galons, il avait demandé sa mutation à la DDE, la Division de détection électronique. L'informatique avait toujours été sa spécialité, sa passion. Personne ne s'était donc étonné de ce choix.

Eve se rappelait avoir été un peu ennuyée qu'il quitte la Criminelle. Durant les premiers mois il lui avait manqué... Un peu comme si on lui avait coupé une main.

Elle aurait pu patienter jusqu'à une heure plus décente. Mais elle savait qu'à sa place, elle aurait attendu son coup de sonnette.

Quand il lui répondit, son visage était froissé par le sommeil et ses cheveux, une toison rousse mêlée de fils argentés, étaient hérissés. Comme si l'air autour de lui s'était soudain chargé d'électricité.

— Qui est mort ?
— Justement, j'aimerais t'en parler.
— Eh bien...

Il se gratta le menton et Eve perçut le frottement de ses doigts sur sa barbe naissante.

— Il vaut mieux que tu entres. Ma femme dort. Allons dans la cuisine. J'ai besoin d'un café.

C'était une demeure chaleureuse et accueillante, comme celle de Jaycee, songea Eve. Les enfants de Feeney étaient adultes et parents à leur tour. Eve était incapable de dire combien Feeney avait de petits-enfants, mais la table du coin salle à manger était assez grande pour accueillir une famille nombreuse.

Feeney apporta le café en traînant les pieds dans une paire de pantoufles fourrées – Eve aurait volontiers parié un mois de salaire qu'il les avait reçues pour Noël.

Au milieu de la table se dressait un vase aux formes étranges, orné de rayures rouges et orange. Une œuvre de Mme Feeney, probablement. La femme de Feeney était passionnée d'artisanat et créait des tas de choses. Le plus souvent non identifiables.

— Je suis sur une affaire, attaqua Eve. La victime est une brune de vingt-huit ans, retrouvée nue dans East River Park.

— J'en ai entendu parler aux infos.

— Elle était nue. On l'avait torturée. Brûlures, hématomes, entailles, perforations. Ses poignets étaient lacérés de coups de couteau.

— Merde.

Parfait. Il avait saisi.

— La victime portait un anneau d'argent à la main gauche.

— Combien de temps ? Combien de temps a-t-elle tenu ? Qu'avait-il gravé sur son torse ?

— Quatre-vingt-cinq heures, douze minutes, trente-huit secondes.

— Merde ! répéta-t-il. Bordel de nom de nom !

Il abattit le poing sur la table.

— Il ne nous échappera pas de nouveau, Dallas. Je parie qu'il a déjà sa deuxième victime sous le coude.

— C'est probable.

Feeney fourragea dans ses cheveux.

— Il faut remettre la main sur tout ce qu'on avait rassemblé il y a neuf ans et qu'on récupère les données concernant ses autres interventions. Rassemble une équipe au plus vite. Inutile d'attendre l'apparition du deuxième corps. Tu as noté quelque chose sur la scène du crime ?

— Pour l'heure, je n'ai que le corps, la bague et le drap. Je te transmettrai une copie des rapports. Je file à la morgue interroger Morris. Il faudrait que tu t'habilles, à moins que tu n'aies décidé de travailler en peignoir mauve.

Il baissa les yeux, secoua la tête.

— Si tu voyais celui que m'a offert ma femme pour Noël, tu comprendrais pourquoi je continue à porter celui-ci.

Il se leva.

— Vas-y, reprit-il. Je te rejoins là-bas. De toute façon, j'aurai besoin de ma voiture.

— Entendu.

— Dallas.

À cet instant précis Connors se rendit compte que ni lui ni Peabody n'existaient pour les deux autres.

— Nous devons trouver le chaînon manquant, déclara Feeney. Ce que personne n'a remarqué. Il y a forcément quelque chose. Une pièce du puzzle, une étape, une idée. Cette fois, rien ne doit nous échapper.

— Tu peux compter sur moi.


Connors était déjà allé à la morgue. Comme chaque fois, il se demanda si l'on avait choisi de revêtir ces couloirs interminables de carrelage blanc pour compenser le manque de lumière naturelle ou si c'était simplement pour des raisons d'austérité.

Leurs pas résonnaient sur le sol.

Le soleil n'était pas encore levé et il voyait bien que Peabody commençait à souffrir. Elle avait les traits tirés, les yeux cernés. Pas Eve. Pas encore. La fatigue l'envahirait d'un seul coup – comme chaque fois. Pour le moment, elle ne pensait qu'à accomplir sa mission. Elle puisait certainement une partie de son énergie dans une colère latente, un carburant vital dont elle n'était pas nécessairement consciente.

Elle s'immobilisa devant l'entrée de la salle d'autopsie.

— Tu tiens absolument à la voir ?

— Oui. Je veux t'aider dans cette affaire et, pour pouvoir me rendre utile, j'ai besoin de comprendre. J'ai déjà vu des cadavres.

— Pas comme celui-ci.

Elle poussa la porte. Morris était là. Il avait troqué sa tenue de soirée contre un jogging gris et des baskets noir et argent. Assis sur une chaise en métal, il buvait un épais liquide brunâtre contenu dans un grand verre.

— Ah ! De la visite ! Un Smoothy aux protéines ?

— Certainement pas ! rétorqua Eve.

— C'est meilleur que ça n'en a l'air. Et c'est efficace. Connors, content de vous voir malgré les circonstances.

— Et réciproquement.

— La victime était une employée de Connors, expliqua Eve.

— Je suis désolé.

— Je la connaissais à peine. Mais...

— Oui, mais... fit Morris qui posa sa boisson et se leva. À mon grand regret, nous allons bientôt la connaître par cœur.

— Elle gérait l'un des clubs de Connors. *L'Étoile*, dans le quartier de Chelsea.

— C'est à vous ?

Morris esquissa un sourire.

— J'y ai cmmené une amie il y a quelques semaines. Un voyage très divertissant dans le passé.

— Feeney ne va pas tarder à arriver.

Morris reporta les yeux sur Eve.

— Je vois. Nous étions tous les trois ensemble la dernière fois. Vous vous en souvenez ?

— Oui.

— Elle s'appelait Corrine. Corrine Dabgy.

— Vingt-neuf ans. Elle vendait des chaussures dans une boutique en ville. Elle adorait faire la fête. Elle a tenu vingt-six heures, dix minutes, cinquante-huit secondes.

Morris hocha la tête.

— Vous vous rappelez ce que vous avez dit ce jour-là ?

— Pas précisément, non.

— Moi, si. Vous avez dit : « Il ne s'arrêtera pas là. » Vous aviez raison. Nous avons vite compris qu'il voulait bien davantage. Vous préférez qu'on attende Feeney ?

— Il rattrapera son retard.

— Bien.

Morris traversa la salle. Connors lui emboîta le pas.

Il avait déjà vu la mort, la mort violente, sanglante, inutile et perverse. Mais là, c'était pire que tout.

Eve ne s'était pas trompée : il n'avait jamais rien vu de tel.

# 3

Que de lésions, songea-t-il, et toutes nettoyées. En un sens, c'eût été plus supportable s'il y avait eu du sang. La présence de sang aurait été la preuve qu'il y avait eu de la vie.

Mais cette... cette femme autrefois si débordante d'énergie ressemblait désormais à une poupée déchiquetée par un enfant capricieux.

— Joli travail, constata Eve.

Connors lui darda un regard noir.

Il voulut parler, exprimer son horreur. Mais en voyant son visage, il comprit qu'en dépit de son ton calme et posé, la colère la rongeait elle aussi. Et la pitié.

Aussi ne dit-il rien.

— Notre assassin est méthodique, annonça Morris en allumant l'ordinateur avant de tendre une paire de microlunettes à Eve. Vous voyez ces lacérations sur les membres ? Longues, fines, peu profondes.

— Il s'est servi d'un scalpel ou d'une lame bien affûtée.

Bien qu'elles soient optimisées à l'écran, Eve se pencha pour les examiner à travers ses lunettes.

— Je m'étonne d'une telle précision. Soit elle était droguée, soit il l'avait neutralisée de manière à ce que ses éventuels efforts pour se débattre ne le gênent en rien.

— Quelle est votre hypothèse ? demanda Morris.
— Il l'a ligotée. Où est le plaisir si elle est inconsciente, si elle ne sent rien ? Les brûlures de ce côté sont minuscules, ajouta-t-elle en soulevant le bras gauche de la victime. Et là, aussi, au creux du coude... mais la peau est carbonisée sur le pourtour des plaies. Ça n'a pas été provoqué par un laser, mais par une flamme vive, il me semble.
— Je suis d'accord. À d'autres endroits, il a utilisé le laser. Et là, à l'intérieur de la cuisse, la zone marbrée ? Un froid intense.
— Oui, acquiesça Eve. Pour ce qui est des hématomes... pas d'égratignures. Un instrument lisse.
— Une matraque ? proposa Connors en se penchant à son tour sur le corps. En cuir, remplie de sable.
— Là encore, je suis d'accord. Et n'oublions pas les perforations, reprit Morris. Voyez ces motifs circulaires, ici, ici et ici...
Il afficha à l'écran des gros plans de la main droite, du talon du pied gauche, de la fesse gauche.
— Vingt perforations minutieuses, dessinant un tracé rigoureux.
— Comme des aiguilles, observa Eve. Une sorte d'outil... Il a peut-être... C'est nouveau. Nous n'avons rien de ce genre dans nos archives.
— Ce salaud est inventif, marmonna Peabody. Morris, vous permettez que je prenne une bouteille d'eau ?
— Servez-vous.
— Si vous avez besoin de prendre l'air, allez-y ! lança Eve sans la regarder.
— L'eau suffira.
— Hormis cette innovation, poursuivit Eve, tout le reste correspond à ce que nous connaissons déjà. Avec peut-être un soupçon de créativité en plus, de patience. Plus on s'exerce, plus on se perfectionne. Les coupures le long de la cage thoracique et sur les seins sont plus longues et plus profondes. Les brûlures sur les mollets sont plus larges.

— Il y va graduellement. Il veut que ça dure. Pas d'hématomes au visage. Un coup de matraque mal placé et elle pourrait s'évanouir.

Les portes s'ouvrirent à la volée, cédant le passage à Feeney qui fonça droit vers la table.

— Merde ! grommela-t-il.

— Nous avons relevé une nouveauté : un motif circulaire de perforations, lui annonça Eve. Qu'en penses-tu ?... Apparemment, rien n'indique qu'il l'a bâillonnée – s'il l'a fait, il a pris soin de ne pas trop serrer le bâillon pour éviter d'abîmer la peau. Il a dû la séquestrer dans un endroit très isolé. Pour qu'elle puisse crier. On a reçu le rapport toxicologique ?

— Juste avant votre arrivée, répondit Morris. Quelques traces d'un sédatif standard dans le sang. À l'heure du décès, elle était réveillée et consciente.

— Même *modus operandi*. Il l'endort pendant qu'il est occupé à d'autres tâches.

— Les analyses montrent aussi la présence d'eau et de protéines dans l'organisme.

— Il leur donne de quoi tenir le coup, expliqua Feeney.

Eve opina, et enchaîna :

— Et pour finir, il leur lacère les poignets, mais pas trop profondément. Elles meurent vidées de leur sang. Ça prend du temps.

— Deux heures, trois tout au plus, précisa Morris.. Elle a dû sombrer dans l'inconscience avant la fin.

— Sait-on avec quoi il l'a lavée ?

— Nous avons prélevé des échantillons de produits dans les blessures du cuir chevelu et sous les ongles. J'ai tout envoyé au labo.

— Confiez-leur aussi des spécimens de peau et de cheveux. Je veux savoir d'où provient l'eau... de la ville ? Des faubourgs ?

— Je m'en occupe.

Feeney se tourna vers Eve, qui ôtait ses lunettes.

— Il doit s'attaquer à la deuxième, dit-il. Et il a probablement déjà sélectionné la troisième.

— Oui. Je vais voir le commandant. Pour l'heure, choisis deux de tes meilleurs hommes. Je veux qu'ils passent au crible les données au fur et à mesure que nous les recevrons et qu'ils effectuent des calculs de probabilité. C'est le fils de Gil Newkirk qui est arrivé le premier sur la scène.

— Pas possible !

— Je le prends dans l'équipe en tant qu'uniforme, à condition que son lieutenant ne s'y oppose pas.

— Qui est-ce ?

— Grohman.

— Je le connais. Je m'en charge, promit Feeney.

— Parfait.

Eve consulta sa montre, réfléchit.

— Peabody, réservez-nous une salle de conférences pour la durée de l'enquête. Au moindre gémissement, expédiez-les chez Whitney. Rendez-vous sur place pour le premier briefing à 9 heures.

Comme ils sortaient, Eve glissa un coup d'œil à Connors.

— Je suppose que tu veux assister à la réunion.

— Tu supposes bien.

— Je vais devoir solliciter l'autorisation de Whitney.

— Pas de problème.

— Prends le volant. Je le contacte.

Elle ne fut pas surprise de le découvrir à son bureau.

— Commandant, nous quittons l'institut médico-légal et nous dirigeons vers le Central. J'ai demandé une salle de conférences.

— C'est bon ! On a la A ! annonça Peabody depuis la banquette arrière.

— Salle de conférences A, répéta Eve à l'adresse de Whitney. J'ai prévu la première réunion à 9 heures,

— J'y serai, ainsi que le préfet Tibble.

— Entendu. J'ai convoqué le capitaine Feeney puisque nous avons travaillé ensemble sur l'enquête précédente. J'ai demandé deux spécialistes en électronique supplémentaires et je souhaite prendre l'agent Newkirk. C'est lui qui est arrivé le premier sur la scène du crime, et c'est le fils d'un des officiers impliqués dans la première enquête.

— Je règle la question.

— Feeney s'en occupe déjà. Il me faut quatre hommes de plus : Baxter, Trueheart, Jenkinson et Powell. Je redistribuerai les dossiers sur lesquels ils travaillent actuellement. Je veux qu'ils soient entièrement disponibles pour cette affaire.

— C'est à vous d'en décider, lieutenant. Mais je vous rappelle que Trueheart est assistant, pas inspecteur, et qu'il manque d'expérience.

— Il est infatigable, commandant, et il a un œil de lynx. Baxter l'a mis au parfum.

— Je vous fais confiance.

— Merci. Il faudrait que le Dr Mira relise le profil et le remette éventuellement à jour. Par ailleurs, un expert consultant civil nous serait utile.

Whitney demeura silencieux pendant cinq secondes interminables.

— Vous voulez prendre Connors, Dallas ?

— La victime était une de ses employées. Ce lien nous permettra de sauter un certain nombre d'étapes. De plus, il dispose d'un matériel nettement plus performant que celui du département de police. C'est un atout incontestable.

— Là encore, je vous fais confiance.

— Oui, commandant.

Le jour se levait quand Connors engagea la voiture dans le parking souterrain du Central.

— Nous sommes à destination, commandant, annonça Eve. Je vous attends à 9 heures.

— Je joins le Dr Mira.

Connors gara le véhicule sur son emplacement désigné. À l'arrière, Peabody ronflait doucement – presque avec grâce.

49

— Tu en connais un bout sur la torture, murmura enfin Eve.

— En effet.

— Et tu as des relations.

— Exact.

— C'est à cela que je veux que tu réfléchisses. Et si tu as un contact à ajouter à la liste, n'hésite pas l'utiliser. Notre meurtrier a des outils et un atelier, sans doute parfaitement équipé. À mon avis, il possède aussi quelques joujoux électroniques. Histoire de mesurer le pouls de la victime, d'observer les ondes cérébrales... Des caméras, du matériel audio.

— Tout ce que tu voudras.

Elle opina, puis se retourna pour secouer le genou de Peabody.

— Hein ? Quoi ?

Peabody se redressa brusquement, cligna des yeux.

— Je réfléchissais !

— Mais oui. Moi aussi, quand je suis perdue dans mes pensées, je ronfle et je bave.

— Baver ? s'exclama Peabody, mortifiée, en s'essuyant la bouche. Je ne bavais pas !

— Vous avez une heure de repos.

— Non, non, ça va.

Peabody descendit de voiture.

— Je me suis assoupie un instant, c'est tout.

— Une heure, répéta Eve en se dirigeant vers l'ascenseur. Profitez-en, et retrouvez-moi dans la salle de conférences. J'aurai besoin de votre aide pour tout installer.

— Ce n'est pas la peine de vous énerver sous prétexte que je me suis octroyé deux minutes de sieste !

— Si j'étais énervée, je vous botterais les fesses au lieu de vous accorder soixante minutes de pause. Et ne discutez pas avec moi quand je suis en manque de caféine. Prenez votre heure. Vous allez en avoir besoin.

Quand les portes de l'ascenseur s'ouvrirent, Eve en sortit avec Connors, puis se retourna et pointa le doigt vers le visage boudeur de Peabody.

— Vous avez soixante minutes à compter de maintenant.

Connors attendit que les portes se referment.

— Une sieste ne te ferait pas de mal.

— Un café me ferait carrément du bien.

— Et un peu de nourriture.

Elle le regarda droit dans les yeux.

— Si tu commences à me harceler, je te vire de l'équipe.

— Si je ne te harcelais pas, tu ne mangerais et ne dormirais jamais. Qu'est-ce que tu as dans l'autochef de ton bureau ?

— Du café.

— Je te rejoins tout de suite.

Il pivota et fonça dans la direction opposée. Eve fronça les sourcils. Mais au fond, elle n'était pas mécontente. Qu'il s'occupe ailleurs. Elle serait plus tranquille pour rédiger son rapport et préparer son briefing.

Elle traversa la salle commune. C'était bientôt l'heure du changement de service. Dans son bureau, elle se précipita pour programmer un café.

Neuf ans plus tôt, elle n'avait pas de vrai café pour recharger ses batteries. Au lieu d'un bureau étriqué, elle avait un poste de travail au milieu de ses collègues. Et c'était Feeney qui menait l'enquête. Elle savait que cela lui pesait, qu'il se remémorait chacune des étapes franchies, les pistes brouillées, les impasses. Et les corps.

Il fallait ne rien oublier. C'était indispensable pour que cela ne se reproduise plus.

Elle s'installa, envoya des messages à Baxter et à Jenkins, leur ordonnant d'alerter leurs assistants et partenaires respectifs et de se présenter en salle de conférences A, à 9 heures tapantes.

Sans le moindre état d'âme, elle transféra leurs dossiers à d'autres inspecteurs.

Elle s'attendait à des gémissements et à des grincements de dents dans la salle commune sous peu.

Après avoir rassemblé toute la documentation archivée neuf ans plus tôt – y compris le profil établi par le Dr Mira –, elle demanda qu'on lui envoie les fichiers concernant les autres affaires similaires, jamais résolues, et dont le mode opératoire correspondait.

Elle contacta le laboratoire pour qu'on lui communique au plus vite les résultats des analyses, laissant un bref message au responsable, Dick Berenski.

Puis, tout en entamant sa deuxième tasse de café, elle s'attela à la rédaction de son rapport.

Elle était en train de le peaufiner quand Connors apparut. Il posa devant elle un bol isotherme et une fourchette jetable.

— Mange.

Eve souleva prudemment le couvercle.

— Nom de nom ! Quitte à me prendre quelque chose, pourquoi m'avoir apporté des flocons d'avoine ?

— Parce que c'est bon pour toi.

Il s'assit avec son propre bol sur l'unique siège réservé aux visiteurs.

— Tout ce qu'on sert dans votre pitoyable cantine est infect.

— Les œufs sont passables. À condition d'y rajouter beaucoup de sel.

Connors inclina la tête.

— Tu rajoutes du sel sur tout.

À contrecœur, elle avala une bouchée de céréales. Après tout, ça la calerait.

— Ici, on a droit à de la nourriture de flic…

Elle fronça les sourcils. Au fond, ce n'était pas si mauvais.

— … et ça, ce n'en est pas.

— En effet, admit Connors. J'ai fait un saut chez le traiteur au coin de la rue.

L'espace d'un éclair, son expression boudeuse rivalisa avec celle de Peabody un peu plus tôt.

— Ils vendent des viennoiseries, non ?

— Si, fit-il, avant d'ajouter avec un sourire : Mais les flocons d'avoine, c'est bien meilleur pour ta santé.

Possible, songea-t-elle. Tout de même, elle aurait préféré un beignet.

— Avant de commencer, je veux que tu saches que si tu en éprouves le besoin à quelque moment que ce soit, tu peux abandonner.

— Ce ne sera pas le cas, mais c'est noté.

Elle fit pivoter son fauteuil vers lui.

— Sache aussi que si j'ai le sentiment que ton implication me nuit – sur un plan personnel –, je devrai me débarrasser de toi.

Il posa son bol et se leva pour se programmer un café.

— Notre vie privée a connu – et ce n'est pas fini – des hauts et des bas quand nous avons travaillé ensemble, ou plus précisément, chaque fois que j'ai contribué à tes enquêtes.

— Celle-ci est différente.

— Je le conçois.

Sa tasse à la main, il se tourna vers elle.

— Tu n'as pas pu l'arrêter la dernière fois.

— Je n'en ai pas été capable, rectifia-t-elle.

— Ça ne m'étonne pas que tu le prennes ainsi. Donc, c'est personnel. Quoi que tu en penses. Ce qui rend la tâche plus difficile pour toi, voire pour nous. Mais bien des choses ont changé en neuf ans.

— Certes. À l'époque, personne ne me forçait à avaler des flocons d'avoine.

Il ébaucha un sourire.

— Et de un !

— À moins d'un miracle, Connors, nous ne sauverons pas la deuxième victime.

— Donc, tu te ronges les sangs d'avance. Je sais combien cela te pèse, et à quel point cela te pousse à aller de l'avant. Aujourd'hui, tu es soutenue par quelqu'un qui te comprend, qui t'aime et qui dispose de ressources considérables.

Il vint vers elle, lui effleura la joue d'une caresse.

— Ses méthodes n'ont peut-être pas énormément évolué depuis tout ce temps, Eve. Mais les *tiennes*, si. Et je suis convaincu que tu réussiras à l'arrêter.

— J'ai besoin de le croire aussi. Bon... Le temps de repos imparti à Peabody arrive à son terme. Je dois terminer ce rapport et en faire des copies pour les membres de l'équipe. J'ai réquisitionné des copies des archives et demandé les fichiers de tous les meurtres qu'on lui a attribués. Trouve-moi Peabody, dis-lui de passer chercher les documents, et commencez à installer la salle de conférences. J'en ai pour une dizaine de minutes.

— Parfait. J'emporte mon café avec moi.

Fidèle à sa parole, Eve se présenta dix minutes plus tard. Derrière elle, deux uniformes traînaient un deuxième tableau de meurtre. Quant à elle, elle était chargée d'un carton rempli de dossiers.

— Peabody, affichez-moi d'abord l'affaire en cours, ordonna-t-elle. Ensuite, nous passerons à la leçon d'histoire.

Elle posa son carton sur la table.

— J'ai des photos de la scène et du corps. Disposez-les sur le deuxième tableau.

— Tout de suite.

De son côté, elle se mit à écrire sur le premier. En lettres capitales impeccables, elle inscrivit le nom de la victime et la chronologie des événements entre le moment où elle avait quitté le club, l'heure de son décès et la découverte de son corps.

Elle traça un trait vertical et entreprit de noter de l'autre côté le nom des autres victimes, à commencer par Corrine Dagby.

Ce n'était pas un simple recensement de données, songea Connors, mais une sorte d'hommage aux morts. Pour qu'on ne les oublie pas.

Feeney pénétra dans la pièce.

— Le môme est dégagé de ses obligations. Le fils Newkirk.

Il fixa le tableau.

— Son père va chercher ses notes personnelles de l'époque. Il se tient à notre disposition.

— Tant mieux.

— J'ai convoqué McNab et Callendar. McNab est habitué à votre rythme de travail et ne rechigne jamais devant les corvées. Callendar est excellente. Elle ne néglige aucun détail.

— J'ai Baxter, Trueheart, Jenkinson et Powell.

— Powell ?

— Il a été muté de la 65 il y a environ trois mois. Il a ses vingt ans d'ancienneté. Il est très méticuleux. Côté uniformes, j'ai Harris et Darnell. On peut compter sur eux. Mais c'est Newkirk qui sera aux commandes. C'est lui qui est arrivé le premier sur la scène du crime, et il est au courant de l'enquête précédente.

— S'il ressemble à son père, c'est un bon flic.

— C'est aussi mon avis. Le chef Tibble, Whitney et Mira ne devraient pas tarder.

Elle s'écarta du tableau.

— Je vais parler de notre victime du jour. Tu veux récapituler la première enquête ?

Feeney secoua la tête.

— Je préfère te laisser faire. Cela me permettra peut-être d'envisager les choses sous un autre angle.

Il sortit un carnet de sa poche et le lui tendit.

— Mes notes originales. J'en ai gardé une copie pour moi.

Par ce geste, il lui transmettait non seulement ses notes, mais aussi les commandes. Elle en eut un pincement au cœur.

— Tu es sûr ?

— C'est normal.

Il se détourna tandis que les premiers collègues pénétraient dans la pièce.

Eve ordonna à l'un des uniformes de distribuer les dossiers, puis s'immobilisa devant le tableau que Connors et Peabody avaient installé.

Tous ces visages, songea-t-elle. Toute cette souffrance.

À quoi ressemblait celle qu'il détenait actuellement ? Comment s'appelait-elle ? Quelqu'un était-il à sa recherche ?

Combien de temps tiendrait-elle ?

Quand Whitney et Mira surgirent, Eve se dirigea vers eux. Entre l'homme à la carrure imposante, aux traits burinés par des années de commandement, et la ravissante femme, si élégante en tailleur rose pâle, le contraste était frappant.

— Lieutenant. Le préfet est en route.

— Toute l'équipe est là, commandant. Docteur Mira, il y a des copies de votre premier profil dans chaque dossier, mais si vous avez quoi que ce soit à ajouter verbalement, n'hésitez pas.

— J'aimerais relire les anciens rapports.

— Je vous les ferai parvenir. Commandant, souhaitez-vous prendre la parole ?

— Prenez les rênes, Dallas.

Il s'écarta pour céder le passage au chef Tibble.

Le préfet était un homme de haute taille, plutôt réservé. Pas toujours facile à déchiffrer, mais sans doute était-ce grâce à cela qu'il avait pu grimper tous les échelons. Il jouait le jeu de la politique – un mal nécessaire –, mais, aux yeux d'Eve, parvenait toujours à le faire de manière à mettre le département de police en valeur.

Teint mat, yeux foncés, costume sombre... Il ne manquait pas de charisme. Il avait une voix forte et une volonté de fer.

— Monsieur, le salua-t-elle.

— Lieutenant. Pardonnez-moi si je suis en retard.

— Vous ne l'êtes pas, monsieur. Nous pouvons commencer maintenant, si vous voulez.

Il opina avant d'aller se poster au fond de la salle. Debout, en observateur.

Eve fit signe à Peabody. Dans son dos, l'écran mural s'alluma.

— Sarifina York, commença-t-elle. Vingt-huit ans au moment de son décès.

Connors se rendit compte qu'elle faisait passer la victime au premier plan. Afin que chacun des flics présents à la réunion garde en mémoire son visage, son nom. Qu'il ne cesse de penser à elle une fois enseveli sous les données, englouti par la routine, les horaires impossibles et les frustrations.

Elle présenta ainsi toutes les victimes. Ce fut long, mais personne ne l'interrompit, personne ne montra le moindre signe d'impatience.

— Nous pensons que ces femmes, vingt-trois en tout, ont été enlevées, torturées et assassinées par un seul et même individu. Nous croyons qu'il en existe probablement d'autres – dont on n'a pas retrouvé le corps ou qui n'ont pas été tuées de la même manière, ce qui expliquerait qu'aucun lien n'ait été établi entre leur disparition et notre meurtrier. Selon nous, c'est à partir de Corrine Dagby qu'il a opté pour cette méthode en particulier.

Elle marqua une pause afin de s'assurer que son auditoire se concentrait bien sur la photo de cette dernière.

— Comme vous pourrez le constater d'après les copies d'archives qui vous ont été fournies, le mode opératoire varie fort peu d'une victime à une autre. Les copies complètes de ces dossiers vous seront transmises sous peu.

Elle scruta la salle. Rien ne lui échappait.

— Au départ, sa méthodologie est typiquement celle d'un tueur en série. Nous pensons qu'il suit et sélectionne ses proies – qui appartiennent toutes à la même tranche d'âge et ont en commun le sexe, la couleur de la peau et des cheveux – et qu'il se familiarise avec leurs habitudes. Il sait où elles habitent, où elles travaillent, où elles font leurs courses, avec qui elles couchent.

De nouveau, elle se tut, changea de position.

— Vingt-trois victimes, répéta-t-elle. À notre connaissance. Des cibles spécifiques. Rien ne les rattache les unes aux autres hormis l'âge et l'apparence physique. Aucune d'entre elles ne s'est plainte d'être harcelée par un ami, un collègue ou un membre de sa famille. Dans chaque cas, la victime a quitté un lieu et n'a été revue qu'une fois son corps découvert.

Elle reprit son souffle.

— Il doit disposer d'un véhicule personnel pour les emmener en un lieu sûr. Un endroit isolé, car il met plusieurs jours à les tuer. Toutes les enquêtes précédentes révèlent, à travers la chronologie des événements et l'autopsie, qu'il choisit et enlève la victime suivante avant d'en avoir fini avec la première, et ainsi de suite.

Elle résuma les rapports de police et ceux des médecins légistes, décrivit les tortures infligées et le procédé de mise à mort.

Connors entendit Callendar souffler :

— Seigneur !

— Il ajuste parfois légèrement la formule en fonction de la victime. D'après le profil établi par le Dr Mira, ce qui l'intéresse c'est de tester la résistance de sa proie, son seuil de tolérance à la douleur, sa volonté de vivre. Il est prudent, méticuleux et patient. C'est sans aucun doute un homme d'âge mûr, d'une grande intelligence. Il vit seul et perçoit un revenu régulier. S'il ne s'en prend qu'aux femmes, il ne semble pas les abuser sexuellement.

— Piètre consolation, murmura Callendar.

Si Eve l'avait entendue, elle n'en montra rien.

— Le sexe, le contrôle et le pouvoir qui en découlent ne l'intéressent pas. En gravant sur leur torse – post mortem – le nombre d'heures qu'il a passées avec elles – il leur met une étiquette. L'anneau qu'il leur glisse au doigt est une autre façon de les marquer. Ce qu'il aime, c'est posséder.

Eve adressa un regard à Mira pour confirmation.

— En effet, renchérit celle-ci. Ces meurtres sont un rituel, *le sien*, de la première à la dernière étape. La bague symbolise l'intimité et le sens de la propriété. Ces femmes lui appartiennent. Selon toute vraisemblance, elles en symbolisent une autre, qui a eu de l'importance dans sa vie.

— Une fois qu'elles sont mortes, reprit Eve, il les lave de la tête aux pieds. Nous avons réussi à prélever des échantillons de savon et de shampooing sur certaines des victimes. Il choisit des produits de marque. Ensuite, il les dépose sur un drap blanc, en général dans un parc ou sur une pelouse. Jambes serrées, mais bras écartés… Jusque-là, il suit le chemin traditionnel du tueur en série. Peabody, affichez la chronologie complète, ordonna-t-elle. En revanche, contrairement à ses pairs, il n'y a aucune escalade dans la violence ; le délai entre deux épisodes ne se réduit pas de façon flagrante. Il s'acharne pendant deux ou trois semaines, puis il s'arrête. Le cycle reprend au bout d'un an ou deux, ailleurs. Il a sévi à New York, au pays de Galles, en Floride, en Roumanie, en Bolivie et, aujourd'hui, de nouveau à New York. Vingt-trois femmes, neuf ans, quatre pays. Ce salaud est de retour et il ne repartira pas.

À présent, elle ne pouvait plus contenir sa colère.

— En ce moment même, il a entre les mains une jeune femme âgée de vingt-huit à trente-trois ans. Elle a les cheveux châtains, le teint clair, elle est plutôt mince. À nous de le trouver. À nous de la sauver.

« Je vais vous confier vos tâches. Si vous avez des questions, veuillez patienter. Mais sachez que nous allons le coincer ici, à New York, et qu'il finira sa vie dans une cage.

Ce n'était pas seulement de la colère, songea Connors. C'était aussi un sursaut d'orgueil. Elle les leur transmettait pour qu'ils se donnent à fond, quitte à s'effondrer.

Elle était magnifique.

— Il est hors de question qu'il quitte cette ville. Il est hors de question qu'il échappe à la justice parce que l'un d'entre nous aura commis une erreur infime dont pourrait profiter son avocat par la suite. À nous de nous débrouiller pour qu'il paie le prix de ses crimes odieux.

# 4

Tandis qu'Eve concluait son exposé, Tibble la rejoignit. Spontanément, elle se tut et s'écarta pour lui céder la place.

— Le département de police de New York mettra toutes ses ressources à la disposition de cette équipe. Si votre chargée d'enquête estime nécessaire de renforcer les troupes et que le commandant est d'accord, ce sera fait. Toute demande de congé, hormis en cas d'urgence ou de maladie, sera refusée jusqu'à ce que cette affaire soit close.

Il fit une pause, jaugeant les réactions des uns et des autres. Visiblement satisfait, il enchaîna :

— Je fais confiance à chacun d'entre vous ; je sais que vous vous donnerez à fond jusqu'à ce que ce salaud soit identifié, appréhendé et enfermé pour le restant de ses jours. À vous non seulement de l'arrêter, mais aussi de bétonner le dossier afin qu'il n'ait aucune échappatoire possible. Je ne veux pas de bévues. Je compte sur le lieutenant Dallas pour vous faire la peau si vous commettez la moindre erreur.

Sur ces mots, il regarda Eve droit dans les yeux. Elle opina.

— Bien, monsieur.

— Les médias vont bondir sur l'affaire comme une horde de loups. Nous avons envisagé, puis renoncé à la mise en place d'un statut Code bleu.

La population doit être protégée, donc avertie du genre de femme que cible l'assassin. Toutefois, les journalistes n'auront qu'une – et une seule – interlocutrice, à savoir le lieutenant Dallas. C'est clair ?

— Oui, monsieur, murmura-t-elle avec nettement moins d'enthousiasme.

— Quant aux autres, vous vous garderez de tout commentaire, vous ne discuterez sous aucun prétexte avec les reporters, pas même pour leur donner l'heure ou la météo. Vous les enverrez au lieutenant. Il n'y aura aucune fuite hormis les révélations approuvées par le département. Dans le cas contraire, et si nous en découvrons la source – ce qui ne manquera pas –, le coupable sera directement muté aux Archives. Lieutenant, coffrez-le, et vite.

— C'est mon intention, répliqua Eve avant de se tourner vers son équipe. Bien, vous savez ce qu'il vous reste à faire. Au boulot !

Les chaises raclèrent le sol. Tibble fit signe à Eve de s'approcher.

— Conférence de presse à midi.

Il leva la main comme pour l'empêcher de protester.

— Vous vous contenterez d'une déclaration. Brève, concise. Le temps des questions/réponses sera limité à cinq minutes. Pas une de plus. C'est un mal nécessaire, lieutenant.

— Je comprends, monsieur. Lors des enquêtes précédentes, nous n'avons jamais évoqué les chiffres gravés sur le torse des victimes.

— Continuez de garder ce détail pour vous. Envoyez-moi une copie de tous les rapports, requêtes et réquisitions... Que voit-il quand il les regarde ? ajouta-t-il en se tournant vers le tableau sur lequel étaient fixées les photos.

— Leur potentiel, répondit Eve sans réfléchir.

— Leur potentiel ?

— Oui, monsieur, je pense que c'est cela qu'il voit. Sauf votre respect, il faut que je me mette au travail.

— Bien sûr, bien sûr. Vous pouvez disposer.

Elle rejoignit Feeney.

— Cet espace te convient-il pour la partie électronique ?

— On se débrouillera. Je vais faire descendre tout le matériel dont nous avons besoin. Ça devrait être prêt d'ici à une trentaine de minutes. S'il est revenu, on peut se poser la question de savoir s'il utilise le même endroit que la dernière fois. Peut-être qu'il vit ici entre deux épisodes.

— La ville et ses faubourgs grouillent de maisons particulières et d'entrepôts abandonnés. Ce salaud œuvre peut-être de l'autre côté de la rivière, dans le New Jersey. Mais si c'est le même endroit qu'autre-fois – ce qui est possible, car je le vois comme quelqu'un de routinier –, cela réduit d'autant le champ des recherches. Commençons par vérifier la liste de tous les propriétaires de bâtiments susceptibles de faire l'affaire et dont le nom n'a pas changé depuis ces neuf dernières années. Dix, rectifia-t-elle. J'imagine qu'il avait pris le temps de se préparer.

— Ça réduit le champ des recherches, en effet ! railla-t-il en grimaçant. Autant chercher une aiguille dans une botte de foin. On va s'y mettre.

— Ça ne t'ennuie pas de t'occuper de la recherche des personnes disparues ?

Il expira longuement, fourra les mains dans ses poches.

— Chaque fois que tu me confieras une tâche, tu comptes me demander si ça ne m'ennuie pas ?

— Ça paraît tellement bizarre.

— Ce n'est pourtant pas la première fois que je dirige la partie détection électronique d'une de tes enquêtes.

— Ce n'est pas ça, Feeney... Tu sais comme moi que cette fois, c'est différent. Si ça t'embête, je veux le savoir.

Il balaya du regard la salle où les membres de l'équipe et les uniformes s'affairaient. Puis il l'invita d'un geste à le suivre à l'écart.

— Ça m'embête, mais pas dans le sens où tu l'imagines. Ça me fout en l'air qu'on n'ait pas réussi à coincer ce type quand j'étais sur le coup.

— Tu n'étais pas seul. Nous sommes tous responsables.

— Tu sais très bien ce que je veux dire.

— Oui, marmonna-t-elle en se passant la main dans les cheveux. Oui, je sais.

— Cette fois, c'est toi qui tiens les rênes. Tu vas en prendre plein la poire parce que nous savons tous les deux qu'un nouveau nom, un nouveau visage vont s'afficher sur ce tableau avant que nous n'appréhendions cette ordure. Tu surmonteras l'épreuve parce que tu n'as pas le choix. Oui, ça m'embête, mais ça m'embêterait encore davantage si ce n'était pas toi le chef. Compris ?

— Compris.

— Je lance une recherche sur les personnes disparues... Notre expert consultant civil serait parfait pour le chapitre immobilier.

— Excellente idée, approuva Eve. Je file au labo les soudoyer et/ou les menacer pour qu'ils pressent le mouvement.

Jetant un coup d'œil derrière elle, elle constata que Connors était déjà en train d'aider McNab à installer les ordinateurs.

— Auparavant, je vais dire deux mots au civil.

Elle fonça vers lui, lui tapa sur l'épaule. Il avait noué ses cheveux en catogan, comme souvent lorsqu'il s'apprêtait à se mettre à l'ouvrage. Vêtu du jean et du pull qu'il avait enfilés en toute hâte lorsqu'ils avaient quitté la maison pour la scène du crime, il ressemblait davantage aux membres de l'équipe qu'à l'empereur du business qu'il était.

— Tu peux m'accorder un instant, s'il te plaît ?

— Que puis-je pour toi, lieutenant ?

— Feeney a une tâche à te confier. Il va te mettre au courant. Je m'en vais avec Peabody. Je veux simplement que... Écoute, n'achète pas de trucs.

Il haussa les épaules, amusé.

— Du genre ?

— Joujoux électroniques, meubles, repas gastronomiques, danseuses nues, je ne sais pas, moi... Tu n'es pas là pour fournir des prestations au département de police.

— Et si j'ai une petite faim ? S'il me prend une furieuse envie de danser ?

— Réprime-les.

Elle posa l'index sur son sternum, signe d'une mise en garde affectueuse.

— Et ne me demande pas de t'embrasser pour te dire au revoir ou te saluer tant qu'on sera sur le terrain. Ça nous donne l'air d'être...

— Mariés ? suggéra-t-il.

Devant son expression, il sourit.

— Entendu, lieutenant. Je ferai en sorte de réprimer toutes mes pulsions.

— Peabody, cria-t-elle en se détournant. Avec moi.

En chemin, Peabody s'arrêta devant le distributeur automatique. Elle prit un tube de Coca Light pour elle et un autre, normal, pour Eve.

— On va avoir besoin de caféine. C'est la première fois que je suis sur un coup pareil ; le crime a été commis il y a quelques heures à peine et, déjà, on a droit à une équipe de choc, un Q.G. de guerre et un discours du préfet.

— Nous devons nous concentrer entièrement sur cette affaire.

— Il s'agit de celle-ci, de celles d'il y a neuf ans et de toutes les autres qu'on a recensées ailleurs. Ça fait beaucoup de balles pour jongler.

— Il n'y en a qu'une, rectifia Eve comme elles grimpaient dans la voiture. Une affaire, mais une multitude de ramifications.

— De bras, dit Peabody au bout d'un instant. Je dirais plutôt des bras. Comme une pieuvre géante.

— C'est exactement cela.

— Une créature avec plein de tentacules et une seule tête. Quand on aura la tête, on aura le reste.

— Pas mal comme image, concéda Eve en démarrant.
— Et disons... bon d'accord, peut-être qu'on n'aura pas la tête tout de suite, mais imaginez qu'on réussisse à attraper un des tenta...
— C'est bon, Peabody. J'ai capté.
L'esprit envahi par des images de pieuvres, Eve fut soulagée d'entendre biper son communicateur.
— Dallas.
— Alors ? Quoi de neuf ?
— Nadine !
Eve jeta un coup d'œil à l'écran où venait de s'afficher le visage souriant de la journaliste et présentatrice la plus adulée du cercle médiatique : Nadine Furst.
— Une conférence de presse, vous êtes nommée porte-parole du département – je sais que cela vous réjouit.
— Je suis chargée de l'enquête.
— Ça, j'avais compris, rétorqua Nadine, le regard perçant. Mais en quoi celle-ci est-elle différente des autres ? Une femme découverte morte dans un parc, dont on n'a toujours pas révélé l'identité.
— Nous le ferons lors de la conférence de presse.
— Donnez-moi un indice. C'est une personne célèbre ?
— Motus.
— Allez, soyez sympa !
Le problème, c'était qu'elles s'appréciaient énormément. Par ailleurs, Eve savait qu'elle pouvait faire confiance à Nadine.
— Je vous conseille d'assister à la conférence.
— J'ai un empêchement. Dites-moi juste...
— Venez, et montez ensuite me voir dans mon bureau.
— Une interview privée après une déclaration publique, ce n'est guère reluisant, Dallas.
— Ce ne sera pas une interview, mais un entretien privé. Sans caméra. Vous ne perdrez pas au change, Nadine.

— J'y serai.

Eve coupa la communication.

— Malin, commenta Peabody. Très, très malin. Vous l'appâtez, vous négociez, vous récupérez ses contacts.

— Elle saura se taire si je le lui demande, assura Eve. Et elle est le tuyau idéal pour les éventuelles fuites approuvées par le département.

Elle se gara, fit jouer les muscles de ses épaules.

— Allons harceler Berenski.

La tête du chef du laboratoire évoquait un œuf recouvert d'une chevelure lissée à la brillantine. Personnage retors, ambigu et corrompu, il ne se contentait pas d'espérer des dessous-de-table : il les considérait comme un dû.

Ce qui ne l'empêchait pas de diriger un laboratoire de haut niveau et de connaître son boulot aussi bien que les fesses de la pin-up du mois de son magazine préféré.

Eve entra, longea les interminables comptoirs blancs, passa devant les petits bureaux cernés de cloisons transparentes et les postes de travail. Berenski allait et venait devant le sien sur son fauteuil à roulettes, ses doigts pianotant à toute allure sur plusieurs claviers à la fois.

— Où est mon rapport ? aboya-t-elle.

Il ne daigna pas lever les yeux sur elle.

— Du calme, Dallas. Vous voulez du rapide ou du précis ?

— Du rapide et du précis. C'est urgentissime.

— Du calme, répéta-t-il en pivotant vers elle, l'air furieux.

Une réaction inhabituelle de sa part.

— Vous croyez que je vous mène en bateau ?

— Ce ne serait pas la première fois.

— Cette affaire n'est pas une première non plus, il me semble.

Elle fouilla dans sa mémoire.

— Vous n'étiez pas chef, il y a neuf ans.

— J'étais technicien supérieur. C'est moi qui ai analysé la peau et les cheveux des quatre victimes. C'est à Harte qu'on a offert les fleurs, mais c'est moi qui avais fait le boulot. Nom de nom !

— Bien, bien. Applaudissements nourris. Mais ce qui m'intéresse, c'est l'analyse de la peau et des cheveux de cette victime-*ci*.

— J'ai fait le boulot, insista-t-il d'une voix empreinte d'amertume. Je ne disposais que de traces infimes, pourtant, j'ai réussi à vous donner la marque du savon et du shampooing. C'est vous qui avez été incapable d'arrêter ce salopard.

— Vous avez fait votre boulot et moi, je n'ai pas fait le mien ?

Elle se pencha sur lui.

— Ce serait plutôt à *vous* de vous calmer, Dick.

— Euh... excusez-moi. Si vous pouviez éviter de bousculer l'arbitre...

Courageusement – du moins de son point de vue –, Peabody se glissa entre eux.

— ... Tous ceux qui étaient impliqués dans l'enquête d'il y a neuf ans se sentent particulièrement concernés aujourd'hui.

— Qu'en savez-vous ? riposta Dick. Il y a neuf ans, vous apparteniez à une communauté Free Age et passiez votre temps à louer la lune !

— N'exagérons rien.

— Ça suffit, intervint Eve d'un ton coupant. Si vous ne vous sentez pas à la hauteur, Berenski, je vous ferai remplacer.

— C'est moi le chef. Vous n'êtes pas chez vous ici. C'est moi qui décide qui travaille sur quoi.

Il leva la main.

— Calmez-vous une minute. Juste une minute, bordel de merde !

Étonnée par son attitude, Eve demeura silencieuse tandis qu'il contemplait ses doigts.

— Parfois, ça vous colle à la peau, vous comprenez ? On n'oublie pas.

Il aspira une grande bouffée d'air, dévisagea Eve. Il n'était pas seulement furieux, il semblait frustré, à la limite du chagrin.

— Rappelez-vous quand ça s'est arrêté. Brusquement. Du jour au lendemain. Tout le monde a cru qu'il était mort ou qu'on l'avait serré pour autre chose. On ne l'avait pas attrapé, on en était malades, mais il ne sévissait plus... Seulement voilà. Il n'est pas mort, il n'est pas allé en taule. Il a arpenté la planète Terre en toute liberté. Maintenant qu'il est de retour sur mon bureau, ça m'horripile.

— J'ai été nommée présidente du club des Horripilés. J'accepte votre demande d'inscription.

Il ricana, et la crise passa.

— J'ai les résultats. J'étais simplement en train de relire des données. Triple vérification. Il n'a pas utilisé les mêmes marques qu'autrefois.

— Les anciennes sont toujours disponibles?

— Oui, oui. Il a lavé les quatre premières victimes avec du savon au beurre de karité, à l'huile d'olive, de palme, de rose et de camomille. Un savon artisanal, fabriqué en France, *Les Essentielles*. Quinze dollars pièce il y a neuf ans. Pour le shampooing, c'était le même fabricant, un produit aux extraits de caviar et de fenouil.

— Du caviar dans un shampooing? s'exclama Peabody. Quel gâchis!

— Si vous voulez mon avis, ce ne sont que des œufs de poisson, et c'est dégoûtant. Mon collègue du pays de Galles est parvenu aux mêmes conclusions que moi. De même que celui de Floride. Quant à la Roumanie et à la Bolivie, ils n'ont rien trouvé. Mais entre-temps, notre assassin a changé de marque.

— C'est-à-dire?

— Il a conservé le côté écolo-artisanal : on a le beurre de karité, mais aussi du beurre de cacao, on a l'huile d'olive et des extraits de pamplemousse et d'abricot. Plus précisément – il a fallu affiner l'examen – du pamplemousse rose. C'est un produit exclusivement fabriqué en Italie et il coûte cinquante dollars pièce.

— Il a donc opté pour une qualité supérieure.

— C'est justement ce qui m'intrigue. J'ai consulté le site Internet... et regardez...

Il fit apparaître plusieurs photos de savons, lisses et brillants comme des joyaux, incrustés sur les bords de fleurs ou d'herbes aromatiques.

— Seules, deux boutiques les proposent en ville. Le shampooing aussi. Huile de truffe blanche, cent cinquante-huit dollars le flacon de deux cents millilitres.

Il renifla, et grommela :

— Je ne paierais pas une bouteille d'alcool ce prix-là.

— Vous ne les payez jamais, répliqua distraitement Eve. Vous vous fournissez exclusivement sous la table

— Tout de même.

Des produits de luxe. De prestige, songea Eve. Le meilleur du meilleur ?

— Le nom du distributeur ?

— *Fragrances*. Au coin de Madison et de la 53ᵉ Rue, ou Christopher Avenue dans le West Village.

— Parfait. Et le drap ?

— Du lin irlandais à sept cents décitex. Là encore, il a changé. La première fois, il avait opté pour du coton égyptien à cinq cents décitex. Le fabricant a des usines en Irlande et en Écosse. On trouve ses produits dans quelques boutiques, dans les grands magasins et chez les spécialistes de literie qui vendent la marque. *Faílte*.

Il massacrait l'Irlandais, nota Eve, qui avait déjà entendu ce nom.

— Très bien. Envoyez-moi une copie ainsi qu'à Whitney, Tibble et Feeney. Où en êtes-vous avec les analyses d'eau ?

— J'y travaille. A priori, je dirais que c'est l'eau de la ville, mais filtrée. Peut-être issue d'un robinet muni d'un purificateur. L'eau de New York est bonne. D'après moi, ce type est un maniaque de la pureté.

— Merci. Peabody, allons faire un peu de shopping.
— Chouette !
— Dallas ! lança Berenski comme elles s'éloignaient. Donnez-moi un os avec un peu plus de viande, cette fois.
— C'est bien mon intention.

Elles se rendirent d'abord dans la boutique du centre-ville, et furent assaillies par les parfums dès leur entrée. Autant tomber la tête la première dans un fichu bouquet, pensa Eve.

Les vendeuses étaient toutes vêtues de couleurs vives. Pour être en harmonie avec leurs produits, sans doute. Ceux-ci étaient exposés dans des vitrines telles des pièces de musée.

Les clients étaient nombreux. Vu les prix affichés, Eve se demanda ce qui ne tournait pas rond chez eux.

Une jolie blonde en bottes à talons aiguilles, mini-jupe et veste moulante jaune banane fondit sur elles :

— Bienvenue chez *Fragrances*. En quoi puis-je vous aider ?
— Nous avons besoin de renseignements, répliqua Eve en sortant son insigne.
— À quel sujet ?
— Sur un savon qui contient du beurre de cacao et de karité, de l'huile d'olive, du pamplemousse rose...
— La ligne *Agrumes*. Par ici, je vous prie.
— Je n'en veux pas, je veux la liste des personnes à qui vous avez vendu ce savon ainsi que votre shampooing à l'huile de truffe blanche. Celles qui ont acheté les deux.
— C'est un peu difficile dans la mesure où...
— Je vais vous faciliter la tâche. Soit vous me communiquez ces informations, soit je demande un

mandat de perquisition, ce qui vous obligera à fermer boutique pendant plusieurs heures. Voire plusieurs jours.

La blonde s'éclaircit la voix.

— Il vaudrait mieux que vous voyiez cela avec la directrice.

— Parfait.

La vendeuse s'éloigna en hâte. Se retournant, Eve surprit Peabody en train de renifler une série d'échantillons.

— Ça suffit !

— Jamais je n'aurai les moyens de m'offrir des trucs pareils. Je me contente de les sentir. J'aime bien celui-là : gardénia. Vieillot mais sexy. « Féminin », dirait mon homme. Vous avez vu les flacons ? Les huiles de bain ?

Elle admira la collection de bouteilles alignées sur les étagères.

— C'est magnifique, non ?

— Quel gaspillage pour un truc qui finit dans les égouts. Un liquide à ce prix-là, je préfère le boire.

Elle pivota tandis qu'une jeune femme s'approchait, une minuscule rousse en tailleur saphir.

— Je suis Chessie, la directrice. Il y a un problème ?

— Pas pour moi. Il me faut la liste de vos clients ayant acheté deux références spécifiques. C'est pour une enquête de police.

— Je comprends. Puis-je voir vos pièces d'identité, je vous prie ?

De nouveau, Eve sortit son insigne. Chessie l'examina attentivement.

— Lieutenant Dallas ?

— C'est ça.

— C'est avec plaisir que j'essaierai de me rendre utile. De quels produits s'agit-il ?

Eve le lui expliqua et la gérante repartit.

— Peabody...

Sa partenaire était en train d'étaler de la crème sur ses mains.

— On dirait de la soie ! s'extasia Peabody. De la soie liquide. J'ai une cousine qui fabrique des savons et des crèmes pour le corps. Ses produits sont excellents, mais ça, c'est…

— Cessez de vous barbouiller. Ma voiture va empester… Il a pu aussi bien s'approvisionner ici, que dans le West Village, ou sur Internet. Voire en Italie ou je ne sais où. Enfin, c'est déjà un début.

Chessie reparut avec plusieurs documents.

— Personne ne semble avoir acheté les deux en même temps. Dans l'autre magasin non plus : j'ai contacté ma collègue. Par précaution, je vous ai sorti la liste des ventes pour chacun des produits dans nos deux boutiques. En cas de paiement en espèces, bien entendu, nous n'avons aucune trace. J'ai effectué la recherche sur trente jours. Je peux remonter plus loin si vous le souhaitez.

— Cela devrait suffire pour l'instant. Merci… Vous avez reçu un mémo à mon sujet ?

— Absolument. Avez-vous besoin d'autre chose ?

— Pas pour le moment.

— Si elle a eu le mémo, c'est que Connors est le propriétaire, déclara Peabody lorsqu'elles furent dans la rue. Vous pourriez *nager* dans cette huile de bain si vous en aviez envie. Comment se fait-il que vous…

— Une seconde !

Eve sortit son communicateur pour joindre Connors.

— Lieutenant.

— La marque *Faílte* – linge de lit –, ça te rappelle quelque chose ?

— Elle m'appartient. Pourquoi ?

— Je te mettrai au courant plus tard.

Elle coupa la communication.

— Je refuse la thèse de la coïncidence, Peabody.

— Ah ! Je viens de comprendre. La première victime travaillait pour Connors, a été lavée avec des produits en provenance d'une de ses boutiques et déposée sur un drap issu d'une de ses fabriques. Non, moi non plus ça ne me plaît pas. Mais je n'ai aucune idée de ce que ça signifie.

— Allons-y. Prenez le volant.

Une fois de plus, Eve ouvrit son communicateur.

— Feeney ? Dans la rubrique Personnes disparues, rajoute l'élément : employée des entreprises Connors. Mais ne le lui dis rien pour l'instant.

— Compris. J'ai déjà trois possibilités... Accorde-moi un instant... Dis-moi, tu n'avais pas rendez-vous pour une conférence de presse ?

— Je m'y rends.

— D'accord, d'accord, grommela-t-il. J'y suis presque... Rossi, Gia, trente et un ans, coach personnel et professeur chez *Forme et Bien-être*, une filiale de *Conscience Santé*, division des Entreprises Connors. On a signalé sa disparition hier soir.

— Fonce avec un uniforme sur son lieu de travail, chez elle. Interroge la personne qui a signalé sa...

— Je connais la chanson, Dallas.

— Bien sûr. Vite, Feeney !

Elle raccrocha.

— Ces fichus médias...

— Dallas, il faut en parler à Connors.

— Je sais. Mais d'abord, je veux me débarrasser de cette putain de conférence de presse. Et réfléchir. Connors se débrouillera. Il n'aura pas le choix.

Elle aviserait ultérieurement. Pour l'heure, il était déjà peut-être trop tard pour sauver Gia Rossi. Elle ne pouvait que se demander ce que son bourreau lui avait déjà infligé.


Il la lava au son de *Falstaff*. Cette tâche le mettait toujours de bonne humeur. Sa partenaire devait être parfaitement propre avant qu'il s'attaque à son œuvre. Il aimait tout particulièrement lui frictionner les cheveux – cette magnifique chevelure châtain.

Il humait avec plaisir les parfums – le zeste d'agrume, l'odeur de la femme mêlée à celle de sa peur.

Elle pleurait tout bas, ce qui l'inquiétait vaguement. Il préférait les cris, les insultes, les prières, les supplications.

Mais il n'en était qu'au tout début.

L'eau était glacée, et elle se mit à suffoquer et à pousser des petits cris. C'était mieux ainsi.

— C'était rafraîchissant, non ? Revigorant. Vous êtes très tonique, je dois dire. Un corps sain et solide, cela fait toute la différence.

Elle frissonnait à présent, elle claquait des dents, ses lèvres étaient bleues. Ce serait intéressant d'enchaîner avec du chaud.

— Je vous en prie, hoqueta-t-elle. Que voulez-vous ?

— Tout ce que vous pourrez me donner.

Il sélectionna la plus petite de ses torches, l'enflamma, rétrécit la flamme en une pointe d'aiguille.

Enfin, elle le récompensa d'un hurlement.

— Si nous commencions ?

Il s'approcha du bout de la table, sourit de bonheur en contemplant l'arc délicat de ses pieds.

# 5

Si Eve détestait les conférences de presse, elle haïssait encore davantage les chargés de relations publiques. Celui-ci lui suggéra une séance d'un quart d'heure de préparation avec un coach personnel afin de présenter la meilleure image possible à l'écran.

— Le meurtre n'a rien de plaisant, aboya-t-elle en se dirigeant au pas de charge vers la sortie du Central.

— Non, bien sûr que non, concéda-t-il en piquant un sprint pour la rattraper. Toutefois, il vaudrait mieux éviter l'usage de termes tels que « meurtre ». La déclaration que nous vous avons rédigée…

— … vous étouffera quand je vous l'aurai fourrée au fond de la gorge. Je ne suis pas votre porte-parole, et il ne s'agit en aucun cas d'un discours politique.

— Non, mais il existe des moyens d'informer avec tact.

— Le tact, ce sont des foutaises ornées d'une couche de vernis.

Eve poussa les portes. Tibble avait choisi le perron du Central non seulement pour le symbole, mais aussi pour s'assurer que le briefing serait court.

Le vent de mars était féroce.

Elle monta sur le podium, attendit que le niveau sonore baisse. Elle repéra Nadine immédiatement : son manteau rouge vif ressortait telle une balise.

— Je commencerai par une déclaration, puis je répondrai à quelques questions. Tôt ce matin dans East River Park, nous avons découvert le corps d'une femme de vingt-huit ans, Sarifina York. Nous avons pu établir que Mlle York avait été enlevée lundi soir, et séquestrée pendant plusieurs jours. La méthode employée et les indices rassemblés jusqu'ici laissent à penser que Mlle York a été assassinée par l'individu qui a sévi dans cette ville il y a neuf ans, tuant quatre femmes en l'espace de quinze jours.

Cette révélation suscita un tollé, mais elle l'ignora. Elle demeura immobile et silencieuse tandis que les commentaires fusaient. Elle demeura ainsi jusqu'à ce que le calme revienne.

— Le département de police de New York a autorisé un détachement spécial dont l'unique but sera d'enquêter sur ce crime, d'appréhender et d'incarcérer le coupable. À cette fin, nous travaillerons sans relâche et utiliserons toutes les ressources mises à notre disposition. Je vous écoute.

Les questions étaient si nombreuses qu'elle pouvait se permettre de sélectionner uniquement celles auxquelles elle voulait bien répondre.

— Comment elle a été tuée ? répéta Eve. Mlle York a été torturée pendant plusieurs jours. Elle est décédée après s'être vidée de son sang. Non, pour l'heure nous n'avons aucun suspect, et oui, nous suivrons toutes les pistes.

Elle répondit à quelques autres questions, soulagée à l'idée d'en avoir bientôt terminé. Elle nota que Nadine n'était pas intervenue, qu'elle s'était même écartée de la foule pour prendre une communication.

— Vous dites qu'elle a été torturée ! lança quelqu'un. Pouvez-vous nous donner des détails ?

— Je ne le peux ni ne le souhaite. Ces éléments sont confidentiels. Quand bien même ce ne serait pas le cas, je refuserais de vous les fournir et de vous laisser les diffuser. Sa famille et ses proches souffrent déjà suffisamment. Elle est morte. C'est une tragédie en soi.

Sur ce, elle tourna les talons et retourna à l'intérieur du Central.

Nadine mettrait plusieurs minutes à franchir les éventuels barrages jusqu'au bureau d'Eve.

Du reste, elle pouvait attendre.

Eve devait d'abord parler à Connors.

Le parfum lui effleura les narines dès qu'elle posa le pied dans la salle de conférences – un parfum tellement plus discret que le bombardement olfactif chez *Fragrances*.

Elle s'avança jusqu'au poste de travail de son mari, remarqua qu'il s'était laissé tenter par un sandwich à la viande froide. Il marqua une pause, le temps de lui en tendre la moitié.

— Mange quelque chose.

Elle souleva l'une des tranches de pain.

— Qu'est-ce que c'est?

— Du reconstitué, je te le promets. C'est pourquoi je t'ai dit mange *quelque chose*.

Pour lui faire plaisir plus que par appétit, elle mordit dedans.

— J'ai à te parler.

— Si tu veux des résultats concernant cette corvée que tu m'as confiée, il est encore trop tôt. C'est incroyable le nombre de pavillons, de résidences privées, d'entrepôts et autres bâtiments à New York, dans les faubourgs et jusque dans le New Jersey, appartenant à la ou les mêmes personnes ou sociétés depuis dix ans.

— Comment t'y prends-tu?

— J'ai divisé l'ensemble en sections – des quadrants, si tu veux. Je les fractionne ensuite en fonction du type de structure, puis de propriété. C'est un boulot terriblement fastidieux.

— Tu l'as voulu.
— En effet.

Sans la quitter des yeux, il s'empara d'une bouteille d'eau et en avala une lampée.

— Il y a autre chose, commença-t-elle. Le labo a identifié le savon et le shampooing dont l'assassin s'est servi pour laver la victime.

— Ça n'a pas été long.

— Berenski est à fond dedans. Il avait travaillé sur l'affaire, il y a neuf ans.

— Ah !

— Il s'agit de produits de marque. Très exclusifs. Vendus à New York dans deux magasins uniquement. Les tiens.

— Les miens ?

Il se cala dans son fauteuil et la dévisagea.

— Je suppose que le drap sur lequel la victime était disposée provient aussi d'une de mes sociétés ?

— Exactement.

Parce qu'elle l'avait à la main, Eve reprit une bouchée de sandwich.

— Quelqu'un d'un peu moins cynique se dirait probablement que c'est une coïncidence ; d'autant que tu fabriques et distribue des quantités de tout.

— Mais toi et moi sommes des cyniques.

— Oui. Du coup, j'ai demandé à Feeney d'élargir sa recherche sur les personnes disparues en t'y rajoutant comme paramètre. Ce que j'ai à t'annoncer ne va pas te plaire.

— Qui est-ce ?

— Gia Rossi. Coach et professeur chez *Forme et Bien-être*. Tu la connais ?

— Non.

Il pressa les doigts sur ses paupières un instant, les laissa retomber.

— Non, je ne le pense pas. Aviez-vous relevé des liens de même nature la dernière fois ?

— Pas que je sache, et j'ai commencé une vérification. Il a changé de produits. Si tu en es la raison, nous devons comprendre pourquoi. Peut-être est-ce un concurrent. Un ex-employé. C'est un angle d'approche possible.

— Quand a-t-il enlevé la deuxième ?

— Sa disparition a été signalée hier. Je n'ai pas encore les détails – Feeney s'en occupe. J'ai d'autres chats à fouetter pour l'instant, mais il faudra creuser la question. Je sais que c'est une tuile, d'un autre côté cela signifie que notre assassin a commis une première erreur. Cette fois, contrairement aux précédentes, nous avons un lien entre les victimes.

— Oui.

— Je suis désolée, je dois y aller.

— Je comprends. Je continue de mon côté pour l'instant.

Elle résista à son envie de l'embrasser, ne fût-ce que pour le réconforter. Elle se contenta de lui effleurer la main, de la lui serrer doucement. Puis elle sortit.

En regagnant son bureau, elle croisa Baxter.

— Rien ! annonça-t-il. J'ai de nouveau interrogé la sœur de York, je suis allé à *L'Étoile*, j'ai questionné les voisins. Le néant.

— Son ex ?

— Il est absent. Il semble qu'il se soit offert un week-end de snow-board dans le Colorado.

— Quelle drôle d'idée d'aller faire des culbutes dans la neige.

— Je suis d'accord. Personnellement, je préfère les sports d'été, surtout ceux où les femmes portent des tenues très, très légères.

— Vous êtes un porc, Baxter.

— Et j'en suis fier. Vous voulez que je traque l'ex ? Le voisin croyait savoir où il était descendu. En principe, il rentre demain soir.

— Attendez son retour. Voyez avec Jenkinson et Powell où ils en sont avec la liste des personnes interrogées à propos des autres affaires. Trueheart et vous pourrez leur donner un coup de main. Les médias sont au courant, ce qui signifie que dès demain, nous serons assaillis de témoignages plus ou moins farfelus qu'il faudra pourtant vérifier. Alors mieux vaut ne pas perdre de temps aujourd'hui.

Nadine avait pris place dans le siège des visiteurs. Les jambes croisées, elle examinait ses ongles tout en parlant dans le micro de son communicateur.

— Il faudra reporter ou annuler. Non! Quand j'ai accepté de faire cette émission, nous étions d'accord qu'en cas de scoop, et dans la mesure où j'estimais nécessaire de suivre l'affaire personnellement, elle prendrait la priorité sur tout le reste. C'est dans le contrat.

Elle se tourna vers Eve, leva au ciel ses jolis yeux verts.

— C'est précisément le boulot des assistants, et des assistants d'assistants. Quant au reporter en question, il peut patienter quelques jours. Je sais ce que c'est. Je suis journaliste.

Elle enleva son casque d'un geste agacé.

— La célébrité est un boulet, commenta Eve.

— À qui le dites-vous! Mais je le porte si bien. Je peux avoir un café?

Eve se dirigea vers l'autochef. Elle en boirait volontiers un, elle aussi. Elle avait besoin d'un remontant. Nadine demeura silencieuse.

C'était vrai que la célébrité lui allait bien. Coupe de cheveux chic, traits anguleux, tailleur impeccable. Mais si Nadine avait désormais sa propre émission – et si les taux d'audience de celle-ci ne cessaient d'augmenter –, elle n'en était pas moins ce qu'elle affirmait être : une journaliste. Et une sacrément bonne, même.

— À qui parliez-vous durant la conférence?

— À votre avis? riposta Nadine.

Eve lui tendit une tasse de café.

— À vos documentalistes, afin qu'ils vous communiquent tous les détails concernant l'enquête d'il y a neuf ans.

Nadine sourit, but tranquillement.

— Je vois la fumée sortir de vos oreilles.

— À l'époque, il y avait eu des fuites.

Le sourire de Nadine s'estompa.

— En effet. Notamment à propos de certaines tortures infligées aux victimes. J'imagine que vous en avez gardé pour vous beaucoup d'autres, encore plus terribles.

— Exact.

— Vous étiez sur l'affaire.

— C'était Feeney le responsable. Je n'étais que sa partenaire.

— Il y a neuf ans, je ne vivais pas à New York. Je gravissais péniblement les échelons d'une obscure chaîne régionale au sud de Philadelphie. Mais je me rappelle toute l'histoire. Je me suis même battue pour effectuer une série d'articles sur ces meurtres. C'est du reste en partie grâce à cela que j'ai pu me sortir de cet enfer.

— Le monde est petit.

Nadine hocha la tête, avala une gorgée de café, puis :

— Que voulez-vous ?

— Maintenant que vous êtes une vedette, vous avez le service des archives à vos pieds.

Eve se percha sur le coin du bureau.

— Je veux tout ce que vous pourrez me ressortir sur ces crimes. Tous les crimes. Ceux qui ont été perpétrés ici, en Europe, en Floride et en Amérique du Sud.

Nadine cligna des yeux.

— Quoi ? Où ?

— Je vais tout vous expliquer – à titre officieux. Ensuite, vous mettrez vos talents et ceux de vos subordonnés à profit. Il a déjà enlevé la suivante, Nadine.

— Mon Dieu !

— Nous ne pouvons pas grand-chose pour elle. Les chances de la retrouver à temps pour la sauver sont minimes. Il me faut un maximum de renseignements. Peut-être réussirons-nous à l'arrêter avant qu'il n'enlève la troisième.

— Laissez-moi réfléchir.

Paupières closes, Nadine se cala dans son siège.

— Je connais deux personnes intelligentes que je pourrais soudoyer pour qu'elles travaillent là-dessus dans la plus grande discrétion. N'étant pas trop bête moi-même, nous serions trois.

Elle se redressa.

— Vous savez qu'à mes yeux une vie compte davantage qu'un reportage. Jusqu'à un certain point, ajouta-t-elle avec un demi-sourire. Si j'accepte, c'est aussi parce que nous sommes amies et que nous jouons franc jeu. Le renvoi d'ascenseur n'est pas exigé.

— Je sais. Et vous savez pertinemment que je vous le renverrai.

Nadine haussa un sourcil.

— Une interview exclusive ?

— Quand on l'aura écroué. Pas avant.

— D'accord. Un direct dans mon émission.

— Il ne faut peut-être pas exagérer.

Nadine s'esclaffa.

— J'inviterai un membre de votre équipe et nous entrecouperons les séquences d'extraits de mon entretien exclusif – et exhaustif – avec vous. Préenregistré.

— Ça me convient.

— Tant mieux. Pour obtenir des détails, il me faut une base de départ.

Nadine sortit son magnétophone et inclina la tête.

— Prête ?

— Prête.


Travailler chez les flics le mettait mal à l'aise, songea Connors. C'était une expérience intéressante, mais très étrange pour quelqu'un comme lui ayant un passé aussi... coloré.

Il avait eu de nombreuses occasions de collaborer avec les flics – en plus du sien –, les avait reçus chez lui pour le boulot et pour le plaisir. Mais passer une journée entière au sein du Central, c'était une autre histoire.

Ils allaient et venaient, entraient au pas de charge, ressortaient aussi vite, discutant dans leur jargon curieusement formel, à la fois sec et imagé.

Il était flanqué de McNab, pour qui il éprouvait une grande affection, et d'une belle brune aux yeux de biche, Callendar. Ils se levaient, se rasseyaient, faisaient les cent pas – dansaient presque – tout en triant des milliers de données en quête d'une info vitale. De vraies petites fourmis dans leur fourmilière.

Question couleurs, hormis leur capitaine, tout le monde semblait avoir un faible pour le clinquant. Ainsi, McNab portait un jean jaune poussin et une chemise turquoise imprimée de tortues volantes... Ses longs cheveux blonds étaient attachés en catogan avec un ruban jaune, et les lobes de ses oreilles s'allongeaient sous le poids d'une série complexe d'anneaux et de clous.

Connors avait du mal à comprendre pourquoi qui que ce soit pouvait désirer à ce point se faire trouer la chair.

Mais McNab avait un genre bien à lui, et il excellait dans son boulot.

La fille, qui paraissait âgée d'à peine vingt ans, lui était inconnue. Elle avait le teint couleur miel foncé et des cascades de boucles brunes retenues par des barrettes arc-en-ciel. Elle portait un pantalon extra large lavande et rose orné d'une multitude de poches ; un pull vert pomme moulait son impressionnante poitrine.

Ses ongles peints de vernis émeraude cliquetaient comme des castagnettes affolées sur son clavier.

Comme McNab, elle semblait infatigable.

— Yo ! Beau Blond ! lança-t-elle.

McNab lui jeta un coup d'œil.

— C'est à moi que tu t'adresses, Bonnets D?

— C'est ton tour. Du liquide.

— Pas de problème. Connors, quelque chose à boire?

— Avec plaisir.

Comme McNab quittait la pièce, Callendar gratifia Connors d'un joli sourire.

— Si j'ai bien compris, vous êtes blindé? Vous nagez dans le mégapognon. Quelle impression cela fait-il?

— Satisfaisant, concéda-t-il.

— Le contraire m'aurait étonnée.

D'un mouvement de pieds, elle fit rouler sa chaise afin de se placer devant l'écran de Connors.

— Waouh! Données démultipliées avec simulations et recoupements. Et une reconnaissance secondaire en plus, je suppose?

— Exactement. Pour vérifier les noms, les anagrammes, croiser les dates. Ça permet de répartir les résultats par tableaux, de remonter plus loin dans le temps et de repérer d'autres liens éventuels.

— Génial. McNab m'avait bien dit que vous étiez un as de l'informatique, commenta-t-elle avant de retourner à son propre poste de travail.

Amusé, il se concentra de nouveau sur son écran, puis s'arrêta comme Eve et Feeney entraient.

Toutes ses pensées se focalisèrent sur Gia Rossi.

— Nous devons mettre l'équipe au courant au sujet de Rossi, annonça Eve. Les collègues sur le terrain seront prévenus par communicateur. Nous devons leur signaler la connexion avec toi.

— Compris.

Peabody entra à son tour, adressa à Connors un regard empli de sympathie et vint glisser un nouveau disque dans sa machine.

— Nous avons du nouveau, commença Eve.

Aussitôt, les claquements, déplacements et conversations cessèrent.

— Nous avons de bonnes raisons de croire que notre assassin a enlevé une jeune femme disparue depuis jeudi soir. Rossi, Gia.

Peabody commanda l'affichage de sa photo.

— Trente et un ans, brune, yeux noisette, un mètre soixante-cinq, cinquante-deux kilos. Vue pour la dernière fois sur son lieu de travail, le centre de fitness *Forme et Bien-être* situé 46ᵉ Rue Ouest. Capitaine Feeney…

Il prit le relais.

— L'ex-mari de Rossi, un certain Riley, James, a prévenu la police de sa disparition à 8 heures vendredi matin. Selon la procédure, cette dernière n'a été formellement reconnue comme personne disparue qu'à l'issue du délai obligatoire de vingt-quatre heures. La jeune femme n'est pas rentrée comme prévu à son domicile jeudi soir. Elle y avait rendez-vous avec son ex qui, d'après les déclarations de ce dernier, venait lui déposer le chien dont ils ont la garde alternée.

Quelques ricanements fusèrent. Feeney grimaça et enchaîna :

— Les voisins confirment. Riley n'a pas pu la joindre via son communicateur. Nous savons qu'il a tenté de savoir où elle pouvait être en interrogeant ses collègues et ses amis. Tous les rapports concordent. Il n'est en rien impliqué dans sa disparition… En règle générale, Rossi quittait l'immeuble de la 42ᵉ et marchait jusqu'à Broadway, puis bifurquait direction nord jusqu'à la station de métro de la 49ᵉ Rue. Nous rechercherons d'éventuels témoins dans ce secteur. Sur les disques de sécurité du service des transports, on ne la voit pas descendre dans la station le jeudi soir. Elle ne s'est pas servie de son passe depuis jeudi matin. Lorsqu'elle a quitté son travail ce soir-là, il était environ 17 h 30. Elle portait un manteau noir, un pantalon de survêtement noir, un sweat-shirt gris avec le logo *Forme et Bien-être* et un bonnet gris.

Il s'écarta, se tourna vers Eve.
— Lieutenant.
— Selon les calculs de probabilité, on est sûrs à quatre-vingt seize pour cent qu'elle a été enlevée et séquestrée par notre assassin. Sa disparition ainsi que d'autres renseignements glanés aujourd'hui ajoutent un nouvel élément à l'ensemble. York, comme Rossi, était employée dans une filiale des Entreprises Connors. Vu l'immensité de cette organisation, ce facteur à lui seul ne suffit pas à modifier l'échelle des probabilités quant à un lien éventuel. Toutefois, le labo a identifié la marque du savon et du shampooing utilisés par l'assassin : ces deux produits sont fabriqués et distribués par une société membre de l'organisation citée précédemment. Même chose pour le drap sur lequel York était étendue.

Connors sentit des regards scrutateurs se poser sur lui. Il ne cilla pas.

— Il est vraisemblable qu'il existe un lien entre le meurtrier et les Entreprises Connors. Jusqu'ici nous ne disposions d'aucun point sur lequel nous focaliser. Maintenant que nous en avons un, profitons-en. McNab, à vous de découvrir où il s'est procuré ces marchandises.

— Tout de suite.

— Callendar, vous recouperez vos infos avec celles de McNab. Connors…

— Lieutenant.

— Il me faut une liste d'employées. Je veux les noms de toutes les femmes qui correspondent au profil et qui travaillent ou habitent en ville. C'est ici qu'il les enlève. Il s'attaquera certainement à la troisième dans les jours qui viennent. Nous avons besoin de noms.

— Pas de problème.

— Jenkinson et Powell, vous me préparerez un rapport complet pour 19 heures. Baxter, même chose pour Trueheart et vous. Je serai disponible vingt-quatre heures sur vingt-quatre, et je compte sur vous pour m'avertir dès qu'il y a du nouveau. Nous nous retrouverons pour un briefing à 8 heures précises demain matin. Terminé.

Elle ôta son casque.

— Peabody.

— Oui, lieutenant.

— Téléchargez et envoyez des copies, et rentrez chez vous dormir. Feeney, peux-tu jeter un coup d'œil sur les données électroniques et m'en extraire un résumé ?

— Volontiers.

— Connors, sauvegarde ce que tu as trouvé jusqu'ici, et expédie-moi le tout sur mon ordinateur ici et celui de la maison. Quand tu auras fini, je veux te voir dans mon bureau.

En sortant, Eve contacta le cabinet de Mira.

— Passez-la-moi, ordonna-t-elle à son assistante. Épargnez-moi vos prétextes bidon.

— Tout de suite.

— Eve.

Le visage du Dr Mira apparut à l'écran. Aussitôt, son regard se fit soucieux.

— Vous avez l'air épuisé, s'inquiéta-t-elle.

— Il a sa deuxième victime et ne va pas tarder à enlever la troisième. J'aimerais vous voir en tête à tête.

— Je suis à votre disposition.

— Je passerais volontiers maintenant, mais j'ai besoin de prendre l'air avant de m'attaquer à l'aspect psychologique de cette affaire. Et nous avons des données supplémentaires à vous transmettre. Peabody est en train de vous en envoyer une copie.

— Demain, alors ?

— Après la réunion de 8 heures.

— C'est moi qui viendrai. Dormez un peu, Eve.

— Je vais devoir caser ça quelque part.

Elle regagna son bureau, programma un nouveau café, envisagea d'avaler un cachet énergisant – approuvé par l'administration. Mais ces fortifiants lui mettaient les nerfs en pelote.

Debout devant la fenêtre, elle contempla la ville. Les aéro-trams s'entrecroisaient dans le ciel, les lumières scintillaient dans la nuit.

Il était grand temps de rentrer chez soi, de dîner, de se détendre.

À ses pieds, les rues étaient encombrées de passants tout aussi pressés que les voyageurs au-dessus de leur tête.

Et quelque part dans les parages se trouvait un homme passionné par son travail. Qui n'avait aucune intention de s'accorder une pause.

S'arrêtait-il pour manger? Déguster un bon repas, bien copieux, avant de se remettre à l'ouvrage? Quand avait-il commencé sur Gia Rossi? Avait-il démarré le chronomètre?

Elle avait disparu depuis quarante-sept heures. Mais il ne lui ferait rien avant d'en avoir terminé avec sa deuxième victime.

Elle n'entendit pas Connors arriver. Il avait le don de se déplacer sans bruit. Mais elle l'avait senti.

— La chance nous sourira peut-être, dit-elle. Peut-être qu'il la laissera tranquille au moins jusqu'à demain. D'ici là, si les dieux sont avec nous...

— Elle est fichue. Tu le sais.

Eve pivota vers lui. Il paraissait en colère – ce qui était sans doute une bonne chose, songea-t-elle – et fatigué, ce qui était rare chez lui.

— Je ne le saurai que lorsque je me pencherai sur son corps, rétorqua-t-elle. Rentrons. Nous pouvons tout aussi bien travailler à la maison.

Il referma la porte derrière lui.

— Je me suis renseigné. Rossi est employée chez nous depuis bientôt quatre ans. Ses parents sont divorcés. Elle a un frère plus jeune, un demi-frère et une demi-sœur. Elle a suivi des études supérieures à Baltimore où sa mère et son cadet vivent toujours. Ses bilans de compétence sont excellents. Elle a même été augmentée il y a trois semaines.

— Tu n'as rien à te reprocher.

— Non, c'est vrai. Mais je sens obscurément que c'est moi qui pourrai être la raison du sort tragique réservé à ces femmes.

— Si tu commences à culpabiliser, tu ne me seras d'aucune utilité.

— Tu ne peux pas me virer, répliqua-t-il vivement. Que j'appartienne ou non à ta putain d'équipe de choc, je suis mêlé jusqu'au cou à cette enquête.

— Parfait. Alors inutile de t'énerver après moi.

Elle s'empara de son manteau.

Elle voulut le contourner, mais il la saisit par le bras et la fit pivoter vers lui. L'espace d'un éclair, la rage emplit ses yeux. Puis il l'attira à lui et l'étreignit avec fougue.

— Il faut bien que je m'énerve après quelqu'un. C'est toi que j'ai sous la main.

— Possible, murmura-t-elle en se laissant aller contre lui. Possible. Mais il faut que tu restes lucide. J'ai besoin de ton cerveau autant que de tes ressources. Encore un atout dont je ne disposais pas il y a neuf ans.

— Ce n'est pas parce que tu as raison que c'est plus facile à digérer. Sortons d'ici... J'étouffe.

— Allons-y, fit-elle en attrapant un sac rempli de dossiers.

Elle prit le volant parce qu'elle savait que l'obligation de braver les embouteillages la tiendrait éveillée. Une bonne douche, un en-cas et elle se remettrait au boulot pendant deux heures.

— Summerset pourrait nous aider, suggéra-t-il.

— À quel titre ?

— Les fichiers des employés, Eve. Il pourrait les passer en revue, établir une liste des femmes qui correspondent au profil. Cela me libérerait pour autre chose.

— Très bien, à condition qu'il comprenne que c'est moi le chef. Et que j'ai l'autorisation de le malmener comme n'importe lequel de mes hommes. Ça me permettra de me défouler un peu.

— Tu sais très bien faire ça.

Elle scruta l'interminable file de véhicules fonçant vers le nord, les hordes de piétons se bousculant sur les trottoirs.

— Personne ne remarque rien concernant... les autres. Un type qui saute d'un gratte-ciel, ça peut attirer momentanément l'attention. Mais une femme qu'on force à monter dans une voiture, on ne la verra pas, à moins qu'elle ne fasse un vrai scandale. La plupart des gens foncent tête baissée.

— Ton cynisme me réjouit. Mais tout le monde n'est pas ainsi.

Elle haussa les épaules.

— Non. Pas toujours. Ce type est habile, ou il sait se dissimuler. On ne le remarque pas. Il se garde donc de provoquer le moindre esclandre dans la rue. On pense qu'il les drogue... Il les prend par surprise. Une piqûre. Il pose le bras sur son épaule. « Salut, Sari, comment vas-tu ? » Un gars comme un autre qui se promène en ville avec une femme shootée, l'aide à grimper dans son véhicule. Il se gare dans les parages. Demain, nous nous attaquerons aux parkings.

En franchissant le portail, elle songea qu'elle n'avait jamais été aussi heureuse de se retrouver devant cette immense demeure ornée de tourelles et dont toutes les fenêtres étaient éclairées.

— Je prends une douche et je mange un morceau dans mon bureau.

— Tu vas dormir, décréta Connors. Tu es à bout, Eve.

Il avait raison, et c'était précisément ce qui l'agaçait.

— Il me reste encore un peu de forces.

— Tu parles ! Tu n'as pas fermé l'œil depuis plus de trente-six heures. Moi non plus, d'ailleurs. Au lit !

— Je ferai une sieste après avoir installé mon tableau de meurtre et relu mes notes.

Connors était trop las pour discuter. Il s'en abstint donc. Il se contenterait de la jeter lui-même sur le lit.

Au bout de trente secondes, elle serait au royaume des rêves.

Elle se gara devant la maison, récupéra le sac de dossiers.

Elle savait que Summerset les accueillerait dans le vestibule. Elle ne fut pas déçue.

— Mets ton cadavre ambulant au courant, lança-t-elle à Connors avant que le majordome puisse prononcer un mot. Je monte me laver.

Contrairement à son habitude, elle omit d'ôter son manteau et de le jeter sur la rambarde – geste qui avait le don d'exaspérer Summerset, ce qui la réjouissait. Une fois à l'étage, elle se frotta les yeux et s'autorisa à bâiller.

Elle déposa son sac dans la chambre, se débarrassa de son manteau. Comme elle détachait son holster, son regard erra du côté du lit. Cinq petites minutes, se dit-elle. Ensuite, elle pourrait se doucher sans risquer de se noyer.

Posant son holster de côté, elle grimpa sur l'estrade, s'allongea à plat ventre sur les draps de satin.

Et sombra aussitôt dans un profond sommeil.

Connors arriva cinq minutes plus tard et la découvrit, le chat couché en rond sur les reins.

— Eh bien, souffla-t-il à Galahad, pour une fois, nous ne nous disputerons pas à ce sujet. Tout de même, elle aurait pu enlever ses boots. Comment peut-elle dormir avec ça ?

Il les lui retira lui-même – elle ne bougea pas. Puis il ôta les siennes, s'allongea près d'elle, le bras drapé sur sa taille.

Il s'endormit presque aussi vite qu'elle.

# 6

Elle rêvait. Il y avait un drap blanc déployé sur le sol, un corps mutilé étendu dessus. À l'est, l'aube glaciale sculptait ses premières lueurs dans le ciel.

Elle se tenait là, les mains fourrées dans les poches d'un caban noir, un bonnet noir enfoncé jusqu'aux yeux.

Le cadavre gisait entre elle et un énorme chronomètre noir orné d'un visage blanc. Les secondes s'écoulaient, chaque tic-tac résonnant comme un coup de tonnerre.

Dans son rêve, Feeney se tenait à ses côtés. Ils examinaient la scène à la lumière des projecteurs. Les fils d'argent avaient disparu de ses cheveux, les rides de son visage étaient moins profondes.

*Je t'ai formée pour cela, pour que tu voies ce qu'il faut voir et que tu découvres ce qui se cache dessous.*

Eve s'accroupissait, ouvrait son kit de terrain.

« Elle n'a pas l'air paisible, songeait-elle, contrairement à ce que déclarent la plupart des gens devant une dépouille mortelle. Ils ne le sont jamais vraiment. »

Mais la mort n'avait rien à voir avec le sommeil. C'était tout autre chose.

Le cadavre ouvrait les yeux.

*Je suis Corrine Dagby. J'avais vingt-neuf ans. J'étais née à Danville dans l'Illinois et je m'étais installée à New York pour devenir actrice. J'étais donc serveuse, car c'est ainsi que cela se passe. J'avais un petit ami et quand vous lui annoncerez ma mort, il pleurera. Comme les autres, ma famille, mes amis. La veille de mon enlèvement, j'avais acheté des chaussures neuves. Je ne pourrai jamais les porter. Il m'a fait souffrir, souffrir jusqu'à ce que j'en meure.*

*Vous ne m'avez pas entendue crier ?*

À présent, elle était à la morgue. Dans sa main ensanglantée, Morris tenait un scalpel. Ses cheveux étaient plus courts, soigneusement rassemblés en catogan. Il levait les yeux vers Eve.

*Elle était en excellente santé, et elle était très jolie jusqu'à ce qu'il l'abîme. Elle chantait sous la douche et dansait dans la rue. Nous le faisons tous jusqu'à ce qu'on se retrouve ici. Et au bout du compte, nous nous retrouvons tous ici.*

Dans un coin, le chronomètre continuait d'égrener les secondes.

« Si ça s'arrête, elles ne viendront pas, se disait-elle. Si j'y mets un terme. Elles chanteront sous la douche et danseront dans la rue, elles se gaveront de pâtisseries et vivront leur vie. »

*Mais vous n'avez pas réussi à l'attraper.* Corrine avait rouvert les yeux.

Les corps et les visages se fondaient les uns dans les autres tandis que les minutes passaient. Le tic-tac du chronomètre était si fort qu'elle finissait par plaquer les mains sur ses oreilles pour ne plus l'entendre.

De plus en plus vite, les visages se succédaient. Toutes ces voix... Une multitude de voix qui fusionnaient pour n'en être plus qu'une. Une voix qui hurlait.

*Vous ne nous entendez pas crier ?*

Elle se réveilla en sursaut. La lumière était tamisée et un feu brûlait doucement dans la cheminée. Le chat se frottait contre son épaule comme pour lui dire : « Réveille-toi, pour l'amour du ciel ! »

— C'est bon, c'est bon. Je suis réveillée !

Elle roula sur le dos et contempla le plafond, le temps de retrouver son souffle. D'une main distraite, elle caressa Galahad tout en consultant sa montre.

— Merde !

Elle avait dormi presque trois heures. Ignorant sa fatigue, elle appuya les paumes sur ses yeux, puis se redressa. C'est alors qu'elle perçut le bruit de la douche.

Elle tâta le drap à côté d'elle. Il était encore chaud. Donc, ils avaient dormi tous les deux. Tant mieux.

Elle se leva et fonça vers la salle de bains tout en se déshabillant.

Elle était pressée de se débarrasser de l'horreur de ces dernières vingt-quatre heures, du début de migraine qui lui fouaillait les tempes, des images obsédantes de son cauchemar.

Mais en pénétrant dans la cabine, elle sut qu'elle voulait davantage.

Elle voulait Connors.

Il lui tournait le dos, les mains à plat sur la paroi en verre, savourant la pulsion des jets multiples sur son corps. Ses cheveux mouillés étaient lisses, sa peau scintillante. Silhouette élancée, fesses rondes et fermes, muscles toniques...

Il n'était pas levé depuis longtemps. Il devait être aussi épuisé qu'elle.

L'eau était sûrement trop fraîche pour elle. Elle y remédierait.

Ils se réconforteraient mutuellement.

Elle se glissa à l'intérieur, enroula les bras autour de sa taille et se pressa contre lui. Elle lui mordilla l'épaule.

— Tiens ! Tiens ! Voyez un peu ce que j'ai trouvé ! C'est mieux qu'un cadeau surprise dans un paquet de céréales. Augmenter la température de l'eau à quarante degrés, ordonna-t-elle.

— Tu tiens absolument à nous ébouillanter ?

— Oui. De toute façon, d'ici à une minute tu ne t'en rendras même plus compte.

Pour le lui prouver, elle laissa glisser les mains jusqu'à son sexe.

— Tu vois ?

— Tu te comportes ainsi avec tous les membres de ton équipe ?

— Uniquement dans leurs rêves.

Il pivota face à elle, l'embrassa avec tendresse sur le front, les joues, les lèvres.

— Mes rêves à moi se réalisent, murmura-t-il. Je pensais que tu dormirais encore un peu.

— Je préfère être ici avec toi.

Tandis qu'un nuage de vapeur les enveloppait, elle renversa la tête en arrière et chercha sa bouche. Connors l'étreignit en lui chuchotant des mots doux. Il la retourna délicatement, se pressa contre son dos. Ses caresses étaient exquises. Elle laissa échapper un gémissement et enroula le bras autour de son cou.

Elle s'offrait à lui, impatiente. Il le sentait à la façon dont son corps frémissait, à sa respiration saccadée. Cette capacité à l'abandon total l'excitait terriblement. La lassitude et l'accablement que ni le sommeil ni la douche n'avaient réussi à éliminer furent balayés par son amour pour elle.

Il la retourna de nouveau, la plaqua contre la paroi. Elle avait le souffle court mais elle ne le quittait pas des yeux.

— Prends-moi maintenant.

Il lui agrippa les hanches et, se maîtrisant à grand-peine, se glissa en elle. L'eau coulait à flots. La vapeur était de plus en plus dense.

C'était plus que du plaisir, songea Connors. Plus que de l'amour. Dans ces moments où ils avaient tant besoin l'un de l'autre, ils savaient s'offrir mutuellement le plus beau des cadeaux : l'espoir.

Lorsqu'elle ébaucha un sourire, il captura ses lèvres et se laissa emporter par le plaisir. L'amour. L'espoir.

— Voilà qui m'a revigorée !

Eve enfila son vieux sweat-shirt préféré, celui à l'effigie de la police.

— Dormir et faire l'amour sous la douche. Je ne connais rien de tel. Je devrais l'imposer à tous les membres de mon équipe.

— Je crains de ne pas avoir beaucoup de temps libre pour dormir et batifoler sous la douche avec Peabody et Callendar. Même pour le bien des troupes.

— Ha ! Ha ! Très drôle.

Elle se jucha sur l'accoudoir du canapé pour enfiler une paire de chaussettes de laine.

— Je te garde comme remontant personnel. Il faut que je me mette au boulot.

— Il faut que tu manges.

— Oui, j'ai envie de...

— Je sais de quoi tu as envie, l'interrompit-il en lui prenant la main pour l'entraîner hors de la chambre. Malheureusement, tu vas être déçue. Tu n'auras pas droit à ta pizza.

— Je crois que tu n'aimes pas les tartes.

— Je n'ai rien contre les tartes, assura-t-il. Mais j'insiste pour que tu te nourrisses convenablement. Un bon steak, c'est idéal pour la forme.

— Je ne refuse jamais de la viande rouge, mais je la veux avec des frites.

— Mmmm...

Elle connaissait ce « mmmm » par cœur. À la place des frites, elle aurait droit à des légumes. Elle lui laissa le soin de concocter le menu de son choix pendant qu'elle nourrissait le chat.

Tout en dégustant un pavé accompagné de ratatouille, elle lut les rapports de ses inspecteurs.

— Les gens se rappellent les détails, observat-elle. Ceux qui connaissaient bien les victimes précédentes.

— C'est normal. Chacune de ces personnes a vécu un traumatisme.

— Malheureusement, ils ne nous apprennent rien de nouveau. Aucune de ces femmes ne s'était plainte d'être harcelée. Chacune avait sa routine quotidienne, à quelques variations près, bien sûr. Elles se rendaient à leur travail à pied ou par les transports en commun dans un cadre horaire défini. Aucun témoin fiable n'a déclaré les avoir vues en compagnie de quelqu'un au moment de leur disparition.

— *Fiable*.

Elle haussa les épaules.

— On a eu droit au lot habituel de maboules et de voraces en quête de gloire. Ça n'a rien donné. Pourtant, il nous faut suivre toutes les pistes, quitte à perdre un temps précieux.

— Tu as dit que tu allais t'intéresser aux parkings et aux garages. Je suppose que vous l'avez fait à l'époque.

— Oui. Nous avons visionné des vidéos de sécurité pendant des heures et des heures, questionné des dizaines de gardiens, droïdes et humains, vérifié des kilomètres de récépissés. En vain. Ce qui signifie qu'il se garait dans la rue, qu'il optait pour des parkings non sécurisés ou, tout simplement, qu'il a eu de la chance.

Connors haussa un sourcil.

— De la chance quatre fois de suite?

— Précisément. Selon moi, ce n'est pas un hasard. Il prépare tout.

— Et s'il se servait d'un véhicule officiel? As-tu envisagé cette possibilité? Une voiture de la police, de la municipalité, un taxi?

— Nous avons exploré cette voie, mais elle ne nous a menés nulle part. Nous l'explorerons de nouveau. J'ai demandé à Newkirk d'examiner les archives, de repérer tout achat privé de ce genre de véhicules. On les vend aux enchères environ deux fois par an. Il va aussi se pencher sur les dossiers des véhicules volés. De son côté, McNab contrôle tous les fichiers des employés de la ville et du service des transports. Nous effectuerons des recoupements. Quand bien même il aurait changé de nom et d'apparence, on exige toujours une pièce d'identité munie d'empreintes digitales pour ce genre d'acquisition.

— Et au chapitre du matériel médical et des médicaments ? Il les drogue, il les séquestre, il leur taillade les poignets ; il doit sûrement être équipé pour canaliser tout cet écoulement de sang.

— On a cherché autrefois, on va remettre ça. On ne compte plus le nombre de cliniques, d'hôpitaux, de centres médicaux, de généralistes et d'infirmiers qui ont perdu le droit d'exercer. Ajoute à cela les funérariums, voire les salons d'esthétique... De quoi nous occuper pendant des heures et des heures.

— En effet. Vous ne négligez aucune possibilité.

Elle se leva pour effectuer quelques allers-retours dans la pièce. En se remémorant la première enquête, peut-être découvrirait-elle quelque chose qui lui avait échappé à l'époque.

— Feeney et moi avons poursuivi nos investigations pendant des semaines après que les meurtres eurent cessé. On y consacrait tous nos instants de liberté. À 3 heures du matin, on en discutait encore devant une bière. Et je sais pertinemment qu'en rentrant chez lui, il se replongeait dans le dossier. Comme moi.

Elle jeta un coup d'œil à Connors avant d'aller s'asseoir devant son ordinateur avec le reste de son repas.

— Mme Feeney est une perle. Elle comprend les flics, leur métier, leur vie. C'est probablement pour cela qu'elle a des hobbies aussi bizarres.

— Pour s'occuper, éviter de s'inquiéter quand son mari n'est toujours pas là à 3 heures du matin.

— Ouais. C'est pas facile pour vous.

Il sourit.

— On fait avec.

— Il l'aime énormément. Il joue les martyrs, mais sans elle, il serait perdu. Je sais ce que c'est. Je sais qu'il bosse d'arrache-pied, qu'il revoit tous ces visages, ceux de l'époque et ceux d'aujourd'hui.

*Vous ne nous entendez pas crier ?*

— Il se sait responsable.

— Comment peux-tu dire cela ? protesta Connors. Il a fait tout ce qu'il est possible de faire.

— Non. Parce qu'il y a toujours autre chose. Un détail qui nous a échappé, ou qu'on n'a pas examiné sous le bon angle ; une question mal posée au mauvais moment. Quelqu'un d'autre aurait peut-être mis le doigt dessus. Pas parce que cette personne était meilleure ou travaillait plus dur, mais parce qu'elle avait plus de recul. C'était lui qui dirigeait l'enquête, la pression était donc sur lui.

— Aujourd'hui, elle est sur toi.

— Exactement. Et il en souffre parce que c'est lui qui m'a formée. Je ne voulais pas qu'il participe, mais il m'était difficile de le tenir à l'écart.

— Il est solide et entêté, lui rappela Connors. Comme le flic qu'il a formé. Il tiendra le coup, Eve.

Elle poussa un profond soupir et se tourna vers l'écran mural.

— Comment les sélectionne-t-il ? Cette fois, nous connaissons l'une de ses exigences : ses proies sont employées par tes sociétés. Il devait se douter qu'on s'en rendrait compte tout de suite. Il veut que nous le sachions. Donc, il nous fournit les informations dont il souhaite que nous disposions : le genre de femmes qu'il préfère, le temps qu'il passe avec elles. Il se fiche pas mal que nous découvrions la marque des produits dont il se sert pour les laver. Mais cette fois, il nous a donné plus...

Elle pivota vers Connors.

— Est-ce qu'il te connaît ? Sur le plan professionnel ? Personnel ? A-t-il déjà traité avec toi ?

As-tu racheté son entreprise contre son gré? L'as-tu doublé sur un contrat? L'as-tu renvoyé de son poste ou privé d'une promotion? Il n'agit jamais au hasard, son choix dans le cas présent est donc délibéré.

Connors s'était posé les mêmes questions. En boucle.

— Que ce soit d'ordre professionnel ou personnel, je peux rechercher les fichiers des employés qui ont été envoyés sur les lieux des autres crimes à l'époque, ou qui avaient demandé un congé.

— Combien d'employés as-tu?

Il esquissa un sourire.

— En toute franchise, je n'en sais rien.

— Justement. Mais grâce au profil établi par Mira – nous aurons la version mise à jour dès demain –, nous pourrons réduire considérablement la liste.

Connors s'étant occupé des préparatifs pour le repas, Eve se leva pour débarrasser.

— Je vais lancer un calcul de probabilités, reprit-elle, mais je doute qu'il s'agisse d'un subordonné mécontent.

— Je suis d'accord avec toi. De mon côté, je vais creuser la question chez mes principaux concurrents et sous-traitants. Avec mon matériel personnel.

Eve ne répondit pas tout de suite. Elle se contenta de porter la vaisselle à la cuisine et de remplir la machine. Son « matériel personnel » n'était pas enregistré et lui permettait d'œuvrer en toute discrétion en contournant un certain nombre de lois.

Quoi qu'il découvre, cela ne lui serait d'aucune utilité devant un tribunal, car elle ne pourrait en aucun cas révéler ses sources.

*Vous ne nous entendez pas crier?*

Elle revint dans le bureau.

— Lance ta recherche.
— D'accord. Cela risque d'être très long.
— Alors tu ferais bien de t'y mettre sans tarder.

Restée seule, elle installa son tableau de meurtre pendant que son ordinateur lui lisait les rapports de ses coéquipiers.

« Ce tableau est trop petit », songea-t-elle. Tous ces visages, toutes ces données. Toutes ces morts.

— Lieutenant.
— Ordinateur, mode pause ! commanda-t-elle. Quoi ? aboya-t-elle en se tournant vers Summerset. Je suis occupée.
— Je le vois. Connors m'a demandé de vous apporter ceci.

Il lui tendit un disque.

— C'est la liste des employées qu'il m'avait chargé de vous préparer.
— Parfait.

Elle prit le disque et alla le poser sur son bureau.

— Vous êtes toujours là ? s'étonna-t-elle en lui jetant un coup d'œil par-dessus son épaule. Déguerpissez !

Aussi raide qu'un parapluie dans son costume noir, il ignora son ordre.

— Je me souviens des reportages sur ces femmes. Aucun d'entre eux n'évoquait les chiffres gravés sur leur torse.
— Les civils n'ont pas besoin de tout savoir.
— Il met beaucoup de soin à former chaque numéro, chaque lettre. J'ai déjà vu cela auparavant.

Le regard d'Eve s'aiguisa.

— Que voulez-vous dire ?
— C'était au cours des Guerres Urbaines.
— Les méthodes de torture ?
— Non, non. Certes, elles étaient nombreuses : c'est un moyen classique pour soutirer des informations ou punir. Mais il est rare que ce soit aussi... propre.

— Vous ne m'apprenez rien.

Summerset la toisa.

— Vous êtes trop jeune pour avoir connu les Guerres Urbaines, ou vous rappeler leurs conséquences dans certains pays d'Europe après qu'elles eurent pris fin. Là non plus, les civils – si on peut dire – n'étaient pas au courant de tout.

— C'est-à-dire ?

— Quand j'ai servi en tant qu'assistant médical, j'ai vu arriver des blessés et des morts. Parfois en pièces. Nous conservions les morts ou ceux qui succombaient à leurs blessures pour les familles s'il y en avait et si le corps pouvait être identifié. Ou pour les enterrer. À ceux que l'on ne parvenait pas à identifier, on attribuait un numéro. Nous tenions des registres dans lesquels nous consignions tout ce que nous pouvions, une description, la liste des objets personnels, le lieu du décès, etc. Et nous inscrivions sur eux un numéro ainsi que la date de leur mort – avec plus ou moins de précision.

— C'était la procédure normale ?

— C'était ce que nous faisions lorsque j'étais à Londres. Ailleurs, on employait d'autres méthodes. Dans les endroits les plus dangereux, on se contentait d'inhumations de masse et de crémations sans le moindre recensement.

Eve s'approcha du tableau, étudia de près les chiffres ciselés dans la chair de la victime. Ce n'était pas la même chose, songea-t-elle, mais c'était une piste à explorer.

— Il connaît leurs noms, dit-elle. Mais ce n'est pas ce qui l'intéresse. Ce qui compte pour lui, c'est ce décompte du temps. Il me faut un autre tableau.

— Pardon ?

— Il me faut un autre tableau. Je n'ai pas assez de place sur celui-ci.

— Je devrais pouvoir vous en trouver un.

— Tant mieux. Allez-y.

Dès qu'il fut sorti, elle se précipita à son bureau et ajouta les Guerres Urbaines sur sa liste, avant de se remettre à réfléchir.

Soldat, infirmier, médecin... C'était peut-être un homme qui avait perdu un membre de sa famille ou une maîtresse... Non, non, impossible, rectifia-t-elle. Pourquoi aurait-il torturé, en le désacralisant, le symbole d'un être aimé ? À moins que ce ne soit justement une sorte de vengeance tordue ?

Et s'il avait lui-même été torturé ? Par une femme aux cheveux châtains âgée d'une trentaine d'années, par exemple.

Ou peut-être avait-il été son bourreau.

Elle se leva, arpenta la pièce de long en large. Dans ce cas, pourquoi avoir attendu plusieurs décennies avant de recréer l'événement ? Un fait précis avait-il déclenché le passage à l'acte ? Ou avait-il tenté d'autres expériences en douce afin de trouver la méthode qui lui convenait ?

Peut-être n'était-ce qu'un foutu cinglé.

Cependant, les révélations de Summerset sur les Guerres Urbaines valaient la peine d'être exploitées. D'après le premier profil de Mira, on avait affaire à un individu d'âge mûr. Un homme, probablement de type caucasien, entre trente-cinq et soixante ans. Il avait très bien pu vivre certains de ces conflits dans sa jeunesse.

Elle se rassit, peaufina les paramètres, lança de nouveaux calculs de probabilités.

Pendant que l'ordinateur s'activait, elle inséra le disque que lui avait apporté Summerset.

— Ordinateur, afficher les résultats, écran mural numéro deux.

*Bien reçu. Recherche en cours...*

— Nom d'un chien ! s'exclama-t-elle, sidérée.

Elle avait sous les yeux des centaines de noms. Des milliers.

Elle ne pouvait reprocher à Summerset de manquer d'efficacité. Les personnes étaient regroupées selon l'endroit où elles travaillaient, où elles habitaient. Apparemment, les Entreprises Connors comptaient un sacré nombre de brunes de vingt-huit à trente-trois ans au sein de leurs personnels.

— On en revient à la pieuvre géante.

Elle allait avoir besoin d'une cafetière entière.


Le bureau de Connors, spacieux et ergonomique, jouissait d'une vue spectaculaire sur la ville, quoique à travers des écrans chargés de préserver l'intimité. L'immense console en forme de U commandait un équipement hautement sophistiqué digne du gouvernement.

Il en savait quelque chose : il avait plusieurs contrats avec l'État.

Il savait aussi que les bonnes machines ne suffisaient pas : le piratage informatique exigeait de l'habileté. Et de la patience.

Il commença par sa propre liste d'employés, un exercice relativement simple. Il n'eut pas de mal à localiser tous les hommes qui travaillaient ou avaient travaillé pour lui autrefois et avaient dû se rendre sur les lieux des crimes ou avaient demandé un congé dans les délais définis.

Parallèlement, il demanda un relevé de ses principaux concurrents. Il garderait pour plus tard les sociétés qu'il considérait comme moins menaçantes.

Tout établissement, organisation ou individu rival devait – comme lui – protéger ses dossiers internes par des couches et des couches de codes secrets. À lui de les décrypter sans se faire pincer.

Devant lui, les boutons lumineux clignotaient comme des joyaux. Il remonta les manches de sa chemise et s'attacha les cheveux.

Tout en s'affairant, il se parlait à lui-même, aux appareils, aux obstacles qui s'interposaient devant lui. Plus le temps passait, plus ses insultes se teintaient d'un accent irlandais.

Il marqua une pause pour boire un café avant de consulter les résultats de sa recherche initiale.

Aucun de ses employés ne correspondait au profil. Toutefois, plusieurs d'entre eux s'étaient rendus sur au moins deux des sites ou avaient pris un congé à l'époque des meurtres.

Il décida d'examiner leurs fichiers d'un peu plus près.

Il passait d'une tâche à l'autre dans l'espoir de rester éveillé. Méticuleusement, il surmonta les barrages et tria les données. Puis il ordonna des recoupements.

Lorsqu'il se releva pour programmer un autre pot de café, il jeta un coup d'œil sur la pendule.

4 h 16.

Un juron lui échappa. Il se frotta la figure. Eve s'était sûrement endormie à son bureau. Si elle avait décidé d'aller se coucher, elle serait venue le prévenir.

Bientôt 4 h 30, se dit-il. Gia Rossi était peut-être déjà morte, ou en train de prier le ciel pour qu'on mette un terme à ses souffrances.

Paupières closes, Connors s'abandonna à une petite crise de culpabilité. C'était aussi stupide qu'inutile et il en était conscient. Mais il était trop fatigué pour éprouver de la colère.

— Transférer le document C sur le disque, sauvegarder toutes les données. Euh... continuer la recherche en cours, la copier et la sauvegarder. L'opérateur ne sera plus en ligne.

*Bien reçu...*

Avant de quitter la pièce, il décida de passer un appel à Dublin.

— Bonjour, Brian.

Sur l'écran, le visage de son vieil ami se fendit d'un large sourire.

— Pas possible ! De quel côté de la mare te trouves-tu ?

— Côté Yankee. J'espère que je ne te réveille pas.

— Non. J'étais en train de boire mon thé. Comment se porte notre lieutenant préféré ?

— Très bien, merci. Tu es seul ?

— Oui, et c'est dommage. Contrairement à toi, je n'ai pas d'épouse merveilleuse pour réchauffer mon lit.

— J'en suis désolé. Brian, je suis à la recherche d'un bourreau.

— Vraiment ? fit son ami, à peine surpris.

— Il a tué plus de vingt femmes au cours de la dernière décennie, toutes âgées de vingt-huit à trente-trois ans. Toutes brunes au teint clair. On a découvert la dernière pas plus tard qu'hier. Elle travaillait pour moi.

— Mince.

— Une autre a disparu – c'est sa méthode. Elle aussi était une de mes employées.

Brian inspira très fort par le nez.

— Tu as eu des aventures avec elles ?

— Certainement pas. D'après le profil, il est plus vieux que nous. De dix ans, voire plus. Il est terriblement habile. Il voyage. Il a suffisamment d'argent pour s'offrir une maison isolée où il séquestre et torture ses proies. S'il travaille, il s'octroie en tout cas des vacances régulièrement. Il ne viole jamais ses victimes. Il les enlève, les ligote, les torture, les élimine et les lave. Et il chronomètre leur capacité à survivre.

— C'est abominable.

Brian tira sur le lobe de son oreille, puis reprit :

— Si tu veux, je peux poser des questions ici ou là, taper sur quelques épaules.

— Je t'en serais reconnaissant.

— Je te tiens au courant. D'ici là, embrasse ton lieutenant pour moi et dis-lui que j'attends qu'elle t'envoie paître et se jette dans mes bras.

— Je n'y manquerai pas.

Après avoir coupé la communication, Connors récupéra les disques déjà complets et quitta la pièce en laissant tourner les machines.

Comme prévu, Eve s'était endormie devant son ordinateur, la tête posée sur les avant-bras. Il remarqua les deux tableaux de meurtres, ses notes manuelles, celles qu'avait crachées l'imprimante.

Sa tasse de café était encore à moitié pleine – et tiède au toucher –, et le chat s'était enroulé sur ses genoux.

Il chassa ce dernier et la souleva de son siège. Elle marmonna, s'agita.

— Quoi?
— Au lit! trancha-t-il en la portant jusqu'à l'ascenseur.
— Quelle heure est-il? Merde! J'ai dû m'assoupir.
— Pas bien longtemps : ton café est encore tiède. Nous devons nous coucher.
— Réunion à 8 heures, dit-elle d'une voix pâteuse. Debout à 6 heures. Des trucs à organiser. Je n'ai pas...
— D'accord, d'accord.

Il émergea de la cabine dans la chambre.
— Rendors-toi.
— Tu as du neuf?
— C'est en cours.

Il la déposa sur le lit, décidant qu'elle pouvait parfaitement dormir en survêtement. Apparemment elle était du même avis. Elle se glissa telle quelle sous la couette.

— Tu as quelque chose à me mettre sous la dent?
— Nous verrons cela plus tard.

Il enleva sa chemise et son pantalon, et se coucha à son tour.

— S'il y a quoi que ce...
— Chut!

Il la serra contre lui, lui effleura les lèvres des siennes.
— Dors.
Il l'entendit soupirer – d'irritation ? Mais à peine le son était-il sorti de sa bouche qu'elle sombrait dans un profond sommeil.

# 7

Elle était si peu habituée à ce qu'il ne soit pas levé avant elle qu'elle se noya dans son regard bleu quand il la réveilla en lui caressant les cheveux.

— Tu penses à quelque chose ?
— Quand je suis au lit avec ma femme, il semble que je pense toujours à quelque chose.
— Comme la plupart des hommes, tu penses probablement au sexe quand tu traverses la rue.
— Une chance pour toi ! riposta-t-il en l'embrassant sur le bout du nez. Mais pour ce matin, ça s'arrêtera là. Tu voulais être debout à 6 heures.
— Ah, oui. Merde. D'accord.

Elle bascula sur le dos pour rassembler son courage.

— Tu ne pourrais pas inventer une machine qui verse du café dans l'organisme par simple impulsion mentale ?
— Je m'y mets sur-le-champ.

Elle quitta le lit et tituba jusqu'à l'autochef.

— Je vais descendre faire quelques longueurs dans la piscine. Ça devrait me détendre. Et me réveiller.
— Bonne idée. Je vais en faire autant. Donne-moi un peu de ça.

Elle faillit l'envoyer promener en lui disant qu'il était assez grand pour se servir un café tout seul, mais se contenta de lui tendre sa tasse en le fusillant du regard.

— Pas de water-polo.
— Si c'est un euphémisme pour une partie de jambes en l'air dans l'eau, rassure-toi. Tout ce dont j'ai envie, c'est de nager, dit-il en lui rendant sa tasse.

Deux minutes plus tard, ils prenaient l'ascenseur, elle hagarde, lui, perdu dans ses réflexions.

Le bassin étincelant était entouré d'une véritable forêt de plantes luxuriantes. L'air était chaud et humide. Eve se serait volontiers offert une baignade de vingt minutes suivie d'une deuxième tasse de café et d'un bain bouillonnant.

Et, tant qu'à faire, puisqu'il était là, un match express de water-polo.

Mais l'heure n'était pas aux petits bonheurs. Elle plongea. La fraîcheur de l'eau, l'effort répétitif... À mesure que les minutes passaient, elle sentait son cerveau et ses muscles se désengourdir. L'esprit alerte, elle sortit, enfila un peignoir et récupéra son café.

— Tu viens avec moi en ville ou tu préfères travailler ici ?

Il réfléchit tout en rabattant ses cheveux trempés en arrière.

— Je crois que je vais me consacrer aux recherches privées, du moins pour le moment. Si je réussis à terminer ou si je découvre quelque chose, je te contacterai ou je te rejoindrai par mes propres moyens.

— Entendu.

Ils se dirigèrent vers l'ascenseur.

— Tu as progressé ? s'enquit-elle.

— Oui, mais je n'avais toujours rien de probant à 4 heures.

— C'est à cette heure-là que nous nous sommes couchés ?

— Un peu plus tard, en fait. Mon Eve chérie, tu ne t'es pas assez reposée, murmura-t-il en lui caressant la joue. Tu es si pâle.

— Je me sens bien, assura-t-elle.

— Et toi ? tu as trouvé quelque chose ?
— Je n'en suis pas encore certaine.
Pendant qu'ils se préparaient, elle lui rapporta sa conversation avec Summerset.
— Tu crois donc que l'assassin a pu appartenir à un corps médical lors des Guerres Urbaines.
— C'est une piste. Je me suis renseignée, ajouta-t-elle en fixant son holster. De nombreux centres fonctionnaient de la même manière ici même, à New York.
— Où il a commencé.
Elle opina.
— Il attache une certaine importance à ce lieu. C'est ici qu'il a débuté, ici qu'il est revenu. Certes, il a parcouru le monde, mais aujourd'hui, il a choisi de revenir à sa ville d'origine.
— Il ne s'agit pas seulement du lieu. Il y a aussi toi et Feeney. Morris, Whitney, Mira. Et d'autres.
— Justement, je rumine là-dessus. En règle générale, quand un tueur en série a une dent contre les flics, il s'amuse à les provoquer. Il envoie des messages, laisse traîner des indices codés ; il éprouve ainsi un sentiment de supériorité. Ce n'est pas le cas cette fois-ci. Mais je rumine.
Elle avala une dernière gorgée de café extra-fort.
— Il faut que j'y aille, sans quoi je ne serai jamais prête pour le briefing.
— Ah ! J'ai oublié de te dire que Brian t'attend les bras ouverts quand tu en auras assez de moi.
— Brian ? Ton Brian en Irlande ?
— Lui-même. Je l'ai appelé pour lui demander de se mettre à la recherche de bourreaux. Il a des relations. Et il est doué pour soutirer des informations.
— Hmmm.
Décidément, son mari avait de drôles de fréquentations. De temps en temps, c'était bien utile.
— Très bien. À plus tard.
Il vint vers elle, lui caressa de nouveau les cheveux.

— Prends soin de mon flic.
— C'est bien mon intention.
Elle déposa un baiser sur ses lèvres, s'écarta.
— Je te tiens au courant.


Au cours de la réunion, Eve demanda à chacun de s'exprimer. Elle écouta leurs hypothèses, leurs arguments pour ou contre, leurs propositions sur la meilleure façon d'appréhender l'enquête, en optant pour des angles d'approche différents ou en poursuivant d'anciennes pistes dans une autre perspective.

— Imaginons que ce salaud ait appris son métier durant les Guerres Urbaines, dit Baxter. Cela signifie qu'il a quatre-vingts ans, voire plus. Et qu'il a disposé de plus d'un demi-siècle pour torturer ses victimes. Comment peut-il continuer s'il est sur le point de casser sa pipe ?

Jenkinson pointa le doigt sur Baxter.

— Chien en Rut oublie que beaucoup d'hommes mûrs sont encore en pleine forme. Aujourd'hui, quatre-vingts ans, c'est la nouvelle soixantaine.

— Imbécile Heureux marque un point, concéda Baxter. Étant lui-même dans la force de l'âge, il en connaît un rayon. Ce que je veux dire, c'est qu'il faut du muscle et une certaine agilité pour transporter une femme de trente ans d'un point à un autre.

— Et s'il n'était encore qu'un enfant pendant les Guerres Urbaines ?

Comme pour s'excuser d'avoir pris la parole, Trueheart se racla la gorge.

— Non pas que quatre-vingts ans soit vieux, mais...

— Tu as commencé à te raser, Face de Bébé ? coupa Jenkinson.

— S'il est vrai que l'agent Face de Bébé a moins de poils au menton qu'Imbécile Heureux n'en a dans les oreilles, il faut dire que de nombreux orphelins ont été maltraités pendant les Guerres Urbaines. Du moins à ce qu'il paraît, intervint Baxter en adressant un grand sourire à Jenkinson. Je n'étais pas né.

Eve ne cilla pas. Elle les laissa continuer dans la même veine pendant quelques minutes. Quand elle jugea que toutes les informations pertinentes avaient été transmises, toutes les idées explorées, elle distribua les tâches de la journée et expédia tout le monde au travail.

— Peabody, trouvez-moi l'ex de York. Nous devons l'interroger. J'emmène le Dr Mira dans mon bureau quelques instants. Docteur ?

— Que de voies à explorer, murmura cette dernière en lui emboîtant le pas.

— L'une d'entre elles nous mènera jusqu'à lui. Tôt ou tard...

— Sa constance est à la fois un avantage et un désavantage. Ce sera un pas sur cette voie qui vous mènera à lui. Son manque de souplesse finira par le desservir.

— Son manque de souplesse ?

— Son refus de s'écarter de la norme qu'il s'est fixée, confirma Mira. Ou son incapacité à le faire. Cela vous donne toutes sortes de renseignements sur lui. Vous pouvez donc anticiper.

— Je savais qu'il avait déjà enlevé la deuxième. Ce n'est pas cela qui va sauver Gia Rossi.

Mira hocha la tête.

— Vous n'auriez rien pu pour elle puisqu'il l'avait enlevée avant que vous appreniez ou puissiez apprendre qu'il avait repris du service.

Eve pénétra dans son bureau et l'invita d'un geste à s'asseoir, tandis qu'elle-même se perchait sur le coin de sa table de travail.

— Donc, selon vous, il considère son activité comme une sorte de boulot.

— Il obéit à un schéma professionnel, une sorte de routine qu'il a perfectionnée. Ou de rituel. Il est très fier de son travail, c'est pourquoi il tient à le faire partager. Il expose son œuvre une fois qu'il la juge achevée.

— C'est la raison pour laquelle il dispose ses victimes sur un drap blanc. Qu'il leur glisse une bague au doigt. Je comprends. Au cours des Guerres Urbaines, les cadavres étaient déposés les uns à côté des autres ou empilés. Et recouverts. D'un tissu, d'un rideau, d'une bâche en plastique, de ce qu'on avait sous la main. En général, on les débarrassait de leurs chaussures et de leurs vêtements. Ces effets personnels étaient recyclés et redistribués. En période de conflit, on s'en tient à la politique du «gaspillage zéro». Il les dépouille de leurs affaires, mais il les laisse dénudées.

— Par orgueil. Parce qu'il les trouve belles. À ses yeux la mort les rend sublimes.

Mira changea de position, croisa les jambes. Elle avait attaché ses cheveux sur la nuque et portait un tailleur jaune clair, qui fleurait bon le printemps.

— Comme je l'ai signalé lors du briefing, le genre de femme qu'il choisit correspond vraisemblablement à quelqu'un issu de son passé, une brune appartenant à cette tranche d'âge. Sa mère, une maîtresse, une sœur, un amour inaccessible.

— Inaccessible...

— Une personne qu'il n'a pas su contrôler, qu'il n'a pu contraindre à le voir tel qu'il voulait être vu, que ce soit au cours de sa vie ou au moment de sa mort. Désormais, il y parvient, encore et encore.

— Il ne les viole jamais. Si c'était une maîtresse, ne la considérerait-il pas d'un point de vue sexuel?

— Pour lui, les femmes sont des madones ou des putes ; il oscille entre la crainte et le respect.

— Il punit et tue la pute, murmura Eve. Puis il crée la madone, qu'il lave et expose.

— Exactement. C'est leur féminité qui l'obsède, pas leur sexualité. Peut-être est-il impuissant. J'en suis presque convaincue. Mais il attache peu d'importance au sexe. Sinon, il mutilerait leurs parties génitales ou les violerait avec des objets. Ça ne s'est encore jamais produit... J'imagine qu'il prend son plaisir à les regarder souffrir. Mais c'est secondaire – une sorte de produit dérivé, si vous voulez. Ce qui le motive, c'est la douleur, l'endurance du sujet et le résultat. La mort.

Eve alla jusqu'à l'autochef où elle programma distraitement deux cafés.

— Il est méthodique et dévoué, enchaîna Mira. Le contrôle – sur lui-même et sur les autres – lui est vital. Sa capacité à prendre du recul, à s'arrêter pendant de longues périodes, dénote une maîtrise de soi et une volonté remarquables. Je ne crois pas qu'il puisse entretenir la moindre relation personnelle ou intime sur le long terme. Et certainement pas avec une femme. Des relations de travail? Il peut en avoir, je pense, dans une certaine mesure. Il doit avoir des revenus. Il dépense de l'argent pour ses proies.

— Les savons et les shampooings haut de gamme, les anneaux en argent, souligna Eve. Les voyages ici et là. L'achat ou la location d'un lieu de séquestration.

— Il semble avoir une prédilection pour les objets de luxe, ce qui tend à indiquer qu'il est accoutumé à un certain train de vie. Certes, la phase nettoyage fait partie du rituel, mais il pourrait se contenter de produits de grande distribution.

— Il veut ce qu'il y a de mieux, dit Eve. Cela m'incite à penser que ça pourrait être un concurrent de Connors ou l'un de ses cadres supérieurs.

— Ce serait logique. Il a décidé de créer ce lien. Comme il a décidé de revenir à New York. Mais ce n'est pas tout, Eve.

Mira but une gorgée de café, savoura sa saveur corsée puis posa sa tasse, l'air sombre.

— Il y a vous. Ces femmes sont, en un sens, celles de Connors. Vous, vous l'êtes dans tous les sens du terme.

Eve fronça les sourcils.

— Vous êtes en train de me dire qu'il agit ainsi à cause de moi. Ce n'était pas moi la responsable de l'enquête initiale.

— Vous y avez participé, vous êtes châtain. À l'époque, vous étiez trop jeune pour satisfaire ses exigences. Vous ne l'êtes plus.

— Vous pensez que je suis une de ses cibles ?

— Parfaitement.

— Hmmm…

Eve réfléchit. Les hypothèses de Mira méritaient toujours d'être étudiées.

— Il préfère les cheveux longs.

— Nous avons noté quelques exceptions.

— Oui, deux. Il a toujours fait preuve d'intelligence. Ça, ce serait complètement idiot… C'est beaucoup plus compliqué d'assassiner un flic qu'un civil.

— De son point de vue, vous seriez un trophée exceptionnel. Vous représentez un défi. Et s'il sait une chose à votre sujet, ce dont j'ai la certitude, c'est que vous résisteriez un long moment.

— Il aura du mal à me filer. Primo, je m'en rendrai compte. Deuxio, je n'ai pas d'habitudes, contrairement aux autres. Elles fréquentaient toujours les mêmes lieux, se déplaçaient aux mêmes horaires. Pas moi.

— Ce qui rend le défi d'autant plus intéressant. Vous pensez qu'il a rajouté Connors comme paramètre de départ parce qu'il est en concurrence avec lui. C'est fort possible. Mais il n'agit pas dans un esprit de revanche, du moins pas consciemment. Il entreprend tout dans un but précis. Je suis persuadée que dans cette affaire, le but, c'est vous.

— Ça nous aiderait bien.

Mira poussa un profond soupir.

— J'étais sûre que vous verriez les choses ainsi.

Eve étrécit les yeux et inclina la tête, absorbée dans ses réflexions.

— Il faudrait que je trouve un moyen de l'appâter – afin qu'il se tourne vers moi avant d'enlever la troisième.

Tout en dévisageant Eve, Mira reprit sa tasse de café.

— Vous n'aurez pas besoin de l'appâter, Eve. Je peux vous garantir qu'il a déjà tout planifié. La seule variable dans l'histoire, c'est la capacité de résistance de ses victimes. Il a sélectionné la troisième. À moins de s'arrêter là – ce qui serait étonnant –, ce ne sera pas vous.

— Alors, nous devons donc la découvrir les premiers. Gardons cette conversation pour nous. Je veux y réfléchir.

— Moi aussi, je veux que vous y réfléchissiez, répliqua Mira en se levant. En tant que membre de votre équipe, en tant que profileuse, en tant qu'amie, je veux que vous y réfléchissiez très sérieusement.

— Vous pouvez compter sur moi.

— C'est dur pour vous, pour Feeney. Pour moi, pour le commandant. Nous sommes déjà passés par là et nous avons échoué. Un nouvel échec…

— …est inenvisageable, acheva Eve à sa place. Rendez-moi un service. Je sais que c'est fastidieux, mais j'aimerais que vous jetiez un coup d'œil sur la liste que m'a procurée Summerset. Les employées de sexe féminin des Entreprises Connors. Cochez celles qui vous semblent correspondre à son genre de femmes. Nous ne pouvons pas les protéger toutes, mais si on pouvait réduire le champ…

— Je m'y mets tout de suite.

— Il faut que je vous laisse.

Mira tendit sa tasse vide à Eve, lui effleura gentiment le dos de la main.

— Ne vous contentez pas de réfléchir sérieusement. Soyez prudente.

À l'instant précis où Mira sortait du bureau, le communicateur d'Eve bipa. Scrutant l'écran d'affichage, elle décrocha.

— Nadine.
— Dallas ? Du nouveau sur Rossi ?
— Nous sommes à sa recherche. Si vous me dérangez dans l'espoir d'un scoop...
— En fait, c'est moi qui en ai un pour vous. Une de mes documentalistes a déniché une pépite très intéressante. En Roumanie.

Automatiquement, Eve se tourna vers son ordinateur pour consulter le rapport de l'enquête menée en Roumanie.

— Je vous écoute.
— Tessa Bolvak, Roumaine – gitane ? Elle avait sa propre émission de télé. *L'heure de la télépathie* – d'une durée de vingt minutes, en fait.
— Quoi ? Vous m'appelez à propos d'une voyante ?
— Fort célèbre en Roumanie à l'époque en question. Elle était régulièrement sollicitée par la police.
— Décidément, ces Roumains sont fous !
— D'autres autorités policières font appel aux médiums, lui rappela Nadine. Vous y avez eu recours il n'y a pas si longtemps.
— Ouais, et vous avez vu le résultat.
— Bref, le problème n'est pas là, reprit Nadine. Sensible à la valeur marchande d'une affaire aussi juteuse, l'incroyable Tessa avait pondu une émission spéciale sur les meurtres perpétrés dans son pays et sur son rôle dans l'enquête. Elle y proclamait que votre assassin était un maître de la mort et son serviteur.
— Au secours !
— Ce n'est pas tout. Elle disait que la mort le poursuivait, qu'il s'en nourrissait.

Nadine se tourna vers son écran d'ordinateur.

— Je cite : *Un homme pâle, une âme noire. La mort vit en lui et il ne vit que par elle. La musique jaillit tandis que le sang coule. Elle joue pour elle – la divine diva –, celle qui a chanté pour lui. Il les sélectionne, ce sont les fleurs de son bouquet, le bouquet destiné à orner son autel à elle.*

— Nadine, je vous en sup...
— Une seconde, une seconde ! *Un homme pâle qui porte l'arbre de la vie et n'existe qu'à travers la mort.* L'émission a eu un succès fou.
— Je répète : décidément, ces Roumains sont fous !
— Encore plus que vous ne le croyez. Deux jours après la diffusion, on a découvert son corps – la gorge tranchée – flottant sur le Danube.
— Dommage qu'elle n'ait pas prévu le coup.
— Très drôle. La police a conclu à un vol qui aurait mal tourné. On n'a jamais récupéré ni ses bijoux ni son sac. Mais ces gens-là sont sans doute moins ironiques que moi et moins cyniques que vous.
— Pourquoi vous attribuez-vous la palme de l'ironie ? protesta Eve. Moi aussi, je sais faire de l'ironie. Peut-être était-elle tellement occupée à lire dans sa boule de cristal qu'elle n'a pas remarqué le type qui voulait lui dérober ses biens... Et peut-être qu'il s'en est pris à elle parce que ce qu'elle venait d'annoncer était un peu trop proche de la vérité à son goût, ajouta-t-elle après réflexion.
— J'y ai pensé, avoua Nadine. Ça ne colle pas avec ses habitudes, mais...
— Il ne lui a pas donné le... statut qu'il octroie aux victimes qu'il se choisit. Elle l'a juste irrité, alors il l'a éliminée. Vous avez une copie de l'émission ?
— Oui.
— Envoyez-la-moi. Je vais reprendre contact avec les Roumains, histoire de voir s'ils peuvent m'en dire plus sur cette femme. Vous avez autre chose ?
— Beaucoup de gros titres tapageurs, tous médias confondus. Mes petites abeilles vont faire le tri.
— Tenez-moi au courant.
Sitôt après avoir raccroché, Eve nota : *homme pâle ; musique ; Arbre de Vie ; mort vit en lui et ne vit que par elle*.
Puis elle alla chercher Peabody.

— J'ai l'impression que ça se réchauffe, observa Peabody en se voûtant pour affronter le vent de mars.

— Vous êtes du même côté que moi de la ligne de l'équateur ?

— Non, mais franchement ! On a gagné quelques degrés par rapport à hier. Et comme nous sommes en mars, cela signifie qu'avril ne va pas tarder à débouler. À bien y réfléchir, on se rapproche sérieusement de l'été.

— Ce vent glacial vous a de toute évidence figé le cerveau.

Eve exhiba son insigne devant le scanner de sécurité de l'immeuble de Cal Marshall.

— Du coup, j'hésite à vous laisser prendre les rênes dans cet entretien.

— Non, non, je peux m'en charger ! assura Peabody. On se les gèle, d'accord. La bise me transperce les rétines. Mais elle n'a pas encore pénétré ma cervelle.

Une fois à l'intérieur, elle arracha son bonnet à rabats.

— J'ai les cheveux aplatis ? s'enquit-elle. Difficile de mener un interrogatoire efficace quand on est mal coiffée.

— Vous avez des cheveux. Ça devrait vous suffire.

— Ils sont tout plats, marmonna Peabody en les secouant, puis en y glissant les doigts pour tenter de leur redonner un peu de gonflant.

Elles pénétrèrent dans l'ascenseur.

— Arrêtez ! s'écria Eve. Cessez de vous comporter en nana. C'est d'un énervant !

— Baxter aurait réagi comme moi, se défendit Peabody.

C'était vrai. Eve grogna.

— Il ne compte pas.

— Sans oublier Miniki. Lui, il...

— Continuez comme ça, je vous neutralise et je vous rase le crâne. Vous n'aurez plus jamais à vous soucier de vos cheveux.

Eve quitta la cabine au pas de charge et fonça jusqu'à la porte de l'appartement de Cal Marshall.

— C'est toujours moi qui prends les rênes ? hasarda Peabody d'une voix faible.

Eve lui coula un regard noir et frappa. Quand la porte s'ouvrit, elle s'effaça pour laisser la vedette à sa coéquipière.

— Monsieur Marshall ? Je suis l'inspecteur Peabody. Nous nous sommes parlé un peu plus tôt. Voici ma partenaire, le lieutenant Eve Dallas. Pouvons-nous entrer ?

— Oui, bien sûr.

Il était blond, bronzé, athlétique, et il avait les yeux aussi bleus qu'un lac du grand Nord. Son regard était un peu vide, sa voix empreinte d'émotion.

— C'est au sujet de Sari.

— Si nous nous asseyions ?

— Hein ? Oui, oui. Asseyons-nous.

Par une porte ouverte, Eve aperçut le lit – fait. Un snow-board était appuyé contre le mur. Dans la salle de séjour, un anorak était drapé sur une chaise, le passe pour le remonte-pentes encore accroché à la fermeture Éclair.

Plusieurs bouteilles de bière trônaient sur la table basse noire installée devant le canapé bleu marine.

Eve imagina la scène : « Il est entré, s'est débarrassé de ses affaires, a écouté ses messages. Il a appris la nouvelle. Il s'est assis là et a bu toute la nuit. »

— Je suis au courant, reprit-il. Je suis arrivé à la maison et j'ai...

Il se frotta les yeux.

— C'est Bale qui m'a prévenu... Il l'avait su par Zela. La collègue de Sari, au club.

— Le choc a dû être terrible, murmura Peabody d'un ton compatissant. Vous n'aviez rien entendu auparavant ? Vous n'aviez pas votre communicateur de poche ?

— Je l'avais éteint. Tout ce dont j'avais envie, c'était de dévaler les pentes. Bale et moi, on était dans le Colorado. On a pris la navette de retour hier soir. Bale, qui habite plus près, a eu ses messages le premier. Ensuite...

— Sari et vous aviez une liaison.

— Nous... nous sortions ensemble, mais nous avons rompu il y a environ deux semaines.

— Pourquoi ?

— Elle était trop occupée. Toujours à...

Les mots moururent sur ses lèvres. Il leva les yeux sur Peabody.

— Je voulais davantage, vous comprenez ? Je voulais qu'elle soit là, qu'elle soit plus disponible, qu'elle s'intéresse à mes projets. Ça ne marchait pas comme je le souhaitais. Je lui ai dit que c'était fini entre nous.

— Vous vous êtes disputés.

— Oui. On a échangé des mots assez durs. Elle m'a traité d'égocentrique, de môme nombriliste imbu de lui-même. Je lui ai répliqué que j'en avais autant à son service. Merde. Merde. Merde. Elle est morte. Bale a dit... Sur les pentes, je lui avais parlé d'elle... en mal. Et maintenant elle est morte. Vous croyez que c'est moi ? J'ai eu envie de lui faire mal. Là ! ajouta-t-il en se frappant le cœur avec le poing. Je voulais qu'elle m'en veuille de l'avoir plaquée. Qu'elle rumine sur sa solitude pendant que moi, je m'amusais, que je collectionnais les conquêtes. Mon Dieu !

Il se cacha le visage dans les mains.

— Mon Dieu !

— Nous n'avons rien à vous reprocher, monsieur Marshall. Avant votre rupture, est-ce qu'elle venait dormir ici ?

— De moins en moins. Notre relation se désintégrait. Nous nous voyions à peine. Une ou deux fois par semaine, pas plus.

— Vous a-t-elle dit si quelqu'un la harcelait, la mettait mal à l'aise ?

— Nous ne discutions pas beaucoup les derniers temps. Je ne me rappelle pas qu'elle se soit plainte de quoi que ce soit. Elle appréciait les vieux qui fréquentent *L'Étoile*. Elle trouvait que les hommes se bonifient avec le temps. Parfois, l'un d'entre eux la courtisait, et ça l'émoustillait. Moi, ça ne me dérangeait pas spécialement. Je trouvais ça plutôt marrant.

— Vous pensez à quelqu'un en particulier ?
— Je ne faisais pas très attention. Le côté rétro, ce n'est pas mon truc. Mais quand elle s'habillait pour le boulot, qu'est-ce qu'elle était belle !


— On n'en a pas tiré grand-chose, commenta Peabody tandis qu'elles redescendaient.
— Je ne sais pas. Elle avait un faible pour les hommes d'âge mûr et elle leur plaisait. Nous sommes pratiquement certains que l'assassin est un vieux.
— Et ?
— Je parie qu'il lui a fait la cour. Une ou deux semaines avant de l'enlever, il entre en contact avec elle au club. Il est aux anges. Il discute avec elle, peut-être qu'il l'invite à danser. Le moyen idéal de la jauger.
— Ouais, souffla Peabody. Et... si c'est le cas et qu'elle l'a revu plus tard – dans la rue par exemple, elle a dû lui sourire, le saluer. Tiens ! Le charmant client de *L'Étoile* !
— On peut donc supposer qu'il s'y est pris de la même manière avec Gia Rossi.
— Le centre de fitness.
— Autant commencer par là.


Il savait se fondre dans la foule, se déplacer discrètement afin qu'on ne le remarque pas. C'était un talent qu'il mettait à profit lorsqu'il s'attelait à la phase « recherche » d'un projet.

Il la guettait de loin. Eve Dallas... Il la regarda sortir de l'immeuble, descendre la rue. Ses foulées étaient longues, décidées. Les pieds bien ancrés sur le sol.

Il aimait les femmes fortes – physiquement et psychologiquement.

Elle s'était montrée forte. L'Eve de toutes les autres. La mère. Mais cette Eve-ci, la dernière, serait la plus forte de toutes.

Son heure n'était pas encore venue. Mais quand elle viendrait…

Elle serait son chef-d'œuvre. Grâce à elle, il atteindrait un nouveau seuil d'excellence. Le sommet.

Mais pour l'heure, une autre réclamait son attention.

Il était temps qu'il aille la retrouver.

Le gérant du centre de fitness *Forme et Bien-être* était un Asiatique d'un mètre quatre-vingt-cinq au corps musculeux. Il répondait au nom de Pi, et portait une combinaison moulante noire et une barbichette.

— Comme je l'ai dit aux autres flics, c'était une journée comme les autres. Gia avait ses cours, ses clients. Je leur ai donné la liste de ses rendez-vous. Vous avez besoin de…?

— Non, merci, nous l'avons déjà. Merci de votre coopération.

Il se laissa tomber sur son siège dans son bureau, un cube en verre qui lui permettait d'observer tous les espaces à cet étage. Tout autour, on trottait, on pompait, on s'étirait, on transpirait.

— On est copains, vous comprenez? Je n'arrive pas à me faire à l'idée qu'il lui est peut-être arrivé malheur. Croyez-moi, c'est une dure à cuire.

— Vous l'a-t-on réclamée de manière spécifique ces dernières semaines?

— Oui, ça aussi, je l'ai expliqué à vos collègues. Le bouche-à-oreille, ça marche fort. Elle a le sens de la pédagogie, elle obtient des résultats tout en douceur et en sourires.

— A-t-elle des clients de plus de soixante ans ?

— Bien sûr. La forme physique, ce n'est pas réservé qu'aux jeunes, vous savez. Des seniors, on en a plein. En cours particulier et en cours collectif. Elle enseigne le tai-chi deux fois par semaine, et le yoga tous les matins, des séances spécialement adaptées aux plus de soixante ans. Elle a même une classe réservée aux centenaires.

— Elle a eu de nouveaux inscrits, ces temps-ci ?

— Quand on est membre, on peut venir quand on veut. Et on n'est pas obligé d'avoir pris son abonnement ici. La carte donne accès à tous nos clubs, dans le monde entier. Il suffit de la passer au scanner.

— Avez-vous une liste de tous ceux qui viennent ? Je suppose que vous en avez besoin pour effectuer vos statistiques : qui vient quand, qui prend des cours particuliers...

— Bien sûr. Ce genre d'informations est directement transmis à la direction générale. Mais je peux...

— Je me débrouillerai, interrompit Eve. Ce n'est pas un problème. Gia Rossi avait-elle des clients en dehors d'ici ?

— C'est interdit par le règlement.

— Peu importe le règlement, Pi. On ne la mettra pas en prison pour avoir empoché un peu d'argent en douce. Ce qui compte, c'est que nous la retrouvions.

— Oui, bon, c'est possible, admit-il. Quand on vous propose une fortune en échange d'une heure d'entraînement à domicile, c'est difficile de refuser. On était copains, mais moi, je suis cadre. Elle sait que je sais, mais nous n'en discutons jamais.

— Savez-vous si elle a pris un nouveau client particulier dernièrement ?

— Elle a craqué pour des billets pour le match des Knicks. Samedi prochain. Pour mon anniversaire. Nom de nom ! C'était bien trop cher pour elle. Elle a plaisanté en disant qu'elle avait touché le jackpot.

J'ai pensé qu'elle avait donné quelques cours au black.
 — Quand a-t-elle acheté les billets ?
 — Il y a quelques semaines. Écoutez, il faut vraiment que vous la retrouviez.

# 8

Une fois dehors, Eve suivit le chemin que Gia empruntait d'ordinaire pour gagner la station de métro. Native de New York, elle devait marcher vite, toute à ses pensées, en restant néanmoins sur le qui-vive.

Si elle aimait le lèche-vitrines, elle s'arrêtait peut-être ici ou là. Mais...

— Baxter et Trueheart ont interrogé tous les commerçants, expliqua Eve à Peabody. Personne ne se souvient de l'avoir vue ce jour-là. Certains vendeurs ont reconnu sa photo. Elle était déjà venue dans leur magasin. Mais pas le soir où elle s'est volatilisée.

— Elle n'a pas atteint la station de métro.

— Non. Peut-être n'avait-elle pas l'intention de s'y rendre.

Eve bifurqua, esquiva les passants pressés.

— Elle avait un peu d'argent d'avance, de quoi s'offrir des billets pour un match. Elle prend un client privé. Soit elle va chez lui à pied, soit il lui a payé un taxi. Imaginons qu'elle soit allée chez lui, tout simplement.

— Il ne l'aurait pas enlevée, il se serait contenté de lui ouvrir la porte.

— Ce serait habile, commenta Eve. Contactez Newkirk. Je veux qu'il ratisse le quartier avec les autres uniformes. Dans tous les sens, sur un rayon de cinq pâtés de maisons.

Eve fonça vers la voiture.

— Je veux qu'ils montrent sa photo à tous les vendeurs, serveurs, balayeurs de rues, portiers et droïdes. Joignez McNab, enchaîna-t-elle en s'installant au volant. Qu'il transmette son portrait à toutes les sociétés de taxi et de transport privées. Aux compagnies d'autocars et d'aviation. Qu'il vérifie les disques de sécurité des autres stations de métro. Elle n'a pas utilisé son passe, mais elle est peut-être montée dans un train malgré tout.

Peabody était déjà connectée avec Newkirk.

— C'est elle qui est allée à lui, voilà ce que je pense, conclut Eve en démarrant.

Elle décida d'appeler Zela chez elle.

— Oui ? marmonna celle-ci en étouffant un bâillement. Lieutenant ? Qu'est-ce que...

— Sarifina donnait-elle des cours particuliers ?

— Des cours particuliers ? Excusez-moi, je suis dans le cirage.

— Des cours de danse.

— Oui, bien sûr. De temps en temps. Les gens veulent apprendre les pas de base avant les grandes occasions : mariages, réunions de famille, bar-mitsva...

— Ça se passe au club ou chez les clients ?

— Le plus souvent au club, le matin ou l'après-midi.

— Mais il y a des exceptions, devina Eve.

— Accordez-moi une seconde.

Zela se déplaça et Eve perçut le *bip* de l'autochef au fond de la pièce.

— J'ai travaillé jusqu'à 3 heures du matin. Ensuite, j'ai pris un somnifère. Je n'ai pas fermé l'œil depuis... Il faut que je m'éclaircisse les idées.

— Zela, insista Eve avec une pointe d'impatience, j'ai besoin de savoir s'il arrivait à Sarifina de se rendre chez des clients.

— Oui, surtout chez les plus âgés. Ou les gamins. Certains parents veulent que leurs enfants apprennent à danser.

— A-t-elle accepté des cours particuliers ces dernières semaines ?

— Laissez-moi réfléchir... C'est possible. Elle se laissait facilement convaincre, vous comprenez. Elle aimait rendre service. Nous ne nous tenions pas forcément au courant de nos activités extérieures. Mais si le cours a eu lieu au club, elle l'aura noté. Nous prenons une commission, et Sari était très pointilleuse sur la comptabilité.

— Mais lorsque c'était elle qui se déplaçait, vous ne preniez pas de commission ?

— Là, on nage dans le flou artistique. Je vous le répète, elle aimait rendre service. Elle était tout à fait capable de proposer un cours à tarif réduit pendant ses heures de loisir. Où est le mal ?

« Où est le mal ? » se répéta Eve, qui remercia Zela et raccrocha.

— Nous sommes parties du principe qu'il les enlevait en pleine rue. Alors que c'est le contraire : ce sont elles qui vont à lui. Du moins, je suis prête à parier que c'est le cas pour ces deux-là. Par quel moyen ?

— La photo de York circule depuis hier. Mais on est le week-end, observa Peabody. Si elle a pris un taxi, le chauffeur n'a peut-être pas fait attention ni écouté les nouvelles.

— Ça ne colle pas. Il prend toutes les précautions nécessaires. Une course en taxi, ça laisse des traces.

— Même chose pour un transporteur privé.

— Pas de traces, en revanche, si c'est lui qui se charge du transport. Personnellement. Quoi qu'il en soit, il faut tout vérifier.

Cela représentait des heures et des heures d'un labeur fastidieux. Un véritable gaspillage, songea-t-elle. Mais il fallait en passer par là.

— Il ne prend pas de risques, poursuivit-elle. Il les attire dans ses filets. Un gentil monsieur d'un certain âge, un gentleman qui veut apprendre le tango, se remettre en forme. Un cours particulier en échange d'une somme coquette, tous frais payés, déplacements compris.

— Personne ne les voit dans la rue parce qu'elles n'y restent pas, renchérit Peabody. Elles quittent leur lieu de travail, montent dans le véhicule qui les attend. Mais…
— Mais ?
— Comment peut-il être certain qu'elles ne préviendront pas quelqu'un de leur entourage ? Ces femmes ne sont pas stupides. Comment peut-il savoir qu'elles ne vont pas en toucher deux mots à une amie, une collègue ? Je vais à tel endroit, chez Untel ?

Eve se gara devant l'immeuble de Gia Rossi, puis se mit à pianoter sur le volant.

— Bonne question. Nous savons qu'elles ne se sont confiées à personne, du moins à personne qui nous ait rapporté l'information. Comment peut-il en être certain ?

Elle descendit du véhicule.

— Pour commencer, il leur donne un faux nom et une fausse adresse. Si elles sont malignes ou inquiètes, elles vont se renseigner. Ce n'est cependant pas difficile de réussir son coup quand on a suffisamment d'argent et de connaissances. Mais c'est à la DDE de se pencher sur ce problème.

Elles pénétrèrent à l'intérieur d'un bâtiment de trois étages sans ascenseur. L'appartement de Rossi était situé au rez-de-chaussée.

— Reprenons son profil : il est intelligent, mûr, maître de lui.

Eve se servit de son passe-partout pour désactiver les scellés posés par Baxter.

— Nous savons qu'il voyage. Nous sommes donc à la recherche d'un homme plutôt raffiné, et sans doute charmant. Il *connaît* ses victimes.

Eve s'immobilisa et scruta la salle de séjour encombrée de meubles et d'objets. Écran mural géant, petit canapé, deux fauteuils, tables basses et guéridons, bibelots. Chaussettes et chaussures – de sport pour la plupart – abandonnées sur le sol. Les techniciens avaient déjà emporté les appareils électroniques.

— Il connaît leurs goûts, poursuivit-elle. Il joue là-dessus. Il les rencontre, il passe leur dire bonjour sur leur lieu de travail, bavarde gentiment. Mais pas trop, pour ne pas se faire remarquer. Il se fond dans la masse. Monsieur Gentil. Monsieur Sympa. Monsieur Inoffensif.

Elle s'approcha de la fenêtre, contempla la rue, le trottoir, les édifices avoisinants.

— Il gagne leur confiance. Il leur parle peut-être de sa femme ou de sa fille, histoire d'imprimer une image dans leur esprit. Celle d'un être normal. Il prend son temps. Puis il aborde le sujet d'un cours particulier – ou, plus malin, il se débrouille pour que cela vienne d'elles.

Elle pivota pour gagner la chambre minuscule.

— Une fois qu'il les a dans ses filets, il les suit. Cet appartement est équipé de stores de sécurité, mais ils sont vieux et de mauvaise qualité. Avec quelques appareils de base, il a très bien pu l'observer chez elle. Savoir à quelle heure elle se lève, le temps qu'elle met à se préparer, à quelle heure elle part, le chemin qu'elle suit. Je parie qu'il consigne tout. C'est un scientifique. Je me demande combien de cibles il a sélectionnées, épiées, puis rejetées. Combien de ces femmes sont encore vivantes, tout simplement parce qu'elles ne correspondaient pas précisément à ses exigences.

— Ça me flanque la chair de poule.
— Ouais.

Eve fourra les mains dans ses poches et se balança d'avant en arrière.

— Peut-être a-t-il toujours procédé ainsi. Nous allons relire les anciens rapports en ayant cela à l'esprit.

— Dallas ? Qu'est-ce qu'on cherche ? Ici, je veux dire.

— Elle. Gia Rossi. Il la connaît, ou croit la connaître. Voyons ce que nous allons découvrir.

C'est ce qu'elles ne trouvèrent pas qui renforça l'hypothèse d'Eve. Si l'appartement était en désordre, les disques d'exercices et de musique de Gia étaient en revanche méticuleusement classés.

— Il manque deux disques d'exercices et trois de musique. Cardio et yoga, si je me fie à son classement. Nous demanderons à Baxter ce qu'il a récupéré dans son casier, au centre de fitness.

— Elle a beaucoup d'accessoires, constata Peabody en indiquant l'armoire. Tapis, poids, medecine-ball... À mon avis, il en manque. Les poids-chevilles les plus légers et les plus lourds, les élastiques basse et haute résistance.

— Léger pour lui, lourd pour elle. Elle emporte les instruments de base, des musiques, des vidéos de démonstration. Vous avez déjà travaillé avec un coach personnel ?

— Jamais. Et vous ?

— Non, mais j'imagine qu'il doit préparer un programme adapté au client, et qui tient compte de son état de santé, de son âge, de son poids et de ses objectifs. Si c'est le cas, la DDE le trouvera. Allons-y !

Lorsque Connors pénétra dans le Q.G., il fut assailli par un mélange cacophonique de bruits à la fois humains et électroniques. Des flics s'affairaient un peu partout.

Mais le sien était invisible.

Il croisa McNab, vêtu d'un jean argent et d'un sweat orange.

— Le lieutenant est dans la maison ? s'enquit-il.

— Sur le terrain. Mais elle ne va pas tarder. Elle est sur de nouvelles pistes. Vous voulez que je vous mette au courant ?

— Oui.

— On a envoyé des photos de York et de Rossi à toutes les sociétés de transport publiques et privées. Dallas pense que notre assassin a fourni la voiture.

— Et elles y seraient montées sans broncher ?

— Ouais. J'ai soif. Vous venez avec moi ?

Tout en se dirigeant vers les distributeurs, McNab résuma la situation. Une fois devant la machine, il réfléchit longuement avant d'opter pour un Fizzy à l'orange – peut-être pour l'assortir à son sweat.

— Un cours particulier, répéta Connors, songeur. C'est intéressant, d'autant que cela élimine les risques liés à un enlèvement devant témoins. Cela dit, la méthode présente des failles.

— C'est vrai : elles peuvent changer d'avis, lui poser un lapin, décider de venir accompagnées. Les possibilités sont nombreuses. Mais Dallas veut qu'on travaille là-dessus, alors… Elle a dit que si vous passiez, vous devriez jeter un coup d'œil sur votre liste d'employées en tenant compte de ce paramètre. Les femmes susceptibles de rendre un service à domicile.

— Je m'en occupe.

— Et du côté du parc immobilier ? Vous avez du nouveau ?

— Rien qui me saute à la figure.

— Parfois, il suffit d'avoir un peu de recul. Si vous voulez, je peux prendre le relais pendant que vous vous concentrez sur cette nouvelle tâche.

— Excellente idée.

— Super ! Tiens, voilà nos femmes ! Rien qu'à les regarder, on a des frissons, non ? Enfin, ajouta-t-il en observant Connors à la dérobée, moi pour la mienne et vous pour la vôtre.

— J'avais bien compris. Et je suis d'accord avec vous, McNab. Elles sont fabuleuses. Lieutenant…

— Heureuse de constater que vous avez le temps de prendre des pauses.

— Lieutenant, j'étais en train de faire le point avec Connors et de lui transmettre vos ordres.

— C'est ça, oui.

— Euh... j'en ai profité pour boire un coup, mais ça ne m'empêche pas d'être efficace. Les photos des victimes ont été diffusées, lieutenant. J'ai installé une nouvelle ligne d'appel. Nous trions les tuyaux et...

— Parfait. Laissez tomber pour l'instant et penchez-vous sur le matériel électronique de Rossi. Son ordinateur. Je suis à la recherche de programmes d'entraînement personnalisés. Sortez-m'en un qui corresponde à notre assassin.

— Tout de suite.

— Feeney ?

— Il est en mode vagabondage, expliqua McNab. Il va et il vient entre chacun d'entre nous.

— Dites-lui d'envoyer quelqu'un chez *Forme et Bien-être*. Rossi se servait quotidiennement de deux ordinateurs sur place. Le gérant accepte de collaborer. Qu'on les rapporte ici et qu'on les analyse. Même recherche.

— Oui, lieutenant.

— Connors, avec moi.

Il lui emboîta le pas.

— Formidable.

— Quoi ?

— Toi. J'avais dit « fabuleuse », mais « formidable » te sied encore mieux. Très sexy.

Lorsqu'ils pénétrèrent dans la salle commune, l'un des hommes interpella Eve.

— On a un corps dans un hôtel de passe, Avenue D. La prostituée, là-bas...

Du menton, il désigna la femme maigre au chemisier maculé de sang, assise à son bureau.

— Elle prétend que le type n'a pas voulu la payer et lui a fichu deux coups de poing quand elle a refusé de le laisser partir. Elle a sorti son couteau et affirme qu'il s'est jeté dessus. À six reprises.

— Quel maladroit !

— Ouais. Ce qui me chiffonne, lieutenant, c'est que c'est elle qui a prévenu les secours. Elle n'a pas cherché à s'enfuir et elle s'en tient à ses déclarations. Elle prétend qu'il ricanait comme un malade chaque fois que la lame s'enfonçait dans sa chair. J'ai deux témoins qui les ont vus négocier l'affaire, un troisième qui a entendu des cris dans la chambre. Comme vous pouvez le constater, elle a un œil au beurre noir.

— En effet. Des antécédents ?

— Quelques accrocs, rien de méchant. Elle a sa licence depuis trois ans.

— Et le défunt ?

— Casier judiciaire bien rempli. Violences, agressions mortelles, possession de substances illicites avec intention de les vendre. Il sortait de prison pour une tentative de cambriolage – il avait assommé le vendeur. Il carburait au Zeus.

Eve étudia la compagne licenciée. Elle paraissait plus furieuse qu'inquiète. Son visage était couvert d'hématomes.

— Un type shooté au Zeus peut parfaitement se précipiter sur un couteau six fois de suite. Attendez les résultats de l'analyse toxicologique, interrogez-la de nouveau, voyez si elle maintient ses propos et mettez-la en examen.

— S'il était drogué, son avocat la tirera d'affaire sans aucun problème.

— Elle en a demandé un ?

— Pas encore. Elle est folle de rage. Pour elle, cet incident signifie une suspension de trente jours de sa licence. Elle a donc un mois devant elle sans boulot et sans fric, un gnon à la figure et un chemisier neuf bon pour la poubelle.

— C'est la vie. Procurez-vous les analyses et clôturez le dossier. Si vous avez des doutes, adressez-vous à la brigade des Stups.

Eve entra dans son bureau et ferma la porte.

— Elle va être libérée, commenta Connors.

— Probablement. Elle a eu raison de ne pas détaler, de se présenter de son plein gré. En revanche, ce n'était pas malin de sa part d'accepter une passe avec un type shooté au Zeus, si c'était bien le cas. Et si elle travaille dans ce secteur depuis trois ans, elle doit être capable de les repérer.

— Il faut bien manger.

— C'est ce qu'elles me disent toutes. Alors ? Tes recherches perso ?

— Rien de substantiel pour le moment. J'ai demandé à Summerset d'effectuer des recoupements.

Eve fronça les sourcils.

— Je vais devoir le remercier ?

— Je m'en charge.

— Tant mieux.

Elle ôta son manteau et alla se chercher un café.

— McNab t'a vraiment fait un topo ?

— Oui. Je vais revoir la liste des employées et cocher toutes celles susceptibles de rendre un service à domicile. Tu crois qu'il fonctionne ainsi depuis le début ?

— Impossible d'en être sûre.

Eve se frotta les yeux, puis le crâne, fébrilement, comme pour réveiller son cerveau.

— Mais il y en a eu plus de vingt, reprit-elle. L'une d'entre elles au moins a pu dire à quelqu'un où elle allait, laisser une trace du rendez-vous quelque part, non ?

— Les chances sont minces, mais pourquoi pas ? Cela dit, il y en a peut-être plus de vingt... Je vois que tu as aussi envisagé cette possibilité, ajouta-t-il comme l'expression d'Eve changeait. Il les choisit, il prépare tout, et s'il sent ou apprend qu'elles en ont parlé autour d'elles, il joue le jeu, tout simplement ; il prend son foutu cours de danse. Trois p'tits tours et puis s'en va.

— Je l'en crois capable, oui. Je pense aussi qu'il n'hésite pas à retarder l'échéance si nécessaire. Nous devons donc revoir tous les dossiers antérieurs, histoire de s'assurer qu'une des victimes n'aurait pas accepté de rendre un service quelconque à domicile une ou deux semaines avant de disparaître. Il a de la suite dans les idées, enchaîna Eve. Il est prudent, mais tenace. Je l'imagine volontiers remettre un projet à plus tard ou changer de cible. Si oui, c'est un élément dont nous ne disposions pas auparavant. Une erreur qui nous a échappé.

Connors but son café. Tout à coup, il eut l'impression d'étouffer dans cette pièce minuscule et mal éclairée.

— Tu n'as jamais envisagé de demander un bureau plus grand ? hasarda-t-il.

— Pourquoi faire ?

— Respirer…

— Je respire très bien. Tu réagis mal, Connors.

— C'est normal, non ? Je suis son tremplin. Une femme est morte parce qu'elle travaillait pour moi. Une autre de mes employées est à sa merci en ce moment même. Il est trop tard pour Gia Rossi.

— Il n'est jamais trop tard jusqu'à ce qu'il soit trop tard. Certes, il est peu probable que nous réussissions à la sauver. Ce n'est pas impossible, mais ça tiendrait du miracle.

— Et il a déjà la troisième en ligne de mire.

— C'est exact, mais il nous reste encore un peu de temps. Il n'est pas infaillible. Il agit seul. J'ai mis mes meilleurs hommes sur le coup. Nous allons l'arrêter. Cependant, tu ne me seras d'aucune utilité si tu te laisses dominer par tes émotions. Fourre-toi dans la tête une bonne fois pour toutes que le responsable, c'est lui. Tu n'y es pour rien. Si sa mère l'a pris pour un punching-ball quand il était môme, c'est son histoire. Si son père, son oncle, son cousin le battaient tous les mardis soir, c'est son problème. Tu le sais aussi bien que moi. Quand on prend une vie, quelles que soient les raisons, quelles que soient les circonstances, c'est parce qu'on l'a voulu. À tort ou à raison.

Connors fixa sa tasse un instant, la posa.

— Si tu savais comme je t'aime, souffla-t-il en cherchant son regard. Tu es si droite.

Il posa les mains sur ses épaules, l'attira vers lui, l'embrassa tendrement.

— Et tu fais si bien l'amour.

— Je me doutais que tu allais évoquer cet aspect.

Il l'étreignit brièvement, puis s'écarta.

— Pour l'heure, je vais commander à déjeuner pour l'équipe, décréta-t-il. Non ! Pas un mot !

— Je ne veux pas que tu…

— Que dirais-tu d'une pizza ?

Elle étrécit les yeux, poussa un soupir.

— Si tu me prends par les sentiments, camarade.

— Je connais tes faiblesses, lieutenant. Celle-ci est assaisonnée au chorizo.

— Surtout, que ça ne devienne pas une habitude. Les repas. Ou ils en réclameront toujours davantage.

— Je m'en occupe, et je m'attaque à la liste des employées.

Il sortit et elle referma la porte derrière lui. Elle voulait travailler au calme.

Elle ressortit les fichiers de la première enquête.

Elle connaissait ces femmes. Leur nom, leur visage, leur lieu de naissance, celui où elles avaient habité, travaillé ou étudié.

Un groupe diversifié à tous points de vue hormis l'apparence physique générale. Désormais, elle était en quête d'un nouvel élément commun aux unes et aux autres.

Corrine, l'actrice en herbe, était aussi serveuse. Dès qu'elle le pouvait, elle s'offrait un cours de danse, d'art dramatique ou de chant. Il avait très bien pu l'appâter : « Venez à tel endroit passer une audition. » Comment refuser ? Ou encore : « Rendez-vous telle date, à telle heure, pour un job de barmaid dans une réception privée. »

Eve poursuivit sa lecture. Une secrétaire, une étudiante, une vendeuse dans un magasin de souvenirs, passionnée de poterie.

Elle passa des appels, posa des questions à des personnes qu'elle avait interrogées neuf ans auparavant.

On frappa brièvement à la porte, et Peabody passa la tête dans l'entrebâillement. Elle brandissait une part de pizza à moitié dévorée dans la main.

— Les pizzas sont arrivées ! annonça-t-elle. Ils se sont jetés dessus tels des chacals affamés. Si vous en voulez, dépêchez-vous.

— Une seconde.

Peabody reprit une bouchée.

— Vous avez une touche ?

— Peut-être. Peut-être...

Ah ! Que cette odeur était appétissante !

— Dites à ceux qui sont sur le terrain de mettre leur casque. Je veux vous briefer tous en même temps.

— Entendu.

— Affichez les photos et les données des premières victimes sur l'écran mural.

Eve rassembla ses notes et ses disques avant de joindre Mira.

— J'ai besoin de vous au Q.G.

— Dix minutes.

— Plus tôt.

En pénétrant dans la salle, Eve constata que deux pizzas avaient entièrement disparu et que la troisième était sérieusement entamée. Elle posa ses affaires et alla se servir.

— J'ai Jenkinson, Powell, Newkirk et Harris en ligne, annonça Peabody. Tous les autres sont ici.

— Nous attendons Mira. Je veux son avis.

Feeney se précipita vers elle.

— Tu es sur une piste. Je le sens.

— C'est possible. Un lien, une méthode. Je vous expose ma théorie dès que Mira sera là...

Elle regarda autour d'elle, attrapa au vol le tube de Pepsi que lui lançait Connors.

— Et toi ? Tu as progressé ?

— Pas mal.

Elle but une gorgée de soda, salua Mira de loin, mit son casque.

143

— Écoutez-moi tous. J'ai besoin de toute votre attention. Si vous êtes capables de manger une pizza tout en réfléchissant...

— Quoi, vous avez des pizzas ? geignit Jenkinson dans son oreillette.

— J'ai une nouvelle hypothèse à vous soumettre, déclara-t-elle.

Sur ce, elle se lança dans son exposé.

# 9

— L'une des collègues de travail de Corrine Dagby au moment de sa mort se rappelle – ou plus exactement croit se rappeler – que la victime avait décroché un rôle dans une pièce de théâtre. Off-off-Broadway. Si elle en a parlé à quelqu'un d'autre, des membres de sa famille, des amis, d'autres étudiants, personne ne s'en souvient.

«Je passe à la suivante, Melissa Congress, secrétaire. Vue pour la dernière fois alors qu'elle quittait un bar du Lower West Side, bien imbibée. Celle-ci a vraisemblablement été enlevée. Il a profité d'une occasion. Toutefois, elle avait la réputation de se plaindre régulièrement de son emploi, de son salaire et de ses horaires. Il n'est pas impossible qu'elle ait été approchée pour un autre poste, et donc qu'elle connaissait ou avait reconnu son ravisseur.

Eve reprit son souffle.

— Anise Waters. Étudiante à l'université de Columbia. Elle maîtrisait couramment le mandarin et le russe, et rédigeait une thèse de doctorat en sciences politiques. Elle arrondissait parfois ses fins de mois en donnant des cours particuliers, la plupart du temps sur le campus. On l'a aperçue pour la dernière fois à la sortie de la bibliothèque. Selon les témoins, elle a refusé de se joindre à un groupe d'amis pour boire un verre sous prétexte qu'elle avait du travail. Comme elle était très consciencieuse, tout le monde a supposé qu'elle rentrait chez elle. Elle n'a pas évoqué le moindre cours particulier. On n'a jamais retrouvé les disques de langues vivantes qu'elle venait d'emprunter à la bibliothèque. D'après son agenda, elle devait donner un cours particulier le lendemain sur le campus. On en a déduit qu'elle avait sélectionné ces documents dans ce but.

« Enfin, j'en arrive à Joley Weitz. Vue pour la dernière fois alors qu'elle sortait aux alentours de 19 heures de la boutique *Arts et Artisanat* où elle était employée comme vendeuse. Joley Weitz fabriquait des poteries et avait vendu plusieurs de ses pièces exposées dans le magasin. Selon son employeur, elle avait un rendez-vous important prévu avant de se préparer pour sortir avec son nouveau petit ami. Ce dernier a été identifié et innocenté. Comme elle avait fait mettre une robe de côté dans un magasin, on a supposé que c'était là le fameux rendez-vous. Elle n'a jamais atteint la boutique.

Eve marqua une pause, laissant à son auditoire le temps de digérer ces informations.

— Nouvelle hypothèse. Les victimes ont toutes été approchées par l'assassin à un moment ou à un autre. York donnait des cours de danse ; Rossi, des séances de coaching personnel. On peut raisonnablement imaginer que toutes ou la plupart de ces femmes ont reçu une offre d'emploi privé et se sont rendues chez le tueur. J'ai examiné les dossiers des meurtres perpétrés en dehors de New York. Nous avons une assistante de chef cuisinier, une photographe, une infirmière, une décoratrice, une comptable, une rédactrice free-lance, deux aides-soignantes, deux artistes peintres, une vendeuse dans une pépinière, une fleuriste, une libraire, une esthéticienne et une femme de chambre. Un professeur de musique, une herboriste, l'assistant d'un traiteur. Rien hormis l'apparence physique ne relie ces femmes entre elles. Mais nous devons rajouter ce paramètre : une occasion de prendre les commandes aux fourneaux lors d'une soirée privée, de faire des photos, d'effectuer des soins à domicile, d'écrire un article, etc.

— Comment explique-t-on que personne n'ait su qu'elles allaient donner un cours ou passer une audition ? intervint Baxter.

— Excellente question. Certaines ont été enlevées, comme nous l'avons toujours pensé. Mais il se peut que, pour d'autres, il ait pris le temps, une fois qu'elles étaient dans les lieux, d'engager une conversation bénigne afin de déterminer si elles avaient parlé ou pas de leur engagement. Dans certains cas, le règlement intérieur de l'entreprise interdit toute activité extérieure. Un flic qui fait des heures sup comme vigile, garde du corps ou videur garde ça pour lui. Docteur Mira ? Quelle est votre opinion ?

— Ce pourrait être une autre forme de domination et de plaisir. En invitant ses proies chez lui, en les incitant à venir à lui de leur plein gré, il prouve sa supériorité sur elles. Cela fait peut-être en effet partie du rituel qu'il a créé. Rien n'indique qu'il utilise ses mains pour les frapper, les gifler, les étrangler, sans parler du fait qu'il ne les viole pas. Ce n'est pas l'aspect physique qui l'intéresse. Sa violence, il la manifeste par le biais d'instruments et d'outils. La méthode que vous venez de décrire correspondrait à la structure de son profil.

— Je suis d'accord, renchérit Baxter. S'il a plus de soixante ans, cela me paraît logique qu'il fasse appel à la ruse plutôt qu'à la force pour les attirer dans ses filets.

— En effet, approuva Eve. Si c'est le cas, cela prouve qu'il est conscient de sa faiblesse. Il sélectionne des femmes jeunes et en pleine forme. Nous sommes convaincus qu'il est assez âgé. Peut-être est-il diminué sur le plan physique.

— D'où son besoin de soumettre, d'humilier et de contrôler, intervint Mira. Oui, il les maîtrise intellectuellement, puis il les torture jusqu'à ce qu'elles en meurent. Non seulement il les domine, mais en plus, il les transforme afin de se les approprier totalement.

— Que pouvons-nous en déduire ?

Eve scruta la salle.

— C'est un lâche ! lança Peabody.

— Exactement. Contrairement à ce que nous pensions, il n'affronte pas ses victimes, il ne prend aucun risque en public, même avec l'aide d'une drogue. La fourberie et le mensonge, voilà son arme : il joue sur l'appât du gain, l'espoir d'une promotion ou de l'accomplissement d'un objectif personnel. Il doit les connaître suffisamment pour déterminer ce qui a le plus de chances de marcher. Il a sans doute passé davantage de temps à les observer et à les suivre que nous ne le présumions. Et plus il y a passé de temps, plus les chances augmentent que quelqu'un, quelque part, l'ait vu en compagnie de l'une ou de plusieurs des victimes.

— Jusqu'ici, on a fait chou blanc, lui rappela Baxter.

— On reprend tous les entretiens, on demande aux témoins de nous parler des hommes avec qui les victimes passaient du temps au travail, et des hommes susceptibles d'avoir demandé un cours particulier. C'était il y a un mois, deux mois. Il n'est sûrement jamais revenu après les avoir enlevées. Tâchez de savoir qui fréquentait ces endroits, et qui a brusquement cessé de s'y rendre, ces dernières semaines pour l'affaire York et ces trois derniers jours en ce qui concerne Rossi.

« McNab, analysez le contenu des disques durs de Rossi et trouvez-moi un nouveau client privé. Connors, je veux les noms, les coordonnées personnelles et professionnelles de toutes les employées qui pourraient entrer dans le moule. Feeney, concentre-toi sur l'angle des Guerres Urbaines. Identification des corps, commentaires, observations, noms des médecins officiellement assignés aux missions et, si possible, des bénévoles. Il me faut toutes les photos, attestations, témoignages et autres éditoriaux qui te tomberont sous la main. Baxter, Trueheart et vous retournez sur le terrain. Jenkison et Powell, vous me dégotez quelqu'un dont on puisse secouer la mémoire. Peabody, mettez-moi tout ça par écrit.

— Oui, lieutenant.

Eve fonçait déjà vers la sortie quand Feeney la rattrapa.

— Tu as deux minutes ?
— Bien sûr. Du nouveau ?
— Dans ton bureau.

Elle haussa les épaules.

— J'y vais, justement. Je veux relire tous les dossiers, rappeler deux ou trois témoins. Il suffit d'un rien, d'une foutue faille, et nous le coincerons. J'en ai la certitude.

Feeney l'accompagna sans mot dire.

— Un café ? lui proposa-t-elle en fronçant les sourcils, comme il refermait la porte derrière eux. Il y a un problème ?

— Pourquoi ne m'as-tu pas mis au courant ?
— À quel propos ?
— De cette nouvelle théorie.
— Eh bien, je...

Elle secoua la tête, déconcertée.

— Je viens de le faire.

— Tu parles ! Tu t'es comportée en chef d'équipe. Tu as fait ton exposé et distribué les tâches. Tu ne m'as pas consulté d'abord. C'était pourtant mon enquête à l'origine, tu te rappelles ?

— Ça m'est venu comme ça. J'ai repensé à un commentaire du petit ami de York, et ça m'a donné une idée. Je me suis mise au boulot et...

— *Tu* t'es mise au boulot, l'interrompit-il. En revenant sur *mon* enquête. C'est moi qui la dirigeais. Moi qui commandais.

L'estomac noué, Eve aspira une grande bouffée d'air.

— De la même manière que je reviens sur toutes les autres. Ces affaires forment un tout, et s'il existe une ouverture…

— Une ouverture qui m'aurait échappé ?

Ses yeux las, cernés, luisaient de colère.

— Une piste que j'aurais ignorée alors que les cadavres s'empilaient ?

— Mais non, Feeney ! Pour l'amour du ciel ! Personne n'a jamais dit ni pensé cela. Ça m'est venu à l'esprit tout à coup. C'est toi qui m'as appris à ne jamais rien négliger.

Il opina lentement.

— Ah, tu te rappelles qui t'a formée. Qui a fait de toi un flic.

À présent, elle avait la gorge sèche.

— Je n'ai rien oublié. J'étais là, Feeney, dès le début, quand tu m'as repérée parmi les uniformes. J'étais là pour cette enquête. Jour et nuit.

— Tu aurais pu me prévenir que tu allais mettre mon travail en pièces. Tu me dois au moins cela. Au lieu de quoi, tu me passes dessus comme un rouleau compresseur et tu m'envoies effectuer d'obscures recherches sur les Guerres Urbaines. J'ai vécu ce cauchemar vingt-quatre heures sur…

— Je sais. Je…

— Tu n'imagines pas le nombre de fois où j'ai ressorti les dossiers au fil des ans. Et maintenant que c'est ton tour, tu te crois en droit de foutre mon boulot en l'air sans même m'en avertir.

— Ce n'était pas mon intention. Cette enquête est ma priorité…

— La putain de mienne aussi !

— Vraiment ? riposta-t-elle dans un accès de colère et de désespoir. C'est une chance alors, parce que j'ai agi du mieux que j'ai pu – rapidement. Plus vite nous interviendrons, plus Rossi aura de chances de s'en sortir. Or pour l'instant, ses chances fondent comme neige au soleil. Ton travail n'a jamais été mis en cause. Sa vie, en revanche, est en jeu.

— Ne me parle pas de sa vie ! explosa-t-il en pointant le doigt vers elle. Ni de celle de York, de Dagby, de Congress, de Waters ou de Weitz. Tu crois être la seule à connaître leurs noms ? À porter sur les épaules le poids de leur destin tragique ? Je t'en prie, épargne-moi tes sermons au sujet de tes priorités. *Lieutenant*.

— Tu as clairement exprimé ton point de vue et tes sentiments sur ce sujet, *capitaine*. Et maintenant, en ma qualité de chargée d'enquête, je te demande de t'arrêter là. Accorde-toi une pause

— Merde !

— Rentre chez toi quelques heures, le temps de te calmer.

— Sinon quoi ? Tu me vires ?

— Ne m'y force pas. Je regretterais vivement d'en arriver là, dit-elle calmement.

— Tout ça, c'est à cause de toi. Penses-y !

Il sortit au pas de charge et claqua violemment la porte derrière lui.

Eve laissa échapper un soupir et s'accrocha au bureau tout en s'asseyant. Ses jambes se dérobaient sous elle, elle avait mal au ventre.

Ce n'était pas la première fois qu'ils s'engueulaient. On ne pouvait, sans se quereller, entretenir avec personne des relations personnelles et professionnelles, surtout dans des circonstances le plus souvent tendues et difficiles. Mais jamais ils n'avaient eu un échange aussi brutal.

De l'eau. Elle avait besoin d'eau – un ou deux litres au minimum – pour apaiser les brûlures de sa gorge. Elle ne se sentait pas la force de se relever pour aller en chercher.

Elle resta donc où elle était jusqu'à ce que sa respiration redevienne normale, jusqu'à ce que ses mains cessent de trembler. Puis, malgré le mal de crâne qui la taraudait, elle s'attela à la tâche.

Elle y consacra deux heures pleines. En manque d'air, elle alla se planter devant sa fenêtre et l'ouvrit en grand. Encore deux heures, songea-t-elle. Le temps de lancer d'autres calculs de probabilités, de rédiger son rapport.

Trier les données, les pistes, les déclarations et les « on-dit », les transcrire noir sur blanc : c'était le meilleur moyen d'y voir plus clair, de mieux sentir l'affaire.

Ça aussi, c'était Feeney qui le lui avait enseigné. Bordel de merde !

Quand son communicateur bipa, elle commença par l'ignorer. Puis elle se ravisa.

— Dallas.

— Je crois que j'ai une touche, lâcha McNab, surexcité.

— J'arrive.

Lorsqu'elle pénétra dans le Q.G., l'énergie était palpable. Feeney n'était pas là.

— Son ordinateur personnel, commença McNab.

— Ça t'est tombé du ciel, Beau Blond, rétorqua Callendar.

— Je l'ai trouvé grâce à mon talent exceptionnel, Bonnets D.

Le sourire qu'ils échangèrent était empreint de fierté.

— Ça suffit, gronda Eve. Qu'est-ce qu'on a ?

— Je l'affiche sur l'écran mural. C'est un fichier intitulé *Bénef*.

— Ses clients privés.

— Oui. Elle en avait un paquet. Elle travaille par cycles complets ou propose un suivi mensuel. Avant de commencer, elle prépare une analyse – une sorte de devis, il me semble. Il y en a des tonnes. Mais celui-ci...

McNab tapota sur son écran.

— Elle l'a créé il y a seize jours, peaufiné et mis à jour ici et là depuis. Jusqu'au soir où elle s'est volatilisée. Elle en avait fait une copie sur disque, mais celui-ci demeure introuvable.

— Elle l'avait emportée avec elle, conclut Eve. Quand elle est allée présenter sa proposition au client. TED.

— C'est son nom, ou celui qu'il lui a donné. Tous ses clients privés sont classés sous leur prénom.

— Taille, poids, type physique, âge, lut Eve, prise d'un léger vertige. Passé médical, du moins tel qu'il le lui a raconté. Objectifs, matériel nécessaire et plan d'entraînement, conseils nutritionnels. Elle est méticuleuse. Elle prend des hommes et des femmes. Nous avons notre première description : l'assassin mesure un mètre soixante-huit et pèse soixante-dix kilos. Un peu enrobé, non, mon salaud ? Soixante et onze ans... Peabody ! Contactez tous les officiers sur le terrain et transmettez-leur cette description. McNab, analysez les ordinateurs de *Forme et Bien-être* et débusquez-moi ce Ted. Callendar. Recherchez aussi ce nom et ces paramètres dans les fichiers de York.

Elle pivota sur ses talons.

— Connors, donne-moi tout ce que tu as trouvé. Toi et moi allons joindre les femmes qui figurent sur ta liste, leur demander si quelqu'un sollicitant un service à domicile les a approchées. Les uniformes, vous continuez votre quadrillage. Baxter et Trueheart, vous retournez à *L'Étoile* et au centre de fitness. Déliez les langues. Nous avons une faille. Profitons-en.

Il soupira et s'écarta de sa table de travail.

— Vous me décevez, Gia.

Il avait espéré que les chœurs de l'opéra *Aïda* la ranimeraient, mais elle demeurait inerte, les yeux grands ouverts et fixes.

Elle n'était pas morte. Son cœur battait encore, ses poumons continuaient de fonctionner. En catatonie. Ce qui, au fond, songea-t-il en se déplaçant pour nettoyer et stériliser ses instruments, était intéressant. Il pourrait entailler, brûler, creuser et découper sans qu'elle réagisse.

Mais justement, c'était là le problème. Il s'agissait d'un duo, or sa partenaire ne participait en aucune manière au spectacle.

— Nous réessaierons un peu plus tard. Ça m'ennuie de vous voir échouer ainsi. Physiquement, vous êtes la mieux de toutes, mais, apparemment, vous manquez de ressources sur le plan mental et émotionnel.

Il jeta un coup d'œil à la pendule.

— Trente-six heures seulement. Quel dommage ! Je crains fort que vous ne battiez pas le record de Sarifina.

Il rangea ses instruments, revint vers la table où gisait sa partenaire, le sang dégoulinant de ses blessures, le torse couvert de bleus et de fines entailles.

— Je vais vous laisser la musique... Nous verrons ce que nous verrons, ma chère. Pour l'heure, j'attends de la visite.

Il se pencha, déposa un baiser sur sa joue encore indemne, tel un père embrassant son enfant.

— Reposez-vous, nous recommencerons tout à l'heure.

Il était temps de remonter. De se laver et de se changer. Ensuite, il préparerait le thé, disposerait des gâteaux sur une assiette.

Il déverrouilla la porte du laboratoire, la referma à clé derrière lui. Dans son bureau, il regarda l'écran mural, grommela devant l'image de Gia inconsciente. Il craignait de devoir tout arrêter d'ici peu.

En costume blanc immaculé, il s'assit devant son ordinateur pour y entrer les toutes dernières données. Elle ne répondait à aucune stimulation, songea-t-il en notant ses signes vitaux, les méthodes et la musique utilisées durant les trente dernières minutes de la séance. La neige carbonique aurait dû la réveiller, ou le laser, les aiguilles, les drogues.

Mais il fallait l'admettre, l'accepter : l'horloge de Gia n'allait pas tarder à s'arrêter.

Tant pis.

Lorsqu'il eut terminé, il se faufila à travers le labyrinthe en sous-sol, passant devant les tiroirs de stockage abandonnés, devant l'endroit où son grand-père avait autrefois pratiqué son art.

Les traditions familiales étaient le fondement d'une société civilisée. Il opta pour l'escalier plutôt que l'ascenseur. Gia avait raison : il devrait faire plus d'exercice.

Ces derniers temps, il s'était un peu laissé aller, constata-t-il en se tapotant le ventre. Le vin, les repas gastronomiques et, bien sûr, les médicaments. À la fin de cette période de travail, il s'offrirait un séjour dans un spa, histoire de se concentrer sur sa santé physique et mentale. Quel bonheur !

Peut-être choisirait-il une autre planète, cette fois-ci. Il n'avait jamais quitté la Terre. Pourquoi pas Olympus, le complexe extraplanétaire de Connors ? Ce serait amusant et instructif.

Une sorte de récompense après avoir atteint son but ultime.

Eve Dallas, lieutenant dans la police de New York. Elle ne le décevrait pas comme Gia. Il en avait la certitude. Certes, il n'avait pas encore tout à fait mis au point son plan d'attaque. Mais cela ne saurait tarder.

Il ouvrit la porte blindée du sous-sol à l'aide d'une clé et d'un code, et pénétra dans une cuisine aussi vaste qu'étincelante. Il referma soigneusement derrière lui.

Il se pencherait le lendemain sur les informations qu'il avait accumulées concernant son œuvre finale. Elle n'était certes pas aussi prévisible que les autres. Mais n'était-ce pas là ce qui la rendait si particulière ?

Il était impatient de la revoir après toutes ces années.

Il se promena à travers la belle et vieille demeure, s'assurant que tout était en ordre. Il passa devant la salle à manger où il prenait tous ses repas, la bibliothèque où il s'installait souvent pour lire ou écouter de la musique.

Dans le salon, sa pièce préférée, un joli petit feu brûlait dans l'âtre en granit rose. Des lys roses jaillissaient d'un somptueux vase en cristal.

Un piano à queue trônait dans un coin ; il la revoyait encore, composant sa magnifique musique. Essayant de lui apprendre à maîtriser le clavier.

Il n'y était jamais arrivé, pas plus qu'il n'avait réussi à chanter. Mais son amour de la musique était profond et sincère.

Il gravit l'escalier incurvé. Il occupait toujours sa chambre d'enfant. Il n'avait jamais pu se résoudre à emménager dans celle où ses parents dormaient. Où elle dormait.

Il l'entretenait cependant soigneusement afin qu'elle demeure aussi parfaite qu'autrefois.

Il marqua une pause pour contempler son portrait, un tableau datant de l'époque où elle irradiait de beauté et de jeunesse. Elle portait une robe blanche. Elle aurait dû s'habiller toujours en blanc. Pour la pureté. Si seulement elle était restée pure.

L'étoffe cascadait sur son corps élancé et le collier scintillant, symbole de vie, brillait autour de son cou. Ses cheveux relevés évoquaient une couronne. La première fois qu'il l'avait vue, il l'avait prise pour une princesse.

En cet instant, elle lui souriait avec une telle douceur, une telle tendresse, un tel amour.

Il lui avait offert le plus beau des cadeaux : la mort. Il lui rendait un hommage à travers tous ces corps de filles qu'il déposait à ses pieds.

Il embrassa l'anneau d'argent qu'il portait au doigt, identique à celui qu'il avait fait ajouter au portrait. Symboles de leur lien éternel.

Une fois dans la salle de bains, il ôta son costume. Jeta la veste, le gilet, le pantalon et la chemise dans le panier à linge sale. Puis il se doucha. Il se douchait toujours. Les bains avaient un pouvoir relaxant, mais l'idée de tremper dans sa propre saleté lui répugnait.

Il se frotta vigoureusement, se servant de brosses diverses pour le corps, les ongles, les pieds, les cheveux. Elles aussi seraient stérilisées et remplacées tous les mois.

Il entra dans la cabine de séchage. Les serviettes étaient, selon lui, aussi peu hygiéniques que les bains.

Il se brossa les dents, appliqua déodorant et crèmes.

En peignoir, il regagna sa chambre et ouvrit son armoire. D'un côté, une douzaine de costumes blancs. Mais il ne recevait jamais de visite en tenue de travail.

Il opta pour un costume gris foncé assorti d'une chemise gris clair et d'une cravate ton sur ton. Il s'habilla méthodiquement, coiffa ses cheveux blancs avec soin avant de coller sa barbe et sa moustache.

Puis il remit le pendentif – le sien à elle – qu'il avait enlevé avant de se doucher.

Un arbre en or à multiples branches. L'Arbre de Vie.

Satisfait de son apparence, il redescendit, traversa la cuisine pour gagner le garage où il rangeait sa berline noire.

Le trajet au son de Verdi fut des plus agréables.

Il se gara comme prévu dans un petit parking mal entretenu à trois pâtés de maisons de *Réussir vos réceptions*, où travaillait sa partenaire potentielle. Si elle était à l'heure, elle ne tarderait pas à le croiser et elle repenserait à la proposition qu'il lui avait faite.

Sa démarche serait rapide. Elle serait vêtue d'un manteau bleu marine et d'une écharpe multicolore.

Il quitta sa voiture et marcha tranquillement en direction de la boutique. Il l'avait dénichée là, au rayon pâtisserie. Son allure, sa grâce l'avaient tout de suite frappé.

Deux mois s'étaient écoulés depuis qu'il l'avait aperçue pour la première fois. Bientôt, le temps et le soin qu'il avait investis dans ce projet porteraient leur fruits.

Il la repéra à quelques dizaines de mètres, ralentit. Il portait deux sacs aux logos de boutiques du coin.

Personne ne lui prêtait la moindre attention. Il lui sourit quand elle le reconnut, la salua d'un signe de la main.

— Mademoiselle Greenfeld ! J'espérais arriver à temps pour vous escorter. Il fait si froid, et vous êtes chargée.

Elle repoussa ses cheveux châtains.

— Ne vous inquiétez pas. C'est si gentil à vous de passer me chercher. J'aurais pu prendre un taxi ou le métro, vous savez.

— Certainement pas.

Il ne la toucha pas. Il s'écarta même pour laisser un piéton absorbé dans une communication téléphonique passer entre eux.

— J'apprécie tellement que vous m'accordiez un peu de temps un dimanche après-midi, reprit-il.

Il indiqua le parking d'un geste.

— J'en ai profité pour faire quelques courses.

Il lui ouvrit la portière. Ils n'avaient pas passé plus de trois minutes ensemble dans la rue.

Tout en démarrant, il lui sourit.

— Vous sentez la vanille et la cannelle.

— Les risques du métier.

— C'est délicieux.

— Je suis impatiente de rencontrer votre petite-fille.

— Elle est très excitée, avoua-t-il en secouant la tête, parfaite image du grand-père indulgent. Ces jours-ci, elle est littéralement obsédée par son mariage. Nous vous sommes tous deux très reconnaissants de venir sur le terrain, si l'on peut dire. Ma petite chérie est très pointilleuse. Elle ne veut pas entendre parler d'une agence spécialisée. Elle veut tout faire elle-même.

— Elle a de la suite dans les idées.

— En effet. Lorsque j'ai vu vos œuvres, j'ai su tout de suite qu'elle voudrait vous rencontrer. Même si vous travaillez chez *Réussir vos réceptions* dont elle refuse de franchir le seuil. Il s'est pourtant écoulé un an depuis qu'elle a eu des problèmes avec la gérante. Mais elle est ainsi. Comme sa mère – paix à son âme. Obstinée et volontaire.

— Je dois reconnaître que Frieda a un caractère difficile. Si elle apprenait que j'ai accepté une proposition comme la vôtre, elle sauterait au plafond. Il vaut donc beaucoup mieux pour tout le monde que cela reste entre nous.

— Absolument.

Quand il ralentit devant la maison, elle poussa un cri.

— C'est magnifique! C'est à vous? Le bâtiment tout entier?

— Oui. Il appartient à notre famille depuis des générations. Je voulais vous le montrer puisque c'est ici qu'aura lieu la réception.

Il coupa le moteur et, quelques minutes plus tard, ils pénétraient dans la maison. Il la précéda dans le salon.

— Sentez-vous comme chez vous.

— C'est somptueux, monsieur Gaines.

— Merci. Appelez-moi Edward, je vous en prie. J'espère que vous m'autoriserez à vous appeler Arielle?

— S'il vous plaît.

— Donnez-moi donc votre manteau.

Il l'accrocha dans la penderie du vestibule. Il s'en débarrasserait plus tard, bien sûr, ainsi que de tous ses vêtements. Mais il prenait plaisir à jouer le jeu. Il retourna dans le salon, soupira.

— Ma petite-fille n'est pas encore arrivée. Elle est toujours en retard. Je vais nous préparer du thé. Installez-vous.

— Merci.

Dans la cuisine, il connecta l'écran de sécurité au salon afin de pouvoir l'observer tandis qu'il s'activait.

Il avait certes des droïdes domestiques dont il remplaçait régulièrement les disques de mémoire. Mais la plupart du temps, il préférait se débrouiller seul.

Il opta pour du Earl Grey et le service à thé Meissen de sa grand-mère. Fidèle aux traditions qu'on lui avait enseignées, il réchauffa la théière, mesura avec précision la quantité de thé nécessaire.

À l'aide d'une pince, il déposa des sucres en cube dans une coupelle. Elle en prendrait. Elle ne se rendrait pas compte qu'ils étaient imbibés de somnifère.

Il plaça un napperon en dentelle sur une assiette et disposa dessus les gâteaux qu'il avait achetés en prévision de ce tête-à-tête. Ah! Ne pas oublier la rose rose dans son petit vase vert pâle.

Parfait.

Il porta le plateau – avec trois tasses – dans le salon, où Arielle était occupée à admirer ses trésors.

— J'adore cette pièce. Vous allez l'utiliser pour le mariage?

— Sans aucun doute. C'est celle que je préfère. Elle est si accueillante… Prenez place, dit-il en lui indiquant les deux fauteuils en face de la cheminée. Nous allons boire notre thé en attendant la future mariée. Elle a un faible pour ces gâteaux. J'ai pensé que vous pourriez lui confectionner les mêmes pour le mariage.

— Certainement. J'ai apporté des disques avec des photos des pâtisseries que j'ai faites.

— Parfait.

Il lui sourit, souleva la coupelle de sucre.

— Un ? Deux ?

— Je vais vivre dangereusement et vous répondre deux.

— Très bien.

Il grignota un cookie pendant qu'elle lui exposait ses idées. Ses paupières commençaient à tomber, sa voix devenait pâteuse.

Quand elle tenta de se lever, il essuya les miettes sur ses doigts.

— Quelque chose ne va pas, bredouilla-t-elle.

— Non.

Il soupira et but une gorgée de thé tandis qu'elle sombrait dans l'inconscience.

— Tout va très, très bien.

# 10

Pour pouvoir travailler sans devenir complètement fou, Connors érigea mentalement un mur de silence autour de lui. Il se déconnecta tout simplement en filtrant sonneries, claquements, voix et *bips* électroniques.

Il s'était chargé des lettres *A* jusqu'à *M*, Eve s'attelant à la deuxième moitié de l'alphabet. Comment pouvait-il employer autant de brunes dont le nom commençait par un A ? Aaronson, Abbott, Abercrombie, Abrams.,. Azula

Très vite, il s'était rendu compte qu'à deux, ils n'en viendraient jamais le bout. Eve avait donc demandé des agents supplémentaires, et le niveau sonore avait augmenté d'autant.

Il s'efforçait de ne pas penser que, pendant qu'il s'acharnait à contacter des subordonnées qu'il ne connaissait pas, n'avait jamais rencontrées et ne rencontrerait probablement jamais, le temps s'écoulait inexorablement.

Il devait consacrer de longues minutes à chaque communication. Une femme de chambre n'était pas habituée à recevoir un appel personnel de la part du propriétaire de l'hôtel. Du grand manitou qui régnait sur son empire du haut de sa tour. Le côté répétitif, fastidieux, l'agaçait prodigieusement, devait-il admettre.

Eve appelait cela la routine. Il se demanda comment elle pouvait supporter une telle monotonie.

— Yo! L'Irlandais! s'écria Callendar en lui tapant sur le bras. Vous devriez vous lever, vous balader, prendre un peu de carburant.

— Pardon? fit-il, un poil hagard.

— Ce genre de boulot pompe une énergie folle. Faites une pause, allez vous chercher un en-cas au distributeur. Mettez un casque.

— Je ne suis même pas arrivé au bout de ces foutus *B*.

— Je sais, c'est long.

Elle lui offrit son sachet de chips au soja.

— Croyez-en mon expérience, il faut bouger un peu.

Elle avait raison, bien sûr. Pourtant, il lui aurait volontiers conseillé de se mêler de ses affaires. Au lieu de quoi, il recula son siège à roulettes.

— Qu'est-ce que je vous rapporte?

— Faites-moi la surprise.

C'est vrai que c'était bon de se dégourdir les jambes, de s'éloigner de l'agitation et de la cacophonie ambiantes.

En sortant, il remarqua des flics qui allaient et venaient, d'autres qui s'étaient rassemblés pour discuter devant les distributeurs automatiques. Deux uniformes passèrent, poussant devant eux un homme au rire hystérique. Personne ne se retourna.

L'endroit empestait le mauvais café, la sueur et le parfum bon marché.

Bon sang, un peu d'air frais ne lui aurait pas fait de mal.

Il sélectionna un Fizzy géant pour Callendar, puis resta à fixer des yeux la liste de boissons proposées. Rien ne le tentait. Il acheta une bouteille d'eau, sortit son communicateur de sa poche.

Comme il pivotait sur lui-même, il vit Mira qui se dirigeait vers lui.

— J'ignorais que vous étiez encore là, s'étonna-t-il.
— Je suis rentrée chez moi, mais j'étais trop énervée. J'ai envoyé Dennis dîner avec notre fille et je suis revenue remplir de la paperasse.

Elle esquissa un sourire en apercevant la boisson qu'il tenait à la main.

— C'est curieux, je ne vous imaginais pas boire ce genre de rafraîchissements.
— C'est pour une collègue de la DDE.
— Ah. Vous souffrez, on dirait.
— Le martyr. Plutôt une année à piloter une navette qu'une semaine chez les flics.
— Je comprends. Mais sentir que quelqu'un se sert de vous sans savoir de qui il s'agit ni pourquoi doit vous être insupportable.
— C'est exaspérant, admit-il. Tout à l'heure, je me disais que je ne connaissais pratiquement aucune des femmes que je dois contacter. Ce ne sont que des rouages dans un système, non ?
— Si vous les considériez ainsi, vous ne seriez pas là. Je pourrais vous expliquer que vous n'êtes en rien responsable de ce qui est arrivé ou pourra arriver. Mais vous le savez déjà. Quant à ce que vous ressentez, c'est une autre affaire.
— En effet. Ce que je voudrais, c'est une cible. Je n'en ai pas. Pas encore.
— Vous avez l'habitude de tenir les rênes, d'avoir le contrôle et de prendre les décisions.

Elle lui effleura le bras d'un geste amical.

— Eh bien, c'est exactement ce que vous êtes en train de faire, bien que nous n'en ayez pas l'impression. C'est pour cela que je suis ici aussi. J'espère qu'Eve va me confier une mission.
— Vous voulez un Fizzy ?

Elle s'esclaffa.

— Non, merci.

Ils gagnèrent ensemble le Q.G., puis se séparèrent. Tandis que Connors regagnait son poste, Mira s'approcha d'Eve.

— Donnez-moi quelque chose à faire. N'importe quoi.

— Nous nous efforçons de joindre toutes ces femmes, répondit Eve en lui tendant une liste.

Vêtu d'un smoking, il prit place dans sa loge du *Metropolitan Opera House*. Il avait hâte de voir cette nouvelle mise en scène de *Rigoletto*. Sa toute dernière partenaire était sécurisée et endormie. Quant à Gia... Il n'allait pas gâcher sa soirée en ruminant sa déception.

Il mettrait un terme au projet dès le lendemain et passerait au suivant.

Ce soir, il se concentrerait sur la musique, les voix, les éclairages et l'intrigue. Il rentrerait chez lui l'esprit empli d'images et savourerait le bonheur de se les remémorer en buvant un cognac près du feu.

Demain, il arrêterait le chronomètre.

Frémissant de plaisir, il écouta les musiciens accorder leurs instruments.

« Il a commandé la boutique tout entière ! » songea Eve quand les plateaux commencèrent à arriver. Viandes froides, pains variés, fromages, salades, friandises... et deux énormes sachets de *vrai* café en provenance de sa propre plantation.

Elle accrocha son regard. Il hocha la tête.

— Inutile de protester, décréta-t-il.

Elle fondit sur lui.

— J'ai deux mots à te dire.

Elle lui fit signe de la suivre hors du Q.G. À en juger par l'enthousiasme général, elle était bien la seule à objecter.

— Écoute, j'ai accepté le coup des pizzas, mais...

— Il faut que je fasse quelque chose, l'interrompit-il. C'est peu, mais c'est mieux que rien. C'est positif. Tangible.

— Les collègues peuvent se payer leur propre repas, et si je décide de passer une commande à l'extérieur, j'ai un budget prévu à cet effet. Il y a des procédures à respecter.

— Seigneur ! Nous sommes déjà noyés dans ces fichues procédures. Pourquoi te mettre dans un tel état pour quelques sandwichs ?

— Parce que ça, c'est du concret.

Elle pressa les doigts sur ses yeux, se frotta vigoureusement les paupières.

— Un moyen comme un autre de me défouler, ajouta-t-elle.

— Si tu t'accordais une heure de repos ? Regarde-moi. Regarde-moi, répéta-t-il en posant les mains sur ses épaules. Tu es épuisée. Tu as besoin de te détendre.

— Impossible. Et, soit dit en passant, tu n'as pas non plus l'air au mieux de ta forme.

— J'ai l'impression qu'on m'a passé le cerveau à la moulinette. Ce n'est pas tant le manque de sommeil, c'est le côté fastidieux.

Eve fronça les sourcils, se redressa légèrement.

— Ce n'est pas la première fois que tu t'attaques à ce genre de corvée.

— Certes, mais j'avais un défi à surmonter et un objectif clair.

— Un défi ? Risquer ta vie, par exemple ?

— C'est triste à dire, mais c'est plus excitant que de rester planté devant un écran d'ordinateur pendant des heures.

— Je sais. Mais c'est inévitable. Notre métier ne se résume pas à pourchasser les méchants et à défoncer des portes. Prends-toi une heure si tu veux. Ça te fera du bien.

Il laissa courir le doigt sur sa joue.

— Non seulement cela ne me tente pas du tout, mais si tu bosses, je bosse. Nouvelle clause du règlement valable jusqu'à la clôture de ce dossier.

Elle n'avait pas la force de discuter.

— Entendu.
— Quelque chose te tracasse, devina-t-il en lui soulevant le menton.

Elle tressaillit, eut un mouvement de recul.

— Qu'y a-t-il?
— Figure-toi que j'ai sur les bras un salaud qui nous a déjà échappé une fois alors qu'il torturait et tuait des jeunes femmes pratiquement sous notre nez.
— Ce n'est pas tout, insista-t-il. Où est Feeney?

En guise de réponse, elle changea de position et flanqua un tel coup de pied au distributeur que l'alarme se déclencha.

*Attention! attention! tout acte de vandalisme sur cet appareil est considéré comme un crime passible d'une incarcération de trente jours et d'une amende de mille dollars. Attention! attention!*

— Bon, fit Connors d'un ton calme en la prenant par le bras pour l'entraîner dans le couloir. Réfugions-nous dans ton bureau avant qu'on nous arrête pour avoir volé des sodas.
— Je n'ai pas le temps de...
— C'est dans l'intérêt de tous.

Une fois dans la pièce, il ferma la porte et s'y adossa pendant qu'elle donnait des coups de pied dans son bureau.

— Quand tu en auras assez de t'attaquer aux objets inanimés, tu me diras ce qui te préoccupe.
— J'ai merdé, voilà ce qui me préoccupe. Merde, merde, merde! J'ai merdé.
— Comment?
— Ça m'aurait pris combien? Dix minutes? Cinq? Cinq minutes pour le mettre au courant avant le briefing. Mais je n'y ai pas pensé ; ça ne m'a pas traversé l'esprit.

Visiblement dans tous ses états, elle serra les poings.

— Bon Dieu, comment ai-je pu ne pas y penser?

— Recommence s'il te plaît, suggéra Connors. Essaie d'être plus claire.

— Feeney. Je ne lui ai pas soumis le nouveau paramètre, le nouvel angle sous lequel nous allions travailler. Je ne lui ai pas expliqué que le suspect entrait en contact avec la cible et l'attirait chez lui plutôt que de l'enlever en pleine rue comme nous le supposions autrefois. Nom de nom ! Je l'ai tout simplement laissé dans le tas avec les autres sans prendre en compte le fait que c'était *lui* qui avait dirigé la première enquête. Il me suffisait d'aller le trouver, de le prendre à part : « Dis donc, on a du nouveau. » De lui laisser le temps de digérer la nouvelle.

— J'en déduis qu'il a mal réagi ?

— Comment lui en vouloir ? riposta-t-elle. Il m'a sauté dessus à pieds joints. Et moi, qu'est-ce que j'ai fait ? Je suis restée sur la défensive. J'aurais pu me confondre en excuses, raconter que je m'étais laissé entraîner par le flot des événements, que je n'y avais pas songé. Non. Et merde !

Elle se cacha le visage entre les mains, essuya une larme furtive.

— C'est nul.

— Mon ange, tu es si fatiguée.

— Et alors ? Je suis éreintée, c'est le boulot qui veut ça. Ça ne veut rien dire. Je l'ai insulté, Connors. Je lui ai conseillé de faire une pause, de rentrer chez lui. J'aurais aussi bien pu le gifler pendant que j'y étais.

— Avait-il besoin d'une pause, Eve ?

— Ce n'est pas le problème.

— Bien sûr que si.

Elle poussa un profond soupir.

— Ce n'est pas une raison. Il me reproche de lui manquer de respect, ce n'est pas vrai. Mais j'ai été maladroite.

— Assieds-toi. Pour l'amour du ciel, assieds-toi cinq minutes.

Il s'approcha d'elle, la souleva et la posa sans cérémonie sur son siège.

— Je sais ce que c'est que d'être aux commandes. Le plus souvent, c'est une position pénible et inconfortable. Mais il faut un chef d'orchestre. Tu t'en veux de l'avoir blessé, tu peux le regretter si cela te console. Mais tu as d'autres soucis que de couver Feeney.

— Je ne le couve pas.

— De son côté, il est sous pression, enchaîna Connors comme si elle n'avait rien dit. Il s'en est pris à toi parce qu'il t'avait sous la main. À présent, vous boudez chacun dans votre coin.

Elle le fixa bouche bée, puis ricana.

— Tu lui as proposé de rentrer chez lui parce que tu as compris, même si tu étais en colère et vexée, qu'il avait besoin de prendre un peu de recul, au calme, poursuivit Connors. Il est parti parce que, même s'il était furieux et blessé, il a senti que c'était nécessaire. Mission accomplie. Et je suis sûr que d'ici à demain soir vous serez réconciliés.

Elle renifla.

— Si c'est ce que tu penses...

— Il t'aime.

— Tu parles !

— Et réciproquement, répliqua Connors en riant doucement. La situation est délicate, vous marchez sur des œufs, il est normal que vous vous disputiez.

— On croirait entendre le cours d'introduction du Dr Mira.

— J'accepte le compliment. Ça va mieux ?

— Je n'en sais rien. Peut-être... J'ai une migraine atroce.

Il fourra la main dans sa poche et en extirpa une boîte minuscule. Il l'ouvrit et la lui tendit. Elle grimaça en voyant les petits cachets bleus. Un antalgique de base. Si elle refusait, il la harcèlerait, ce qui ne ferait qu'accroître son mal de crâne. Ou bien il le lui ferait avaler de force, ce qui serait le comble de l'humiliation.

Elle en goba un.

— Voilà une bonne fille!

— Va te faire voir.

Il la hissa vers lui, l'étreignit, et lui mordilla la lèvre inférieure.

— Juste un petit aperçu de la suite.

Elle lui caressa le visage.

— Toi aussi, tu as une mine de déterré.

— Je suis à bout, avoua-t-il. Allons manger un sandwich et boire un café digne de ce nom.

McNab leur fit signe dès qu'ils apparurent sur le seuil du Q.G.

— J'ai plusieurs touches.

— Essuyez-vous la bouche, inspecteur. Vous avez de la moutarde au coin des lèvres.

— Oh, désolé, fit-il en s'exécutant. J'ai commencé à chercher ce fameux Ted là où travaille Rossi. Je suis tombé sur des types de sa taille et de son poids, mais pas du bon âge, ou le contraire. J'ai élargi la prospection aux filiales. Rien. Je me suis donc attaqué aux centres de banlieue.

— Allez droit au but, McNab.

— D'accord. J'ai plusieurs types – aucun ne s'appelle Ted – qui collent à la description et qui pourraient vous intéresser. Malheureusement, ils ne correspondent pas au profil. Ce sont des hommes mariés avec des enfants, des petits-enfants, mais pas propriétaires.

— C'est ça vos touches?

— Non. Du coup, je me suis dit : « Et si j'essayais les localités des autres meurtres. » La Floride, par exemple. Là : bingo!

Il afficha les données à l'écran.

— Voici une inscription au nom d'Edward Nave. Né le 8 juin 1989 – c'est parfait pour l'âge. La présentation d'un certificat médical étant obligatoire, nous avons sa taille – c'est bon ; son poids – il avait quelques kilos de moins, mais le poids peut fluctuer. Ah ! Et Peabody dit que Ted est un diminutif d'Edward, alors...

— Son adresse.

— Justement, c'est là que le bât blesse. Elle est fausse. D'après les coordonnées qui figurent ici, il habiterait au cœur du Grand Opéra de Miami. J'ai vérifié.

— Sa fiche d'identité.

McNab tira sur le lobe de son oreille lourdement parée.

— Hic numéro deux : je peux vous procurer une poignée d'Edward Nave, mais aucun d'entre eux ne correspond à cette fiche d'inscription.

— Copiez-les-moi tout de même. Nous les examinerons. Depuis combien de temps est-il membre du centre de fitness? Quand s'y est-il rendu pour la première fois ?

— Il y a cinq ans. Environ trois mois avant le premier crime perpétré là-bas. C'est lui, Dallas, insista McNab. Je le sens dans mes tripes.

Eve se tourna vers Connors.

— Vous avez des franchises en Europe ?

— Oui.

— Mettez-vous à la recherche d'inscriptions dans les autres villes ciblées. Peut-être est-ce une de ses méthodes de pêche.

Elle fonça vers son propre ordinateur, bien décidée à creuser le chapitre Floride en quête d'un lien entre le centre de fitness et les victimes de la région. Une cliente, une employée, une femme de ménage...

— Eve.

Mira se leva, le regard sombre. L'estomac d'Eve se noua.

— Je m'efforce de joindre une certaine Arielle Greenfeld. Elle travaille au rayon pâtisserie de la boutique *Réussir vos réceptions*, dans le centre-ville. Elle ne répond à aucun des numéros figurant sur sa fiche de renseignements personnels. Je viens d'échanger quelques mots avec un voisin, son contact en cas d'urgence. Greenfeld a quitté son appartement pour aller travailler ce matin et n'est pas rentrée depuis.

— Donnez-moi l'adresse.

Elle s'apprêtait à ordonner à Peabody de se bouger les fesses, mais se ravisa. Elle avait déjà commis une erreur avec Feeney, autant ménager sa partenaire.

— Connors et moi allons nous en occuper. À moins d'un avis contraire, tous les membres de l'équipe ont l'ordre d'arrêter le travail à 23 heures. Réunion à 8 heures tapantes demain matin. S'il y a quoi que ce soit de nouveau, je veux être la première à le savoir.

Comme ils prenaient la direction de l'appartement d'Arielle, Eve observa son mari à la dérobée. Il affichait un visage indéchiffrable, mais elle savait que l'angoisse et la culpabilité le rongeaient.

— C'est quoi exactement, *Réussir vos réceptions* ? s'enquit-elle.

— C'est une boutique entièrement consacrée à l'événementiel. Le nec plus ultra. Une palette de spécialistes : décorateurs, fleuristes, pâtissiers, traiteurs, organisateurs. L'idée m'en est venue quand nous préparions notre mariage. Pourquoi courir partout quand on peut tout trouver au même endroit ?

— C'est pratique.

— Oui. Ça marche très fort. Elle travaille là depuis huit mois. Arielle Greenfeld.

— Et à l'heure qu'il est, elle est sans doute en train de sauter un inconnu qu'elle a dragué dans un bar.

Il lui jeta un coup d'œil.

— Tu n'en crois rien. Je devrais contacter son chef, savoir à quelle heure elle a quitté le boulot.

— Attendons un peu. Allons d'abord jeter un coup d'œil chez elle, interroger le voisin. Sais-tu pourquoi j'ai demandé à l'équipe de rester encore deux heures ? Ce n'est peut-être pas elle la prochaine. Tâchons d'avoir une vue plus claire de la situation.

— Mmm... Comment va ton mal de crâne ?

— Latent, mais je m'efforce de l'ignorer.

Quand ils se furent garés, Connors posa la main sur la sienne.

— Où sont tes gants ?

— Quelque part. Ailleurs.

Il se pencha, ouvrit la boîte à gants, en sortit la paire de rechange qu'il lui avait achetée récemment.

— Enfile ça. Il fait froid.

Elle s'exécuta.

— Tu n'as pas eu ton sandwich, fit-elle remarquer tandis qu'ils poursuivaient à pied jusqu'à l'immeuble de Greenfeld.

— Toi non plus.

— Mais moi, je n'ai pas jeté cent dollars par la fenêtre sans même avoir goûté un cornichon.

Il l'enlaça.

Plutôt que d'attendre qu'on leur ouvre, Eve se servit de son passe pour franchir la porte d'entrée.

C'était un immeuble cossu, nota-t-elle. Les locataires étaient probablement issus de la classe moyenne et disposaient d'un revenu régulier. Hall accueillant, caméras de surveillance, ascenseur...

— Troisième étage, commanda-t-elle. Si elle aime marcher, elle peut se rendre au magasin à pied. Par mauvais temps ou si elle est en retard, elle peut prendre le métro. Les pâtissiers commencent tôt le matin, n'est-ce pas ? À quelle heure la boutique ouvre-t-elle ?

— 7 h 30 pour la boulangerie/pâtisserie et le café. 10 heures à 18 heures pour le reste. Nocturne jusqu'à 20 heures le samedi.

— Disons qu'elle arrive aux alentours de 6 heures...

Elle se tut comme ils atteignaient le troisième étage.

— Le voisin est au 305.

Elle allait frapper quand la porte s'ouvrit. L'homme qui se tenait sur le seuil approchait des trente ans ; il avait les cheveux hérissés, striés de mèches noires et bronze, portait un grand pull, un vieux jean, et semblait très inquiet.

— J'ai entendu l'ascenseur. C'est vous, les flics ?

— Lieutenant Dallas, répondit-elle en présentant son insigne. Erik Pastor ?

— Oui. Entrez. Arielle n'est toujours pas là. J'ai appelé à droite et à gauche. Personne ne l'a vue.

— Et vous ? Quand l'avez-vous vue pour la dernière fois ?

— Tôt ce matin. Elle m'a apporté des muffins. Nous sommes sortis hier soir avec des copains. Arielle est rentrée avant minuit parce qu'elle travaillait aux aurores. Elle s'était dit – avec raison – que je me réveillerais avec la gueule de bois.

Il s'assit sur l'accoudoir du canapé. L'endroit était jonché de débris, témoignages d'une journée passée à soigner les séquelles d'une soirée trop arrosée : sachets vides de chips au soja, tubes de soda, flacon d'antalgiques, une couverture, deux oreillers.

— J'ai réussi à ramper jusqu'au sofa, avoua-t-il. Je l'ai entendue entrer, j'ai râlé. Elle m'a dit qu'elle me verrait plus tard. Que si je n'étais pas mort d'ici là, elle ferait quelques courses en rentrant et me préparerait à dîner. Il lui est arrivé quelque chose ? On n'a rien voulu me dire.

— Vous sortez ensemble ?

— Nous sommes amis.

— Peut-être est-elle sortie avec un amoureux ?

— Elle en a deux, mais rien de sérieux. J'ai vérifié auprès d'eux, auprès de tout le monde. En plus, elle m'en aurait parlé, ajouta-t-il, la voix chevrotante. Elle m'avait promis de venir manger avec moi. Elle tient toujours parole. Je commençais déjà à m'inquiéter quand vous m'avez appelé.

— À quelle heure finissait-elle aujourd'hui ?

— Euh... Attendez... 16 heures ? Oui, je crois que c'est ça. C'est un dimanche long, donc, c'est 16 heures. En général, elle rentre tout de suite. Les dimanches courts, elle traîne un peu ou nous nous retrouvons avec des copains pour déjeuner.

— Nous aimerions voir son appartement.

— Pas de problème. Je vais vous chercher la clé. J'ai la sienne et elle a la mienne.

— Vous a-t-elle parlé d'un éventuel rendez-vous ?

— Non. Remarquez, je n'en sais trop rien. J'avais la tête sous l'oreiller et un mal de crâne à hurler quand elle est passée ce matin. Je n'ai pas prêté attention à ce qu'elle me racontait... Je ne comprends pas pourquoi elle ne décroche pas son communicateur de poche. Je ne comprends pas pourquoi vous me posez toutes ces questions.

— Allons faire un tour chez elle, suggéra Eve.


Une exquise odeur de gâteaux imprégnait l'air. La cuisine était petite, mais parfaitement équipée.

— Certaines femmes achètent des boucles d'oreilles ou des chaussures, Arielle a un faible pour les ingrédients et le matériel de pâtisserie, expliqua Erik. Je ne sais pas si vous connaissez la boutique *Pâtisserie Paradis*. Le seul fait d'y entrer lui donne un orgasme.

— Y a-t-il ici des choses qui manquent et qui devraient normalement être là si elle était juste allée travailler ? demanda Eve.

— Je n'en sais rien. Je ne pense pas. Vous voulez que je vérifie ?

— Si cela ne vous ennuie pas.

Pendant qu'il s'activait, Eve examina l'ordinateur posé sur une table à l'entrée de la cuisine. Pas question d'y toucher avant d'avoir reçu un document officiel.

— Il se trouve peut-être là-dedans, marmonna Connors.

— Si elle surgit dans les trente secondes, elle pourrait m'accuser de m'être immiscée illégalement dans sa vie privée.

— N'importe quoi.

Connors contourna Eve et brancha la machine.

— Attends, bordel! Attends un peu.

— Ses chaussures!

Erik apparut au seuil de la chambre, visiblement perturbé.

— Quoi, ses chaussures?

— Ses escarpins noirs. Ils ne sont pas là. Pour travailler, elle met ses baskets. Je ne les vois pas non plus. Si elle devait aller ailleurs ensuite, elle aurait emporté une paire de chaussures de rechange...

Il parut rassuré.

— Elle a pris ses escarpins noirs. Elle devait avoir un rendez-vous. Soit elle a oublié de me prévenir, soit j'étais tellement dans le coltard que j'ai... Oui, c'est ça. Elle avait un rendez-vous après le boulot.

Eve pivota vers Connors.

— Feu vert.

# 11

Eve transmit les nouvelles informations aux membres de son équipe au Central et donna l'ordre d'embarquer le matériel électronique d'Arielle. Ragaillardie, elle s'adressa à Connors :

— On a une étape d'avance sur lui.

Connors continuait d'étudier le petit écran sur lequel défilaient photos de gâteaux de mariage et propositions de tarifs.

— Vu sous l'angle du « verre à moitié vide », j'ai plutôt l'impression que c'est le contraire.

— Tu te trompes. Nous suivons un fil dont nous ne disposions pas auparavant. Et nous allons dans la bonne direction. Sans quoi nous n'aurions pas été au courant avant des heures – voire des jours – de la disparition de Greenfeld. Nous n'aurions pas su comment il l'avait piégée.

— Et en quoi cela l'aide-t-il, Eve ?

— Plus nous en savons, plus elle a de chances de s'en sortir. Nous savons qu'il la séquestre depuis environ cinq heures. Nous devons supposer qu'il a fréquenté le magasin où elle travaillait et a trouvé un prétexte pour l'aborder. Cinq heures, Connors, répéta-t-elle. Il ne lui a encore rien fait. Elle est probablement sous sédatif. Il ne s'attaquera pas à elle avant d'avoir…

Connors la dévisagea, le regard brillant de rage.

— Avant d'en avoir fini avec Gia Rossi. Avant de l'avoir mutilée, ciselée.

— En effet, concéda Eve.

Pas la peine de tourner autour du pot. À quoi bon ?

— Et tant qu'il ne nous a pas livré le cadavre de Rossi, enchaîna-t-elle, Arielle Greenfeld est vivante. Elle a une chance. Une chance d'autant plus grande que nous avons enfin une piste. On quadrille, on vérifie les parkings, on se renseigne auprès des transports publics. On interroge ses collègues, ses amis. Nous connaissons son âge et son type physique. Il y a vingt-quatre heures, nous n'en avions pas la moindre idée.

Elle s'approcha de lui, lui effleura le bras.

— Fais-moi une copie de ce programme, s'il te plaît. Nous travaillerons dessus à la maison. Peut-être que les recherches de Summerset nous aiguilleront.

— D'accord. Mais nous ne nous y mettrons pas avant d'avoir pris deux heures de repos. Je parle sérieusement, Eve, continua-t-il avant qu'elle puisse protester. Si tu as demandé à tes troupes de se détendre un moment, c'est pour une raison.

— C'est vrai que je prendrais volontiers une douche. Que dirais-tu d'un compromis ? Une heure.

— Entendu.

Il transféra les données sur un disque, le lui tendit.

Elle lui laissa le soin de prendre le volant et en profita pour consulter ses notes, les chronologies, les noms, les déclarations.

L'assassin avait enlevé sa troisième victime plus tôt que prévu, songea-t-elle. De deux choses l'une : soit cela convenait mieux à son emploi du temps ou à celui de sa proie ; soit Gia Rossi avait cessé de lutter.

Peut-être était-elle déjà morte – une hypothèse qu'Eve préférait éviter de partager avec Connors.

Une simple question d'heures. S'ils avaient eu ce contact un peu plus tôt, ils auraient trouvé Arielle

Greenfeld avant que ce salaud n'intervienne. La bonne question au bon moment. Non seulement la jeune femme aurait été sauvée, mais ils auraient eu des preuves solides à l'encontre du suspect.

Greenfeld avait quitté son service à 16 heures. Elle avait l'intention de préparer un dîner pour son voisin. Elle était donc partie à son rendez-vous en pensant être de retour chez elle au bout de deux ou trois heures tout au plus.

— À ton avis, combien de temps peut durer ce genre de réunion? Choix des desserts, négociations…

Connors réfléchit.

— Elle avait soigneusement préparé son dossier: beaucoup de photos, toute une palette de styles et de saveurs. Elle s'était donné de la peine. D'après moi, elle comptait y passer environ deux heures. En partant du principe que les gens qui organisent un mariage sont particulièrement pointilleux, elle avait dû prévoir large.

— Très bien. Disons deux heures. Ça veut dire 18 heures, trajet non compris. Elle promet à son voisin de faire quelques courses sur le chemin du retour et de cuisiner pour lui, ça prend forcément du temps. Une heure, à peu près?

Connors haussa les épaules.

— Summerset saurait mieux te répondre que moi.

— Oui, eh bien, en attendant de consulter Monsieur Squelette Ambulant, je vais opter pour une heure. Ce qui m'amène à 19 heures, toujours trajet non compris. Elle s'est couchée tard le samedi, elle a bossé le dimanche, elle doit se lever tôt lundi. Je ne pense pas qu'elle ait envisagé un souper tardif.

— Donc?

— Donc, j'en conclus que le lieu de rendez-vous n'était pas bien loin. Le New Jersey, Brooklyn, le Queens, entre les ponts et les tunnels à franchir, c'est trop long. Il est sûrement à Manhattan. Ce qui réduit considérablement le champ des recherches.

Eve changea de position.

— Elle concocte un menu pour un copain, pas un repas aux chandelles pour un amant. Un ami avec qui elle espère fêter son contrat si elle l'obtient. Elle devait s'arrêter en route pour faire son marché. C'est donc qu'elle se déplaçait en métro ou à pied. Il est plus que probable qu'il vit dans la moitié sud de la ville… On commence par là, puis on élargit.

Pendant tout le reste du trajet, elle rumina, ajoutant des paramètres, jouant avec les différents angles possibles. Guerres Urbaines, méthodes d'identification de cadavres, cliniques situées dans les quartiers du Lower West ou de l'East Side.

Elle était presque sûre que l'assassin disposait d'un moyen de transport, mais ce serait pratique pour lui s'il pouvait repérer et filer toutes ses victimes à pied.

Les gens avaient tendance à faire leurs courses et à fréquenter les restaurants près de chez eux. Il avait dû se procurer le savon et le shampooing dans la boutique du centre, à moins qu'il ne les eût achetés sur Internet ou apportés à New York avec lui. *L'Étoile* était à Chelsea, *Réussir vos réceptions* dans le centre-ville ; la première victime avait été déposée dans le Lower East Side. Gia Rossi travaillait dans le centre.

Peut-être avait-il décidé de rester près de chez lui, cette fois-ci.

Peut-être.

Elle entra toutes ces données dans son ordinateur de poche. Elle lancerait des calculs de probabilités un peu plus tard.

— Je veux que Summerset me transfère tout ce qu'il a, annonça-t-elle tandis qu'ils franchissaient le portail. Nous lui demanderons son avis sur la question du temps à prévoir pour les courses et les préparatifs d'un dîner, mais je veux vérifier les marchés et les magasins où Greenfeld se rendait régulièrement. Ainsi que les boutiques plus spécialisées au sud de la 50$^e$ Rue. Nous interrogerons les amis avec lesquels elle est sortie samedi soir. Peut-être a-t-elle confié à l'un d'eux ses projets pour le dimanche.

Ils descendirent de voiture. Au bas du perron, Connors la retint par le bras.

— Tu n'as jamais cru que Rossi avait la moindre chance.

— Je n'ai jamais dit cela. Il y a toujours une chance.

— Tu parles ! Ça ne t'a pas empêchée d'aller jusqu'au bout. Au fond, tu savais que la cause était perdue d'avance et tu l'acceptais.

— Écoute...

— Ce n'est pas un reproche. Ça m'est venu à l'esprit en chemin. Je t'observais, je t'écoutais alors que tu ne parlais pas. En ce qui concerne Arielle Greenfeld, tu gardes l'espoir.

Il lui prit la main.

— Cette fois, tu penses pouvoir réussir. L'arrêter avant qu'il ne soit trop tard pour cette femme ; à cause de cela, Gia Rossi est condamnée d'avance. Cela doit te réconforter tout en représentant un poids supplémentaire. Elles ont une chance. Toi.

— Nous, rectifia Eve. Tous ceux qui s'acharnent sur cette enquête. Nous ne pouvons pas les décevoir.

Elle s'attendait que Summerset surgisse dans le hall, et comptait sur Connors pour faire le point avec lui. Mais à l'instant où ils entrèrent, ils entendirent un gloussement en provenance du salon. Un rire reconnaissable entre mille.

— Mavis est là, observa-t-elle

— Voilà pour ton heure de relaxation, commenta Connors en l'aidant à enlever son manteau. Rien de plus divertissant et de plus efficace qu'une dose de Mavis Freestone pour se régénérer le cerveau.

Eve était bien d'accord avec lui. Mais en pénétrant dans la pièce, elle constata que Mavis était venue avec Trina, son amie esthéticienne. Et comme si cela ne suffisait pas, elles avaient amené le bébé. Comble de l'horreur, l'infante Belle était dans les bras de Summerset, qui lui gratouillait le menton.

— Je suis traumatisée, déclara Eve. Il n'est pas supposé sourire comme ça. C'est contre les lois de l'homme et de la nature.

— Ne sois pas si désagréable, souffla Connors en la gratifiant d'un coup dans les côtes. Mesdames...

Tous les regards convergèrent vers eux.

Le visage de Mavis s'éclaira.

— Enfin vous voilà! s'écria-t-elle. Nous nous apprêtions à partir, mais Belle a réclamé un câlin supplémentaire à Summerset.

Ce qui confirma l'opinion d'Eve selon laquelle les bébés et les enfants étaient des êtres étranges.

Mavis se précipita vers eux, sa jupe ultracourte rose bonbon volant autour de ses jambes gainées d'un collant rose à pois bleu azur. Elle avait teint ses cheveux du même bleu, agrémenté de quelques mèches argent.

Elle les saisit chacun par une main et les entraîna vers le milieu de la salle.

— Leonardo est en tournage à New Los Angeles. Du coup, Trina, Belle et moi nous sommes offert une journée entre filles. Que nous avons parachevée, cerise sur le gâteau, par une petite visite à Summerset. Regarde, Belle, regarde qui est là!

À contrecœur, Eve contempla le bébé dans les bras de Summerset. La plupart des gens s'émerveilleraient, assureraient que c'était une vraie poupée. Le problème, c'était qu'Eve détestait les poupées.

Cela dit, cette enfant était vraiment magnifique – à condition d'ignorer le filet de salive qui dégoulinait du coin de sa bouche –, rose, jolie, grassouillette. Avec son ruban blanc dans les cheveux, elle évoquait vaguement un paquet cadeau. Ses yeux bleu foncé étaient vifs – un peu trop, peut-être. Eve ne pouvait s'empêcher de se demander ce qui se passait dans la cervelle d'un humain de la taille d'un caniche nain.

Belle portait une sorte de combinaison surmontée d'un pull bordé de fourrure. L'ensemble était protégé par un bavoir proclamant : *Mon papa c'est le meilleur !*

— Mignonne, murmura Eve.

Elle se serait écartée si Connors ne lui avait barré le passage en admirant Belle par-dessus son épaule.

— Je trouve que « ravissante » est plus approprié, déclara-t-il. Joli travail, Mavis.

— Merci.

L'ex-gamine des rues devenue une mégavedette de la chanson soupira de bonheur.

— Parfois quand je la regarde, j'ai du mal à croire que c'est moi qui l'ai mise au monde.

— Sommes-nous obligés de revenir là-dessus ? bougonna Eve.

Mavis s'esclaffa.

— On pourrait peut-être rester encore un peu, à moins que vous ne soyez trop fatigués. Vous avez l'air éreintés.

— Un petit traitement de beauté ne serait pas inutile, commenta Trina.

— Bas les pattes ! rétorqua Eve.

— Pourquoi ne pas vous joindre à nous pour le dîner ? proposa Connors.

— Summerset nous a déjà gavées comme des oies, mais on peut vous tenir compagnie. C'est dur de savoir que notre papa ne sera pas à la maison à notre retour, n'est-ce pas, Bellarama ?

— Je vais préparer quelque chose, fit Summerset.

Eve le vit changer de position. Anticipant son geste, elle réagit aussitôt – lâchement. Elle fit un pas de côté et bouscula Connors d'un coup de hanche, le laissant dans la ligne de mire.

Elle aimait son homme et n'hésiterait pas à risquer sa vie pour lui. Mais lorsqu'il s'agissait de bébés, il pouvait se noyer. Elle nagerait dans la direction opposée.

Instinctivement, Connors tendit les bras.

— Je ne... Je devrais... oh, et puis, bredouilla-t-il tandis que le majordome effectuait promptement le transfert.

— Avez-vous envie de quelque chose en particulier ? s'enquit ce dernier en esquissant un sourire. Pour votre repas ?

— Nous sommes assez pressés, parvint à répondre Connors, davantage paniqué que le jour où il avait dû désamorcer une bombe quelques secondes à peine avant qu'elle explose.

Visiblement enchantée, Mavis le laissa en plan et se laissa tomber sur le canapé.

— J'espérais te voir. J'ai repris une silhouette à peu près normale et j'ai le feu vert des toubibs. J'ai des tonnes de nouveau matériel, j'ai donc pensé que je pourrais utiliser le studio pour faire quelques enregistrements.

— Oui. Euh... pourquoi pas ?

— Génial ! J'aimerais amener Belle avec moi. Elle est fan de musique. Si tu n'es pas d'accord, Leonardo et moi trouverons une autre solution.

— Ils ne veulent pas engager une nounou, intervint Trina.

— Pas tout de suite, en tout cas. Pour le moment, nous voulons profiter d'elle un maximum. Mais ça me démange de me remettre au boulot ; je veux donc voir si je peux combiner les deux.

— Je suis certain que tu t'en sortiras, assura Connors. Elle s'endort, ajouta-t-il, l'air soudain attendri. Toutes ces festivités t'ont épuisée, n'est-ce pas ? Qu'est-ce que je dois faire ?

— Rien, répliqua Mavis en se levant. Nous allons la coucher. Il y a un moniteur dans son couffin. Le récepteur est ici, ajouta-t-elle en tapotant la broche en forme de flamant rose placée au-dessus de son oreille droite. Si elle se réveille, il suffit de lui caresser le ventre.

Avec d'infinies précautions, Connors installa Belle dans son berceau capitonné aux couleurs de l'arc-en-ciel. Il se redressa, à la fois soulagé et satisfait. Mavis s'accroupit, rajusta la couverture.

— Là... Tu es bien, non, mon bébé ?
— Le chat. J'ai entendu dire que...

Mavis lui sourit.

— Pas de problème. J'ai l'impression que c'est Galahad qui a peur d'elle. Dès qu'il l'a aperçue, il a détalé. S'il rôde dans les parages, je l'entendrai... Vous devriez dîner dans la salle à manger. Summerset a fait du feu dans la cheminée. Ça vous détendra. Vous paraissez vraiment exténués. Nous ne resterons pas longtemps.

— Nous nous accordons une heure.

Le danger étant passé, Eve revint vers Connors.

— Allons manger.

Il fallait rendre justice à Summerset : en un tournemain, il leur avait préparé un menu exquis composé de fines tranches de poulet rôti accompagnées d'une sauce parfumée, de pommes sautées et d'une purée de légumes.

Il offrit à Trina un verre de vin, à Mavis une boisson pétillante rose, et aux deux, une assiette de gâteaux et de chocolats fins.

— Si je viens ici trop souvent, je vais reprendre tous mes kilos, déclara Mavis en s'emparant d'un chocolat. L'allaitement entretient l'appétit. Vous pouvez parler de votre enquête, enchaîna-t-elle. De toute façon, vous ne devez penser qu'à ça. Et nous avons écouté les infos. Je me rappelle quand ce type a sévi. C'était à l'époque où je vivais dans la rue. Toutes les filles étaient mortes de trouille.

— Tu étais trop jeune pour lui.

— Possible, mais on avait peur. Question couleur de cheveux, Trina et moi n'avons rien à craindre, je pense.

Eve examina la chevelure bleu et argent de Mavis, puis la cascade de boucles rouges de Trina.

— En effet. Vous ne correspondez pas du tout à son style.

— Tant mieux. Où en êtes-vous ? Aux infos, on a eu droit au flou artistique.

— Nous avons quelques boutons à enfoncer.

— Je coiffais à Channel 75 hier, intervint Trina qui hésitait devant les gâteaux. Le gars à l'antenne n'en finissait pas de dégoiser. Il prétendait que la police était dans l'impasse.

— La plupart des reporters sont des crétins, lâcha Eve.

— C'est ce que beaucoup d'entre eux pensent des flics, riposta Trina avec un sourire. D'après moi, c'est cinquante/cinquante. Bref, hier, au salon, on a eu un raz-de-marée de brunes qui voulaient devenir blondes.

— Au salon ? s'étonna Eve. Je croyais que désormais, vous vous consacriez exclusivement à l'émission de Nadine et au circuit privé.

— Travailler en salon permet de renforcer sa clientèle de particuliers. D'autant que Connors m'a fait un beau cadeau.

— À savoir ?

— Trina gère la section beauté de *Divine*, un spa en ville, expliqua Connors. Un excellent choix de ma part.

— Absolument ! renchérit Trina en levant son verre. Le chiffre a augmenté de dix-sept pour cent depuis que j'ai repris les rênes.

— Vos employées acceptent des clients privés ? s'enquit Eve.

— Ça va à l'encontre de la politique de la maison, répondit Trina. Mais soyons réalistes. Un contrat à domicile, ça ne se refuse pas.

— Je suis à la recherche d'un homme d'environ soixante-dix ans, de petite taille, plutôt rond.

— On en voit défiler, bien sûr. Le truc, c'est de pousser discrètement les dodus du côté massages, sculpture corporelle et…

Eve lui coupa la parole :

— Je parle d'une personne précise. Un homme qui aurait demandé un rendez-vous à domicile à l'une de vos employées au cours des deux derniers mois.

— Je suis la gérante, lui rappela Trina. Ce n'est donc pas à moi qu'elles risquent d'en parler. À moins d'un accord, bien sûr.

— Un accord ?

— Il arrive qu'on envoie une équipe à domicile pour une occasion exceptionnelle. Dans ce cas, le salon prend une commission.

— Mouais, marmotta Eve.

— Maintenant que j'y pense, j'ai eu quelqu'un, il me semble...

Eve posa sa fourchette.

— Mais encore ?

— Écoutez, j'ai un tas de demandes tous les jours, alors je... Oh! Attendez!

Elle faillit lâcher son verre.

— Ce serait lui ? Ce salaud ? Bordel de nom de nom ! Voyons...

Paupières closes, Trina inspira longuement par les narines.

— Je me souviens d'un homme d'un certain âge. Il n'avait pas de rendez-vous. Il me semble qu'il voulait une manucure. Je ne sais plus qui s'est occupé de lui. Si je ne m'abuse, c'était un samedi après-midi. Le samedi après-midi, on frise l'explosion. Pendant qu'il patientait, il est allé jeter un coup d'œil dans la boutique. Enfin, je crois. J'étais débordée. Je me rappelle l'avoir aperçu à plusieurs reprises. Ensuite, j'ai pris ma pause au bar. J'ai commandé un Smoothie. Ou peut-être un Fizzy. Non, c'était un Smoothie.

— Trina, je me fiche complètement de ce que vous avez bu.

— Les images me reviennent.

Elle rouvrit les yeux.

— Mais pour ça, il faut que je revienne en arrière. C'était un Smoothie. Banane et amandes. Il s'est approché, très poli. « Excusez-moi, mademoiselle. »

Il avait deviné que j'étais la gérante et voulait me féliciter pour mon efficacité.

Elle ébaucha un sourire.

— Je n'allais pas l'envoyer balader. Il voulait savoir comment procéder pour avoir un rendez-vous à domicile. Mais pas pour lui. Non... pas pour lui...

Fronçant les sourcils, elle but une gorgée. Eve dut se faire violence pour ne pas bondir de sa chaise afin de lui extirper la suite de force.

— Sa femme ? Oui, c'est ça ! Un rendez-vous à domicile pour son épouse. Elle était souffrante et il pensait qu'elle se sentirait mieux après une séance complète : coiffage, nettoyage de peau, manucure, pédicure...

— Trina...

— Une seconde ! Je lui explique comment ça marche, je lui communique les tarifs. Il me demande s'il serait envisageable que je prenne sur un de mes jours de congés pour venir. Afin de consacrer tout le temps nécessaire à sa femme. Il m'a même montré sa photo. Mon prix serait le sien.

— Il a donné son adresse ?

— Non. J'ai répondu que je devais consulter mon agenda. Ce que j'ai fait, en prenant mon temps, histoire de réfléchir. Il n'est pas rare qu'un vieux nous drague, vous savez. J'avais un calendrier chargé. Je lui ai soumis deux dates environ deux semaines plus tard. Il m'a dit qu'il en parlerait avec l'infirmière de sa femme. Il voulait ma carte afin de pouvoir me contacter. Je la lui ai donnée. Et voilà.

— Il n'a jamais rappelé ?

— Non. J'ai cru l'apercevoir à peu près huit jours plus tard. Quelque part. Où était-ce ? Ah oui ! Dans un bar où je buvais un verre avec un copain. Mais je me suis dit que non, c'était impossible ; ce n'était pas un endroit pour un type comme lui.

— Son nom ?

— Je ne m'en souviens plus. Si j'arrive à retrouver l'esthéticienne qui s'est occupée de lui, j'aurai au moins son prénom. C'est l'assassin ?

« Pas trop vite ! s'ordonna Eve. On se calme. »

— Vous aviez les cheveux de quelle couleur ?

— Vous plaisantez ! C'était il y a au moins un mois. Oui, c'est ça, ce devait être le premier samedi de février parce que je me rappelle avoir pensé : « Si on continue à ce rythme, je vais exiger une augmentation. » On a continué, et j'ai eu mon augmentation. Merci encore ! lança-t-elle à l'adresse de Connors.

— Moka au caramel, murmura Mavis. Avec des reflets Étoile de mer.

— Tu es sûre ?

— Pour moi, tu avais choisi Étoile de mer et des mèches Pays des bonbons. Je n'oublie jamais ce genre de détails. Ô Seigneur ! J'en ai la nausée.

— Toi ? rétorqua Trina. C'est *moi* qu'il envisageait de torturer et de tuer. Je crois que je ressens...

Trina plaqua la main sur son ventre puis battit des paupières.

— ... de la colère. Oui, c'est ça. Le salaud ! Une épouse malade ? Jamais de la vie. Il avait prévu de me *tuer*.

Elle vida son verre d'un trait.

— Pourquoi a-t-il changé d'avis ?

— C'est toi, rétorqua Mavis en s'efforçant de respirer normalement. Avant la fin de la semaine tu étais passée à Corbeau sauvage et pointes Pic enneigé.

— Pouce ! intervint Eve. Si je comprends bien, Moka peut se traduire par châtain ?

— À la base, oui, confirma Trina. Évidemment, quand j'y mets ma touche personnelle, on s'en éloigne.

— Pouvez-vous me décrire cet individu ?

— Oui, je pense. Mais il portait un substitut capillaire.

— Une perruque ?

— D'excellente qualité, croyez-en l'expert que je suis. Tiens! C'est pour ça que je n'étais pas certaine de le reconnaître, dans le bar. Sa coiffure. Je ne l'ai pas vu d'assez près pour être sûre qu'il s'agissait de ses cheveux ou d'un postiche.

— Je veux que vous me brossiez un portrait aussi juste que possible. Attitude, apparence, voix, corpulence, gestes, signes distinctifs. Tout. Dès demain matin, je vous mets entre les mains d'un dessinateur de la police.

— Pas possible! Ce n'est pas une blague? Je suis un témoin oculaire. Cool!

— On va aller faire le point dans mon bureau à l'étage, décréta Eve en se levant. Concentrez-vous sur lui.

Elle sortit son communicateur.

— Peabody. Joignez Yancy. Je veux qu'il travaille avec un témoin demain. 7 heures tapantes.

— Du matin? s'écria Trina.

— Bouclez-la! ordonna Eve en pointant l'index vers elle. Peabody, vous avez capté?

— Oui. C'est... c'est Trina?

— Oui. Elle est notre témoin. Le monde est décidément tout petit. Je veux Yancy, Peabody. Je rédige la description de Trina dès maintenant, et je la transmets à l'équipe. Dites à McNab et à ses illuminés de l'informatique de se préparer à diffuser le signalement, puis le portrait dès que Yancy en aura terminé.

Tout en parlant, elle s'était dirigée à grandes enjambées vers la porte. Trina glissa un coup d'œil à Connors.

— Elle vous flanque la frousse quand elle flaire le gibier.

— Vous n'avez encore rien vu, assura-t-il. Suivez-la. J'arrive.

Il pivota, tapota l'épaule de Mavis.

— Trina, Belle et toi devriez passer la nuit ici.

— Ce serait possible?

— Naturellement. Summerset vous fournira tout ce dont vous avez besoin.

— Merci. Waouh ! Merci ! Je sais que c'est stupide. Personne ne va nous embêter, mais...

— Vu les circonstances, vous serez mieux ici. Tu devrais prévenir Leonardo.

— D'accord. Bonne idée. Merci. Connors ?

— Hmm ?

— Si Trina n'avait pas modifié sa couleur de cheveux...

— Je sais.

Il l'embrassa sur le crâne.

# 12

Eve fonça vers son bureau et désigna un siège.
— Asseyez-vous. On va mettre tout ça noir sur blanc. Commencez par la taille, le poids, le type physique.
— Je croyais que vous saviez déjà tout cela
Trina balaya la pièce du regard. Elle était déjà venue dans le bureau d'Eve, mais jamais en tant que témoin oculaire.
— Pourquoi n'arrangez-vous pas cet endroit comme le reste de la maison ?
— Concentrez-vous, Trina. Sa taille.
— Voyons, euh... Plutôt petite. Moins d'un mètre soixante-douze. Plus d'un mètre soixante-cinq. Vous comprenez, j'étais assise et il était debout, et...
Elle fit la moue, se servit du plat de sa main pour mesurer l'air.
— Oui, c'est ça, environ un mètre soixante-huit ou soixante-dix.
— Son poids.
— Aucune idée. Quand j'effectue des massages, mes clients sont nus. J'ai du mal à juger leur corpulence quand ils sont habillés. Disons qu'il était... fort. Il avait quelques kilos en trop, comme nombre d'hommes.
— Cheveux ?
— Couleur étain, coiffés en arrière, fournis sur le dessus, très courts sur les côtés. Mais c'était une perruque.

— Je résume : gris foncé, courts et épais.

— Si vous voulez mon avis, gris foncé, c'est terne. Étain, c'est plus brillant. Enfin... Quand je l'ai revu au bar, il avait les cheveux blancs. Si c'était bien lui, ce dont je suis presque sûre. Blancs et ondulés. C'était joli.

— Blancs. Et là, ce n'était pas une perruque.

— Je n'ai fait que l'entr'apercevoir, mais, a priori, c'était du naturel. Je ne peux cependant pas l'assurer à cent pour cent.

— Les yeux ?

— Seigneur ! Je n'en suis pas certaine, Dallas. Plutôt clairs, mais j'hésite entre bleu, vert, gris et noisette. C'est d'ailleurs ce qui a retenu mon attention : le contraste entre ses cheveux sombres et le reste, qui ne l'était pas. Il avait une très belle peau.

— Mais encore ?

— Pâle, veloutée. Quelques rides, mais peu profondes. Il en prend soin. Rien qui pend, ce qui signifie qu'il a peut-être subi une intervention de chirurgie esthétique.

— Pâle, marmonna Eve.

Cheveux blancs, yeux clairs, teint pâle. *Un homme pâle.* Peut-être la voyante roumaine n'avait pas proféré que des idioties.

— Oui, oui. Il s'était aussi teint les sourcils pour aller avec sa perruque. L'effet était bizarre. Je suis sensible à ce genre de détails.

— Comment était-il habillé ?

— En costume – gris. Il avait l'allure d'un homme dont les armoires sont remplies de costumes. Trois pièces, ajouta-t-elle. Pantalon, gilet et veste. Une pochette assortie à la cravate. De même dans le bar. Il portait un costume sombre.

Elle marqua une pause, se frotta la nuque.

— C'est drôle, j'accuse le coup seulement maintenant. J'allais accepter sa proposition. S'il m'avait rappelée, j'aurais dit oui. Un jour de congé, une somme coquette en échange. Où est le mal ?

Elle blêmit

— Il paraissait si gentil et... j'ai envie de dire «rassurant». Un homme mûr qui veut faire plaisir à son épouse malade. Je lui aurais demandé le maximum, mais j'y serais allée.

— Ce n'est pas arrivé, lui rappela Eve. Et il a commis une erreur en vous abordant. Vous êtes observatrice. Écoutez-moi.

Elle se pencha en avant car, en effet, Trina accusait le coup. Non seulement elle était blanche comme un linge, mais en plus, elle s'était mise à trembler.

— Écoutez-moi attentivement. Il a enlevé une troisième victime aujourd'hui. Il ne va pas la torturer tout de suite. Il prend son temps. Vous m'entendez ?

— Oui, murmura Trina en s'humectant les lèvres. Oui.

— En s'adressant à vous, il a fait un faux pas. Ce que vous venez de me dire, ce que vous allez faire demain avec notre portraitiste va nous aider à le coincer. Grâce à vous, nous réussirons peut-être à sauver une vie, Trina. Vous comprenez ?

Trina opina.

— Je peux avoir un verre d'eau ? J'ai la gorge sèche.

— Bien sûr.

Eve était dans la cuisine quand Connors fit son apparition.

— Tout va bien, Trina, s'enquit-il.

— J'ai la trouille, avoua-t-elle. Franchement. Je suis pourtant à l'abri dans la Forteresse Connors. Et Mavis ?

— Elle contacte Leonardo. Si cela vous convient, vous allez dormir ici cette nuit.

— Épatant, lâcha-t-elle, avant d'enchaîner : Un lieu aussi chic que *Divine*. On ne s'attend pas qu'un assassin y vienne pour une manucure. Si vous voyez ce que je veux dire.

— Ce type aime avoir les ongles nets pour travailler, commenta Eve en revenant avec une bouteille d'eau fraîche. Je vais avoir besoin de ce carnet de rendez-vous.

— Je m'en charge, fit Connors. Trina, je veille à ce que vous soyez remplacée demain. Ne vous inquiétez pas.

— Merci.

Eve lui laissa le temps de boire avant de demander :

— Parlez-moi de sa voix.

— Euh… douce, je suppose. Posée. Euh… raffinée ? Oui, c'est le terme que j'emploierais. La voix d'une personne cultivée, issue d'un milieu aisé.

— Il avait un accent ?

— Pas vraiment.

— Signes distinctifs ? Marque de naissance ? Tatouage ? Cicatrice ?

— Rien. En tout cas, rien de visible.

— Parfait.

Eve décida qu'il était temps d'arrêter l'entretien. Inutile d'insister dans la mesure où Trina reprendrait tout de zéro le lendemain avec le portraitiste.

— Si quoi que ce soit vous revient à l'esprit, prévenez-moi. Je vais avoir besoin des noms de tous les employés qui étaient de service le jour où il est venu. Ceux qui se trouvaient dans les parages pendant votre pause quand vous avez discuté avec lui, ceux qui auraient pu lui vendre un produit dans la boutique. Connors peut me fournir une grande partie de ces informations. Tâchez de dormir.

— J'y compte bien. Je vais rester avec Mavis et Belle un moment, le temps de me calmer.

— Summerset vous montrera vos chambres. Si vous avez besoin de quelque chose, adressez-vous à lui, précisa Connors.

— Entendu. Je vais juste…

Trina se dirigea vers la porte, s'immobilisa.

— Il sentait bon.

— C'est-à-dire ?
— Un parfum de qualité. Il s'en était inondé. Il y avait…

Elle ferma les yeux.

— … un soupçon de romarin, un zeste de vanille. Vraiment exquis.

Elle haussa les épaules et quitta la pièce.

— On a sérieusement avancé, commenta Eve. Je vais diffuser cette description sans attendre de consulter la base de données de l'IRCCA. Je ne pense pas qu'il y figure, mais ça vaut le coup d'essayer. Quant à toi, il faudrait que tu lances des recherches sur ton matériel personnel. Tu as peut-être un concurrent qui correspond au profil.

— Entendu.

— Il a laissé tomber Trina pour York, observa Eve à brûle-pourpoint.

— Surtout ne le lui dis pas.

Elle le foudroya du regard.

— Je t'en prie, je ne suis pas complètement idiote.

— Bien sûr. Désolé. Bon ! Je reprends l'inventaire des biens immobiliers en insistant sur les quartiers au sud de la 50ᵉ Rue. Je passerai te voir quand j'aurai fini.

— Parfait. La chance tourne.

— En effet.

Il tendit la main, caressa du pouce les cernes sous ses yeux.

— Essaie de ne pas boire trop de café.


Essayer ne signifiait pas qu'elle devait forcément réussir. Du reste, à quelle quantité « trop de café » correspondait-il ?

Elle envoya sa description à l'IRCCA. Elle était si générale, qu'elle susciterait une multitude de propositions, et il lui faudrait beaucoup de temps pour les parcourir. Mais elle ne pouvait se permettre de sauter la moindre étape.

Elle lança divers calculs de probabilités. Le suspect vivait, travaillait, hantait le cœur de Manhattan. Il fréquentait boutiques, restaurants, commerces dans ce secteur afin de repérer ses proies. Il n'hésitait pas à changer d'apparence au fil de ses rencontres avec ses victimes potentielles.

Elle fit l'inventaire de tous les parkings et garages privés et publics situés dans cette zone, puis entreprit de contacter propriétaires, gérants et employés en service.

Elle dénombra tous les édifices – toujours debout ou rasés depuis – qui avaient abrité des cadavres ou des cliniques durant les Guerres Urbaines.

Dès réception, elle lut le rapport de Newkirk sur le premier ratissage de l'immeuble de Greenfeld.

Aucun intérêt.

Elle dut s'incliner cependant devant la méticulosité de Newkirk. Rien ne manquait : noms, coordonnées précises, conversations restituées au mot près.

Mue par une inspiration soudaine, elle décida d'appeler son père, Gil Newkirk.

Il décrocha tout de suite, sur le qui-vive, mais en bloquant l'écran vidéo. Dallas se rendit alors compte de l'heure.

— Inspecteur Newkirk, ici le lieutenant Dallas. Je suis désolée de vous déranger si tard.

— Aucun problème, lieutenant. Un petit instant.

Au bout de trente secondes à peine, il apparut à l'image.

— Que puis-je faire pour vous ?

— Je suis sur une nouvelle piste. Tout d'abord, je tiens à vous dire que votre fils représente un atout considérable pour notre équipe. Vous devez être fier de lui.

— Je le suis, en effet. Merci, lieutenant.

— Je me demandais si vous pourriez fouiller dans votre mémoire. Je m'intéresse à un individu en particulier.

Elle le lui décrivit.

— C'était il y a neuf ans.

— Je sais. Il a sans doute pris du poids et ses cheveux étaient peut-être plus foncés. Encore que je pense qu'ils étaient déjà blancs. Il a peut-être vécu, travaillé ou fréquenté les commerces à proximité d'une ou de plusieurs des scènes de crime.

— J'ai interrogé une foule de gens à l'époque, lieutenant. Et je n'ai été appelé qu'après le deuxième meurtre. Mais si vous m'accordez un peu de temps, je peux vérifier mes notes.

— Sont-elles aussi concises et détaillées que celles de votre fils ?

Gil sourit.

— J'ai été un bon professeur, non ?

— Dans ce cas, j'accepte votre offre avec plaisir. Je serai au Central à 7 heures. Vous pouvez me joindre là-bas ou sur n'importe lequel de mes communicateurs, peu importe l'heure. Voici mes numéros.

Il opina.

— Je vous écoute.

Lorsqu'il eut tout enregistré, il opina de nouveau.

— J'avais déjà commencé à relire mes notes. Le capitaine Feeney et moi en avons si souvent discuté.

— Oui, je sais. Sentez-vous libre de vous adresser à lui plutôt qu'à moi. Encore navrée de vous avoir réveillé.

— Je suis flic depuis trente-trois ans. J'ai l'habitude.

Encore une bouteille à la mer, songea Eve en coupant la communication. Mais ses efforts commençaient à payer.

Quand Connors apparut, elle luttait pour se concentrer.

— Alors ? demanda-t-elle.

— Rien de probant chez mes concurrents. Une poignée d'hommes qui correspondent à la description et œuvrent – plus ou moins – dans les échelons supérieurs chez lesdits concurrents. Un certain nombre d'entre eux sont basés à l'étranger ou hors planète. Mes recoupements n'ont rien donné. J'ai examiné le cas de quelques employés qui pourraient m'en vouloir. Là encore, rien de probant. Autant chercher une aiguille dans une meule de foin.

— Il faut la chercher pour la trouver.

— Eve, ce n'est pas de mon business qu'il s'agit. Ce n'est même pas de moi. C'est de toi.

Elle cligna des yeux.

— Je...

— Non, je le lis sur ton visage, coupa-t-il sèchement. Tu es trop fatiguée pour te disputer avec moi. Nom de Dieu ! Tu t'en doutes depuis un bon moment et tu te débarrasses de moi en me refourguant des tâches de larbin.

— Oh ! Une seconde !

Il la rejoignit en deux enjambées, la souleva de son siège.

— Tu n'as pas le droit. Tu sais ou tu penses qu'il se sert de moi parce que je suis lié à toi. Toi, qui as participé à la toute première enquête.

— Du calme.

— Certainement pas ! C'est toi sa cible idéale. Le joyau de sa couronne. Ça te trotte dans la tête depuis le début, pourtant, tu n'as pas eu la courtoisie de m'en parler.

— Arrête. J'en ai assez de m'entendre dire que je manque de savoir-faire. Je suis chargée de résoudre une affaire de meurtre et j'ai laissé mon disque de bonnes manières au bureau. Fiche-moi la paix !

Il la hissa sur la pointe des pieds.

— Si je ne m'étais pas senti aussi coupable je m'en serais rendu compte bien avant. Tu m'as laissé croire que c'était à cause de moi que ces jeunes femmes mouraient.

— Je ne sais pas si c'est moi ou si c'est toi, mais j'étais certaine – et Dieu sait que tu me le prouves maintenant! – que si j'avais évoqué cette possibilité, tu aurais sauté au plafond.

— Donc, tu m'as menti.

— Faux!

— Par omission, convint-il en la reposant à terre. La confiance règne.

— Merde! Merde!

Elle s'assit, pressa les doigts sur ses tempes.

— D'abord Feeney, ensuite toi. J'ai confiance en toi, et si tu ne l'as pas compris, je n'y peux rien. J'avais besoin de réfléchir. Avant que Mira mette le doigt dessus, ça ne m'avait pas traversé l'esprit. Ça s'est passé aujourd'hui. Je n'ai pas encore eu le temps d'y réfléchir, bordel! Je n'ai même pas encore lancé un calcul de probabilités.

— Qu'est-ce que tu attends?

Elle laissa tomber ses mains sur les genoux et le dévisagea. Sa colère s'était évaporée d'un seul coup.

— C'est trop. D'abord Feeney, maintenant toi. Je n'ai cherché à blesser personne, ni lui ni toi. Je fais simplement mon boulot du mieux que je peux. Je ne t'ai rien caché. C'est idiot, mais je n'ai pas encore… assimilé cette possibilité.

— Ou découvert comment l'utiliser, répliqua-t-il avant de tourner les talons et d'aller se planter devant la fenêtre.

— Il fut un temps où je n'avais personne à consulter avant de prendre une décision. Où je pouvais agir sans tenir compte des sentiments ou de l'avis des autres. Ce n'est plus le cas. C'est pourquoi je comptais t'en parler après avoir étudié la question. Je n'aurais pris aucune initiative sans te mettre au courant.

— Cependant, tu agiras comme bon te semble si tu crois devoir le faire, sans te soucier de ce que je ressens ou de ce que je pense.

— Oui.

Il pivota vers elle.

— Je ne t'aimerais probablement pas autant si tu n'étais pas telle que tu es.

Elle poussa un *ouf!* de soulagement silencieux.

— De mon côté, je ne t'aimerais probablement pas non plus autant si tu ne comprenais pas que je ne peux être autrement.

— Bon, eh bien...

— Je suis désolée. Je sais combien c'est dur pour toi.

— En effet, marmonna-t-il en revenant vers elle. Mais tu ne sais pas tout. Comment le pourrais-tu ? Je n'aurais pas été aussi furieux s'il ne m'avait pas fallu autant de temps pour me rendre compte qu'il ne s'agissait pas de moi, mais de toi.

— Tu n'es pas toujours le nombril du monde, camarade.

Il lui sourit, mais son regard demeura intense.

— Promets-moi, si tu prévois de jouer le rôle d'appât, de ne rien entreprendre sans en discuter avec moi.

— Tu as ma parole.

— Parfait. Allons nous coucher. Cette fois, c'est moi qui commande, lieutenant. Il est presque 2 heures du matin et je suppose que tu vas vouloir te lever aux alentours de 5 heures.

— D'accord... Tu sais, ça me trottait dans la tête, cette thèse selon laquelle ce pourrait être moi, la cible principale. Toutes sortes de réflexions et de suppositions me trottaient dans la tête.

— Depuis deux jours et trois nuits que je suis à tes côtés, je me doute à quel point tu as le cerveau encombré.

— Oui, mais... Seigneur ! Avant même que les mots ne me sortent de la bouche, je me comporte en bonne femme.

— Je t'en prie.

— Je suis sérieuse !

Vaguement embarrassée, elle fourra les mains dans ses poches.

— Cette façon qu'elles ont de ruminer indéfiniment. Si je continue comme ça, je vais commencer à tergiverser sur la couleur de rouge à lèvres qui convient le mieux à mon teint. Ou celle de mes chaussures.

Il rit, haussa les épaules.

— Là, je pense que nous n'avons rien à craindre.

— Si jamais je pars dans cette direction, arrête-moi, d'accord ?

— Avec plaisir.

— Ce qui m'agace, c'est que je ne sais même pas si c'est un angle d'approche qui tient la route. Je ne suis pas du genre à débarquer chez un homme pour l'aider à planifier une fête ou lui enseigner la samba.

— Il t'arrive souvent de te rendre chez des inconnus pour les interroger.

— Certes.

Elle fourragea dans ses cheveux tandis qu'ils pénétraient dans leur chambre.

— Mais j'y vais rarement seule, on sait où je me trouve. Et je suis flic, Connors !

— Ce qui rend le défi d'autant plus intéressant.

— Ça aussi, ça me tracasse. Mais…

— C'est peut-être toi qu'il visait avant Arielle Greenfeld. S'il te filait depuis des jours, voire des semaines, c'est peut-être toi qu'il aurait enlevée aujourd'hui.

— Impossible, répliqua-t-elle en se déshabillant. Réfléchis. Depuis vendredi soir, j'ai passé moins d'une heure seule dans mon bureau. Partout où je suis allée, j'étais soit avec toi, soit avec Peabody.

Il s'immobilisa, l'examina longuement.

— C'est exact, admit-il finalement. Mais ça pourrait changer.

— Si – j'insiste sur le *si* – j'opte pour cette tactique, je serai reliée aux collègues, protégée. Je serai armée.

— Je veux qu'on installe une balise sur ton véhicule.

— Ce sera fait.

— Avant que tu quittes la maison demain. Je m'en occupe.

— Mince ! Moi qui avais l'intention de m'éclipser pour retrouver Pablo, le garçon de piscine, pour une partie de jambes en l'air !

— Chacun ses sacrifices. Personnellement, j'ai dû reporter mon rendez-vous avec Viviane, la femme de chambre française, à trois reprises ces dernières quarante-huit heures.

Eve se glissa dans le lit.

— Mon pauvre chéri !

Il se coucha près d'elle, laissa courir les doigts sur ses seins. Un soupir de bonheur s'échappa des lèvres d'Eve. Quelle exquise manière de clôturer une longue et dure journée ! Glisser corps contre corps dans les ténèbres. Quand il déposa une pluie de baisers sur sa nuque, elle s'étira langoureusement.

— Dormir n'est qu'un moyen parmi d'autres de recharger ses batteries.

— Apparemment, souffla-t-il. De même que je ne peux apparemment pas m'empêcher de te caresser.

Elle sentit son sexe durcir contre elle.

— Je... Oh !

Elle s'abandonna, le souffle court, offerte. Il la connaissait par cœur ; il savait la faire frémir de plaisir en lui chuchotant des mots doux dans sa langue maternelle. Auprès d'elle, il était heureux.

C'était si simple, si délicieux. Lorsqu'ils faisaient l'amour les visions de sang et de mort s'effaçaient. Les doutes, les angoisses aussi. Dans ces moments-là, elle pouvait se laisser complètement aller.

Dans le noir, elle ébaucha un sourire.

— *Buenas noches*, Pablo.

— Bonne nuit, Viviane.

Sans cesser de sourire, elle sombra dans le sommeil.

C'était dommage. Vraiment très dommage. Il ne pouvait plus rien faire avec Gia. Pas un instant il ne l'avait imaginée aussi fragile. Franchement, il avait l'impression qu'ils venaient à peine de commencer et que, déjà, il fallait en finir.

Il s'était levé tôt dans l'espoir qu'elle aurait repris des forces pendant la nuit. Il lui avait donné de la dopamine ; il avait même essayé une dose de lozarepam – deux produits rares, qu'il avait du mal à se procurer.

Il avait tenté les chocs électriques, et avait trouvé cela très intéressant. Mais rien – ni la musique, ni la douleur, ni les drogues ni les secousses systémiques – n'avait marché.

Après le succès obtenu avec Sarifina, c'était une cruelle déception. Tout de même, se rappela-t-il, il fallait être deux pour former un partenariat.

— Il ne faut surtout pas vous en vouloir, Gia.

Il disposa ses bras dans les gouttières de part et d'autre de la table afin que le sang puisse s'écouler tranquillement.

— J'ai peut-être précipité les événements, mal planifié la procédure. Après tout, chacun a son propre seuil de douleur, de stress et de peur. Nos esprits et nos corps ont leurs limites. Il est vrai, enchaîna-t-il en lui entaillant le poignet, que l'entraînement physique, le régime alimentaire et l'éducation augmentent ces limites. Mais je tiens à vous dire que j'ai compris que vous avez fait de votre mieux.

Lorsqu'il en eut fini avec le poignet droit, il contourna la table pour s'emparer du poignet gauche.

— J'ai apprécié le moment que nous avons passé ensemble, bien qu'il ait été bref. Votre heure est arrivée, voilà tout. Comme me l'a enseigné mon grand-père, tout être vivant est une horloge qui commence à ralentir dès le premier souffle. Ce qui compte, c'est la façon dont nous utilisons ce temps, n'est-ce pas ?

Il s'éloigna pour nettoyer et stériliser le scalpel, laver ses mains ensanglantées qu'il sécha soigneusement sous un souffle d'air chaud.

— Bien ! s'exclama-t-il d'un ton enjoué. Si nous mettions un peu de musique ? Je mets souvent *Aïda* pour accompagner le départ de mes filles. Une œuvre magnifique. Je sais qu'elle vous plaira.

Tandis que la musique emplissait la pièce, il s'assit, le regard rêveur, et s'abandonna à ses souvenirs. À elle.

Tout en regardant Gia Rossi vivre ses derniers instants.

# 13

Eve se traîna jusqu'à la douche alors que Connors était déjà dans la cabine de séchage. Sa voix était rauque lorsqu'elle commanda l'allumage des jets et ses yeux la brûlaient comme si on avait enduit l'intérieur de ses paupières d'une fine couche d'adhésif.

L'eau chaude la réconforta, mais cela ne suffirait pas pour la réveiller. Que faire ? Gober un cachet énergétique approuvé par l'administration ? Plus tard, peut-être. Ce genre de remontants avait tendance à la rendre nerveuse.

Elle s'en tiendrait à la caféine. Des litres et des litres de café.

Lorsqu'elle émergea de la salle de bains, Connors était en pantalon. Torse nu, pieds nus, les cheveux encore humides... dans la catégorie fortifiants instantanés, il figurait tout en haut de sa liste personnelle.

Quand il vint lui offrir une tasse de café, son amour pour lui ne connut pas de limites.

— Merci.

— À présent, tu vas manger. Nous n'avons pas fini notre dîner hier soir, et il est hors de question que tu carbures toute la journée au café et à la mauvaise humeur.

— J'adore être de mauvaise humeur.

Elle se planta devant son armoire, en sortit une tenue qui lui paraissait à la fois chaude et confortable.

— Comment peux-tu avoir l'air aussi sexy après une nuit aussi courte ? lui lança-t-elle. J'ai la cervelle en compote.

— C'est grâce à mon incroyable volonté et à mon métabolisme de choc.

Il revêtit une chemise, mais ne prit pas la peine de la boutonner. Il la contempla tandis qu'elle enfilait un pantalon gris foncé.

— Tu veux une boisson énergétique ?

— Non. Elles laissent un goût amer dans la bouche et me font loucher. C'est très désagréable.

Elle mit un T-shirt blanc à manches longues puis un pull noir.

— Je vais juste…

On frappa. Elle fronça les sourcils.

— Qui d'autre que nous peut être levé à une heure pareille ?

— Nous n'allons pas tarder à le découvrir.

Sur le seuil se tenaient Mavis et Belle.

— J'ai vu de la lumière sous la porte.

— Un problème avec la petite ? s'inquiéta Connors. Elle est malade ?

— Belle ? Non, elle est en pleine forme. Je l'ai nourrie et changée. On peut entrer une minute ?

— Bien sûr ! Je m'apprêtais à commander le petit déjeuner. Tu veux quelque chose ?

— Non, il est trop tôt. Quoique… Pourquoi pas un jus de fruit ? Papaye, peut-être ?

— D'accord.

— Tout va bien ? lui demanda Eve.

— Oui, enfin… Belle m'a arrachée du lit, et je n'ai pas eu envie de me recoucher.

Mavis flottait dans un pyjama à rayures blanches et rouges que Summerset lui avait prêté. Il était trop grand pour elle et beaucoup trop classique. Du coup, elle paraissait fragile et minuscule.

— Tout va s'arranger, assura Eve. Ne t'inquiète pas.

— Est-ce que je peux t'aider en quelque chose ?

— Je gère la situation.

Mavis tanguait doucement d'avant en arrière, et Eve commençait à avoir le mal de mer. Elle l'invita d'un geste à s'asseoir.

— Trina et moi pourrions consulter les cahiers de rendez-vous et essayer de retrouver la perruque, suggéra Mavis. Trina pense aussi que ce type utilisait les produits de deux lignes – crèmes et lotions pour le visage et pour le corps. On pourrait recenser les boutiques qui les distribuent.

— Pourquoi pas ?

Connors posa devant elles un grand verre de jus de papaye, une corbeille de fruits frais et une autre de viennoiseries. Mavis y jeta un coup d'œil avant de le dévisager.

— Si je n'étais pas folle de mon mari, je me battrais avec Dallas pour toi.

— Je t'écraserais comme un insecte, riposta Eve.

— Possible, mais après, tu boiterais un moment. Est-ce que ça vous ennuie si Belle et moi restons ici jusqu'à... jusqu'à cet après-midi ? Leonardo sera là et je pensais...

— Vous pouvez rester autant que vous le voulez, interrompit Connors en revenant de l'autochef avec deux assiettes.

— Merci. Il se fait du souci. Quand on a un bébé, on s'affole pour un rien.

Sur ce, Belle se mit à geindre. Mavis changea de position, déboutonna tranquillement sa veste de pyjama.

— Si Trina a fini avant...

Instinctivement, Eve détourna les yeux.

— Bien sûr, bien sûr, dit-elle. Dès qu'elle a fini, je la renvoie ici. Pas de problème.

— Génial ! Quel soulagement.

Le sein de Mavis jaillit et Belle s'y accrocha avec enthousiasme.

— Bon, eh bien ! déclara Connors en se levant. J'y vais...

211

Sa réaction arracha un gloussement à Mavis.

— Elle aussi a faim. Et ce n'est pas la première fois que je montre mes seins.

— Et je crois t'avoir déjà dit qu'ils sont superbes. Toutefois, je me demande si je ne dev...

— Assis! ordonna Mavis sans cesser de rire. C'est nous qui vous laissons. Si je découvre quoi que ce soit sur la perruque ou les produits, je vous contacte.

— Parfait.

Lorsqu'ils furent de nouveau seuls, Connors baissa les yeux sur son assiette.

— À ton avis, pourquoi ai-je choisi de manger des œufs sur le plat aujourd'hui ?

— C'est vrai qu'on dirait une jolie paire de seins jaune vif. Et Mavis est connue pour avoir peint les siens de cette couleur à une ou deux occasions.

— Chaque fois qu'elle allaite son bébé, je me sens... grossier.

— Et moi, épouvantée.

— C'est si intime.

— Il va bien falloir qu'on s'y habitue, commenta Eve, fataliste. Le temps presse, camarade. Avale tes nénés sur le plat.

Ils se séparèrent au Central, Eve devant emmener Trina auprès de Yancy.

— Si les flics s'habillaient mieux et soignaient davantage leur apparence, cela améliorerait considérablement leurs relations avec le public, onserva Trina.

Eve sauta sur un tapis roulant, le regard rivé sur un trio de la brigade des stups qui arrivait dans l'autre sens. Visages mal rasés, chaussures élimées, poche déformée à l'endroit où se trouvait leur arme.

Que pouvait-on leur reprocher ?

— On est en train d'organiser un séminaire sur ce sujet, ricana-t-elle. La Mode Défensive.

— Les vêtements peuvent être une défense ou une offense, insista Trina. Ou encore une déclaration, une réflexion. Les vôtres transpirent l'autorité et...

— Mon pantalon prouve mon grade ?

Eve n'avait pas besoin de posséder un diplôme de psy pour deviner que Trina était nerveuse.

— L'ensemble, expliqua celle-ci. Couleurs foncées mais pas ternes. Beaux tissus, belles coupes. Vous pourriez l'agrémenter de temps en temps d'une petite touche de rouge ou de vert.

— J'y songerai.

— Vous devriez porter des lunettes de soleil.

— Je les perds sans arrêt.

— Soyez plus attentive. Vous n'avez plus douze ans. Les lunettes de soleil, c'est le nec plus ultra des accessoires. Vous croyez que ça va durer longtemps ? Et si je me trompe ? Si je...

— Taisez-vous. Vous n'avez plus douze ans.

Trina rit nerveusement.

— Cela durera le temps que cela durera. Si vous avez besoin d'une pause, dites-le. Yancy est un portraitiste hors pair. Et si vous vous trompez, nous vous jetterons en cellule quelques heures jusqu'à ce que vous retrouviez vos esprits.

— Vous vous moquez de moi.

— Un peu.

Eve poussa une porte.

Yancy était déjà là. Il se leva, sourit.

— Lieutenant.

— Inspecteur. Merci d'être venu aussi tôt.

— Pas de problème. Trina ?

Il lui tendit la main.

— Comment allez-vous ?

— Je suis un peu émue. C'est la première fois que je fais cela.

— Détendez-vous. Je suis là pour vous aider. Que diriez-vous d'une boisson fraîche ?

— Euh... pourquoi pas ? Un Fizzy au citron ? Light.

— Tout de suite. Asseyez-vous.

Trina le regarda s'éloigner.

— Waouh ! Il est à croquer, celui-là !

— Vous n'êtes pas ici pour le grignoter.

— Il a des journées de congé de temps en temps, non ?

Trina se dévissa le cou pour le suivre des yeux.

— Waouh ! répéta-t-elle. Me voilà rassurée ; ce ne devrait pas être trop difficile de travailler avec l'inspecteur Beau Gosse.

— Concentrez-vous.

Yancy revint avec les sodas.

— Vous savez où me joindre, lui dit Eve.

— Oui. Trina et moi, fit-il en gratifiant cette dernière d'un clin d'œil, on va vous sortir le portrait de ce salaud. Alors, Trina, depuis quand évoluez-vous dans le milieu de la beauté ?

Eve savait que c'était sa façon de mettre le témoin à l'aise. Ravalant son envie de le rabrouer, elle disparut.

Elle avait du temps devant elle pour préparer le briefing matinal. Convoquer Peabody. Remettre ses notes en ordre.

Ensuite – au secours ! –, conférence de presse.

Il lui restait encore à effectuer un calcul de probabilités afin de savoir dans quelle mesure elle pouvait devenir une cible. Et trouver un moment dans la journée pour en discuter avec Mira. Mais par-dessus tout, elle avait besoin d'aller sur le terrain.

Si cette ordure la surveillait, peut-être le repérerait-elle.

Elle s'arrêta net sur le seuil de son bureau en découvrant Feeney assis sur le siège des visiteurs, un café à la main.

Il se leva. Il était hagard. L'estomac noué, elle redressa les épaules.

— Tu as une minute ? fit-il.

— Bien sûr.

Elle entra, ferma la porte derrière elle. Pour une fois, elle regrettait que la pièce ne fût pas plus grande.

La tension était palpable, l'atmosphère à couper au couteau.

Soudain, malgré elle, les mots fusèrent :

— Je tiens à te demander pardon pour...

— Tais-toi !

Elle eut l'impression de recevoir une gifle cinglante.

— Tais-toi, répéta-t-il. C'est déjà assez pénible comme ça. C'est moi qui avais tort. Tu es en charge de cette enquête et c'est toi qui diriges l'équipe. Je n'avais pas à remettre en cause ton autorité. Et ce que j'ai dit était déplacé.

Il marqua une pause, but une gorgée de café.

— Voilà, conclut-il.

— Voilà. C'est tout ?

— C'est à toi de décider de la suite des événements. Si tu veux me virer, tu as toutes les raisons de le faire. Tu as mes notes ; je t'enverrai un remplaçant.

— Pourquoi crois-tu que je veux te virer ?

— À ta place, j'y songerais. Sérieusement.

— N'importe quoi !

Épargnant le bureau pour une fois, elle donna un grand coup de pied dans le fauteuil qui alla rebondir contre le mur.

— Et tu n'es pas à ma place, ajouta-t-elle. Espèce d'imbécile.

Il arrondit les yeux.

— Qu'est-ce que tu viens de me dire ?

— Tu m'as parfaitement entendue. Tu es trop coincé, trop obstiné, trop stupide pour mettre tes états d'âme de côté et travailler main dans la main avec moi. J'en ai par-dessus la tête. Je ne peux pas me permettre de perdre un élément essentiel à ce stade de l'enquête. Tu le sais. Tu le *sais*, alors ne viens pas me demander de te lourder.

— Tu as bientôt fini ? Qu'est-ce qui te prend ?

— Tu entres ici en montrant les dents et tu m'empêches de te présenter mes excuses pour avoir merdé.

— Tu n'as pas merdé, bon Dieu ! C'est *moi*.

— Très bien. Parfait. Nous sommes des nuls tous les deux.

Il se laissa tomber sur son siège.

— C'est possible, mais je suis plus vieux que toi.

— Ah! Parce que maintenant tu vas me brandir tes galons en matière de nullité? Très bien. Parfait, répéta-t-elle. Salut à toi. Tu te sens mieux?

— Non.

Il poussa un profond soupir.

— Qu'est-ce que tu veux, Feeney? Qu'est-ce que tu veux que je te dise?

— Je veux que tu m'écoutes. Je me suis laissé bouffer par cette affaire. Cette ordure m'a échappé autrefois et ça me mine. Je t'ai pourtant appris qu'on ne peut pas les attraper tous. Et à quoi bon se flageller quand on a fait tout ce qu'on pouvait?

— En effet, c'est ce que tu m'as enseigné.

— Précisément. Pourtant, j'ai ignoré mes propres conseils. Par amertume.

Il pinça les lèvres, secoua la tête.

— Tu mets le doigt sur une nouvelle hypothèse, et au lieu de te féliciter, de t'encourager dans cette voie, je m'énerve. Parce que, malgré moi, je me dis : « Comment n'y ai-je pas pensé moi-même? Comment ai-je pu négliger cet aspect? Toutes ces femmes sont mortes à cause de moi? »

— Tu sais que ce n'est pas vrai, Feeney. Et, oui, de mon côté, je sais que faire de son mieux ne suffit pas toujours. Comment étais-je, il y a neuf ans?

— Tu manquais d'expérience.

— Mais encore?

Il but de nouveau une gorgée de café, puis la dévisagea.

— Tu as toujours été la meilleure de mes partenaires, même en ce temps-là.

— Et j'ai suivi cette enquête avec toi, minute par minute. Nous n'avons rien négligé, Feeney. Il n'y avait *rien*. Ni preuves, ni déclarations, ni schéma. S'il utilisait déjà ce moyen pour les attirer dans ses filets – du moins certaines –, nous n'avions aucun moyen de le voir.

— J'ai passé une grande partie de la journée d'hier à relire les dossiers. Je comprends ton argument. Ce que je m'efforce de t'expliquer, c'est que c'est pour cette raison que je t'ai agressée.

Il repensa à ce que sa femme lui avait dit la veille au soir. Qu'il s'en était pris à Dallas parce qu'il la considérait comme un membre de sa famille. Et qu'elle n'avait pas protesté parce qu'elle se considérait comme tel. D'après Sheila, on ne se chamaillait jamais autant qu'entre parents proches.

— Je n'ai pas apprécié non plus que tu me dises que j'avais besoin de faire une pause, marmonna-t-il. J'ai eu l'impression que tu m'expédiais à la sieste comme un grand-père.

— Tu es un grand-père.

Il lui coula un regard noir, mais une lueur d'amusement vacilla dans ses prunelles.

— Attention où tu mets les pieds, petite.

— J'aurais dû te soumettre ma thèse avant le briefing. Si, si, j'aurais dû, insista-t-elle comme il secouait la tête. De même que tu aurais dû te rendre compte que je l'aurais fait si tout n'avait pas été aussi vite. Tu es la personne que je respecte le plus dans ce milieu.

Il se racla la gorge.

— C'est réciproque. Une dernière chose, et j'en aurai terminé.

Il se leva.

— Ce n'est pas moi qui t'ai menée jusqu'ici. Tu n'as jamais été un bleu, enchaîna-t-il, la voix rauque d'émotion. Au premier regard, j'ai vu en toi un flic hors pair. Je t'ai formée, je t'ai donné des bases solides, je ne t'ai pas ménagée parce que je te savais capable d'encaisser. Mais si tu es là où tu es aujourd'hui, c'est grâce à ton acharnement, à ta volonté et à ton talent. Et j'en suis fier. Fin du discours.

Elle se contenta d'acquiescer.

Il lui tapota maladroitement l'épaule, puis sortit en refermant doucement la porte derrière lui.

Eve demeura immobile, le temps de se ressaisir, puis, après avoir pris quelques profondes inspirations, elle s'installa à son bureau. On frappa.

— Quoi ?

Nadine passa la tête dans l'entrebâillement.

— La conférence de presse est à 9 heures ! aboya Eve.

— Je sais. Ça va ?

— En pleine forme. Fichez-moi le camp.

Nadine entra.

— Je suis passée un peu plus tôt, mais j'ai entendu un échange un peu… houleux. La journaliste en moi a lutté avec la femme bien élevée. Dur combat, qui a duré au moins deux minutes. Je répète : est-ce que ça va ?

— C'était une conversation privée.

— Ce n'est pas prudent d'entretenir des conversations privées à tue-tête dans des locaux publics.

Elle avait raison.

— Je vais bien. Nous allons bien. Nous avions quelques points à éclaircir, c'est tout.

— Cela m'a inspiré un sujet pour une séquence sur la façon dont les flics gèrent la tension sur leur lieu de travail.

— Laissez tomber.

— C'est bien parce que nous sommes amies.

— Si c'est tout ce que vous…

— Non, justement. Je sais que la voyante roumaine ne vous a guère impressionnée, mais…

— Peut-être que si, finalement.

— Vraiment ?

— Vous avez un autre scoop pour moi ?

Bien que moulée dans une jupe étroite rouge framboise, Nadine parvint à se percher sur le coin du bureau.

— En Bolivie… Nous avons fouillé dans les journaux à scandales. Vous seriez étonnée du nombre de pépites qui s'y trouvent, et que les flics dédaignent.

— Ouais, ces bébés extra-terrestres sont une menace pour la société.

— Ce n'est pas pour rien que c'est devenu un classique. Nous sommes toutefois tombés sur une histoire très intéressante à propos du Maure de Venise.

— La dernière fois que j'ai vérifié, Venise était en Italie.

— Non, je faisais référence à Othello – Shakespeare ? Et Verdi. Othello était ce Noir important, marié à une superbe Blanche. Les mariages mixtes n'étaient pas communs en... Dieu sait quand cela se passait.

— Il y a neuf ans ?

— Non ! s'esclaffa Nadine. Plutôt des siècles. Bref, Othello finit par se laisser manipuler par un autre type qui lui fait croire que son épouse l'a trompé. Othello l'étrangle. Et ça devient une histoire qu'on met en musique.

— Je ne vous suis pas, Nadine.

— Je vous brosse juste le tableau. Il y a eu un grand bal costumé à l'opéra de...

— L'opéra ?

— Oui.

Nadine étrécit les yeux.

— J'ai piqué votre curiosité, devina-t-elle.

— Continuez.

— À La Paz, une femme a prétendu avoir été attaquée par un homme déguisé en Othello. Masque, cape, gants noirs. Selon elle, il avait tenté de l'enlever, puis de la violer. Plusieurs témoins ont affirmé l'avoir vue bavarder aimablement avec le personnage en question un peu plus tôt dans la soirée ; elle était indemne, mais soûle comme une bourrique et hystérique. Du coup, la police l'a envoyée paître. Les tabloïds, en revanche, se sont jetés dessus. Elle avait trente et un ans, elle était brune, et l'incident s'était produit entre la découverte du deuxième et du troisième corps. L'Homme à l'anneau d'argent avait-il choisi sa prochaine victime ? Le Maure de Venise avait-il tenté de séduire sa Desdémone ?

Nadine changea de position.

— Elle ne délirait peut-être pas tant que cela. Selon elle, il s'exprimait dans un espagnol impeccable, mais teinté d'un accent américain ; il était cultivé, connaissait bien la musique et la littérature ; il avait beaucoup voyagé. En creusant un peu, nous avons appris qu'il s'agissait d'une... compagne licenciée engagée avec d'autres pour divertir les invités.

Eve réfléchit.

— Il n'a jamais ciblé des prostituées. Ça ne colle pas avec son profil.

— Dans ce style de manifestations, ces dames se font discrètes.

— Il a donc pu se laisser duper.

— Exactement. Et si on lit entre les lignes, on peut imaginer qu'elle a flairé le fric et tenté de le séduire. Il lui a proposé de sortir prendre l'air. Elle a accepté. Ensuite, il a voulu l'emmener faire un tour en voiture. Elle était forcée de refuser si elle voulait toucher ses honoraires. En tout cas, elle a déclaré qu'elle avait commencé à se sentir mal – nausées, étourdissements. Elle a affirmé par ailleurs qu'elle n'avait pas bu, ce qui était un mensonge. Mais à mon avis, elle connaissait ses limites, ne les dépassait jamais en service, et la police l'a crue ivre alors qu'elle était droguée.

— Possible, murmura Eve. Oui, c'est possible.

— Quand elle s'est rendu compte qu'il l'attirait à l'écart du théâtre, elle a résisté. C'est là que d'après moi, elle en a rajouté dans son récit, sans quoi il y aurait eu des traces. Je pense que lorsqu'elle a commencé à se débattre, à hurler, il l'a lâchée. Elle a couru se réfugier à l'intérieur du bâtiment. Lui s'est éclipsé.

— Ce n'est pas tout, devina Eve.

— En effet. La troisième victime était serveuse ; elle avait été engagée par le traiteur chargé des buffets ce soir-là. Elle se trouvait sur place. Une semaine plus tard, elle était morte.

— Il repère les proies potentielles pendant la fête, il en sélectionne deux. Avec la première, ça ne marche pas. Il se rabat sur la seconde. Quand l'a-t-on vue pour la dernière fois ?

— Elle quittait son appartement. Quatre jours avant qu'on retrouve son corps. Elle devait travailler dans la soirée, mais s'est excusée en prétextant qu'elle était souffrante. On n'a signalé sa disparition qu'au bout de quarante-huit heures parce que...

— C'est elle qui avait emporté un sac contenant une tenue de rechange.

— Quelle mémoire ! Oui. Tout le monde a pensé qu'elle était partie avec un homme. Au dire de la première femme, Othello avait une voix douce, veloutée. Il portait des bottes à talons et une coiffe assez haute – pour compenser.

— Nous savons qu'il est petit.

Nadine haussa les sourcils.

— Ah oui ?

— Vous aurez toutes les infos en temps et en heure. Quoi d'autre ?

— Il semblait avoir une véritable vénération pour la musique classique – l'opéra, en particulier. La fille a aussi raconté des âneries, qu'il avait les yeux rouges, par exemple, ou que ses mains étaient comme de l'acier quand elles s'étaient refermées autour de son cou, blablabla... Mais un détail m'a frappée : quand elle l'a interrogé sur son métier, il lui a répondu qu'il étudiait la vie et la mort. Ça peut paraître tordu, mais c'est un peu ça, non ?

— C'est bon. C'est très bon.

— Ça vaut un tuyau ?

— À ce stade, je ne peux rien divulguer. Inutile de perdre votre temps à la conférence de presse. Envoyez un assistant. Dès que j'aurai le feu vert, je vous raconterai tout.

— Entre nous. Vous êtes près du but ?
— Entre nous. Je m'en approche.


Ces deux entretiens ayant empiété sur son temps de préparation, Eve dut se contenter de rassembler ses affaires. Elle improviserait. Elle quitta son bureau au pas de course.

Un éclat de voix attira son attention. Elle aperçut l'un de ses inspecteurs et deux uniformes en compagnie d'un homme de la taille du distributeur de boissons devant lequel ils se tenaient.

— Je veux voir mon frère ! grondait le géant. Tout de suite !

Carmichael parvint à conserver son calme.

— Billy, on vient de t'expliquer que ton frère est en train de faire sa déposition. Dès qu'il aura fini...

— Vous l'avez mis en cage ! Vous le cognez !

— Pas du tout, Billy. Jerry nous donne un coup de main. Nous essayons de retrouver le méchant monsieur qui a agressé son patron. Tu te rappelles ce qui est arrivé à M. Kolbecki ?

— Ils l'ont tué. Et maintenant vous allez tuer Jerry. Où est Jerry ?

— Allons nous asseoir par...

Billy poussa un tel rugissement que des flics surgirent de partout.

Eve changea de direction et fonça vers eux.

— Vous avez un problème ?

— Lieutenant.

L'impassible Carmichael était visiblement contrarié.

— Billy est dans tous ses états. Quelqu'un a tué le gentil monsieur pour lequel son frère et lui travaillaient. Nous sommes en train d'interroger Jerry. Nous allons offrir une boisson à Billy avant de l'interroger à son tour. M. Kolbecki était aussi ton patron, n'est-ce pas, Billy ? Tu l'aimais bien, M. Kolbecki.

— Je nettoie les sols et je lave les vitres. J'ai le droit de boire quand j'ai soif.

— Oui. M. Kolbecki te donnait des sodas. Voici le lieutenant Dallas. C'est ma patronne. À présent, je dois faire mon travail. Nous allons tous nous ass...

Choisissant de s'attaquer au sommet de la hiérarchie, le géant pivota vers Eve, la souleva du sol et la secoua comme une poupée de chiffon.

— Si vous faites du mal à mon frère, vous le regretterez.

Les collègues dégainèrent leur pistolet paralysant. Des cris résonnèrent dans les oreilles d'Eve. Elle jaugea son adversaire, décida d'épargner son poing et opta pour un coup de genou magistral dans les parties.

Elle vola dans les airs et n'eut qu'une fraction de seconde pour penser : « Oh, merde ! »

Elle atterrit durement sur le derrière, dérapa, sa tête heurtant l'appareil qui se mit aussitôt à brailler : *Alerte ! Alerte !*

Elle s'apprêtait à saisir son arme quand on lui saisit le bras.

— Tout doux, fit Connors qui eut le temps d'arrêter son poing avant qu'il n'atteigne son visage. Il est neutralisé. Comment te sens-tu ?

— Sonnée, bougonna-t-elle en se frottant l'arrière du crâne. Carmichael !

— Lieutenant...

Carmichael se précipita vers elle, laissant aux uniformes le soin de menotter Billy.

— Lieutenant. Seigneur ! Je suis désolé, Dallas. Est-ce que ça va ?

— Qu'est-ce que... ?

— Ce type et son frère ont trouvé une victime en se rendant sur leur lieu de travail ce matin. Le défunt était propriétaire d'un minimarché situé sur Washington Street. Apparemment, il a été attaqué hier juste avant la fermeture, cambriolé et battu à mort. Nous avons ramené les frères ici pour les interroger. Nous sommes à la recherche de l'employé de nuit. Nous ne pensons pas que ces deux-là soient impliqués, mais ils détiennent peut-être des informations pertinentes qui pourraient nous permettre de localiser leur collègue.

Carmichael souffla bruyamment.

— Ce garçon, Billy. En arrivant, il était tranquille. Il a pleuré un peu sur son patron. Il est... disons, un peu lent. Le frère, Jerry, l'a rassuré, lui a conseillé de nous suivre pour boire quelque chose. Mais dès qu'on les a séparés, il s'est énervé. Franchement, Dallas, je n'aurais pas imaginé un seul instant qu'il se jetterait sur vous. Vous avez besoin d'un médecin ?

— Mais non ! grogna-t-elle en se relevant. Mettez-le en salle d'observation. Qu'il constate de ses propres yeux qu'on ne maltraite pas son frère.

— Entendu, lieutenant. Vous voulez qu'on le boucle pour agression sur un officier de police ?

— Non, laissez tomber...

Eve s'approcha de Billy, qui était recroquevillé sur le sol et sanglotait. Elle s'accroupit devant lui.

— Regarde-moi, Billy. Tu vas aller voir Jerry.

Il renifla, s'essuya le nez du revers de la main.

— Maintenant ?

— Oui.

— Il y avait du sang partout et M. Kolbecki, il voulait pas se réveiller. Jerry a pleuré et il m'a dit de pas regarder, de rien toucher. Ensuite, ils ont emmené Jerry. Il s'occupe de moi et moi de lui. Vous pouvez pas l'emmener. Si quelqu'un lui fait du mal comme à M. Kolbecki...

— Ne t'inquiète pas. Quel est le soda préféré de Jerry ? Tu vas le choisir dans la machine. Cet agent va le lui porter, et toi, tu pourras le regarder derrière une fenêtre en train de discuter avec un inspecteur. Ensuite, ce sera ton tour.

— Je vais voir Jerry tout de suite ?

— Oui.

— D'accord.

Son visage se fendit d'un sourire angélique.
— J'ai mal à mes roupettes.
— Tu m'étonnes.
Elle se redressa, s'écarta. Connors avait ramassé ses affaires. Il les lui tendit.
— Tu es en retard pour ta réunion, lieutenant.
Elle ravala un ricanement.

# 14

Regarder Eve travailler était fascinant à plus d'un égard, songea Connors.

En entendant le brouhaha, il était sorti de la salle de conférences. Juste à temps pour voir une armoire à glace la soulever de terre. Instinctivement, il s'était rué dans le couloir pour la protéger. Il avait été rapide.

Elle l'avait été encore plus.

En une fraction de seconde, il l'avait vue jauger son adversaire. Elle avait semblé davantage irritée que choquée quand il l'avait envoyée valser.

Elle avait pris un sacré coup, mais la colère l'avait emporté sur la douleur. Ça aussi, il l'avait remarqué. De même qu'il avait décelé dans son regard une lueur de compassion pour la détresse du petit garçon terrifié à l'intérieur du corps d'homme.

Un instant plus tard, l'incident était clos, et elle reprenait son équipe en main.

Elle ne portait pas de veste, nota-t-il. Elle apparaissait mince, musclée, et menaçante, avec son holster fixé par-dessus son pull. Comme tous les matins, avant de l'enfiler, elle avait mis le pendentif qu'il lui avait offert autrefois. Un flic arborant un diamant en forme de larme. Le symbole de l'union de leurs vies.

Tout en écoutant son exposé, il tripota le bouton gris – celui d'Eve – qu'il conservait en permanence dans sa poche.

— Je pense avoir un portrait d'ici à deux heures, enchaîna-t-elle. D'ici là, voici ce sur quoi nous allons nous concentrer. Le lien avec les Guerres Urbaines. Capitaine Feeney ?

— Sur ce point, nous avançons lentement, car les archives sont rares. Pour l'heure, je me base essentiellement sur les listes officielles de bâtiments et de cliniques qu'on m'a fournies en interne. Toutefois, de nombreux locaux, utilisés de manière provisoire, n'ont jamais été répertoriés. La plupart d'entre eux ont été rasés. J'ai déjà interrogé et je continue à m'entretenir avec des individus impliqués à l'époque : militaires, paramilitaires et civils. Je vais maintenant me concentrer sur les dispositions prises pour se débarrasser des cadavres.

— Faut-il prévoir un supplément de personnel ?

— J'ai deux hommes que je peux mettre là-dessus.

— Entendu. Maintenant, le quadrillage. Newkirk, votre équipe et vous passerez ce secteur au peigne fin.

Elle pivota pour pointer son laser sur une zone de cinq pâtés de maisons autour de la boulangerie/pâtisserie où travaillait Arielle Greenfeld.

— Vous frapperez à toutes les portes. Habitants, commerçants, compagnons licenciés, SDF ou mendiants, interrogez tout le monde. Quelqu'un a sûrement aperçu Greenfeld dimanche après-midi. Débrouillez-vous pour réveiller leurs souvenirs. Baxter et Trueheart, vous vous occuperez des alentours de son domicile. Il l'a épiée. Depuis la rue, depuis un autre édifice, depuis un véhicule. Afin de se familiariser avec ses habitudes, il l'a surveillée plus d'une fois. Jenkinson et Powell, vous irez du côté des appartements de York et de Rossi. Peabody et moi nous chargeons du centre de fitness et du club.

Elle marqua une pause, et Connors la vit cocher mentalement sa liste.

— La piste immobilière. Connors ?

— J'ai relevé un nombre significatif de résidences privées et d'entreprises avec un logement sur site ayant appartenu à un ou plusieurs individus dans le laps de temps qui nous intéresse. Même en réduisant cette recherche aux quartiers situés au sud de la 50e Rue, le nombre demeure considérable. Il me semble que le plus efficace serait d'effectuer un recoupement avec les informations de Feeney.

— Bien.

Elle réfléchit un instant.

— Parfait. Faites cela. McNab ?

— J'ai l'impression d'épouiller un gorille.

— C'est ma réplique, marmonna Callendar à ses côtés.

— C'est sa réplique, admit-il avec un sourire, mais nous sommes sur une piste. En Floride, la première victime était femme de chambre dans un complexe hôtelier de luxe. Vue pour la dernière fois alors qu'elle quittait le Casino Sunshine aux environs d'1 heure du matin. Elle avait l'habitude de passer quelques heures dans la soirée à jouer aux machines à sous. Partant de l'hypothèse selon laquelle son assassin avait pris contact avec elle au préalable et qu'elle le connaissait, j'ai examiné la liste de toutes les réservations enregistrées dans le mois qui a précédé sa mort. Les enquêteurs de l'époque l'avaient écartée après la découverte de la deuxième victime, préférant cibler leurs efforts sur le fait que celle-ci avait été enlevée devant le casino. Mais le dossier en contenait une copie. Bonnet D et moi l'avons étudiée de près.

— Et la chance t'a souri, grommela Callendar.

— Et je suis tellement doué, continua McNab sans ciller, que je suis tombé sur le nom d'un client qui avait loué une chambre pour quatre jours, trois semaines avant le drame. Cicero Edwards. L'administration exige une adresse. Edwards en a fourni une à Londres. Vérification faite, je n'ai trouvé aucun Edwards, aucun Cicero à cet endroit en ce temps-là. Mieux : l'adresse correspondait à…

— Un opéra, devina Eve.

McNab fit la moue.

— Vous me coupez mon effet, grogna-t-il. Le *Royal Opera House*, pour être précis. D'où nous avons déduit que c'était bien notre suspect et que ledit suspect a un faible pour les dames corpulentes qui chantent très fort.

— J'ai des renseignements qui pourraient appuyer cette thèse, avoua Eve en pensant aux révélations de Nadine. Bravo, continuez. Connors, essaie de trouver des bâtiments qui auraient servi de scène d'opéra pendant les Guerres Urbaines. Et...

— Il a sûrement un abonnement, coupa Connors. Si c'est un amateur sérieux et s'il a les moyens de se l'offrir, il doit avoir une loge. Ici, au *Metropolitan*, et dans d'autres théâtres et opéras réputés à travers le monde.

— Creusez, ordonna Eve. Il s'amuse à changer de nom. Travaillez sur les variantes d'Edward.

Elle consulta sa montre, laissa échapper un juron.

— Je suis en retard pour cette fichue conférence de presse. Au boulot !

Elle se retourna, fixa le nom qu'elle avait ajouté au tableau. Arielle Greenfeld.

— Il faut la retrouver, conclut-elle avant de sortir.

Elle surmonta l'épreuve des médias sans grincer des dents et considéra qu'il s'agissait d'un progrès. Whitney l'attendait à l'extérieur de la pièce.

— J'espérais assister à votre briefing, mais j'ai eu un empêchement.

— Nous avons de nouvelles pistes depuis mon dernier rapport, commandant. Je m'apprête à rejoindre Yancy et notre témoin. Si vous le souhaitez, je peux vous résumer la situation en chemin.

Il opina et lui emboîta le pas.

— Un amateur d'opéra, murmura-t-il. Mon épouse adore l'opéra.

— Oui, commandant.

Il ébaucha un sourire.

— Moi aussi, du reste. Il a voulu faire le malin en se domiciliant chaque fois dans un opéra.

— C'est sans doute une clé. Je n'y connais pas grand-chose, mais les livrets d'opéra traitent souvent de la mort.

— Imaginons qu'il ait eu ou rêvé d'avoir un lien direct avec l'opéra. Chanteur, figurant, technicien, musicien.

— C'est une possibilité.

— *Le Fantôme de l'opéra*. C'est l'histoire d'un homme défiguré qui hante un théâtre et tue. Notre homme choisit peut-être d'assassiner ses victimes dans un ancien théâtre.

— Nous creusons la question, mais nous avons aussi d'autres secteurs à explorer. J'aimerais éventuellement en discuter avec vous et avec Mira.

— Nous nous mettrons à votre disposition.

Il l'accompagna jusqu'au département où travaillait Yancy. Eve se demanda s'il se rendait compte que sur son passage, tous les flics se mettaient au garde-à-vous – ou si c'était un détail auquel il ne prêtait plus attention.

Yancy était seul face à son poste de travail, un casque sur la tête et les yeux clos. Dommage que le commandant soit présent alors qu'elle s'apprêtait à remonter les bretelles d'un inspecteur. Cela ne l'empêcha pas de donner un grand coup de pied dans la chaise de Yancy.

Ce dernier sursauta.

— Hé! Attention à... Ah, lieutenant, c'est vous.

Son agacement se dissipa aussitôt quand il reconnut Eve, puis laissa place à quelque chose qui ressemblait à de l'anxiété lorsqu'il aperçut Whitney.

— Commandant.

Il se leva d'un bond.

— Où est mon témoin? aboya Eve. Et combien de siestes faites-vous durant votre temps de travail?

— Je ne faisais pas la sieste, lieutenant. C'est un programme de méditation de dix minutes, expliqua-t-il en ôtant son casque. Trina avait besoin d'une pause. Je lui ai proposé de descendre à la cafétéria ou de faire un tour. Méditer me permet de m'éclaircir les idées.

— Vos méthodes produisent en général des résultats satisfaisants, intervint Whitney. Mais dans le cas présent, chaque minute compte.

— Je comprends, commandant, mais, sauf votre respect, je sais quand un témoin a besoin de prendre l'air. Elle est très utile, ajouta-t-il à l'intention de Dallas. Vraiment. Grâce à son métier, elle a l'habitude d'observer les visages. Elle m'a déjà fourni de nombreuses indications et, à mon avis, dès son retour, nous pourrons en terminer. Jetez un coup d'œil.

Il s'était servi à la fois d'un carnet à dessin et de l'ordinateur. Eve se rapprocha.

— Excellent, convint-elle.

— On peut encore l'améliorer. Elle a du mal avec la bouche et les yeux – elle hésite sur la couleur –, mais sur la forme du visage, des yeux, des oreilles, elle ne dévie jamais.

Le visage était rond, les oreilles plutôt petites, plaquées au crâne. Les paupières étaient légèrement tombantes, et le regard bienveillant. La bouche, dont la lèvre supérieure était un peu mince, s'incurvait en une esquisse de sourire. Le cou était court, si bien que la tête paraissait s'enfoncer dans les épaules.

Dans l'ensemble, c'était le portrait d'un homme qui pouvait se fondre facilement dans la foule.

— Il est d'une banalité affligeante, constata-t-elle.

— En effet. Ce qui rend encore plus ardue la tâche du témoin. Difficile de se remémorer les détails d'une personne aussi anonyme. Elle semble avoir été davantage frappée par sa façon de s'habiller, son élocution, son odeur.

— Beau travail. Donnez-moi une copie de ce portrait pour le moment. Vous me ferez parvenir la version définitive dès que vous l'aurez.

— Il y aura de légères modifications, l'avertit Yancy en lançant l'impression. Je pense que le nez sera légèrement plus court et... Et justement, voilà pourquoi j'avais besoin de m'arrêter : je me projette dans le futur.

— Nous avons déjà là une bonne base. Quand vous en aurez terminé avec Trina, j'aimerais que vous la fassiez ramener chez moi. On l'y attend.

— Entendu.

— Beau travail, inspecteur, le félicita Whitney.

— Merci, commandant.

Comme ils s'éloignaient, Whitney lança un coup d'œil à Eve.

— Contactez-le dans une heure. S'il n'y a pas eu de changements, nous diffuserons ce portrait. Il faut le rendre public le plus vite possible.

— Bien, commandant.


Peu importait le froid, Eve était soulagée de se retrouver dans la rue. Elle en avait assez de la paperasse, des ordinateurs et des briefings. Certes, elle avait besoin de temps pour réfléchir, seule face à son tableau de meurtre, mais pour l'heure, elle n'était pas mécontente de pouvoir se dégourdir les jambes.

— J'ai du mal à croire qu'on n'est sur cette affaire que depuis vendredi, commenta Peabody, qui rentra le cou dans les épaules pour se protéger du vent tandis qu'elles se dirigeaient vers *Forme et Bien-être*. J'ai l'impression d'y travailler depuis un mois.

— Le temps est relatif.

Arielle Greenfeld avait disparu depuis environ dix-huit heures.

— McNab a bossé jusqu'à 3 heures du matin. À minuit, j'étais sur le flanc. Lui était en pleine forme. Évidemment, quand il s'excite sur son ordinateur, il ne lui reste plus beaucoup d'énergie pour sauter votre dévouée partenaire. Depuis que nous cohabitons, le lit ne nous a jamais aussi peu servi à des fins récréatives.

Eve leva les yeux au ciel.

— Un *beau* jour, vous réussirez à passer une semaine entière sans m'infliger une vision de vous et de McNab en train de vous envoyer en l'air.

— Justement, c'est ce qui m'inquiète.

Elles traversèrent le hall d'accueil, agitèrent leur insigne tout en se dirigeant vers l'ascenseur.

— Vous croyez qu'il commence à se lasser de moi ? Que la flamme vacille ? Depuis mercredi, nous n'avons pas…

— Taisez-vous ! ordonna Eve avant de commander à la cabine de les emmener au gymnase. Quatre jours d'abstinence suffisent donc à semer le doute dans votre esprit ?

— Je ne sais pas. Oui. Enfin, non, parce que, en fait, quatre jours, ça correspond plus ou moins à une semaine de boulot quand on n'est pas flic. Si Connors et vous ne faisiez pas l'amour pendant une semaine, vous ne vous interrogeriez pas ?

Pas sûre de sa réponse, Eve se contenta de secouer la tête et émergea sur le palier.

— Donc, Connors et vous n'avez pas fait de câlins depuis le début de cette histoire ?

Eve s'immobilisa, se retourna, dévisagea sa coéquipière.

— Inspecteur Peabody, seriez-vous en train de me demander si j'ai eu des relations sexuelles au cours des cinq derniers jours ?

— Euh… oui.

— Ressaisissez-vous, Peabody.

— Ah ! J'en étais *sûre* ! Vous êtes sur le terrain pratiquement vingt-quatre heures sur vingt-quatre, et pourtant, vous continuez à faire l'amour. Et nous sommes plus jeunes que vous ! Enfin, je ne dis pas que vous êtes vieux, ajouta-t-elle précipitamment. Au contraire, vous êtes l'image de la jeunesse et de la vitalité. À présent, je la ferme.

— Excellente initiative.

Eve fonça droit dans le bureau du directeur.

Pi se leva pour l'accueillir.

— Vous avez du nouveau.
— Nous explorons plusieurs pistes. Nous souhaiterions interroger encore une fois vos employés au sujet de certains de vos membres.
— Tout ce que vous voudrez.
Eve sortit le premier jet de Yancy.
— Jetez un coup d'œil là-dessus et dites-moi si vous connaissez cet homme ou si vous l'avez aperçu.
Pi examina le dessin avec attention.
— A priori, je ne vois pas. Nos clients sont très nombreux, certains ne font que passer de temps en temps, d'autres encore viennent chez nous parce qu'ils séjournent en ville. Les fidèles, je les connais tous, mais lui... C'est celui qui a enlevé Gia ?
— Rien ne permet de l'affirmer pour le moment.
Elles restèrent une heure sur place, et ressortirent bredouilles. Le communicateur d'Eve bipa.
— Dallas.
— C'est Yancy. J'ai fini.
— Montrez-moi.
Il afficha à l'écran une image légèrement mieux définie que celle qu'elle avait sur elle. Les sourcils étaient un peu plus hauts, la bouche moins fine. Et le nez... un peu plus court.
— Parfait. On le diffuse. Avertissez Whitney, et dites-lui qu'à ma requête Nadine Furst aura une avance de cinq minutes sur les autres médias.
— C'est noté.
— Bon boulot, Yancy.
— On dirait un gentil grand-père, commenta Peabody. Le genre de vieux monsieur qui distribue des bonbons à la menthe à tous les enfants. Je ne sais pas pourquoi, mais ça le rend d'autant plus monstrueux.
Trina avait expliqué qu'il avait l'air tout à fait normal.
— Il va se voir aux informations dans les heures, les jours à venir. Il comprendra alors que nous sommes sur ses traces.

— Cela vous inquiète, observa Peabody. Vous craignez qu'il ne tue Rossi et Greenfeld dans un élan de panique, et qu'il ne se volatilise une fois de plus.

— C'est une possibilité. Mais nous devons absolument diffuser son portrait. S'il a jeté son dévolu sur une autre femme, s'il l'a contactée et si elle le reconnaît, cela nous permettra non seulement de lui sauver la vie mais aussi, avec un peu de chance, de nous mener à sa porte. Je n'ai pas le choix.

Eve et Peabody se remirent à la tâche, interrogeant des commerçants, des habitants du quartier, deux mendiants et les opérateurs de glissagril aux carrefours.

— On dirait qu'il est invisible, commenta Peabody en frottant ses mains glacées l'une contre l'autre. Il s'est baladé dans les parages, il est entré dans le centre de fitness, mais personne ne l'a remarqué.

— Personne ne fait attention à lui et cela explique peut-être en partie sa pathologie. Il a été sous-estimé ou ignoré. Il a trouvé un moyen de se rendre important. Les femmes qu'il enlève, torture et assassine ne l'oublieront jamais.

— Sauf qu'elles seront mortes.

— Le problème n'est pas là. Elles le voient. Quand vous faites mal à quelqu'un, quand vous ligotez cette personne, que vous la séquestrez, que vous l'isolez complètement et la torturez, vous devenez son seul univers.

Elle était passée par là. Son père avait été son seul univers pendant les huit premières années – aussi terrifiantes que brutales – de son existence.

Son visage, sa voix, les moindres détails le concernant étaient gravés à jamais dans sa mémoire.

— Il est ce qu'elles voient en dernier. Je parie que pour lui, c'est la jouissance absolue.

À l'intérieur de *L'Étoile*, les éclairages étaient colorés, la musique douce. Quelques couples dansaient sur la piste tandis que Zela, en tailleur rouge rétro ultracintré, se tenait sur le bord.

— Il faut glisser sur le sol, monsieur Harrow. Moins raides les épaules, madame Yo. Oui, voilà !

— Cours de danse, annonça Peabody. Ils ne sont pas si mauvais. Oups ! gloussa-t-elle alors qu'un homme en nœud papillon marchait sur le pied de sa partenaire. Plutôt mignons, en plus.

— Adorables, surtout quand on sait que l'un d'entre eux va peut-être rentrer ensuite chez lui en dansant et torturer une jolie brune.

— Vous croyez que… que l'un d'entre eux…

Peabody observa Nœud Papillon d'un air soupçonneux.

— Non. Il ne reviendra pas ici. Il n'a jamais pêché deux fois dans le même bassin. Mais je mettrais ma main à couper que ces dernières semaines, il a pratiqué le fox-trot ou je ne sais quoi d'autre sur ce parquet.

— Je me demande pourquoi on appelle ça le fox-trot, murmura Peabody.

— Je diligente une enquête immédiatement. Allons-y.

Elles s'avancèrent vers l'escalier argenté, accrochant le regard de Zela au passage. Celle-ci les salua de loin, puis applaudit à la fin du morceau.

— C'était formidable ! Maintenant que vous vous êtes échauffés, Loni va prendre le relais pour la rumba.

D'un geste, Zela invita Eve et Peabody à l'attendre au bar tandis qu'une jeune rousse entraînait Nœud Papillon au milieu de la piste et lançait avec un grand sourire :

— Prêts ? En position tout le monde.

L'unique barman, en costume sombre et cravate noire, posa devant Zela un verre d'eau pétillante aromatisée d'une rondelle de citron.

— Que puis-je vous offrir, mesdames ?

— Est-ce que je peux avoir une mousse vierge à la cerise ? demanda Peabody avant qu'Eve ait le temps d'intervenir.

— Ça ira, merci, dit Eve en posant le portrait-robot sur le comptoir. Reconnaissez-vous cet homme ?

— C'est… ?

Zela secoua la tête. Elle but une longue gorgée, reposa son verre. Puis, ramassant le dessin, elle l'orienta vers la lumière.

— Je regrette. Ce visage ne me dit rien du tout. Nous recevons ici énormément d'hommes d'âge mûr. Si je l'avais eu en cours, je pense que je me souviendrais de lui.

— Et vous ? demanda Eve au barman.

Ce dernier fronça les sourcils.

— C'est le salopard qui a… Excuse-moi, Zela. C'est le type qui a tué Sari ?

— C'est le type à qui nous voulons parler, rectifia Eve.

— Je suis physionomiste, ça fait partie du métier. Je ne me rappelle pas l'avoir vu.

— Vous travaillez la journée ?

— Oui. Nous – ma femme et moi – avons un bébé de six mois. Sari a bien voulu me confier le service de jour afin que je puisse passer mes soirées en famille. Elle était très humaine. Ses obsèques ont lieu demain.

Il s'adressa à Zela.

— Ce n'est pas juste.

— Non, murmura-t-elle en lui effleurant la main. Ce n'est pas juste.

Une lueur de tristesse vacilla dans ses prunelles tandis qu'il se détournait pour achever la préparation d'un cocktail.

— Nous sommes tous accablés, avoua Zela. Nous nous efforçons de continuer comme si de rien n'était, mais c'est dur.

— C'était une femme très appréciée, semble-t-il, fit remarquer Peabody.

— Oui. Oh, oui! J'ai discuté avec sa sœur, hier. Elle voulait que je choisisse la musique, celle que Sari préférait. C'est plus dur que je ne pensais.

— Je m'en doute. Et elle? s'enquit Eve en désignant la rousse du menton. Elle donnait des cours avec Sari?

— Non. C'est l'une de ses toutes premières prestations. Nous avons été obligés de… de nous adapter. Loni était affectée aux vestiaires et à l'accueil. Je viens de la promouvoir au rang d'hôtesse/professeur.

— J'aimerais lui parler.

— Bien sûr. Je vous l'envoie.

Zela esquissa un faible sourire.

— Ayez pitié de mes pauvres pieds. M. Buttons est mignon tout plein mais d'une maladresse à pleurer.

L'échange de partenaires s'effectua. Loni gratifia M. Buttons d'une bise sur la joue et s'approcha du bar, juchée sur des talons aiguilles.

— Bonjour! Je suis Loni.

— Lieutenant Dallas. Inspecteur Peabody.

Peabody avala sa gorgée de mousse à la cerise et s'efforça d'adopter une allure plus officielle.

— J'ai répondu aux questions de deux autres policiers, aussi séduisants l'un que l'autre. Si je comprends bien, ils n'ont pas l'intention de revenir?

— Aucune idée. Reconnaissez-vous cet homme?

Loni examina le portrait. Le barman lui apporta une boisson rose pétillante garnie d'une cerise.

— Je ne sais pas. Hmm… Pas vraiment. Quoique… Je ne sais pas.

— Pouvez-vous être plus précise?

— Il me fait vaguement penser à un type, mais celui-là avait les cheveux foncés, coiffés en arrière, et une moustache très fine.

— Sa taille?

— Euh… voyons voir. Plutôt petit. Sari le dépassait de quelques centimètres. Bien sûr, elle portait des talons, alors…

— Une seconde ! Vous avez vu cet individu avec Sari ?

— Celui dont je vous parle, oui. Les hommes aiment bien danser avec elle. Ce n'est probablement pas le même que sur ce dessin parce que...

— Attendez.

Eve sortit son communicateur et joignit Yancy.

— Modifiez-moi le portrait. Donnez-lui des cheveux foncés, coiffé en arrière et une moustache très fine. Envoyez-moi le résultat sur mon communicateur.

— J'en ai pour une minute.

— Quand avez-vous vu cet homme avec Sari ? demanda Eve à Loni.

— Je n'en suis pas certaine. Il y a quelques semaines. J'ai du mal à m'en souvenir exactement. Si ça me revient à l'esprit c'est uniquement parce que j'ai proposé à ce type de danser. Nous devons nous occuper des célibataires. Il était timide, gentil. Il a dit qu'il était venu écouter la musique et m'a remerciée. Peu après, je l'ai vu avec Sari. Ça m'a refroidie. C'est idiot, marmonna-t-elle en haussant les épaules. Mais je suppose qu'il avait un faible pour les brunes plutôt que pour les... Oh !

Elle blêmit.

— Ô mon Dieu ! *Lui ?*

— À vous de me le dire, rétorqua Eve en lui montrant l'écran de son communicateur sur lequel était affiché le nouveau croquis.

— Mon Dieu ! Je crois que c'est lui. Brett ! Qu'est-ce que tu en penses ?

— Du calme, intervint le barman en lui prenant la main. Il n'est pas venu au comptoir, assura-t-il après avoir examiné le croquis.

— Où était-il placé, Loni ?

— Voyons... voyons...

Elle reprit son souffle, scruta la salle.

— Deuxième tiers... Oui... Là-bas, au fond.

— Je dois interroger les serveurs chargés de ce secteur. Vous rappelez-vous de la date, Loni ?

— Je ne sais plus. Ça remonte à quinze jours environ. Peut-être trois semaines. Vous savez, je lui ai pris son manteau une fois. J'avais repéré qu'il était venu seul. Quand je suis allée dans la salle, je m'en suis souvenu et je me suis dit : « Celui-là, c'est un célibataire. » Mais il n'a pas voulu danser avec moi.

Une larme roula sur sa joue.

— C'est Sari qu'il voulait.

# 15

— Discret, déclara Eve en zigzaguant entre les voitures. Il limite les contacts à sa cible.

D'épais flocons de neige s'étaient mis à tomber.

— Aucun des serveurs ne l'a reconnu. Peut-être qu'il vit ou travaille près du club ? suggéra Peabody.

— Oui, ou alors il se gare ailleurs. Ou bien, à cette étape du jeu, il utilise les transports en commun. Quel chauffeur de taxi va se rappeler avoir pris ou déposé un client plusieurs jours, voire plusieurs semaines plus tard ? Autant pisser dans un violon. Si Loni s'est souvenue de lui, c'est uniquement parce qu'il l'avait blessée dans son amour-propre. Sans quoi, il serait resté un visage parmi tant d'autres. Il aurait été plus malin de danser avec elle. Elle l'aurait oublié cinq minutes plus tard.

Eve jeta un coup d'œil dans son rétroviseur, déboîta.

— Il entre, il se mêle à la foule, il fait profil bas. Il doit calculer ses pourboires au cent près. Histoire que les employés ne se disent pas ensuite : « Ah oui, c'est le type qui m'a blousé ! » Tout ce qu'il y a de plus ordinaire.

— C'est bien d'en avoir la confirmation. De savoir qu'il s'est rendu à *L'Étoile*, qu'il y a pris contact avec York. Mais cela ne nous apprend pas grand-chose de plus.

— Mais si. On a désormais la preuve qu'il aime modifier son apparence. Des modifications légères, rien de clinquant. Cheveux foncés, petite moustache, perruque grise. On sait aussi qu'une fois sa proie ferrée, il évite de revenir sur leur premier lieu de rencontre. Qu'il se maîtrise à merveille, qu'il est capable de rester dans la peau du personnage qu'il a choisi d'incarner lors de la phase d'observation.

Elle bifurqua vers l'ouest puis, au carrefour suivant, vers le sud.

— Il a dansé avec York. Il a posé les mains sur elle. Ils ont bavardé les yeux dans les yeux. Discuter avec son partenaire fait partie de son métier. En ce qui la concerne, nous savons qu'elle était intelligente et douée pour les relations publiques. Pourtant, elle n'a rien remarqué d'anormal... Regardez dans votre rétroviseur extérieur. Vous voyez cette berline noire, six véhicules derrière nous ?

Peabody changea de position.

— Oui. À peine. Il neige fort. Pourquoi ?

— Elle nous suit depuis que nous avons quitté le club. De trop loin pour que je puisse relever le numéro de la plaque d'immatriculation. Dans la mesure où, comme vous me l'avez signalé tout à l'heure, vous êtes plus jeune que moi, vous avez peut-être une meilleure vue ?

Peabody se recroquevilla sur elle-même.

— Non. Impossible. S'il ralentit un peu, j'y arriverai peut-être.

— Voyons comment remédier à la situation.

Eve avisa une ouverture, changea de voie.

Le hurlement d'un avertisseur et un crissement de pneus sur la chaussée mouillée l'obligèrent à freiner brutalement. À leur droite, une limousine chassa pour éviter l'imbécile qui tentait de traverser.

Elle entendit un bruit sourd, vit l'adolescent tomber et rouler sur le sol. Dans un fracas de tôle, la limousine enfonça le pare-chocs de l'énorme toutterrain qui la précédait.

— Le fils de pute !

Tout en branchant sa sirène, elle fixa le rétroviseur. La berline avait disparu.

Elle descendit de son véhicule juste à temps pour voir le gosse se relever et se mettre à courir en boitant. Et entendre : « Arrêtez-le ! Il m'a volé mon sac ! » par-dessus une symphonie de Klaxons et d'injures.

— Le fils de pute ! répéta-t-elle. Peabody, occupez-vous de ça.

Sur ce, elle se lança à la poursuite du voyou.

Il semblait récupérer vite, prouvant par là qu'il était, lui aussi, plus jeune qu'elle. Il volait littéralement sur le trottoir.

Il était peut-être plus jeune, mais les foulées d'Eve étaient plus longues, et bientôt, la distance les séparant se réduisit. Il jeta un regard par-dessus son épaule, à la fois alarmé et furieux. Sans ralentir, il extirpa le gros sac marron de sous son manteau et commença à le balancer autour de lui comme un pendule.

Il renversait les passants comme des quilles, obligeant Eve à bondir, à enjamber, à esquiver.

Quand il tenta de la frapper avec le sac, elle l'évita, agrippa la bandoulière et tira dessus de toutes ses forces. Il s'effondra sur le bitume.

— Espèce d'idiot ! marmonna-t-elle en le faisant basculer sur le dos d'un coup de pied.

— Hé ! Hé !

Un bon Samaritain s'arrêta.

— Qu'est-ce que vous faites à ce garçon ? Qu'est-ce qui vous prend ?

Plantant le pied sur la poitrine du délinquant pour l'immobiliser, Eve brandit son insigne.

— Je vous conseille de continuer votre chemin, camarade !

— Salope ! grogna le môme tandis que le Samaritain fronçait les sourcils.

Puis, tel un terrier en colère, le voyou la mordit.

— Les morsures humaines sont plus dangereuses que celles des animaux, décréta Peabody, qui avait pris le volant.

Sur le siège passager, Eve remontait le bas de son pantalon pour mesurer l'étendue des dégâts.

— Aïe! compatit Peabody en grimaçant. Il ne vous a pas ratée.

— Le petit con. Voyons comment il réagira quand il écopera du maximum pour agression sur un officier en service en plus d'un vol à l'arrachée. Il avait une dizaine de portefeuilles dans ses poches.

— Vous devriez désinfecter cette plaie.

— À cause de lui, on a perdu la berline.

Serrant les dents, Eve se servit du chiffon propre que Peabody avait sorti d'elle ne savait où.

— La bagnole a bifurqué dans une rue transversale dès le début de l'incident. C'est tout lui : il évite toujours les rassemblements et les confrontations. Bordel de merde!

— Je parie que vous souffrez énormément. Vous êtes sûre que c'était notre suspect?

— Je ne suis pas née de la dernière pluie.

— Non. La question que je me pose, c'est pourquoi? Il cherche peut-être à savoir où nous en sommes? Mais à quoi bon? Il n'obtiendra aucune information intéressante hormis sur nos déplacements.

— Il évalue mes habitudes, ma façon de marcher, mes mouvements.

— Pourq...

Peabody sursauta.

— Pas possible! C'est vous qu'il suit!

— S'il croit que je ne vais pas le repérer, il se fourre le doigt dans l'œil, maugréa Eve en rabaissant la jambe de son pantalon d'un geste sec. Cette fois, il s'attaque à plus fort que lui.

— Depuis combien de temps savez-vous que vous êtes visée?

— J'en ai la certitude depuis une demi-heure. J'avais envisagé cette possibilité il y a un moment déjà, mais là, j'en ai la preuve.

— Vous auriez pu en discuter avec votre partenaire.

— Ne commencez pas. C'était une hypothèse parmi quantité d'autres. À présent que cela devient une certitude, vous êtes la première informée. Une berline noire, tout ce qu'il y a de plus banal – ce qui colle parfaitement au profil –, phares ronds, capot dénué d'ornement. On aurait dit une calandre à cinq barres. Ce détail devrait nous permettre de retrouver le modèle.

Elle faillit soupirer de soulagement quand Peabody pénétra dans le garage du Central. Elle avait hâte de mettre de la glace sur sa jambe.

— C'était une plaque de New York, reprit-elle. Je n'en ai aperçu que la couleur. Il était trop loin, et avec toute cette neige...

— Vous devez prendre les mesures de précaution standard avec cette blessure.

— Mais oui, mais oui.

— Entre autres, une heure de repos. Vous êtes lessivée.

Eve descendit péniblement du véhicule.

— Je vais dans mon bureau. Rendez-moi un service, ajouta-t-elle en boitillant vers l'ascenseur. Organisez une réunion avec Whitney et Mira de toute urgence. Je monte voler du désinfectant et un pansement à l'infirmerie.

— Inutile de les voler ! Ils vont vous soigner.

— Pas question. Je les déteste. Je préfère me soigner moi-même.


Eve fonça jusqu'à l'infirmerie, commit – d'un point de vue purement technique – un délit de vol à l'étalage en empochant sans le signaler ce dont elle avait besoin.

Si elle le signalait, on exigerait d'examiner sa plaie. Si elle montrait sa plaie, on la harcèlerait pour qu'elle accepte des soins sur place. Un simple nettoyage et un pansement suffiraient. Bon, d'accord, avec peut-être un antalgique en plus.

Lorsqu'elle entra dans son bureau, Connors l'y attendait.

— Montre-moi.
— Quoi ?

Il haussa les sourcils.

— Sacrée Peabody ! Elle ne peut pas la boucler.

Eve extirpa les portefeuilles volés de sa poche et les jeta sur son bureau. Elle accrocha son manteau à la patère, s'assit et posa sa jambe blessée sur sa table de travail.

Connors émit un sifflement.

— Ce n'est pas beau.
— J'ai connu pire.
— Certes, convint-il en s'emparant d'une compresse.

Il nettoya la plaie, la badigeonna d'antiseptique et la banda avec soin.

— Là, c'est mieux, déclara-t-il avant de se pencher pour déposer un baiser sur le pansement.
— Il me filait.

Connors se redressa. La lueur amusée dans son regard disparut d'un coup.

— Ce n'est pas à celui qui t'a mordu que tu fais allusion.
— Je l'ai repéré – il roulait à bord d'une berline noire ; je n'ai pas réussi à relever le numéro d'immatriculation, mais on devrait pouvoir retrouver le modèle, voire l'année. J'aurais probablement réussi à le coincer si cet imbécile de voleur n'avait pas traversé brusquement. J'ai évité de justesse la limousine qui l'a renversé. Quelques secondes à peine, et mon suspect s'était volatilisé.

— Il n'a pas pu savoir que tu l'avais repéré.
— Je ne pense pas, non. Il est prudent, c'est tout. Un problème à l'horizon ? Il s'éclipse. S'il passe son

temps à me suivre, il n'a peut-être pas encore vu sa tête à télé. Mais ça ne saurait tarder.

Elle se pencha pour se masser le mollet.

— Sois sympa, apporte-moi un café, tu veux ?

Connors s'approcha de l'autochef.

— Prochaine étape ?

— Une réunion avec Whitney et Mira pour discuter de la possibilité de lui tendre un piège. Après quoi, un point avec les membres de l'équipe. À un moment ou à un autre, j'aurai besoin d'une heure ou deux pour réfléchir.

Il lui tendit une tasse de café brûlant.

— En tant que partie s'intéressant tout particulièrement à l'appât, je souhaiterais assister à cette réunion.

— Tu n'en as pas marre ? N'oublie pas que je ne suis pas un simple leurre, mais un flic expérimenté et autoritaire.

— Qu'un pauvre loubard a mordu au mollet.

— Ben... oui.

— Dallas ! s'exclama Peabody en franchissant le seuil de la pièce. Comment va votre jambe ?

— Bien. N'en parlons plus.

— Le commandant Whitney et le Dr Mira nous recevront dans le bureau du commandant dans vingt minutes.

— Entendu.

— L'inspecteur Gil Newkirk est arrivé. Il est au Q.G.

— Je vous rejoins.

Gil Newkirk portait bien l'uniforme. Sa carrure imposante était celle d'un flic habitué à travailler sur le terrain. Eve l'avait rencontré à plusieurs reprises au fil des années, et le considérait comme un homme raisonnable et direct.

— Inspecteur Newkirk.

— Lieutenant.

Il lui serra la main brièvement, fermement.

— On dirait que vous avez tout mis en œuvre pour réussir, commenta-t-il en indiquant la salle.

— C'est une bonne équipe. Nous réduisons le champ des recherches.

— Je suis content de l'apprendre, et je regrette de ne rien vous apporter de substantiel. Cependant, si vous avez un moment...

— Asseyez-vous, proposa-t-elle.

— Vous avez son visage, reprit Newkirk en indiquant le portrait épinglé sur l'un des quatre tableaux de meurtres. Je l'ai examiné attentivement en essayant de me revoir il y a neuf ans quand je frappais aux portes. Mais j'ai interrogé tellement de gens, lieutenant! Celui-ci ne m'évoque rien.

« J'ai relu toutes mes notes, poursuivit-il, et je suis allé chez Ken Colby. Il avait participé à l'enquête avec moi. Il est tombé il y a cinq ans.

— J'en suis désolée.

— C'était quelqu'un de bien. Sa veuve m'a autorisé à fouiller dans ses archives. J'ai apporté les dossiers.

Il tapota le carton qu'il tenait sous le bras.

— J'apprécie vos efforts.

— En me fondant sur ce que vous m'avez dit hier soir, j'ai repensé à un ou deux individus. Mais le visage ne colle pas.

— Qu'est-ce qui colle?

— Le type physique, le teint. Et j'en ai discuté avec mon fils, ajouta-t-il en arquant un sourcil.

— Cela ne me gêne en rien.

— Je sais que vous étudiez l'angle des Guerres Urbaines, et je me suis souvenu des paroles d'un de ces hommes. Il avait l'habitude de ramasser les cadavres avec son père. Ça m'est revenu parce que c'était une drôle d'histoire. Il était médecin, mais avait tout lâché après avoir gagné une fortune au casino. Quant au deuxième, il était issu d'une famille très aisée. Il exerçait la taxidermie en guise de hobby. Chez lui, c'était plein d'animaux morts... J'ai extrait leurs fichiers au cas où cela vous intéresserait, ajouta-t-il en lui tendant un disque.

— Je ne manquerai pas de les lire. Vous êtes en service, inspecteur Newkirk ?

— C'est mon jour de congé.

— Si vous en avez le temps et l'envie, vous pourriez peut-être soumettre ces documents à Feeney. Je vous en serais reconnaissante.

— Avec plaisir.

Eve se leva, lui tendit de nouveau la main.

— Merci. J'ai une réunion. Je vous contacterai dès que possible. Peabody, Connors, avec moi !

Elle dut se concentrer pour ne pas boiter tandis qu'elle rejoignait l'ascenseur.

— N'oublie pas que tu es un civil, recommanda-t-elle à son mari.

— Expert civil, rectifia-t-il.

Elle réprima à peine un ricanement.

— Et je t'interdis d'appeler le commandant par son prénom. Ça détonne avec le côté officiel, sérieux. C'est… inconvenant.

— Ohé, Dallas !

Tournant la tête, elle aperçut l'un des inspecteurs de la brigade anticriminelle. Il lui souriait.

— Renicki.

— Il paraît qu'un gosse vous a mordue et qu'il souffre maintenant de la rage.

— Ah, ouais ? J'ai entendu dire qu'une compagne licenciée s'est occupée de vous et qu'elle souffre maintenant d'une MST.

— Voilà qui est officiel et sérieux, railla Connors tandis qu'autour d'eux plusieurs flics s'esclaffaient.

Whitney était installé derrière son bureau. Mira avait pris place dans un fauteuil en face de lui.

— Lieutenant. Inspecteur. Connors.

— Commandant, il m'a semblé utile que notre expert civil assiste à cette rencontre.

— C'est à vous d'en juger. Installez-vous.

Eve resta debout.

— Avec votre permission, commandant, j'aimerais commencer par un rapide résumé de la situation.

Elle fut brève et directe.

— On vous a suivie ? fit Whitney. Savez-vous pourquoi ?

— Oui, commandant. Mira avait envisagé la possibilité que je puisse être une cible. Que le fait qu'il y ait un lien entre ces femmes en particulier et Connors ne prouvait pas forcément que c'était lui qui était visé, mais que ça pouvait être moi.

— Vous ne m'avez pas soumis cette hypothèse, docteur.

— J'avais demandé au Dr Mira de me laisser un peu de temps pour considérer la question, intervint Eve. Après réflexion, sa théorie me semble valable. J'étais inspecteur lors de la première enquête, partenaire du responsable. Je corresponds aux paramètres quant à ses choix de victimes. Je l'ai peut-être croisé il y a neuf ans. Je pense qu'il est revenu à New York pour des raisons spécifiques. Parmi celles-ci, l'intention de m'enlever.

— Il va être déçu, commenta Whitney.

— En effet, commandant.

— Vous êtes d'accord, Mira ?

— Vu sa pathologie, je pense qu'il pourrait parfaitement envisager d'enlever le lieutenant, une femme d'expérience jouissant d'une grande autorité, mariée à un homme de pouvoir. Ce serait son chef-d'œuvre. Toutefois, cela suscite une autre question. Comment faire mieux ensuite ?

— Impossible, décréta Connors. Et il le sait. Elle est la dernière, n'est-ce pas ? Le défi ultime.

— Oui, acquiesça Mira. Il est prêt à modifier très légèrement le profil de sa proie. Contrairement aux autres, celle-ci ne respecte aucune routine. Il ne peut pas non plus l'aborder en face comme nous pensons qu'il l'a pratiquement toujours fait jusqu'ici. À ses yeux, le jeu doit en valoir la chandelle. Il est revenu à la case départ. À ce qu'on pourrait appeler ses racines. Parce que, ainsi, il aura achevé son œuvre.

— Il s'est déjà arrêté pendant un ou deux ans, observa Peabody. Comment peut-il décider tout à coup que c'est fini ? Ce genre de tueur ne s'arrête qu'une fois coffré ou abattu.

— En effet.

Eve s'adressa au Dr Mira.

— Vous pensez qu'il est mourant ? Ou qu'il a l'intention de se suicider après en avoir terminé avec moi ?

— Oui. Il n'a pas peur. Pour lui, la mort est un accomplissement, un cycle chronométré qu'il contrôle depuis bientôt une décennie. Il ne craint pas de mourir, ce qui le rend d'autant plus dangereux.

— Nous devons lui fournir une ouverture, déclara Eve en étrécissant les yeux. Et vite.

— Si c'est trop facile, il ne mordra pas à l'hameçon, observa Connors. Je m'y connais en matière de défis. S'il n'y a pas d'obstacles, ça perd tout son intérêt. Il doit au moins avoir l'impression de te doubler. Et il a déjà eu plus de temps que nous pour planifier son affaire.

— Je suis d'accord, renchérit Mira. Si nous ne nous sommes pas trompés, vous êtes son « tomber de rideau ». Étant donné son besoin de tout contrôler, il faut lui faire croire qu'il est le roi des manipulateurs. Qu'il vous a attirée dans ses filets en dépit de votre expérience et de vos atouts. Comme il l'a fait avec toutes les autres.

— Donc, on le prend par surprise. À l'heure qu'il est, il doit savoir que nous connaissons son visage. D'après moi, il doit jubiler. Ses méthodes indiquent qu'il est fier de tuer. Au bout du compte, si c'est le cas, n'aura-t-il pas envie de se faire connaître ? Nous ignorons où et quand, mais nous savons qui il vise et pourquoi. Ce sont des avantages énormes. Nous connaissons son visage, son type physique, son âge. Nous en savons beaucoup plus sur lui qu'il y a neuf ans.

Elle aurait bien arpenté le bureau tout en parlant, mais en présence de Whitney, elle n'osa pas.

— Il a probablement été impliqué dans les Guerres Urbaines, poursuivit-elle. Il aime l'opéra. Pour capturer ses victimes, il préfère la manipulation et les mensonges à la force physique, et prend le plus souvent contact avec elles dans un premier temps. Nous avons en outre découvert que, contrairement à il y a neuf ans, toutes ses cibles vivaient ou travaillaient dans la partie sud de Manhattan. C'est significatif.

— Il veut que nous nous rapprochions de lui, convint Whitney. Et en s'attaquant à des employées de Connors, il en a fait une affaire personnelle.

— Mais il ne sait pas où nous en sommes, souligna Peabody. Il ignore que nous en sommes arrivés à la conclusion que Dallas est son chef-d'œuvre ultime. Tant qu'il la croira à sa poursuite, il s'imaginera qu'il peut la duper.

— Nous voilà de retour à cette histoire d'ouverture, fit Eve. Il va falloir que tu retournes au boulot, Connors.

— Au boulot ?

— Ton empire. Il ne bougera pas si tu es sans cesse avec moi. Idem pour Peabody ou qui que ce soit d'autre. Nous devons lâcher un peu de lest. S'il connaît mes habitudes, il sait que je me déplace en général seule entre la maison et le Central. Nous devons lui entrouvrir une porte.

— Donner l'impression que je suis retourné au travail, si l'on peut dire, ne devrait pas être trop difficile, rétorqua Connors.

Son ton était posé, presque désinvolte, mais Eve n'était pas dupe.

— Cependant, tant que la porte restera entrouverte, poursuivit-il, je demeurerai un membre actif de cette équipe. Je ne dis pas cela uniquement afin de protéger le lieutenant, ajouta-t-il à l'adresse du commandant. Cet homme a enlevé trois de mes employées. L'une d'entre elles y a laissé la vie. Je ne reprendrai pas mes activités avant qu'il ait été appréhendé – ou qu'il soit mort, comme Sarifina York.

— Compris, fit Whitney. Lieutenant, c'est vous qui avez choisi de collaborer avec l'expert civil. À moins que vous ne trouviez qu'il n'est plus utile sur cette enquête, je pense qu'il doit rester actif.

— Il faudra éviter de me coller de trop près, prévint Eve. S'il sent que tu te soucies de ma sécurité, il se dérobera. Donc, on continue comme à l'accoutumée ; mais on délègue certaines tâches administratives et autres interrogatoires.

— Et où que vous alliez, vous ne vous déplacez pas sans transmetteur, ordonna Whitney.

— Bien, commandant. Je vais régler cette question avec Feeney. Il me faut une balise pour mon véhicule et...

— C'est fait, l'interrompit Connors avec un sourire serein. Tu m'avais donné ton accord.

C'était vrai, mais elle ne s'attendait pas qu'il en prenne l'initiative avant qu'elle ait obtenu une autorisation officielle. Ce qui était idiot. Elle aurait dû s'en douter.

— En effet.

— Vous porterez un gilet de protection, ajouta Mira.

— C'est trop. Sa méthode...

— Avec vous, il ne respecte pas la méthode habituelle, coupa Mira. Un gilet de protection vous sera bien utile s'il cherche à vous blesser ou à vous neutraliser. Il est suffisamment intelligent pour savoir que vous êtes physiquement plus forte que lui.

— Vous porterez un gilet, confirma Whitney d'un ton sans réplique. Voyez avec Feeney pour l'aspect électronique. À partir de maintenant, je veux savoir où vous êtes à tout moment. Que vous soyez sur le terrain, dans votre voiture ou dans la rue, vous aurez des renforts à proximité. Il ne s'agit pas uniquement de précautions, lieutenant, mais de s'assurer que la porte entrouverte se refermera sur lui à l'instant où il la franchira. Organisez tout et tenez-moi au courant.

— Oui, commandant.

— Vous pouvez disposer.

Connors effleura le bras de sa femme tandis qu'ils sortaient du bureau.

— Un gilet, ce n'est pas une punition, ma chérie.

— Portes-en un pendant deux heures et tu m'en diras des nouvelles. Et pas de « chérie » pendant le service.

— Vous pouvez m'appeler « chérie » quand vous voulez, intervint Peabody.

Connors lui sourit.

— J'ai quelques arrangements à prendre. On se retrouve au Q.G. fit-il en s'éloignant. À plus tard, ma chérie !

Eve montra les dents.

— Je parlais à Peabody !

# 16

Connors ne mit pas longtemps à s'organiser. Finalement, il ne se contenterait pas de faire semblant de s'occuper de son empire. Il devrait y consacrer du temps une fois rentré chez lui.

Pour l'heure, il lui fallait regagner le Q.G. Il aperçut Eve qui revenait de son bureau, et l'observa. Ses foulées étaient longues, rapides. Elle était pressée. Elle avait un assassin à coincer.

Il s'arrêta devant les distributeurs automatiques pour leur prendre une bouteille d'eau avant de rejoindre l'équipe.

Elle était allée droit au poste de travail de Feeney. Le flic avec qui celui-ci travaillait – le père du jeune et pointilleux agent Newkirk – hocha la tête, rassembla quelques disques et alla s'installer ailleurs.

Connors en conclut qu'Eve voulait discuter en tête à tête avec Feeney. Il se dirigea vers son propre ordinateur pour régler un problème tout en les surveillant de loin.

Feeney écouta attentivement Dallas, plissa les yeux, fronça les sourcils. Il posa quelques questions, se gratta l'oreille et plongea la main dans sa poche. Il en sortit un sachet.

Des pralines, devina Connors, tandis que Feeney en prenait une poignée avant de tendre le paquet à Eve.

En déduisant qu'ils étaient passés à la phase de réflexion et de stratégie, Connors se leva et les rejoignit.

— Il vise considérablement plus haut, lui fit remarquer Feeney.

— On dirait, oui.

Feeney fit tourner son siège tout en parlant.

— Nous pouvons équiper Eve d'un transmetteur. Aucun problème. On peut même lui mettre une caméra.

— Je ne veux pas qu'il risque de la repérer, intervint Eve.

— J'ai peut-être la solution, dit Connors à Feeney. La nouvelle génération de la Taupe HD. Un Micro-XT. Le plus souvent, on l'accroche au revers de sa veste, mais dans la mesure où Eve ne porte jamais de bijoux fantaisie, on pourrait facilement dissimuler le dispositif dans un bouton. Empreinte vocale en option. Elle peut l'activer ou le désactiver grâce à un mot clé.

— *Elle* est devant toi, fit remarquer Eve.

— L'ancien modèle contenait des virus, répliqua Feeney en ignorant Eve.

— Exterminés. L'XT réglerait l'aspect audio et vidéo, et il est indétectable.

Feeney opina, croqua une praline.

— D'accord. Mais j'aimerais y jeter un coup d'œil d'abord.

— J'en attends un d'ici à quelques minutes. J'ai posé une balise multibandes de type militaire sous son véhicule.

Feeney émit un sifflement appréciateur.

— Impossible de la perdre quand bien même elle déciderait de se rendre en Argentine, commenta-t-il. Nous placerons des récepteurs ici et dans le sous-marin. L'équipe de renfort pourra lui laisser cinq ou six pâtés de maisons d'avance.

— Et dans les airs ? demanda Connors.

— On peut mobiliser le cas échéant.

— Ce n'est pas un coup d'État, marmonna Eve. Il s'agit d'un vieux maniaque meurtrier.

— Qui a enlevé, torturé et tué vingt-quatre femmes.

Eve fusilla Connors du regard.

— S'il franchit cette fichue porte entrouverte, je l'aurai. Continuez tous les deux, amusez-vous avec vos joujoux électroniques. Mais n'oubliez pas que le but du jeu, c'est de le coincer. Pour que Rossi et Greenfeld aient une chance de s'en sortir, nous devons arriver jusqu'à elles. Je dois pénétrer chez lui, lui faire croire que c'est lui qui m'a appâtée. Si nous le prenons devant chez lui, rien ne dit qu'il nous dévoilera le lieu où il les séquestre.

Ayant enfin capté leur attention, elle marqua une pause.

— Il n'est pas question que ces deux femmes meurent exsangues ou affamées sous prétexte que nous avons songé avant tout à sauver ma peau. C'est la leur qui compte par-dessus tout. Ordre du chargée d'enquête.

Feeney secoua son sachet de pralines et le tendit à Connors.

— Gil et moi avons relevé quelques locaux et individus qui méritent des vérifications.

— Peabody et moi nous en chargerons. Donnez-moi ce que vous avez. Combien de temps te faut-il pour mettre au point tes babioles ? demanda-t-elle à Connors.

— Un quart d'heure tout au plus.

— Parfait. Je vais chercher ces foutues vestes. Connors, ajouta-t-elle tout en faisant signe à Peabody de la suivre, tu devras te débrouiller pour rentrer à la maison par tes propres moyens.

— Compris. Lieutenant, un instant !

Connors l'accompagna jusqu'à la sortie.

— Je tiens autant que toi à retrouver ces femmes en bonne santé. Et nous ferons tout pour que ça marche. Ordre de l'homme qui t'aime : surveille tes arrières sans quoi je serai le premier à te botter les fesses.

Il savait qu'elle n'apprécierait pas, mais il était incapable de résister à la tentation. Il lui saisit donc le menton et l'embrassa sur la bouche avant de tourner les talons.

— Ooooh ! roucoula Peabody. Comme c'est mignon.

— Mouais. Au vestiaire ! Gilets de protection. Un pour moi, un pour vous.

— Ooooh ! répéta Peabody sur un tout autre ton. Un pour moi aussi ?

Moins de quarante minutes plus tard, elles étaient dans le garage, équipées de pied en cap. Peabody tira sur son gilet.

— Ce machin me grossit, non ? Ça me grossit, d'autant que j'ai encore quelques kilos d'hiver à perdre.

— Nous n'essayons pas d'attirer l'attention de ce salaud sur votre corps de rêve, Peabody.

— Facile à dire pour vous.

Elle changea de position pour tenter de se voir dans le rétroviseur extérieur.

— Ça m'épaissit la taille. J'ai l'air d'un tronc d'arbre.

— Les troncs n'ont ni bras ni jambes.

— Ils ont des branches. Remarquez, d'un point de vue purement technique, s'ils ont des branches, ce ne sont plus de simples troncs.

Elle se laissa tomber dans le siège passager.

— J'ai un motif supplémentaire pour coincer cette ordure. À cause de lui, je ressemble à…

— Oui, l'interrompit Eve en démarrant, on va l'écrouer rien que pour ça. Guettez une éventuelle filature… Dallas, activer, ordonna-t-elle pour tester le transmetteur. Vous m'entendez ?

— Cinq sur cinq ! répondit Feeney. Le sous-marin restera derrière à une distance minimum de trois blocs.

— C'est parti.

Elles allèrent d'abord interroger l'ex-ramasseur de cadavres. Il avait plutôt bien réussi, songea Eve.

Il possédait une jolie maison ancienne en brique rouge dans un quartier paisible du West Village.

Un droïde leur ouvrit – une femelle aux formes impressionnantes qui semblait davantage conçue pour satisfaire certains fantasmes sexuels que pour les tâches domestiques. Yeux charbonneux, voix rauque, cheveux longs, combinaison noire archimoulante.

— Si vous voulez bien patienter dans le vestibule, je vais prévenir M. Dobbins.

Elle s'éloigna d'une démarche ondulante.

— Si elle se contente de passer l'aspirateur, je fais une taille 36, marmotta Peabody.

— Elle passe peut-être l'aspirateur – après avoir poli les bijoux de famille du vieux.

— Ce que les femmes sont vulgaires ! murmura Connors à l'oreille d'Eve.

— Bavardages interdits, rétorqua-t-elle.

Elle scruta le vestibule, qui ressemblait davantage à un large couloir, éclairé par le rayon de soleil filtrant à travers la vitre de la porte d'entrée. Des portes de part et d'autre. La cuisine devait être au fond, les chambres à l'étage.

Un espace bien vaste pour un homme seul.

Il arriva en traînant ses pieds chaussés de pantoufles. Il portait un pantalon de survêtement trop large et avait rassemblé en catogan ses longs cheveux teints en noir.

Son visage était trop mince, ses lèvres trop pleines, sa silhouette trop frêle. Ce n'était pas l'individu auquel Trina et Loni avaient parlé.

— Monsieur Dobbins.

— C'est exact. Je veux voir vos insignes sans quoi je vous mets dehors.

Il examina celui d'Eve, puis celui de Peabody.

— Bon. De quoi s'agit-il ?

— Nous enquêtons sur le meurtre d'une jeune femme à Chelsea, répondit Eve.

— L'affaire de L'Homme à l'anneau d'argent, fit Dobbins. Je lis les journaux, je regarde les infos. Si vous faisiez votre boulot et protégiez les citoyens de cette ville, vous n'auriez pas besoin de venir ici me harceler. Les flics sont déjà passés me voir il y a des années, quand la fille d'en face a été assassinée.

— Vous la connaissiez, monsieur Dobbins ?

— Je la voyais aller et venir, pas vraie ? Je ne lui ai jamais adressé la parole. La nouvelle, j'ai vu sa photo à l'écran. Elle non plus, je ne lui ai jamais parlé.

— Mais vous l'avez vue ?

— À la télé, je viens de vous le dire. Je ne vais jamais jusqu'à Chelsea. J'ai tout ce dont j'ai besoin ici, non ?

— Je n'en doute pas. Monsieur Dobbins, votre père conduisait-il un corbillard pendant les Guerres Urbaines ?

— Un corbillard rempli de morts. Je l'accompagnais la plupart du temps. J'en ai chargé, des cadavres ! Parfois, on tombait sur un vivant. J'ai besoin de m'asseoir.

Il pivota sur ses talons et entra dans la salle à droite. Après avoir échangé un regard, Eve et Peabody lui emboîtèrent le pas.

Le salon était rempli de meubles fatigués. Les murs, qui avaient dû être blancs autrefois, affichaient à présent une couleur jaunâtre qui évoquait des dents gâtées.

Dobbins s'assit, attrapa une cigarette sur un plateau en argent terni, l'alluma.

— On a encore le droit de fumer chez soi.

— Vous avez une très belle maison, monsieur Dobbins, déclara Peabody. J'adore l'architecture dans ce quartier. Quelle chance que ces demeures aient survécu aux Guerres Urbaines ! Ce devait être une époque terrible.

— Pas si terrible que ça. On s'en est sortis. Ça m'a endurci. À vingt ans, j'en avais vu plus que la plupart des centenaires.

— J'ai du mal à imaginer cette période. Est-il vrai que les cadavres étaient si nombreux que le seul moyen de les répertorier consistait à inscrire un numéro sur les corps ?

— Oui. C'est exact.

Il souffla un nuage de fumée.

— Les pilleurs arrivaient les premiers et les dépouillaient de tout. J'inscrivais sur le corps la zone où on l'avait ramassé. On le ramenait et le médecin légiste lui attribuait un numéro, qui était ensuite consigné dans un registre. Une perte de temps, si vous voulez mon avis. Ce n'était plus que de la viande pourrie.

— Avez-vous gardé des contacts avec certaines personnes ? Des gens qui faisaient le même travail que vous, des médecins, des secouristes ?

— Pour quoi faire ? Dès qu'ils savent que vous avez un peu d'argent, tout ce qu'ils veulent, c'est que vous leur en donniez.

Il haussa les épaules.

— J'ai vu Earl Wallace, il y a quelques années. Parfois, il venait avec nous. Je me suis forcé à aller à l'enterrement du Dr Yumecki il y a cinq, six ans, je crois. Je voulais lui rendre hommage C'était un homme respectable. J'en connais pas beaucoup. C'est son petit-fils qui avait organisé les funérailles. Un bel adieu.

— Savez-vous comment joindre M. Wallace ou le petit-fils du Dr Yumecki ?

— Vous rigolez ? Je lis la rubrique nécrologique. Je vois qu'un homme que je connaissais, et qui en vaut la peine, est mort, je vais aux obsèques. Comme on se l'était promis.

— Que vous étiez-vous promis ? intervint Eve.

Le regard du vieil homme se brouilla, et elle comprit qu'il était encore hanté par ces images.

— Il y avait des cadavres partout. On les brûlait ou on les enterrait dans des fosses communes. Nous, on s'est promis que lorsque arriverait notre tour, ceux qui étaient encore vivants viendraient nous dire adieu. C'est ce que je fais.

— Qui d'autre le fait ?

Dobbins tira de nouveau sur sa cigarette. Longuement.

— Je ne me souviens plus des noms. J'en aperçois certains de temps en temps.

— Celui-ci, par exemple ? demanda-t-elle en lui montrant le portrait-robot.

— Non. Il ressemble un peu au Receveur. Vaguement.

— Le Receveur ?

— Nous, on ramassait les cadavres, et on les déposait. Lui, il les réceptionnait. D'où son surnom. Il a passé l'arme à gauche il y a au moins vingt ans.

De retour dans la voiture, Eve s'accorda un moment pour réfléchir.

— Ce pourrait être un numéro – le coup du vieil homme amer, légèrement fêlé. Mais ce n'est pas mon impression.

— Il était peut-être déguisé quand Trina l'a vu.

— Possible, mais elle s'en serait aperçue. On va effectuer une recherche sur les deux noms qu'il nous a cités.


Elles s'arrêtèrent ensuite chez Hugh Klok aux abords de Washington Square Park. L'endroit où l'on avait découvert la victime que Dobbins avait vue « aller et venir ». Dans ses notes, Gil Newkirk signalait avoir à l'époque interrogé Klok ainsi que ses voisins. Antiquaire, Klok avait acquis et rénové sa propriété plusieurs années avant les meurtres.

D'après Newkirk, il s'était montré coopératif, mais n'avait rien eu à dire d'intéressant.

Les antiquités pouvaient rapporter gros à qui s'y connaissait. À en juger par la demeure de Klok, il était de ceux-là. Sa propriété – deux maisons de ville rassemblées pour n'en former qu'une – trônait à l'écart de la rue, au fond d'une vaste cour.

— Pas mal, commenta Peabody comme elles s'approchaient du portail en fer forgé.

Eve appuya sur le bouton de la sonnette. Une voix digitalisée les pria de se présenter.

— Police. Nous voulons parler à M. Hugh Klok.

Elle passa son insigne devant l'objectif de la caméra.

*M. Klok n'est pas chez lui pour le moment. Vous pouvez lui laisser un message ici ou, si vous le souhaitez, entrer et laisser un message à un membre du personnel domestique.*

— Option numéro deux. Autant en profiter pour jeter un coup d'œil, ajouta-t-elle à l'intention de Peabody.

La grille s'ouvrit. Elles traversèrent la cour pavée, gravirent un petit escalier. Un droïde – un homme très digne d'une cinquantaine d'années, cette fois – les accueillit.

— Je suis autorisé à prendre votre message pour M. Klok.

— Où est-il ?

— En voyage d'affaires.

— Où ?

— Je n'ai pas l'autorisation de transmettre cette information. Si c'est une urgence, je le contacterai immédiatement afin qu'il puisse vous joindre à son tour. Mais il devrait être de retour d'ici à un jour ou deux.

— Dites à M. Klok d'appeler le lieutenant Eve Dallas de la police de New York au Central.

— Entendu.

— Depuis combien de temps est-il parti ?

— Deux semaines.

— M. Klok vit seul ici ?

— Oui.

— Il n'y a pas eu d'invités en son absence ?

— Aucun.

— Très bien.

Elle aurait préféré entrer, farfouiller un peu. Malheureusement, sans mandat de perquisition, elle n'avait aucun moyen de franchir le seuil.

Elle quitta le domaine paisible de Klok pour le quartier grouillant de Little Italy.

L'une des victimes avait été serveuse dans un restaurant dirigé par Tomas Pella. Pella avait appartenu à la Force Interne durant les Guerres Urbaines. Au cours de ces conflits, il avait perdu un frère, une sœur et sa toute jeune épouse. Celle-ci était médecin.

Il ne s'était jamais remarié. Il avait ouvert successivement trois restaurants et avait tout revendu huit ans auparavant.

— D'après les notes de Gil Newkirk, c'est un solitaire, expliqua Eve. Colérique aussi, et aigri.

Il habitait une maison à la façade blanche impeccable, entourée de boulangeries, d'épiceries et de cafés.

Reçue pour la troisième fois de suite par un droïde – une femme style bonne ménagère, cette fois –, Eve en déduisit que les hommes de cette génération préféraient l'électronique à l'humain.

— Lieutenant Dallas, inspecteur Peabody. Nous voudrions voir M. Tomas Pella.

— Je regrette, M. Pella est très malade.

— Vraiment ? Qu'est-ce qu'il a ?

— Je crains de ne pas pouvoir évoquer son état sans son autorisation. En quoi puis-je vous être utile ?

— Il est lucide ? Conscient ? Il peut parler ?

— Oui, mais il a besoin de repos et de silence.

Les droïdes étaient parfois plus obstinés que les humains, mais il existait des moyens de les intimider.

— J'exige un entretien avec lui, insista Eve en tapotant son insigne. Je pense que cela le dérangerait bien davantage si je devais revenir avec un mandat et une équipe de médecins de la police pour évaluer son état. Il a une infirmière auprès de lui ?

— En permanence.

— Dans ce cas, veuillez prévenir l'infirmière que si M. Pella est réveillé, nous souhaiterions le rencontrer. Compris ?

— Bien sûr.

Elle s'effaça pour les laisser entrer et ferma la porte derrière elles avant de se diriger vers l'interphone.

— Si M. Pella est réveillé, il y a deux inspecteurs de police qui veulent lui parler. Oui, je patiente.

La domestique gratifia Eve d'un regard aussi penaud que possible pour un droïde.

Le vestibule était haut de plafond, meublé avec élégance et sobriété. Sur la gauche, un escalier droit aux marches cirées recouvertes d'un tapis rouge usé jusqu'à la corde. Le lustre était en verre soufflé d'un délicat camaïeu de bleus.

Eve s'aventura un peu plus loin et jeta un coup d'œil à sa droite, dans le salon. Des photos ornaient le manteau de la cheminée en marbre blanc. À en juger par la tenue des protagonistes, il s'agissait de la galerie des défunts de Pella. Parents, frères et sœurs, la ravissante épouse partie trop tôt…

— Si vous voulez bien me suivre.

Le droïde croisa soigneusement les mains sur son ventre.

— M. Pella peut vous recevoir, mais son infirmière vous prie d'écourter le plus possible la visite.

Comme Eve ne répondait pas, le robot tourna les talons et gravit les marches. Elles grinçaient légèrement. Il y avait un couloir de part et d'autre du palier. Le droïde prit à droite et s'immobilisa devant la première porte.

La chambre devait donner sur la rue.

Le lit à baldaquin était imposant, en bois sculpté d'angelots. Devant les hautes fenêtres, les rideaux étaient tirés. L'homme calé contre les oreillers était d'une pâleur extrême. Il portait un masque à oxygène et ses yeux d'une couleur indéfinie étaient brillants de rage.

— Que voulez-vous ?

Pour un grand malade, il avait encore de la voix.

— Monsieur, intervint l'infirmière, vous ne devez pas vous énerver.

— Allez vous faire voir. Et sortez d'ici.

— Monsieur.

— Dehors! Je suis encore le maître chez moi. Fichez-moi la paix.

Il pointa l'index vers Eve.

— Que voulez-vous?

— Nous enquêtons sur le meurtre d'une femme dont le corps a été retrouvé dans le parc d'East River.

— L'Homme à l'anneau d'argent. Il est revenu.

Elle se rapprocha du lit. Elle ne pouvait pas l'obliger à enlever son masque et dans cette pénombre, elle avait du mal à distinguer ses traits. Elle constata néanmoins qu'il avait les cheveux blancs et le visage rond. Un peu trop. Prenait-il des stéroïdes?

— Elle a été assassinée de la même manière qu'Anise Waters, qui travaillait pour vous, il y a neuf ans.

— Neuf ans. L'équivalent d'un claquement de doigts ou d'une condamnation à perpétuité. Tout dépend, n'est-ce pas?

— Le temps est relatif? risqua-t-elle en le dévisageant avec attention.

— Le temps est une saloperie. Vous le découvrirez.

— Tôt ou tard.

— Vos collègues m'ont examiné de la tête aux pieds il y a neuf ans. Et voilà que vous remettez ça? Eh bien, allez-y, regardez-moi.

— Quand avez-vous quitté votre lit pour la dernière fois?

— Je peux me lever quand je veux! riposta-t-il d'un ton vexé en se redressant. Je ne peux pas aller bien loin, mais je peux me déplacer. Vous croyez que c'est moi qui ai tué cette fille et qui en ai enlevé deux autres?

— Vous êtes très au courant, monsieur Pella.

— Je passe mes journées devant cet écran, gronda-t-il en le désignant d'un signe de tête. Je sais qui vous êtes. Le flic de Connors.

— Cela vous pose un problème ?

Il se contenta de sourire.

— Et lui ? reprit Eve en sortant le portrait-robot. Savez-vous qui c'est ?

Elle eut d'abord l'impression qu'il ne daignerait pas y jeter un coup d'œil. Mais soudain, elle décela une lueur dans son regard.

— Qui est-ce ?

— Un type qui s'amuse à assassiner des femmes, je suppose. D'après moi, ça devrait être votre problème, pas le mien.

— Ça pourrait devenir le vôtre aussi. Aimez-vous les brunes, monsieur Pella ?

— Les femmes ne m'intéressent pas. Elles ne vous écoutent pas. Et elles disparaissent.

— Vous avez appartenu à la Force Interne durant les Guerres Urbaines.

— J'ai tué des hommes, des femmes aussi. Mais on appelait ça de l'héroïsme à l'époque. Elle s'affairait à sauver des vies quand ils l'ont tuée. Quelqu'un a dû dire que c'était un acte héroïque. C'est faux. Tuer, c'est tuer. On n'oublie jamais.

— Avez vous identifié son corps ?

— Je ne veux plus en parler. Je ne parle plus de Thérèse.

— Êtes-vous mourant, monsieur Pella ?

— Comme tout le monde.

De nouveau, il sourit.

— Certains d'entre nous sont plus près de la sortie que d'autres, c'est tout.

— Quelle maladie vous ronge ?

— Une tumeur. Je lutte depuis dix ans. Cette fois, c'est elle qui va m'avoir. Nous verrons bien.

— Vous voyez une objection à ce que ma partenaire et moi inspections votre maison pendant que nous sommes là ?

— Les Guerres Urbaines sont finies depuis longtemps. Et que je sache, nous sommes toujours aux États-Unis d'Amérique. Vous voulez fouiller chez moi ? Revenez avec un mandat. Et maintenant fichez le camp !


Debout sur le trottoir, les mains sur les hanches, Eve contemplait la maison de Pella. Au bout d'un moment, elle vit les rideaux de la chambre remuer légèrement.

— C'est un dur à cuire, commenta-t-elle.
— Oui, mais l'est-il suffisamment ?
— Je parie que oui. S'il avait envie de tuer, il tuerait. On ne peut éliminer l'angle « amour perdu ». Pourquoi ces femmes vivraient-elles, pourquoi seraient-elles heureuses quand lui a perdu la sienne ? Soldat des Guerres Urbaines, il sait comment s'y prendre, et il paraît très en colère. Et tout à fait capable de se contrôler quand il le veut.

— La chambre de grand malade, le masque à oxygène, ça pourrait être une mise en scène.

— Possible, mais il doit se douter qu'on finira par le découvrir. Bien sûr, s'il est mourant, c'est une case supplémentaire à cocher. Et aucun juge ne nous accordera un mandat pour fouiller la maison d'un vieil homme agonisant.

« Dallas, activer, enchaîna-t-elle. Feeney, tu me reçois ?

— Cinq sur cinq.

— Envoyez-moi deux uniformes avec des jumelles de surveillance. Pella m'inspire des doutes. Il sait quelque chose ; il a réagi en voyant le portrait-robot.

— Entendu.

— Le sous-marin a-t-il repéré un suiveur ?

— Non.

— Moi non plus. Je dépose Peabody chez elle et je rentre à la maison. Je travaillerai là-bas. Dallas, couper.

— Je peux regagner mon nid douillet ?

— Vous commencerez par effectuer une recherche sur l'épouse défunte de Pella. Rassemblez le maximum d'infos. Je peux obtenir l'autorisation d'examiner son dossier médical. Creusez un peu du côté de Dobbins par la même occasion.

— Encore une soirée de câlins à l'eau, soupira Peabody.

Eve l'ignora.

— De mon côté, je vais me pencher sur Hugh Klok. Il est antiquaire, ça signifie qu'il voyage beaucoup. Voyons si l'un de ces types fréquente l'opéra. Connors se chargera d'étudier leurs titres de propriété. Je veux les plans des trois maisons.

Elle déboîta dans l'espoir de se sentir observée, qu'un conducteur se faufilerait derrière elle à travers la circulation. Elle ne perçut que la fébrilité de la ville et le mouvement léthargique des véhicules sur la chaussée détrempée par la neige fondue.

# 17

— Bien rentrée, dit Eve tandis que les grilles se refermaient derrière elle. Dallas, hors service.

Ici, tout était beau et paisible. Un manteau de neige d'une blancheur immaculée recouvrait les jardins au milieu desquels se dressait l'immense demeure. Un véritable tableau de maître. Le vent de mars était tombé.

Elle descendit de sa voiture et songea que Peabody avait peut-être raison. Le printemps n'était pas si loin.

Comme elle pénétrait dans le vestibule, Summerset se matérialisa devant elle, talonné par le gros Galahad.

— Je suis chargé de vous avertir que Connors rentrera assez tard. Il semblerait qu'il ait énormément à faire, car il a passé beaucoup de temps à vous assister.

— C'était son choix, Épouvantail.

Elle jeta son manteau sur la rampe.

— Vous avez du sang sur votre pantalon.

Elle baissa les yeux. Elle avait presque oublié l'incident de la morsure.

— C'est sec.

— Dans ce cas, vous ne risquez pas de tacher le sol. Mavis vous fait savoir qu'elle n'a pas réussi à déterminer le modèle de perruque, mais que Trina et elle pensent avoir réduit à trois possibilités le champ des crèmes pour le corps. Les informations sont sur votre bureau.

Eve gravit deux marches, d'une part parce qu'elle était pressée de monter, d'autre part parce que cela lui permettait de regarder le majordome de haut.

— Elles sont parties ?

— À midi. Leonardo est rentré. J'ai organisé leur rapatriement chez eux, où Trina séjournera jusqu'à la clôture du dossier.

— Bien. Parfait.

Elle gravit deux marches de plus, s'arrêta. Il avait le don de l'exaspérer la plupart du temps, mais elle avait décelé de l'inquiétude dans sa voix. Quels que fussent ses – innombrables – défauts, il avait un faible pour Mavis.

— Elles n'ont absolument rien à craindre, le rassura-t-elle en croisant son regard.

Il se contenta d'opiner, et Eve poursuivit son chemin, Galahad trottinant derrière elle.

Dans la chambre, elle jeta un coup d'œil à l'énorme lit. Si elle s'allongeait maintenant, elle s'endormirait. Elle ne pouvait pas se le permettre. Elle se déshabilla, posa son arme, son insigne et ses appareils électroniques sur la commode, puis enfila un short et un débardeur.

Elle commença à arracher le pansement sur son mollet, se ravisa. Le seul fait d'examiner la plaie suffirait à raviver la douleur.

Ce dont elle avait besoin, c'était d'une bonne séance d'entraînement afin de s'éclaircir les idées et de réveiller son corps.

Galahad avait de toute évidence d'autres projets, puisqu'il était déjà couché en rond au milieu du lit.

— C'est pour ça que tu es si fort, marmonna-t-elle. Tu manges, tu dors, tu fais quelques pas, tu remanges et tu redors. Je devrais demander à Connors de t'installer un tapis roulant pour chats dans le gymnase.

En guise de réponse, Galahad bâilla ostensiblement et ferma les yeux.

— Mais oui, c'est ça, ignore-moi.

Elle prit l'ascenseur pour rejoindre la salle de sports.

Elle programma son parcours préféré, cinq kilomètres de course à pied sur une plage. Elle sentait la texture du sable sous ses pieds, l'odeur de la mer et entendait le bruit réconfortant des vagues.

Entre l'effort physique et l'ambiance, elle acheva l'épreuve dans une sorte de transe, puis décida de soulever quelques poids. Ruisselante de transpiration, satisfaite, elle termina la session par des étirements avant de remonter prendre une douche.

Bon, d'accord, elle avait un peu mal à la jambe, mais c'était toujours mieux qu'une sieste. C'est vrai que le chat semblait heureux, à ronfler sur le lit. Elle revêtit un pantalon large, un sweat-shirt noir – en cachemire, nota-t-elle avec stupéfaction – et une paire de chaussettes épaisses. Puis elle passa dans son bureau.

Elle commanda un pot entier de café et en but une première tasse tout en mettant à jour ses données. Elle fit quelques allers-retours devant ses tableaux de meurtre. Puis elle s'arrêta en fixant les yeux du tueur esquissé par Yancy.

— Êtes-vous rentré chez vous pour mourir ? Ted, Ed ? Edward, Edwin ? Est-ce une affaire de chronologie, de cercles, de mort ? Avez-vous créé votre propre opéra ?

Elle s'attarda devant le portrait de chacune des victimes.

— Vous les avez choisies, utilisées. Vous vous êtes débarrassé d'elles. Mais toutes représentent quelqu'un. Qui ? Qui était-elle pour vous ? Votre mère, votre maîtresse, votre sœur, votre fille ? Vous a-t-elle trahi ? Quitté ? Rejeté ?

Elle se rappela un commentaire de Pella et fronça les sourcils.

— Elles disparaissent ? L'a-t-on enlevée ? Assassinée ? Faites-vous revivre sa fin ?

Elle examina de près sa propre photo d'identité, épinglée parmi les autres. Que voyait-il quand il la regardait ? Pas une simple proie, mais une adversaire. Nouveau, n'est-ce pas, de chasser le chasseur ?

Le grand final. Oui, Mira avait probablement raison sur ce point. Dénouement inattendu. Explosion d'applaudissements. Rideau.

Elle se versa une deuxième tasse de café, s'assit et posa les pieds sur son bureau. Et si ce n'était pas uniquement un amateur d'opéra, mais un artiste ? Un chanteur frustré ou un compositeur...

Non, décida-t-elle. Chanteur ne collait pas au profil. Un ténor devait travailler très dur, en équipe, accepter les directives du metteur en scène. Ce n'était pas du tout son style.

Compositeur, alors ? Pourquoi pas ? Ces gens-là travaillaient seuls la plupart du temps.

— Ordinateur, à partir des données existantes, calculer les probabilités suivantes. Le suspect est-il de retour à New York, a-t-il ciblé Dallas, lieutenant Eve, dans le but d'achever ce qu'il considère comme son œuvre ? Ce désir est-il renforcé par l'approche de sa propre mort ou l'intention de se suicider ? Dans la mesure où il se domicilie le plus souvent dans des théâtres, a-t-il joué un rôle professionnel dans le milieu de l'opéra ? En prenant en compte ses périodes d'activité, se sert-il de produits chimiques pour supprimer ou restreindre ses envies de meurtre ?

*Requête entendue.*

— Une seconde ! Je réfléchis. Les victimes représentent-elles une personne ayant un lien avec le suspect, une personne qui aurait été à une époque torturée et assassinée avec les méthodes qu'il emploie aujourd'hui ? Démarrer l'estimation.

*Requête entendue. Calculs en cours…*

— C'est ça, au boulot !

Eve se cala dans son siège, avala une gorgée de café, paupières closes.

Quand Connors pénétra dans la pièce, elle avait les pieds sur le bureau, chevilles croisées, une tasse à la main, les paupières closes et le visage impassible. Le chat arriva derrière lui et fila directement vers le fauteuil de repos, de crainte sans doute que quelqu'un ne l'y précède. Il s'y vautra comme s'il était épuisé de s'être déplacé de sieste en sieste.

Connors fit quelques pas, s'immobilisa devant le tableau de meurtre. De découvrir le visage d'Eve parmi les mortes et les disparues lui fit l'effet d'un coup de batte de base-ball en pleine poitrine.

Le souffle coupé, il imagina l'espace d'un éclair la vie sans elle. Puis il revint sur terre, envahi par une colère sourde. Il serra les poings, se vit frapper sans merci l'homme qui considérait Eve comme une victime, l'ultime trophée de sa collection.

Sa place n'était pas là, dans cette hideuse galerie de la mort.

Pourtant, elle s'y était mise elle-même. Elle avait une volonté implacable. Son flic, son épouse, son univers. Elle gardait la tête froide, alignait faits et indices sans ciller, même quand sa propre vie était en jeu.

Il s'efforça de se calmer, de comprendre pourquoi elle avait accroché son portrait avec les autres.

Parce qu'elle avait besoin de réfléchir sur un ensemble.

Il lui jeta un coup d'œil. Elle n'avait pas bougé. Il se dirigea vers elle, résista à l'envie de la prendre dans ses bras. Il se pencha pour lui retirer sa tasse de la main.

— Va te servir toi-même, murmura-t-elle en ouvrant les yeux.

Elle n'était pas en train de dormir.
— Désolé, je croyais que tu t'étais assoupie.
— Je réfléchissais, camarade. Je ne t'ai pas entendu entrer. Comment ça va ?
— Pas trop mal. J'ai effectué quelques longueurs de piscine et pris une douche, histoire de reprendre figure humaine.
— Moi aussi, je me suis offert une séance d'entraînement. J'ai lancé divers calculs de probabilités. J'ai encore un rapport à rédiger et je voudrais creuser quelques...
— Je veux que tu m'accordes dix minutes, l'interrompit-il.
— Hein ?
— Dix minutes.
Cette fois, il s'empara de la tasse, la posa de côté et prit les mains d'Eve pour la forcer à se lever.
— Dix minutes, juste pour toi et moi.
Elle haussa les sourcils comme il l'entraînait à l'écart de son bureau.
— Dix minutes, il n'y a pas de quoi se vanter, camarade.
— Je ne pensais pas au sexe, fit-il en l'entourant de ses bras et en la berçant doucement. Enfin, pas précisément. Je veux simplement qu'on soit ensemble.
Elle prit une profonde inspiration, huma son parfum.
— Mmm, ça sent bon, dit-elle. Délicieux, ajouta-t-elle en frôlant ses lèvres des siennes.
Il laissa courir le doigt sur sa joue, sur sa bouche.
— Je connais un endroit... sous l'oreille... Là, montra-t-il en y déposant un baiser. C'est l'un de mes préférés.
Elle sourit, nicha la tête au creux de son épaule.
— Connors.
— Mmm ?
— Rien. C'est bon de prononcer ton nom, c'est tout.

Il lui caressa le dos.

— Eve. Une fois de plus tu as raison : c'est bon de le dire. Je t'aime. Il n'existe rien de plus merveilleux.

— Te l'entendre dire, ce n'est pas mal non plus. Mais le savoir, c'est encore mieux. Moi aussi, je t'aime, chuchota-t-elle en lui offrant sa bouche.

Ils s'étreignirent longuement, tendrement.

— Ça va mieux, murmura-t-il enfin en appuyant un instant le front contre le sien.

Il s'écarta, porta les mains d'Eve à ses lèvres.

Il avait le don de lui arracher des frissons. Ses baisers si doux, son regard si bleu lui firent regretter de ne pouvoir prolonger ces dix minutes en cent.

— Si je m'occupais du repas, suggéra-t-il. Tu en profiteras pour me détailler ces calculs de probabilité.

— Je m'en charge. C'est mon tour. Tu peux consulter les résultats de mes recherches si tu veux.

Elle recula, pivota et aperçut sa photo sur le tableau.

— Mon Dieu! s'exclama-t-elle, atterrée, en s'empoignant les cheveux. Écoute, c'était stupide de ma part. Je suis une idiote. Je l'ai affichée là uniquement pour...

— Cesse de te traiter de tous les noms, coupa-t-il d'une voix égale. Quand j'estime que tu agis stupidement, je me fais un plaisir de te le dire. Ça ne me pose aucun problème.

— Je sais. Mais c'est juste que...

Elle se tut comme il levait la main.

— Tu as placé ta photo au milieu des autres parce que tu dois te montrer objective et, surtout, parce que tu veux tenter de te voir telle que lui te voit. Ne pas le faire serait faire preuve de négligence.

Elle fourra les mains dans ses poches.

— Dans le mille. Ça ne te dérange pas trop?

— Que cela me dérange t'aiderait ? Évidemment non. Je survivrai. Et je le tuerai s'il ose te toucher.
— Il ne me touchera pas.
— Alors tout va pour le mieux dans le meilleur des mondes. Qu'est-ce qu'on mange ?

Elle haussa les épaules et s'éloigna en direction de la cuisine.

— J'ai besoin de féculents.

Décidément, cet homme était exaspérant. Un instant il l'embrassait et lui chuchotait des mots doux qui la faisaient littéralement fondre, l'instant d'après il lui annonçait froidement qu'il n'hésiterait pas à tuer pour elle.

Le plus incroyable, c'est qu'il était sincère. Dans les deux cas.

Elle commanda des spaghettis à la bolognaise, s'adossa au comptoir et poussa un profond soupir, ignorant Galahad qui lui tournait autour. Connors avait beau l'agacer, la dérouter, la mettre en furie, elle l'aimait tel qu'il était, d'un amour sans partage.

Elle offrit à Galahad – au bord du désespoir – une portion de chaque assiette avant de les emporter dans le bureau. Ayant deviné quel serait le menu, Connors avait ouvert une bouteille de vin rouge. Il avait les yeux rivés sur l'écran de l'ordinateur.

— Si c'est à toi qu'il fait du mal, c'est moi qui le descendrai, annonça-t-elle en posant son assiette près de lui.

— Ça me va. Tes questions sont intéressantes, lieutenant. Les pourcentages obtenus aussi.

— Il est fort probable que Mira a mis le doigt sur les raisons qui l'ont poussé à rentrer à New York et à me sélectionner comme cible. Par ailleurs, selon la machine, il y a de grandes chances pour qu'il ait œuvré dans le milieu de l'opéra. Je ne suis pas sûre d'être tout à fait d'accord.

— Pourquoi ? s'étonna Connors.

— C'est un métier terriblement exigeant, non ? Il faut s'y dévouer corps et âme, accepter de travailler avec d'autres. Je me suis interrogée là-dessus, mais plus j'y pense, moins je suis convaincue. Ce type n'a pas l'esprit d'équipe. À mon avis, c'est un solitaire. On pourrait, sur un certain plan, qualifier ses meurtres de spectacles, mais ce n'est pas ainsi que je vois les choses. C'est une affaire plus intime, entre sa victime et lui.
— Un duo.
— Un duo. Hmmm... Oui, pourquoi pas ? Un homme, une femme ; un spectacle mais sans public. Je suis quasiment persuadée que pour lui toutes ces femmes n'en représentent qu'une, une femme avec qui il a été lié par le passé. Oui, ils formaient un duo.
— Et sa partenaire a été assassinée.
— Ça l'a fait complètement dérailler. C'est pourquoi, d'après moi, il prend des médicaments pour tenir ses pulsions en bride pendant de longues périodes – ou, inversement, les libérer sur des délais plus courts. Là-dessus, l'ordinateur et moi sommes d'accord. Je dois donc rechercher des produits qui suppriment les tendances homicides. S'il est souffrant, comme nous le supputons, il prend peut-être des remèdes pour soigner sa maladie, quelle qu'elle soit. Tu connais Tomas Pella ?
— Ce nom ne me dit rien.
— Lui semblait te connaître.
— Beaucoup de gens me connaissent.
— Je sais. Bref, il possédait plusieurs restaurants dans le quartier de Little Italy. Il les a vendus peu après le début de l'affaire d'il y a neuf ans.
— Il se peut que je les aie rachetés. Je vérifierai.
— Et Hugh Klok, l'antiquaire ? Tu achètes toutes sortes de vieilleries.
— Ça ne me dit rien non plus.
— Je vais me renseigner sur lui. Newkirk se souvenait aussi d'avoir interrogé un type passionné par la taxidermie. Tu sais, les animaux empaillés.

— Ce qui soulève toujours la question : pourquoi ?
— Oui, pourquoi ?

Eve observa à la dérobée Galahad qui était revenu s'installer sur le fauteuil et faisait sa petite toilette d'après repas.

— Souhaiterais-tu que... Enfin tu sais, quand il aura épuisé ses neuf vies ?

— Seigneur, certainement pas ! Non seulement ça me flanquerait la chair de poule, mais pour lui, ce serait le comble de l'humiliation.

— C'est aussi mon avis. J'aimais l'idée du taxidermiste à cause du symbole. Mais ce type est irréprochable. Il vit sur Vegas II depuis quatre ans. Veux-tu que je te parle des autres et de celui que j'ai interviewé aujourd'hui, Dobbins ?

— Ce sera nettement plus excitant que la philosophie de l'empaillage et les chats morts. Je suis tout ouïe.


Dans leur appartement du centre-ville, Peabody et McNab s'affairaient, chacun sur son ordinateur. Comme McNab travaillait mieux dans une ambiance sonore et que Peabody s'en fichait, les haut-parleurs crachaient du rock trash et du rap révisé. Penchée en avant, ignorant la musique, elle se concentrait sur une recherche particulièrement complexe.

Lui ne cessait de se lever et de se rasseoir, tel un chiot surexcité, alternant directives aboyées et refrains à tue-tête. Difficile d'imaginer que l'on pouvait accomplir un boulot quelconque dans ce vacarme. Pourtant, Peabody savait que non seulement McNab le pouvait, mais qu'il en avait besoin.

Les restes du repas asiatique qu'ils avaient commandé chez le traiteur gisaient autour de leurs machines. Peabody se reprochait déjà de ne pas avoir résisté au dernier nem.

Quand elle tomba enfin sur ce qu'elle traquait, les larmes lui brouillèrent les yeux. Elle comprit alors qu'elle était à bout de forces et que sa capacité de résistance avait atteint ses limites.

— Hé! Hé! Qu'est-ce qui t'arrive? s'exclama McNab en voyant son expression. Arrêter la musique! Ordinateur, sauvegarder et passer en mode veille, ordonna-t-il. Qu'est-ce qui t'arrive, mon bébé?

— C'est tellement triste.

— Quoi?

Déjà, il était derrière elle et lui massait les épaules. Plutôt agréable, songea-t-elle, d'avoir quelqu'un sur place pour vous consoler quand ça ne va pas.

— J'ai trouvé Thérèse... Thérèse Di Vecchio Pella. La femme de Tomas Pella, un des types que Dallas et moi avons interrogés aujourd'hui.

— Oui, en vous appuyant sur les notes du vieux Newkirk.

— Ils se sont mariés en avril. Ils appartenaient tous les deux à la Force Interne. Lui était caporal, elle étudiante en médecine. Et regarde...

Elle tapota sur son écran.

— En juillet, on l'a envoyée dans ce secteur, à la lisière de SoHo et de Tribeca. Il y avait eu une explosion. Les victimes étaient pour l'essentiel des civils. On tirait encore dans le quartier, mais elle y est allée malgré tout. Elle portait un brassard de la Croix-Rouge. Un sniper l'a touchée alors qu'elle essayait de rejoindre les blessés. Elle n'avait que vingt ans. Elle voulait aider des innocents et ils l'ont abattue.

Peabody recula son siège, s'essuya les joues.

— Ça me fend le cœur. Il faut avoir beaucoup d'espoir, non, pour prendre le temps de se marier au milieu de tout ça. Et soudain, c'est fini. Elle n'avait que vingt ans.

McNab l'embrassa sur le crâne.

— Tu veux que je prenne le relais?

— Non. Nous avons discuté avec ce vieil homme aujourd'hui. Enfin, pas si vieux que ça, mais dans son lit, avec son masque à oxygène, il paraissait plus âgé que Mathusalem. Et voilà que je lis ça, que je me dis qu'il était si jeune quand ça s'est passé, qu'il aimait cette fille. Mais... Elle est trop jeune.

— Je sais, c'est dur, mon bébé, mais...

— Non, non. Enfin si, c'est dur, ce que je veux dire, c'est qu'elle est trop jeune pour correspondre au profil. Elle n'avait que vingt ans et la cadette des victimes en avait vingt-huit. Elles ont toutes entre vingt-huit et trente-trois ans. Donc, cette Thérèse Pella est morte trop jeune, ce qui élimine quasiment Pella de la liste des suspects.

— Tu as cru sérieusement que ça pouvait être lui ?

— L'âge, le type physique, le lien avec les Guerres Urbaines, une maison... Tout collait. En plus, il est aigri. Il prétend avoir une tumeur. Dallas doit vérifier. Il a perdu son épouse, une jolie brune. Mais après, ça ne colle plus.

Peabody secoua la tête.

— On n'y est pas du tout. Elle a été tuée par un sniper, pas torturée. Elle avait huit ans de moins que la plus jeune des victimes. Pourtant, quand on lui a parlé, Dallas a eu une intuition.

— Peut-être est-il au courant de quelque chose.

— Peut-être. Il faut que j'avertisse Dallas, puis que je creuse davantage sur Pella.

— Je vais te donner un coup de main.

McNab lui massa de nouveau les épaules, joua avec ses cheveux.

— Tu te sens mieux ?

— Oui. Ce doit être le manque de sommeil, le surmenage.

— Tu as besoin d'une pause.

— Possible... S'il ne faisait pas si froid, j'irais prendre l'air, faire un peu d'exercice.

— En ce qui concerne l'air, je ne peux pas grand-chose, mais côté exercice...

Avec un sourire, il plaqua la main sur sa fesse, la pinça.

— Ah oui ? murmura-t-elle, le regard pétillant. Tu veux ?

— Permets-moi de répondre à cette question en t'arrachant tes vêtements.

Elle gloussa tandis qu'ils s'écroulaient sur le sol.

— J'avais peur que... que l'étincelle ne se soit éteinte, avoua-t-elle.

— Tu avais tort.

Elle tira sur son pantalon pour s'en assurer.

— En effet, constata-t-elle.

Ils s'enlacèrent et échangèrent un baiser brûlant. Quand il lui mordilla le sein, le ventre de Peabody se contracta.

— Un peu plus, et l'étincelle mettra le feu à la baraque... Mmm! Femme unique, voyons un peu ce que nous allons pouvoir allumer.

Plus tard – beaucoup plus tard –, Eve consulta les documents que Peabody lui avait expédiés.

— Elle a raison, grommela-t-elle. Trop jeune, mauvaise méthode. Dobbins me semble trop je-m'en-foutiste, désabusé. Klok apparaît comme irréprochable. Pourtant, il y a quelque chose. Quelque chose qui m'échappe encore.

— Et si tu t'offrais une vraie nuit de sommeil ? suggéra Connors. Tu trouverais peut-être de quoi il s'agit.

L'ignorant, elle alla se planter devant ses tableaux.

— L'opéra. Qu'en est-il du côté des billets ?

— J'ai la liste des abonnés du *Metropolitan*. Le premier recoupement n'a rien donné. Je vais en tenter d'autres.

— Il agit tout en discrétion. Dans l'ombre. Sous couverture. Où a-t-il appris cela ? La torture. On y a parfois recours lors de certaines missions d'infiltration.

— Mes sources en matière de bourreaux ne me signalent personne de cette génération qui soit encore en vie et en exercice ou qui file des jeunes femmes brunes.

— Ça valait le coup d'essayer. Arrêtons-nous un instant sur l'aspect « mission d'infiltration ». Il pourrait s'agir d'un homme ayant participé à une époque à des opérations militaires ou paramilitaires. Depuis, le suspect a peaufiné ses connaissances, et il sait comment s'y prendre pour manipuler ses données.

— Il se peut aussi qu'il ait les relations qu'il faut, ou les moyens de payer un sbire pour le faire à sa place.

— C'est vrai. Bien. Pourquoi s'adonne-t-on à la torture ?

— Pour obtenir des renseignements.

— Oui, du moins à première vue. Quoi d'autre ? Le plaisir, la perversité sexuelle, le sacrifice rituel ?

— Pour l'expérimentation.

Elle le dévisagea.

— Éliminons la recherche de renseignements et la perversité sexuelle. Il n'y a aucun doute dans mon esprit : il prend son pied à infliger la douleur. Mais ce n'est pas tout. Quant au rituel, il ne s'agit là ni de religion ni de culte. Donc, l'expérimentation. Pourquoi pas ? Il est habile, spécialisé, précis. Je repose la question : où a-t-il appris cela ?

— On en revient aux Guerres Urbaines.

— Une fois de plus. On le lui a enseigné ou il a étudié. Mais pas ici, pas à New York... J'ai effectué une recherche sur ce type de victimes dans le fichier des Personnes disparues. Et s'il avait acquis son expérience ailleurs ? S'il avait mutilé les corps à dessein, afin d'écarter toute corrélation, ou s'en était débarrassé pour de bon ?

— Tu vas devoir lancer une étude globale sur les mutilations et les personnes disparues correspondant au profil des victimes.

— Il a peut-être été moins méticuleux. Nous ne sommes pas remontés suffisamment loin dans le passé. Il a dû mettre longtemps à parfaire sa technique.

— Je m'en occupe. Je serai plus rapide que toi, ajouta-t-il avant qu'elle puisse protester. Ensuite, pendant que mon ordinateur travaillera, nous nous reposerons.

— D'accord.

Les rêves surgissaient par à-coups, comme si elle se frayait un chemin dans un brouillard qui se dissipait, se reformait, se redissipait, se reformait de nouveau. Le tic-tac de la pendule était incessant.

Par-dessus ce cliquetis constant, elle percevait le bruit d'une bataille. Une fusillade, songea-t-elle. Tirs de mitraillettes, cris d'hommes et de femmes au combat.

Avant de les voir elle avait senti l'odeur du sang, de la fumée, de la chair brûlée.

Soudain, la vision s'éclaircit, et elle constata que la bataille se déroulait sur une scène dont le décor représentait la ville sous une forme stylisée, étrange. Les immeubles, noir et argent, étaient penchés sur des rues en zigzag ou qui se terminaient en impasses.

Les comédiens portaient des costumes élaborés, bigarrés, qui flottaient au-dessus de mares ensanglantées et s'envolaient dans des nuages de fumée grise tandis qu'ils s'assassinaient les uns les autres.

De sa loge, elle contemplait tout cela avec intérêt. En bas, dans un puits où gisaient les cadavres entrelacés, les musiciens jouaient follement. Leurs doigts, qui couraient sur des cordes aiguisées comme des lames de rasoir, dégoulinaient de sang.

Sur le plateau, les cris étaient en fait des chants. Violents. Féroces.

— Le troisième acte est presque terminé.

Elle se tournait et rencontrait le regard du tueur tandis qu'il extirpait un énorme chronomètre de la poche de son smoking.

— Je ne comprends pas. Ça ne parle que de mort. Qui écrit de telles horreurs ?

— De mort, oui. De passion, de force et de vie aussi. Tout conduit à la mort, n'est-ce pas ? Qui le saurait mieux que vous ?

— Le meurtre, c'est différent.

— Oui. C'est un acte artistique et délibéré qui donne tout pouvoir à celui qui l'accomplit. Qui l'offre en cadeau.

— Quel cadeau ? Comment cela peut-il être un cadeau ?

— Le véritable sujet de ceci...

D'un geste, il désignait la scène où l'on amenait sur un brancard une femme aux cheveux châtains collés par le sang et au corps mutilé.

— ... est l'immortalité.

— L'immortalité, c'est pour les morts. Qui était-elle lorsqu'elle était encore en vie ?

Il se contentait de sourire.

— C'est l'heure.

Il arrêtait le chronomètre, et tous les projecteurs s'éteignaient.

Eve se redressa brusquement dans le lit, haletante. Encore entre rêve et réalité, elle plaqua les mains sur ses oreilles pour étouffer le tic-tac.

— Pourquoi ça ne s'arrête pas ?

— Eve. Eve, c'est ton communicateur, murmura Connors en la prenant doucement par les poignets. Ton communicateur.

— Seigneur ! Attends... Bloquer la vidéo, commanda-t-elle. Dallas.

*Dispatching à Dallas, lieutenant Eve. Rendez-vous immédiatement à Union Square Park, côté Park Avenue. Corps d'une femme non identifiée, visiblement torturée.*

Eve tourna la tête et rencontra le regard de Connors.

— Bien reçu. Prévenir Peabody, inspecteur Delia, et Morris, médecin légiste. Selon la procédure, transmettre l'information au commandant Whitney et au Dr Mira. Je pars. Terminé.

— Je t'accompagne. Je sais, tu n'y tiens pas, mais je suis presque sûr qu'il s'agit de Gia Rossi. J'y vais avec toi.

— Je suis désolée.

— Oh, Eve, murmura-t-il d'un ton radouci. Moi aussi.

# 18

Si Eve avait vu leur propriété sous la neige comme un tableau, Connors comparait la scène du crime à une pièce de théâtre. Une pièce sinistre, pleine de mouvements et de bruit, et centrée sur un unique personnage.

Le drap blanc sur la neige blanche, le corps blanc étendu dessus, cheveux épars brillants à la lumière des projecteurs, plaies contrastant violemment avec la pâleur de la chair.

Sa femme se tenait là, en long manteau noir, sans gants – cette fois-ci, ils les avaient oubliés tous les deux –, tête nue, le regard dur. C'était elle le régisseur, songea-t-il, et un acteur majeur aussi. Le metteur en scène et l'auteur de cet acte final.

Il savait ce qu'elle ressentait : un mélange de pitié et de colère entrelardées de culpabilité. Mais ces émotions demeuraient enfouies au plus profond d'elle-même, dissimulées derrière une expression implacable.

Il la regarda discuter avec les techniciens, les uniformes et ceux qui allaient et venaient. Puis arriva l'indispensable Peabody, en anorak et écharpe de couleur. Ensemble, Eve et elle s'accroupirent près du corps.

— On n'était pas assez près, murmura McNab à ses côtés.

Connors lui glissa un bref regard.

— Pardon ?

— On n'a pas réussi à s'approcher suffisamment, répéta McNab, les mains enfoncées dans deux des multiples poches de son pardessus vert pomme. On a emprunté une dizaine de voies dans une dizaine de directions. On sentait qu'on se rapprochait, mais pas suffisamment pour aider Gia Rossi. Ça fait mal.

— Oui.

Connors avait-il vraiment cru – il y avait une éternité – que la nature même d'un flic était de ne rien ressentir ? Depuis qu'il connaissait Eve, il avait changé d'avis. À présent, immobile et silencieux, il écoutait les répliques des comédiens qui jouaient chacun leur rôle.

— Heure du décès : 1 h 30. Tôt lundi matin, déclara Peabody. Elle est morte depuis un peu plus de vingt-six heures.

— Il l'a gardée une journée, marmonna Eve en examinant le torse gravé. Trente-neuf heures, huit minutes, quarante-cinq secondes. Il l'a gardée une journée après en avoir fini avec elle. Elle n'a pas tenu assez longtemps. Les blessures sont moins sévères et moins nombreuses que sur York. Il a eu un problème. Il n'est pas parvenu à accomplir son œuvre.

Moins sévères, certes, pensa Peabody. Mais les entailles, les brûlures et les ecchymoses n'en indiquaient pas moins une terrible souffrance.

— Il a peut-être perdu patience, suggéra-t-elle.

— Je ne le crois pas.

Les mains enduites de Seal-It, Eve souleva le bras de la victime et le retourna pour étudier les traces laissées par les liens. Puis elle se concentra sur les lésions au poignet qui avaient provoqué la mort.

— Elle ne s'est pas débattue comme York. Quant à ces coupures, là, elles sont tout aussi nettes et précises que précédemment. Il contrôle toujours la situation. Il veut qu'elles durent.

Elle reposa délicatement le bras sur le drap blanc.

— Pour lui, c'est une question d'orgueil : il les torture, leur inflige des douleurs atroces, mais il les maintient en vie. Rossi a lâché prise avant qu'il n'ait terminé.

— C'était avant qu'il ait pu voir sa photo dans la presse, souligna Peabody. Il n'a donc pas paniqué, et ne s'est pas défoulé sur elle.

Eve leva les yeux.

— Non, mais si cela avait été le cas, elle serait quand même morte. Nous avons fait ce que nous devions faire. Il a commencé samedi matin, et il l'a achevée aux aurores lundi. York, c'était vendredi soir. Il a dû fêter l'événement, ou alors il s'est offert une bonne nuit de sommeil avant de s'attaquer à Rossi.

Mais il avait aussi pris le temps de filer Eve. Autre méthode éprouvée de torture. Disparaître puis revenir. Et il s'était occupé de Greenfeld.

— Il la nettoie, il prend son temps. Rien ne presse. Il a déjà repéré l'endroit du dépôt, inspecté les lieux.

De sa position, Eve scruta les alentours.

— Par un froid pareil, les promeneurs sont rares. Il la transporte tranquillement jusqu'ici.

— Les techniciens ont relevé une multitude d'empreintes de pas. La neige était fraîche et molle. Ils en feront des moulages, ce qui nous donnera une pointure et un modèle de chaussures.

— Oui. Mais ça ne l'inquiète pas. Il est assez malin pour porter des bottes trop grandes, histoire de brouiller les pistes. D'une marque commune, presque impossible à déterminer. Ces preuves nous serviront pour le confondre quand nous l'aurons coincé, mais elles ne nous mèneront pas à lui.

Impassible, Eve se remit à la tâche.

— Elle était solide, en pleine forme, fit-elle en examinant le corps. Elle a lutté, mais pas autant que York. Et beaucoup moins longtemps. Elle a abandonné. Physiquement, elle était forte, mais le mental n'a pas suivi. Il a dû être horriblement déçu.

— Je suis heureuse qu'elle ait moins souffert, déclara Peabody.

Eve releva abruptement la tête.

— Je sais, reprit sa partenaire. Mais si nous ne pouvions pas la sauver, ça me réconforte qu'elle ait moins souffert.

— Si elle avait résisté, nous l'aurions peut-être secourue. On aura beau retourner la question dans tous les sens, Peabody, ça ne changera rien.

Eve se redressa en apercevant Morris qui se dirigeait vers elles. Dans le regard du médecin légiste, elle lut le même mélange complexe de colère, de désespoir, de tristesse et de culpabilité que chez elle et chez tous les autres flics.

— Gia Rossi, se contenta de dire Morris.

— Oui. Décédée selon nous depuis un peu plus de vingt-six heures. Découverte par une bande de gamins qui traversaient le parc. Ils ont un peu souillé la scène du crime, mais la plupart ont détalé comme des lapins. L'un d'entre eux nous a prévenus... L'assassin a eu un souci avec elle. Elle a lâché prise. À moins qu'il n'ait essayé une drogue sur elle.

— Je demanderai l'analyse toxicologique en priorité. Elle est moins abîmée que les autres.

— En effet.

— On peut la bouger ?

— Je m'apprêtais à la retourner.

Il acquiesça et s'assit sur ses talons pour l'aider.

— Aucune plaie dans le dos, constata Morris.

— C'est quasiment une constante. Il aime les face-à-face. Il faut que ce soit personnel. Intime.

— Quelques hématomes, lacérations, brûlures et perforations autour des omoplates et sur les mollets.

Il repoussa doucement la chevelure de Rossi, examina sa nuque, son cuir chevelu, ses oreilles.

— Si je compare avec les autres, je dirai qu'il n'a pas dépassé la phase deux. Vous avez raison, il s'est passé quelque chose. Je l'emmène.

Il se leva, rencontra le regard d'Eve.

— Elle avait de la famille ?

Morris ne posait jamais cette question.

— Elle a une mère dans le Queens, un père et une belle-mère dans l'Illinois. Nous allons les contacter.

— Prévenez-moi s'ils veulent la voir. Je les accueillerai personnellement.

— Entendu.

Il détourna la tête.

— J'aimerais tant que le printemps arrive, soupira-t-il.

— Oui, ça n'empêche pas les gens de mourir, mais l'atmosphère est plus agréable pour nous. Et il y a les fleurs. C'est joli.

Il sourit.

— J'ai un faible pour les jonquilles. Je trouve que la trompe ressemble à une bouche très longue, et je les imagine bavarder entre elles dans une langue que nous n'entendons pas.

— C'est glauque !

— Dans ce cas, je préfère éviter le sujet des pensées.

— Bonne idée. Je passerai plus tard. Peabody, au boulot.

Elle rejoignit Connors.

— J'ai presque fini ici, commença-t-elle. Tu devrais...

— Je ne rentre pas à la maison, coupa-t-il. Je vais directement au Q.G. Par mes propres moyens.

— Je vais avec vous, lui dit McNab. Si vous êtes d'accord, lieutenant, ajouta-t-il.

— Allez-y et rameutez le reste de l'équipe. Il n'y a pas de raisons qu'ils restent au lit quand nous sommes sur le pont. Désormais, nous travaillerons vingt-quatre heures sur vingt-quatre. Je vais composer des sous-groupes qui se relaieront toutes les douze heures. Le chronomètre pour Arielle Greenfeld a commencé son décompte. Il est hors de question qu'on la retrouve dans cet état.

L'aube pointait à peine quand elle atteignit le Central. Avant de se rendre dans son bureau, elle pénétra dans le Q.G. Tandis que les lumières s'allumaient, elle s'immobilisa et regarda autour d'elle. La salle était silencieuse, déserte. Plus pour longtemps, décida-t-elle. Jusqu'à ce qu'ils aient résolu cette affaire.

Elle allait requérir des renforts. Des hommes chargés de ratisser les rues, de montrer le portrait-robot de l'assassin, d'interroger les voisins, les passants, les chauffeurs de taxi, les toxicos. Des hommes chargés de chercher, et chercher encore, de suivre la moindre piste, si mince soit-elle.

Elle s'approcha du tableau blanc et y inscrivit, à la suite de son nom, le temps que Gia Rossi avait mis à mourir.

Puis elle regarda le nom suivant. Arielle Greenfeld.

— Tenez bon. Ce n'est pas terminé, alors tenez bon.

Elle pivota, aperçut Connors qui l'observait depuis le seuil.

— Tu as fait vite. McNab et moi sommes passés par la DDE pour réquisitionner du matériel. Feeney est en route.

— Bien.

Il la rejoignit devant le tableau.

— D'une certaine manière, tout dépend d'elle maintenant. De toi, de nous, de lui évidemment, mais d'elle aussi.

— Plus elle s'accrochera, plus nous nous rapprocherons.

— Et plus elle s'accrochera, plus il t'aura dans sa ligne de mire. C'est ce que tu veux. Si tu le pouvais, tu le provoquerais.

Inutile de nier.

— Tu as raison.

— Quand ils ont tué Marlena, il y a si lontemps, dit-il, quand ils l'ont déchiquetée en morceaux, je voulais qu'ils viennent à moi.

Eve songea à la fille de Summerset qui avait été enlevée, torturée et tuée par des rivaux du jeune et hardi criminel qu'était Connors à cette époque.

— S'ils l'avaient fait, la bande entière, tu serais six pieds sous terre avec elle.

— Possible. Probable, même. Mais c'était ce que je souhaitais, et si j'en avais eu le pouvoir, j'aurais fait en sorte que cela arrive. Ce n'est pas arrivé, et j'ai utilisé d'autres moyens pour les éliminer les uns après les autres.

— Il est seul. Et je ne dispose pas d'autres moyens.

— C'est vrai. Voici ce que j'ai compris tout à l'heure dans le parc, pendant que tu examinais Gia Rossi. Il croit te connaître.

Connors la regarda droit dans les yeux.

— Il est convaincu de savoir qui tu es, comment tu fonctionnes. Il se trompe. Si vous vous retrouvez l'un en face de l'autre ne serait-ce qu'un instant, il en aura peut-être un aperçu. Alors il saura ce qu'est la peur.

— Eh bien ! souffla-t-elle, un poil secouée. Je ne m'attendais pas à cela de ta part.

— Quand je l'ai vue, quand j'ai vu ce qu'il lui avait fait, j'ai craint de t'imaginer à sa place.

— Connors...

— Ça n'a pas été le cas, enchaîna-t-il en lui caressant la joue. Pas parce que cette pensée m'était insupportable. Parce qu'il ne parviendra jamais à te dominer. Tu ne le lui permettras pas. Et c'est un immense réconfort pour moi, mon Eve chérie.

— Tu me remontes le moral.

Elle jeta un coup d'œil vers la porte pour s'assurer qu'ils étaient toujours seuls. Puis elle se pencha vers lui et l'embrassa.

— Merci. Il faut que j'y aille.

— S'il te tue, lança Connors tandis qu'elle s'éloignait, je serai très, très énervé.

— Qui pourrait t'en blâmer ?

Elle se dirigeait vers son bureau quand elle fut interceptée par Peabody.

— Baxter et Trueheart préviennent la mère. Je viens de parler avec le père.

— Parfait. Dès qu'on aura reçu le rapport de Baxter, on donnera le feu vert pour la divulgation du nom de la victime dans les médias.

— À propos de médias, je suis passée par votre bureau au cas où vous y seriez. Vous avez des milliers de messages de reporters divers.

— Je m'en charge. Avertissez-moi dès que tout le monde sera là.

— Très bien. Dallas, voulez-vous que je mette les tableaux de meurtres à jour ?

— Je l'ai déjà fait, fit Eve en s'éloignant.

Elle écouta ses messages, les transmettant les uns après les autres à la division relations publiques. Seul, celui de Nadine retint son attention.

— « Dallas, on raconte que vous avez un nouveau corps. La situation ne va pas tarder à dégénérer alors je vous donne un scoop. Les crachats volent déjà ; la plupart d'entre eux vont vous éclabousser ainsi que la police de New York. Si vous avez quelque chose pour moi, n'hésitez pas. »

Eve réfléchit quelques instants, puis attrapa son communicateur. Nadine décrocha tout de suite.

— Je croyais que les reines des médias dormaient jusqu'à midi.

— Bien sûr ! Comme les flics. Je suis déjà à mon bureau, rétorqua Nadine. Je travaille sur un papier. Je passe à l'antenne à 8 heures pour une émission spéciale. Si vous avez du nouveau à me communiquer, c'est le moment ou jamais.

— Une source de la police de New York a déclaré ce matin avoir de nouvelles et pertinentes informations concernant l'individu que la presse a surnommé L'Homme à l'anneau d'argent.

— Quelles nouvelles et pertinentes informations ?

— Toutefois, la source en question n'a pas voulu en révéler les détails, ceux-ci étant confidentiels, poursuivit Eve. Ladite source a aussi déclaré que l'équipe chargée de l'enquête est à l'œuvre vingt-quatre heures sur vingt-quatre afin d'identifier et d'appréhender le meurtrier de Sarifina York et de Gia Rossi. Et de rendre justice aux vingt-trois femmes dont les morts sont attribuées à ce même individu.

— C'est joli, mais un peu langue de bois. Vous allez recevoir une volée de bois vert.

— Franchement, Nadine, je m'en fiche éperdument. Diffusez cette déclaration. Je veux qu'il sache que nous sommes à ses trousses, qu'il s'inquiète. Attendez 8 heures pour citer le nom de Rossi.

— Une petite question, si vous permettez ? La source confirme-t-elle ou infirme-t-elle que l'enquête se focalise désormais sur un suspect en particulier ?

— La source ne confirme ni n'infirme, mais annonce que les enquêteurs sont à la recherche ou ont localisé et interrogé plusieurs personnes intéressantes.

— D'accord, murmura Nadine en notant furieusement. C'est toujours aussi vague, mais ça donne une impression de concret.

— Vos documentalistes sont toujours à l'affût ?

— Oui.

— J'aurai peut-être une tâche à leur confier un peu plus tard. C'est tout, Nadine. Si vous voulez la déclaration officielle, adressez-vous au service relations publiques.

Eve coupa la transmission, se servit un café. À contrecœur, elle avala un cachet énergétique. Mieux valait être nerveuse que molle. Puis elle consulta les résultats de la recherche globale lancée depuis son domicile.

Pendant que les noms s'affichaient, elle se cala dans son siège et ferma les yeux. Ils se comptaient par milliers. Pas étonnant vu les éléments qu'elle avait demandé à Connors d'entrer dans la machine.

À elle de réduire, d'affiner.

Son communicateur bipa.

— Oui, quoi ?
— Tout le monde est là, annonça Peabody.
— J'arrive.


Des flics fatigués, songea-t-elle en pénétrant dans le Q.G. Son équipe se composait désormais de flics lessivés, frustrés, excédés. Parfois, se rassura-t-elle, c'était un moteur. Ils carburaient à l'adrénaline, à la colère et, dans de nombreux cas, aux pilules stimulantes.

Inutile de tourner autour du pot.

— Nous l'avons perdue, lâcha-t-elle.

Un silence de plomb tomba dans la salle.

— Nous avons toutes les polices du pays avec nous. Nous avons l'expérience, les cerveaux, la volonté de vous tous ici présents. Mais nous l'avons perdue. Je vous accorde trente secondes pour ruminer là-dessus, pour râler, pour accuser le coup. Pas une de plus.

Elle posa ses affaires, alla se chercher un autre café. Lorsqu'elle revint, elle sortit une copie de la photo d'Arielle Greenfeld et l'épingla au milieu d'un nouveau tableau.

— Celle-ci, nous ne la perdrons pas. À partir de maintenant, nous serons en permanence sur le qui-vive. À partir de maintenant, elle est la seule victime dans cette ville. À partir de maintenant, elle seule doit compter dans nos vies. Agent Newkirk ?

— Lieutenant.

— Vos collègues et vous prendrez le premier service de 12 heures. Vous serez remplacés à... 19 heures, précisa-t-elle après avoir consulté sa montre. Capitaine Feeney, il faudra deux hommes supplémentaires à l'électronique pour assurer la relève. Quant à tous ceux qui sont sur le terrain, je désignerai vos remplaçants d'ici peu.

— Lieutenant.

Trueheart se racla la gorge et Eve le vit batailler pour ne pas lever le doigt.

— L'inspecteur Baxter et moi avons établi une rotation. Avec votre permission, nous préférerions organiser nos quarts entre nous deux.

— Si vous avez besoin de personnel supplémentaire, renchérit Baxter, prenez-le. Mais nous, on ne décramponnera pas. Et toi, Jenkins, qu'en dis-tu ?

— On dormira une fois qu'on l'aura coffré.

— Bien, acquiesça Eve. Une recherche globale sur les mutilations, meurtres et disparitions correspondant aux descriptions des cibles au cours des cinq dernières années a donné un résultat de plusieurs milliers de noms.

Elle brandit un disque, le jeta en direction de Feeney.

— Primo, il faut trier, procéder par élimination. Extraire un ou plusieurs cas dont il pourrait être l'auteur – et mettre le doigt sur ses erreurs. Secundo...

Pendant qu'Eve briefait son équipe, écoutait les rapports et coordonnait les opérations, Arielle Greenfeld se réveilla. Elle avait refait surface à deux reprises, prenant vaguement conscience de son environnement avant qu'il entre. Petite pièce, cloisons en verre, équipement médical ? Était-elle à l'hôpital ?

Elle s'était efforcée de le dévisager, mais sa vision était floue. Comme si on lui avait enduit les yeux et le cerveau d'huile. Elle eut l'impression d'entendre des voix. Aiguës. Des anges ? Était-elle morte ?

Puis elle avait de nouveau sombré dans l'inconscience.

Cette fois, lorsqu'elle reprit connaissance, la pièce lui parut plus vaste. Les lumières étaient fortes, presque aveuglantes. Elle avait la nausée, des vertiges, comme si elle était malade depuis longtemps.

Avait-elle eu un accident ? Elle ne se souvenait de rien. Elle ne ressentait aucune douleur. Elle s'obligea à fouiller dans sa mémoire.

— Des pâtisseries pour un mariage, murmura-t-elle.

M. Gaines. Le mariage de la petite-fille de M. Gaines. Une chance inouïe : un contrat en or en qualité de chef pâtissière pour la réception.

La maison de M. Gaines – immense, splendide. Un beau salon avec une cheminée. Chaleureux, intime. Il était passé la prendre, l'avait ramenée chez lui pour lui présenter la future mariée. Ensuite…

Les images se brouillaient. Elle se força à réfléchir. Son cœur se mit à battre à coups redoublés. Du thé et des gâteaux. Le thé, il y avait quelque chose dedans. Quand elle avait tenté de se lever, elle avait décelé une lueur étrange dans les prunelles de son hôte.

Ô, Seigneur, non, elle n'était pas à l'hôpital ! Oh, non ! Il l'avait droguée et emmenée quelque part. Elle devait s'échapper, et vite !

Elle voulut s'asseoir, mais ses bras et ses jambes étaient ligotés. Affolée, ravalant un cri, elle se redressa le plus possible. Un flot de terreur la submergea.

Elle était nue, attachée sur… une espèce de table en métal. Les cordes lui lacéraient la chair dès qu'elle bougeait. Balayant la pièce des yeux, elle aperçut des moniteurs, des écrans, des caméras et des tables roulantes.

Sur ces derniers, des plateaux remplis d'instruments pointus, aiguisés, terrifiants.

Tandis que son corps était saisi d'un tremblement irrépressible, son esprit refusait d'y croire. Des larmes roulèrent sur ses joues.

La femme dans le parc. Une autre disparue. Elle avait vu les reportages. « Monstrueux, se rappelait-elle avoir pensé. Abominable. » Pourtant, elle était partie travailler en toute sérénité. Cette tragédie ne la concernait en rien. Ça n'arrivait qu'aux autres.

En général.

Jusqu'à aujourd'hui.

Elle aspira un grand coup, poussa un hurlement. Elle s'époumona jusqu'à s'en brûler la gorge. Elle recommença.

Quelqu'un finirait par l'entendre. Quelqu'un finirait par venir à son secours.

Mais quand quelqu'un l'entendit, quand quelqu'un surgit enfin, l'effroi la prit à la gorge, coupant court à ses cris.

— Ah, vous êtes réveillée !

Il lui adressa son plus beau sourire.


Eve se pencha sur la liste d'abonnés de l'opéra que lui avait fournie Connors. Sa première recherche lui permit de sélectionner tous les hommes de soixante à quatre-vingts ans.

Elle élargirait le champ, le cas échéant. Il s'était peut-être inscrit sous le nom d'une entreprise qui n'existait pas.

En outre, rien ne permettait d'affirmer qu'il avait un abonnement. Peut-être préférait-il assister aux spectacles ponctuellement.

Quand le résultat s'afficha, elle lança une recherche standard sur chacun des noms.

Elle en avait écumé les trois quarts quand le miracle se produisit :

— Te voilà, murmura-t-elle. Te voilà, espèce d'ordure. Stewart E. Pierpont cette fois ? « E » pour Edward. Qui est Edward pour toi ?

Sur la photo d'identité, il avait les cheveux poivre et sel, longs, coiffés à la lionne. Il se prétendait citoyen britannique, propriétaire de résidences à Londres, New York et Monaco. Nouveauté : cette fois, il se disait veuf.

La défunte épouse figurait sous le nom de Carmen DeWinter, britannique elle aussi, décédée à l'âge de trente-deux ans.

Eve plissa les yeux.

— L'ère des Guerres Urbaines. Mon petit Eddie, j'ai l'impression que là, tu as poussé le bouchon un peu loin.

Elle lança une recherche sur DeWinter Carmen, mais ne dénicha personne qui correspondait aux données citées dans le fichier Pierpont.

— D'accord, d'accord. Mais il y avait une femme, pas vrai ? Elle est morte, elle a été tuée ou, tiens ! tu l'as toi-même assassinée. Mais elle a existé.

Eve revint sur le dossier Pierpont, vérifia les adresses. Un théâtre à Monaco, une salle de concert à Londres, le *Carnegie Hall* à New York.

« Il n'en démord pas », nota-t-elle. Mais les billets étaient livrés quelque part, ou quelqu'un allait les chercher sur place.

Elle fonça jusqu'au poste de travail de Connors.

— Qui connais-tu au *Metropolitan*, et peux-tu me pistonner ?

— Je connais quelques personnes. De quoi as-tu besoin ?

— Tout et n'importe quoi sur ce type, rétorqua-t-elle en lui tendant la copie imprimée du document sur Pierpont. C'est lui, dans son déguisement d'abonné. Au fait, bien joué sur ce coup-là.

— On fait ce qu'on peut.

— Fait plus. Nous n'avons pas de temps à perdre en paperasses. Je veux un accès libre à quiconque pourra me renseigner sur cet individu.

— Accorde-moi cinq minutes.

Il sortit son communicateur personnel.

Elle s'écartait par discrétion quand son propre appareil vibra.

— Dallas.

— On a peut-être quelque chose ! s'exclama Baxter. Concernant les bagues. Je crois qu'on a découvert l'endroit d'où elles proviennent. *Tiffany*... on a opté pour le classique.

— Je croyais qu'on s'était déjà rendu sur place.

— En effet, mais personne ne se souvenait de rien, et ils n'avaient pas ce modèle. Nous avons décidé d'insister. Style classique, boutique classique. Elles ne sont pas clinquantes, mais elles sont de première qualité. Une femme nous a entendus alors que nous interrogions les vendeurs. Une cliente. Elle se souvient d'être venue juste avant Noël et d'avoir remarqué un homme qui achetait quatre anneaux d'argent d'un coup. Elle s'est permis un commentaire, et l'autre lui a raconté qu'il avait quatre petites-filles à gâter. Le gérant du magasin a accepté de creuser un peu et nous a appris qu'ils n'avaient eu qu'un stock limité de ce modèle l'année dernière.

— Mode d'achat ?

— En espèces, le 18 décembre. Le témoin est une perle, Dallas. Elle a expliqué qu'elle avait « engagé la conversation avec lui ». J'ai surtout l'impression qu'elle cherchait à le draguer ; elle se serait extasiée sur son parfum et lui en aurait demandé la marque. *Alimar*.

— Trina a un sacré nez. C'est un des produits qu'elle a sélectionnés.

— Mieux encore, il a prétendu avoir découvert cette ligne de produits à Paris et avoir été très heureux d'apprendre que la boutique d'une chaîne de spas à New York – une adresse à Madison Avenue, une autre au centre-ville – l'avait en rayon. Le magasin s'appelle *Divine*. C'est là qu'il a repéré Trina.

— En effet. Tâchez de voir si votre témoin accepterait de travailler avec Yancy.

— J'ai déjà la réponse. Elle en serait, je cite : « tout émoustillée ». C'est une perle, Dallas, une perle aux yeux d'aigle. Quand il a sorti l'argent de son portefeuille pour régler ses achats, elle a aperçu une photo. Un vieux cliché, selon elle, représentant une ravissante brune.

— Bravo, Baxter. Excellent. Amenez-nous votre perle. Dallas, terminé. Ça bouge, conclut-elle en se tournant vers Connors. Ça bouge enfin !

— Jessica Forman Rice Abercrombie Charters, riposta-t-il en lui tendant un bloc-notes. Présidente du conseil d'administration. Elle t'attend quand tu veux. Elle est chez elle ce matin. Si elle ne peut pas t'aider, elle t'indiquera à qui t'adresser.

— Tu es un chef, déclara-t-elle. Peabody, avec moi !

# 19

Jessica aux multiples patronymes habitait un immense triplex. Le séjour offrait une spectaculaire vue panoramique sur l'East River.

La propriétaire avait décoré les lieux selon ses goûts, mélangeant antiquités et meubles ultracontemporains. Le résultat était à la fois éclectique et chaleureux. Eve et Peabody s'enfoncèrent dans les coussins moelleux d'un canapé rouge sang tandis que leur hôtesse s'emparait d'une théière en porcelaine blanche décorée de boutons de rose pour verser le thé dans des tasses d'une délicatesse inquiétante.

Une femme en tenue impeccable, maigre comme un cure-dents, avait apporté le plateau.

— Nous nous sommes croisées à plusieurs occasions, commença Jessica.

— Oui, je m'en souviens.

En effet, maintenant qu'elle l'avait devant elle, Eve se rappelait avoir rencontré cette femme de plus de quatre-vingts ans tirée à quatre épingles, aux cheveux courts blond foncé encadrant un visage anguleux. Sa bouche était fardée de rose pâle et ses yeux, ourlés de cils épais, étaient vert foncé.

— Vous portez les créations de Leonardo, observa la vieille dame. L'une de mes petites-filles est folle de ses modèles. Elle ne jure que par lui. Ses vêtements lui vont bien, comme à vous. Je suis d'avis que l'on doit toujours choisir ce qui nous va.

Comme elle lui tendait sa tasse, Eve ravala son envie de lui rétorquer qu'un bon café bien fort lui irait parfaitement.

— Nous vous remercions de nous consacrer un peu de temps, madame Charters.

— Jessica, je vous en prie.

Elle adressa un sourire rayonnant à Peabody en lui tendant son thé.

— Puis-je me permettre de vous poser une question ? Quand vous interrogez un suspect, vous arrive-t-il de le malmener ?

— C'est inutile, répliqua Peabody. La simple présence du lieutenant suffit à leur faire cracher des aveux.

Jessica gloussa comme une fillette.

— J'aimerais voir ça ! J'adore les films policiers. J'essaie toujours de m'imaginer à la place du coupable, la manière dont je réagirais au cours d'un interrogatoire. Figurez-vous que j'ai eu très envie d'assassiner mon troisième mari.

— Vous avez bien fait de résister à la tentation, intervint Eve.

Jessica ébaucha un sourire.

— En effet. Cela aurait été satisfaisant, mais je me serais sali les mains. Remarquez, un divorce est rarement propre. Mais je vous fais perdre votre temps. Pardonnez-moi. En quoi puis-je vous être utile ?

— Stewart E. Pierpont.

Jessica haussa les sourcils.

— Oui, je connais ce nom. Il a commis un crime ?

— Nous souhaiterions lui parler, mais nous avons du mal à le localiser.

Si le trouble de Jessica était perceptible, son ton demeura posé et aimable.

— Je dois avoir ses coordonnées dans mes fichiers. Je vais demander à Lyle de vous les rechercher.

— Celles que nous avons sont fausses. À moins que le *Royal Opera House* de Londres et le *Carnegie Hall* de New York ne prennent des locataires...

— Vraiment ?

Une lueur avide dansa dans les prunelles de la vieille dame.

— Tiens ! Tiens ! J'aurais dû m'en douter.

— Comment et de quoi auriez-vous dû vous douter ?

— Un étrange personnage, ce M. Pierpont. Il a assisté à divers galas et manifestations au fil des ans. Ce n'est pas un mondain, encore moins un philanthrope. Je n'ai jamais réussi à lui soutirer la moindre donation. Or je suis la championne du monde en la matière.

— Ces soirées se font uniquement sur invitation, je suppose ?

— Naturellement. Il est important de... Ah ! Bien sûr ! Comment a-t-il pu recevoir un carton si son adresse n'était pas la vraie ? Accordez-moi un instant, je vous prie.

Elle se leva et quitta la pièce.

— Elle me plaît, avoua Peabody en se servant un gâteau sec. Elle me rappelle ma grand-mère. Pas par son physique ni par son train de vie. Mais elle a la même vivacité, la même lucidité. Waouh ! Ces biscuits sont exquis. Et tellement minces qu'on voit presque à travers !

Elle en reprit un.

— La nourriture transparente, ce doit être pauvre en calories. Mangez-en un, sans quoi je vais me sentir gênée.

Eve s'exécuta, l'esprit ailleurs.

— Il ne donne rien au *Metropolitan*. Il fréquente une réception de temps en temps, mais ne signe jamais un gros chèque. Les billets coûtent de l'argent, les galas aussi, mais il reçoit quelque chose de concret en retour. Là encore, c'est une question de contrôle. Les dons, on ne sait jamais vraiment où ils finissent.

Elle tourna la tête comme Jessica réapparaissait.

— Le mystère est résolu, mais demeure entier. Selon Lyle, M. Pierpont a exigé que toute correspondance, quelle qu'en soit la nature, lui soit envoyée à une boîte postale.

— C'est courant ?
— Pas du tout.

Jessica s'assit, souleva sa tasse avec grâce.

— C'est très inhabituel, enchaîna-t-elle. Toutefois, nous nous efforçons de nous conformer aux désirs de nos mécènes, y compris les moins généreux d'entre eux.

— Quand avez-vous parlé avec lui pour la dernière fois ?

— Voyons... Ah, oui ! Il est venu à notre grande réception d'hiver. Elle a lieu le deuxième samedi de décembre. J'ai essayé une fois de plus de le convaincre de rejoindre la Guilde. L'inscription est onéreuse, mais offre de nombreux avantages. Il aime l'opéra, mais participer au financement des spectacles ne l'intéresse pas. Je l'ai aperçu une ou deux fois au *Metropolitan*. Il vient toujours à pied. Et toujours seul.

— A-t-il jamais évoqué sa vie personnelle avec vous ?

— Que je réfléchisse...

Elle croisa les jambes, balança un pied de haut en bas.

— Il m'a dit qu'il était veuf depuis de nombreuses années, qu'il voyageait beaucoup. Il prétendait connaître les salles célèbres du monde entier. Il a un faible pour l'opéra italien. Oh !

Elle leva l'index et ferma brièvement les yeux.

— Il y a quelques années de cela, je me souviens de l'avoir cuisiné un peu – il avait bu deux ou trois verres de vin, et j'espérais réussir à lui soutirer son inscription à la Guilde. Je lui ai demandé s'il pensait que l'amour véritable de l'art et de la musique était inné ou le résultat de l'éducation. Il m'a répondu qu'il tenait son amour de l'opéra de sa mère. J'ai observé qu'en ce qui le concernait, c'était donc bien génétique. Absolument pas, m'a-t-il rétorqué, car bien qu'il n'ait eu qu'elle comme mère, c'était en fait la seconde épouse de son père. Elle était soprano.

— Interprète.

— C'est la question que je lui ai posée. Sa réponse a été un peu bizarre... Elle avait été interprète, mais les circonstances n'avaient pas joué en sa faveur et le temps avait filé. J'étais intriguée, aussi je lui ai demandé ce qui s'était passé. Mais il s'est excusé et a tourné abruptement les talons.

— Lyle aurait-il une idée de la dernière fois où Pierpont a ramassé du courrier dans sa boîte ?

— Je le lui ai demandé. La semaine dernière.

— Quel moyen de paiement utilise-t-il ?

— Il règle systématiquement en espèces. Et oui, ça aussi, c'est rare. Mais nous ne chipotons pas sur ce genre d'excentricités. Au théâtre, il est toujours en smoking. Comme ses invités. Ça aussi, c'est un peu saugrenu, je suppose.

— Vous avez dit qu'il venait seul.

— Oui. Mais il lui arrive d'offrir son billet à un ami.

En hôtesse attentionnée, elle remplit de nouveau la tasse de Peabody.

— J'ai vu d'autres hommes à sa place dans sa loge. D'ailleurs, pas plus tard que la semaine dernière, lors de la première de *Rigoletto*.

— Pouvez-vous me le décrire ?

— Tout en noir et blanc. C'est l'impression que j'ai eue. Smoking, cheveux blancs, teint pâle. Je me suis demandé si c'était un membre de sa famille. Il y avait une ressemblance, m'a-t-il semblé. Je ne l'ai pas vu à l'entracte ni après le spectacle. En tout cas, je ne l'ai pas remarqué.

— Pouvez-vous me retrouver les noms de ceux qui étaient dans la même loge ?

— Il n'y a jamais personne d'autre quand Pierpont ou l'un de ses invités est là.

Jessica sourit en leur tenant l'assiette de gâteaux.

— C'est étrange, non ?

— Il achète toutes les places de la loge, observa Eve lorsqu'elles furent de nouveau dans la voiture. Il ne veut personne à proximité.

Peabody sortit son ordinateur de poche pour y taper ses notes.

— On pourrait déployer une équipe de surveillance autour du théâtre, proposa-t-elle. Il a peut-être besoin d'une dose régulière.

— Bonne idée, acquiesça Eve. Sa belle-mère. C'est elle que toutes ces femmes représentent. C'est sa photo qu'il a dans son portefeuille. Il l'idéalise autant qu'il la diabolise.

— On croirait entendre Mira.

— Ça tombe sous le sens. Il la tue encore et encore – je parie qu'il recrée sa mort. Puis il la lave, la dépose sur un drap blanc. Le temps a filé, donc, il veille à ce qu'il en soit de même pour ses victimes. C'est le nœud du problème. Avec les Guerres Urbaines. Elle a péri pendant les Guerres Urbaines, et je suis à peu près certaine de savoir à quoi correspond la prétendue date du décès de sa femme dans son fichier d'identité.

— L'épouse – l'anneau d'argent. Sa belle-mère, mais aussi la femme de tous ses fantasmes, hasarda Peabody. Sa jeune mariée. Il ne la viole pas, ça gâcherait tout. Ce n'est pas sexuel, c'est romantique. Pathologiquement romantique.

— Qui parle comme Mira à présent ? ricana Eve. Mettons-nous à la recherche des femmes correspondant à sa description, mortes autour de cette date.

— Beaucoup de décès n'ont pas été comptabilisés pendant les Guerres Urbaines.

— Le sien l'aura été.

Profitant d'une ouverture dans le flot de la circulation, Eve braqua vivement pour changer de voie.

— Il s'en sera assuré. Ça s'est passé ici, à New York. New York, pour lui, c'est le début et la fin. Si on la trouve, elle nous mènera à lui.

Elle ne savait pas qu'il était possible d'endurer une telle souffrance, d'y survivre. Même lorsqu'il arrêtait – elle avait cru que cela n'arriverait jamais –, son corps entier continuait à brûler et à saigner.

Elle avait sangloté, elle avait hurlé. Dans un coin de sa tête, elle avait compris que c'est cela qui lui plaisait. Ses gémissements, ses hoquets, ses efforts désespérés pour se débattre l'avaient amusé.

À présent, elle gisait, tremblante, tandis que des voix qui s'exprimaient dans une langue qu'elle ne comprenait pas emplissaient l'air. De l'italien ? se demanda-t-elle en luttant pour rester consciente. Probablement. Il avait mis de la musique pendant qu'il la torturait.

Arielle n'avait jamais été violente. Elle s'était même ridiculisée dans les cours de self-défense qu'elle avait pris avec deux de ses amies. Ces dernières l'avaient surnommée « la faible femme ». Elles s'étaient esclaffées toutes les trois parce qu'aucune d'entre elles n'imaginait devoir un jour utiliser les méthodes de combat qu'on leur enseignait.

Arielle était pâtissière, point final. Elle aimait confectionner des gâteaux qui donnaient le sourire à ses clients. Elle avait un bon fond, non ? Elle n'avait jamais fait de mal à une mouche.

D'accord, elle avait pris un peu de Zoner dans son adolescence et c'était mal. Mais elle n'avait jamais attaqué personne.

Pourtant, là, elle rêvait de cribler son agresseur de coups. Le seul fait d'y penser atténuait la douleur. Si elle parvenait à se libérer de ses liens, à s'emparer d'une de ces lames et à l'enfoncer dans son ventre mou... En imaginant la scène, elle avait moins froid.

Elle ne voulait pas mourir de cette manière si horrible. Abominable. Quelqu'un allait la secourir. Elle devait tenir bon, s'accrocher, survivre jusqu'à ce qu'on la sorte de là.

Mais lorsqu'il revint, elle serra les dents. Un flot de larmes lui monta dans la gorge, noyant ses gémissements.

— Une petite pause, cela fait du bien, n'est-ce pas? susurra-t-il. Mais il est temps de se remettre à l'ouvrage. Voyons, voyons…

— Monsieur Gaines?

Surtout, ne pas crier. Ne pas supplier. Il adorait cela.

— Oui, ma chère?
— Pourquoi m'avez-vous choisie?
— Vous avez un visage agréable, de magnifiques cheveux. Des bras et des jambes toniques.

Il saisit une petite torche. Arielle ravala un cri tandis qu'il réglait la flamme.

— C'est tout? Je veux dire, j'ai fait quelque chose?
— Fait quelque chose? répéta-t-il distraitement.
— Vous ai-je offensé? Fâché?
— Pas du tout.

Il se tourna vers elle en souriant.

— Je sais que vous allez me torturer, monsieur Gaines. Je ne peux pas vous en empêcher. Mais au moins, pourriez-vous me dire pourquoi? J'aimerais comprendre, c'est tout.

Il inclina la tête de côté et l'étudia.

— Comme c'est intéressant! Elle demande toujours pourquoi. Mais elle hurle. Elle ne pose jamais la question aussi poliment.

— Elle veut seulement comprendre.
— Tiens! Tiens!

Il éteignit la torche, et Arielle retint un soupir de soulagement.

— Ça change. J'aime la diversité. Elle était superbe, vous savez.

— Vraiment?

Arielle s'humecta les lèvres tandis qu'il rapprochait un tabouret et s'y asseyait. Comment pouvait-il avoir l'air aussi *normal*? Comment pouvait-il paraître aussi gentil et être aussi vicieux?

— Vous êtes jolie, mais elle était exquise. Et quand elle chantait, elle était divine.

— Que... que chantait-elle ?

— Elle était soprano. Elle avait une voix multiple.

— Je... je ne sais pas ce que cela signifie.

— Elle était extraordinaire. *Allegra*... les notes s'envolaient littéralement hors d'elle. Et la couleur, la texture, à la fois lyrique et dramatique...

Ses yeux s'embuèrent comme il pressait les doigts sur sa bouche, et en embrassait l'extrémité.

— Je pouvais l'écouter pendant des heures. À la maison, elle s'accompagnait elle-même au piano. Elle a essayé de m'apprendre, mais...

Il ébaucha un sourire mélancolique et leva les mains.

— ... je n'avais aucun talent pour la musique. Seulement de l'amour.

Tant qu'il lui parlerait, il ne lui ferait aucun mal, songea Arielle. Elle devait l'encourager à poursuivre.

— Elle chantait de l'opéra ? Je n'y connais rien.

— Vous trouvez cela ennuyeux, démodé.

— Je trouve cela très beau, répondit-elle avec prudence. C'est juste que je n'en ai jamais vraiment écouté. Donc, elle chantait des airs d'opéra.

Des questions. Surtout, ne pas cesser de l'interroger...

— Et elle était soprano ? Euh... une voix multiple, c'est-à-dire qu'elle pouvait chanter sur plusieurs octaves ?

— En effet, oui. En effet. Excellent. Je possède un grand nombre de ses enregistrements. Je ne les joue jamais ici.

Il parcourut la salle du regard.

— Ce serait inconvenant.

— J'aimerais l'entendre.

— Vraiment ? s'enquit-il en plissant les yeux. Vous êtes une petite maligne. Elle l'était aussi.

Il se releva, ramassa la torche.

315

— Attendez ! Attendez ! Vous ne pourriez pas me la faire écouter ? Je comprendrais peut-être mieux ? Qui était-ce ? Qui était... Ô mon Dieu ! Mon Dieu ! *Je vous en supplie...*

Elle eut un mouvement de recul tandis qu'il laissait courir la pointe minuscule de la flamme le long de son bras.

— Nous bavarderons plus tard. Il est grand temps de nous remettre au travail.

En arrivant au Central, Eve fonça chez Feeney.

— Trouve-moi toutes les brunes entre vingt-huit et trente-trois ans mortes à cette date à New York, fit-elle en lui communiquant ladite date. Nom, dernière adresse connue, cause du décès.

— Les archives de cette époque sont peu fiables. Corps non comptabilisés, non identifiés ou mal identifiés.

— Creuse. C'est elle, la clé de l'affaire. Je file chez Yancy, au cas où le témoin aurait réussi à lui décrire avec suffisamment de précision la photo qu'elle a aperçue dans le portefeuille.

Histoire de lui donner un peu plus de temps, elle passa d'abord chez Whitney réclamer des renforts pour surveiller le *Metropolitan*.

— C'est comme si c'était fait, assura-t-il. J'ai besoin de vous pour une conférence de presse à midi.

— Commandant...

— Je sais, vous êtes pressée et sous pression.

Il paraissait tout aussi irrité qu'elle.

— Trente minutes, pas une de plus, je vous le promets, à moins que vous ne soyez en route pour arrêter ce salaud. Nous devons à tout prix calmer le jeu.

— Bien, commandant.

— Confirmez les informations que vous avez communiquées à Nadine ce matin, et le fait que nous nous relayons en permanence. Et débrouillez-vous pour donner l'impression que nous allons retrouver Arielle Greenfeld vivante.

— Comptez sur moi, commandant. Je pense que ce sera le cas.

— L'essentiel, c'est que les journalistes en soient convaincus. Vous pouvez disposer. Ah ! Lieutenant, si j'apprends que vous avez mis le pied hors de cet édifice sans votre équipement de protection, je vous étripe. Personnellement.

— Compris.

Il avait deviné qu'elle envisageait d'« oublier » le gilet pare-balles, et cela l'agaçait. Elle avait horreur de ce machin. Mais elle ne pouvait que respecter un homme qui connaissait si bien ses subordonnés.

Elle fila chez Yancy, qui travaillait avec la perle de Baxter. Accrochant son regard avant qu'elle les rejoigne, il se leva, sourit, et murmura quelques mots au témoin.

— Nous avançons, annonça-t-il en venant au-devant d'Eve. Si elle se souvient bien de lui, elle n'a malheureusement eu qu'un bref aperçu de la photo. Mais nous travaillons dessus, Dallas. Il faut me donner plus de temps.

— Vous pouvez me fournir une première esquisse ?

— Je l'ai déjà expédiée sur votre ordinateur. Par rapport à celle de Trina, on constate de subtiles différences dans la structure du visage, des cheveux, des sourcils. Pour moi, c'est le même individu.

— Votre intuition ne me suffit pas. Dès que vous aurez terminé, envoyez-moi le portrait-robot ainsi qu'à Feeney. C'est important, Yancy. Ça pourrait nous aider à remporter la partie.

Quand Eve atteignit sa propre division, Peabody émergeait du Q.G.

— J'ai appelé Morris. Il arrive avec les résultats des analyses toxicologiques. Jenkinson et Powell sont à la boutique du spa. Une vendeuse croit y avoir vu notre suspect.

— Il y a un nouveau portrait-robot sur mon ordinateur. Transmettez-le-leur, qu'ils le montrent à tout le monde.

— Entendu.

— Lieutenant Dallas ?

Eve et Peabody pivotèrent d'un même mouvement. C'était le voisin d'Arielle.

— Erik, c'est bien ça ?

— Oui. Il faut que je vous parle. Je veux savoir où vous en êtes. Cette femme, Gia Rossi, est morte. Arielle...

— Je m'occupe de lui, proposa Peabody à Dallas.

— Non, je m'en charge. Transférez le portrait-robot à Jenkinson. Allons nous asseoir, Erik.

Elle n'avait ni le temps de l'emmener jusqu'au foyer, ni le cœur de le mettre dehors. Elle l'entraîna vers un banc à l'extérieur de son bureau.

— Vous êtes inquiet, commença-t-elle.

— Inquiet ? Je meurs de trouille. Il l'a enlevée. Ce maniaque séquestre Arielle. Il paraît qu'il les torture. Il lui fait du mal, et nous, on reste là sans bouger.

— Faux. Tous les flics affectés à ce dossier travaillent comme des fous.

— Arielle n'est pas un *dossier* ! rétorqua-t-il en haussant le ton, la voix sur le point de se briser. Bon Dieu, il s'agit d'un être humain !

Vous voulez que j'enjolive l'histoire ? coupa-t-elle. Vous voulez que je vous tape sur l'épaule et que je vous réconforte ? Eh bien, vous vous êtes trompé d'endroit, et de personne. Je vous le répète : tous mes effectifs sont à l'œuvre nuit et jour. Si vous croyez qu'on la considère comme un simple numéro, vous vous trompez. Son visage est gravé dans l'esprit de chacun d'entre nous.

— Je ne sais pas quoi faire, gémit-il en se frappant la cuisse du poing. Je ne supporte pas de ne rien savoir, de ne pas pouvoir donner un coup de main. Elle doit être terrifiée.

— En effet. Je ne vais pas vous raconter des bobards, Erik. Elle a peur, et elle souffre. Mais nous allons la retrouver. Et je vous préviendrai aussitôt, je vous le promets.

— Je l'aime. Je ne le lui ai jamais dit. Je ne me le suis jamais avoué non plus, ajouta-t-il dans un souffle. Je l'aime et elle ne le sait pas.

— Vous pourrez le lui dire quand elle reviendra. Rentrez chez vous. Mieux : allez vous réfugier chez un ami.

Lorsqu'il fut parti, elle fila jusqu'au box de Connors, s'empara de sa bouteille d'eau et but longuement.

— Sers-toi, ne te gêne pas.

— J'ai pris un remontant tout à l'heure. Ça me donne toujours soif. Et ça me fiche les nerfs en pelote.

— Je vais bientôt avoir des infos pour toi. Côté opéra, tu as du nouveau ?

— Des bribes, des morceaux ici ou là. Je commence à cerner la femme qu'il recrée, si l'on peut dire. Une fois que nous l'aurons identifiée, nous en saurons davantage sur lui. À présent, il faut que j'aille faire des salamalecs aux médias.

Elle se détourna, faillit heurter Morris.

— Désolée, désolée... On peut discuter en marchant ?

— Vous avez pris un stimulant ?

— Ça se voit tant que ça ?

— Sur vous, oui. Pour elle, il a concocté un mélange de dopamine et de lozarepam. Nous n'avions jamais détecté ces substances auparavant.

— Quel effet produisent-elles ? Vous croyez que ça a pu l'endormir ?

— À mon avis, c'est le contraire qu'il espérait. On s'en sert parfois pour soigner les catatoniques.

— Bon. Donc, elle a lâché prise, et il a essayé de la ranimer afin que le chronomètre continue à tourner.

— C'est mon opinion. Cela étant, si elle était dans un coma profond, il aurait pu faire durer la partie des heures, voire des jours.

— Mais le plaisir dans tout ça ? Elle ne participait plus.

— En effet. Cela explique qu'elle ait moins de lésions que les autres. Il n'a pas réussi à la ranimer, alors il a abandonné.

— J'imagine qu'on ne se procure pas de la dopamine et du lozarepam n'importe où ? À la pharmacie du coin, par exemple.

— Non. Ce sont des drogues exclusivement prescrites par un médecin et administrées par un professionnel assermenté – les conditions sont draconiennes.

— Il est peut-être médecin. Ou bien il a réussi à se faire passer pour tel. Il a très bien pu se fournir dans un hôpital ou un centre médical. Mais il ne s'en est jamais servi auparavant, alors pourquoi en aurait-il sous la main ? S'il a volé ces produits, il les a volés ce week-end, à New York.

— La source la plus logique serait un service de psychiatrie.

— Voyez avec à Peabody, d'accord ? Qu'elle recherche tous les établissements new-yorkais qui fournissent ces médicaments. Si elle doit graisser des pattes ou qu'elle a besoin d'un expert, qu'elle n'hésite pas à passer par Mira.

— Je peux m'en charger si vous voulez. Un médecin légiste n'en est pas moins médecin, ajouta-t-il comme elle fronçait les sourcils. Il me semble que je pourrais vous aider.

— Voyez avec Peabody, répéta-t-elle. Je vous contacte dès que j'en aurai terminé ici.

Connors sauvegarda, copia et imprima sa liste de locaux. Curieux, il sortit son ordinateur de poche pour suivre les dernières minutes de la conférence de presse d'Eve tout en allant se chercher une autre bouteille d'eau. Elle paraissait sûre d'elle, solide, et, pour qui la connaissait, épuisée.

Si elle ne résolvait pas très vite cette affaire, elle finirait par tomber malade, conclut-il. Elle irait jusqu'au bout, quitte à s'effondrer, au sens littéral du terme.

Inutile de la harceler à ce sujet dans la mesure où il était lui-même impliqué jusqu'au cou. Il décida de passer un coup de fil.

S'il commandait une dizaine de pizzas, elle finirait par manger un morceau. Lui en tout cas ne cracherait pas dessus.

Il regagna son poste de travail, relut sa liste. Le funérarium Lowell's, dans le quartier du Lower East, songea-t-il. C'était là que devaient avoir lieu les obsèques de Sarifina York, plus tard dans la journée. Il se devait d'y assister.

Il consulta le site Internet de l'entreprise pour savoir à quelle heure était prévue la cérémonie. S'il ne parvenait pas à s'éclipser – les vivants primaient sur les morts –, il pourrait au moins envoyer des fleurs.

Il nota l'heure, l'adresse, le nom de la salle. Comme par hasard, la page d'accueil proposait un lien direct avec un fleuriste. Pratique et rapide, mais Connors préférait s'en remettre à Caro, son assistante.

Pensif, il jeta un coup d'œil sur l'onglet *Historique* et cliqua dessus.

Un moment plus tard, il se figea et son sang se mit à bouillir. Il se tourna vers Feeney, penché sur son clavier.

— Feeney. Je crois bien que j'ai une touche.

# 20

Les poings sur les hanches, Eve examinait les données que Connors venait d'afficher sur l'écran mural.

— Cette propriété n'est pas apparue dans les recherches précédentes, expliqua-t-il, car elle a changé de main à plusieurs reprises et n'a jamais appartenu officiellement aux mêmes individus ou sociétés au cours de la période que tu m'avais demandé d'étudier. Mais une recherche approfondie a fait apparaître qu'elle était détenue par la famille Lowell.

— Le funérarium.

— Précisément. Comme on peut le constater sur le site Web au chapitre « historique », les Lowell ont acquis l'édifice au début des années 1920. James Lowell y a établi son entreprise et installé sa femme, leurs deux fils et leur fille. L'aîné des garçons a été tué durant la Seconde Guerre mondiale ; le cadet, Robert Lowell, a repris l'affaire après le décès de son père. Il l'a développée pour ouvrir des filiales à New York et dans le New Jersey.

— La mort est un business qui rapporte, commenta Eve.

— En effet. Surtout en temps de guerre. Le fils aîné de Robert Lowell – encore un James – a rejoint la société et s'est installé dans leur annexe du Lower West Side. Pendant les Guerres Urbaines, le bâtiment d'origine a servi de clinique et de camp de base pour la Force Interne. Nombre de corps échouaient là, les Lowell ayant la réputation de soutenir vigoureusement la Force Interne.

— Le second James, le petit-fils de James Lowell est trop âgé, observa Eve. Nos centenaires sont de plus en plus alertes, mais il ne faut pas exagérer.

— Je suis d'accord. Cependant, il a eu un fils à son tour. Un enfant unique issu de son premier mariage. Son épouse est décédée en couches, et il s'est remarié six ans plus tard.

— Tiens! Tiens! Avons-nous l'épouse numéro deux? Le fils?

— Pas encore. La plupart des archives ont été détruites, et les bases de données étaient loin d'être complètes.

— Ce qui explique que ces clowns – les Lowell – aient pu manipuler les dossiers, ajouta Feeney.

— Sans doute pour payer moins d'impôts, enchaîna Connors. Au cours des Guerres Urbaines, l'enseigne a pris le nom de *Salon mortuaire de Manahattan* après une vente fictive du bâtiment. Puis, il y a environ vingt ans, c'est devenu le *Centre de deuil Sunset*, avant de reprendre le nom d'origine il y a cinq ans. Sur le plan comptable, ils ont dû faire preuve d'une grande créativité, j'imagine... Ce qui a attiré mon attention, c'est le fait que depuis quatre générations, c'est un Lowell qui dirige l'entreprise. Du coup, j'ai eu envie d'aller plus loin. Je me suis rendu compte que le patrimoine de la famille Lowell comprend toute une ribambelle de sociétés, dont celles qui ont ostensiblement racheté la bâtisse.

— En d'autres termes, ils ont toujours été là.

— Exactement. Venons-en à la dernière génération : Robert – prénommé ainsi en l'honneur de son grand-père. J'ai réussi à obtenir ceci.

Il afficha une photo et une fiche d'identité. Eve se rapprocha de l'écran, fronça les sourcils.

— Il ne ressemble pas au portrait-robot de Yancy. Les yeux, peut-être, et la bouche vaguement. Cela dit, l'âge correspond... Il a une adresse à Londres.

— L'*English National Opéra*, intervint Feeney. Nous avons vérifié. Comment Yancy a-t-il pu s'égarer à ce point ?

— C'est très étonnant, admit Eve. D'autant qu'il s'est appuyé sur les descriptions de deux témoins. Ce n'est pas lui.

Elle se passa la main dans les cheveux. Il était temps d'agir.

— Imprimez cette photo. Je veux une équipe de cinq personnes : Feeney, Connors, Peabody, McNab et Newkirk. Nous allons faire un tour au funérarium. Vous me donnerez dix minutes d'avance.

— Dix ? répéta Connors.

— Oui. Arielle Greenfeld est en danger. Et ce sera peut-être l'occasion pour lui de m'aborder, soit en chemin, soit une fois que je serai à l'intérieur.

À cet instant, Yancy apparut sur le seuil de la salle et elle lui fit signe.

— Feeney, il nous faut un mandat de perquisition. Yancy, donnez-moi un visage.

— Le voici.

Une forte personnalité, songea Eve. Très féminine. Yeux en amande, nez fin, bouche gourmande et cascade de cheveux noirs. Elle regardait droit devant elle et souriait. Ses épaules étaient nues à part deux fines bretelles scintillantes. Autour du cou, elle portait une chaîne scintillante ornée d'un pendentif ayant la forme d'un arbre.

« L'Arbre de Vie », se rappela Eve.

Nom de nom ! Un point de plus pour la voyante roumaine.

— Callendar, faites une copie de ce portrait. Dénichez-la-moi. Épluchez les journaux, les magazines, les reportages diffusés entre 1980 et 2015. Effectuez un recoupement avec l'opéra.

— Bien, lieutenant.

— Yancy, fit Eve en indiquant l'écran mural du menton. Ce serait sa photo d'identité officielle.

— Non. Impossible. Il s'agit peut-être d'un proche. Un frère, un cousin. Mais ce n'est pas le type que m'a décrit Trina ni celui que Mme Pruitt a croisé chez *Tiffany*.

— Bon. Morris, vous pouvez continuer seul sur les médocs ?

— Sans problème.

— S'il y a du nouveau, vous me contactez immédiatement. On y va ! Vous me laissez dix minutes. Et personne n'entre avant mon signal.

— C'est là qu'ont lieu les obsèques de Sarifina York, lui rappela Connors. Il serait normal que j'y assiste.

Eve réfléchit un instant.

— Dix minutes derrière moi, décréta-t-elle. À moins que je ne t'appelle plus tôt, tu vas présenter tes condoléances.

— Gilet de protection et équipement électronique, dit Connors d'un ton ferme.

— Oui, oui. Rendez-vous au parking dans cinq minutes.

Elle tourna les talons et sortit.

Lorsqu'elle émergea du garage, Eve était concentrée sur la mission à venir. Sauver Arielle.


Elle aurait voulu sombrer dans l'inconscience, mais la douleur l'en empêchait. Même lorsqu'il s'arrêta – enfin ! –, la souffrance la maintint éveillée. Elle essaya de penser à ses amis, à sa famille, à l'existence qu'elle avait menée avant. Tout lui paraissait si loin.

Les minutes s'égrenaient sur l'écran mural. Sept heures, vingt-trois minutes, et les secondes qui défilaient.

Arielle se mit à réfléchir à la manière dont elle lui ferait payer sa cruauté. Il lui avait tout pris : sa vie, ses plaisirs, ses espoirs. Si elle parvenait à se libérer, elle se vengerait.

Il faut le faire parler de nouveau, se dit-elle.

Plus il parlerait, plus elle aurait de chances de survivre.

Eve ne repéra personne à ses trousses et en fut irritée. Et s'il avait changé d'avis ? Si elle lui avait fait peur ? S'il avait choisi une autre cible ?

— Je suis sur les lieux, annonça-t-elle. Feeney, rends-moi le sourire.

— Le mandat arrive.

— Parfait. À présent, on se tait. Soyez là dans dix minutes.

Elle étudia l'édifice. Trois étages, sous-sol compris. Barreaux de sécurité. Murs solides en brique rouge. Deux entrées en façade, deux autres à l'arrière, sorties de secours devant, derrière et au dernier étage.

Si Arielle était là, elle se trouvait vraisemblablement au sous-sol. Le rez-de-chaussée était réservé au public, le deuxième niveau au public et au personnel.

Elle gravit les marches, appuya sur la sonnette.

Une femme au teint mat, entièrement vêtue de noir, lui ouvrit.

— Bonjour. En quoi puis-je vous être utile ?

Eve brandit son insigne.

— Sarifina York.

— Oui. Nous nous rassemblons dans la salle de la Tranquillité. Suivez-moi.

Eve pénétra à l'intérieur, balaya les lieux du regard. Le grand hall central séparait le rez-de-chaussée en deux. L'air sentait les fleurs et la cire. À sa gauche, par la double porte ouverte, elle vit que quelques personnes étaient déjà arrivées.

— J'aimerais rencontrer le responsable.

— De la cérémonie ?

— De l'entreprise.

— Ah ! Bien sûr. M. Travers est avec un client en ce moment, mais…

— Et M. Lowell ?

— M. Lowell est absent. Il vit en Europe. C'est M. Travers qui dirige l'entreprise.

— Quand M. Lowell est-il venu ici pour la dernière fois ?

— Je ne saurais le dire. Je travaille ici depuis deux ans et je ne l'ai jamais rencontré. En fait, il est quasiment à la retraite. Souhaitez-vous parler à M. Travers ?

— Oui. Vous allez devoir l'interrompre. Il s'agit d'une enquête officielle.

La femme afficha un sourire serein.

— Si vous voulez bien me suivre. Je vais vous emmener à la salle d'attente à l'étage.

— Qu'y a-t-il au sous-sol ? s'enquit Eve tandis qu'elles montaient l'escalier.

— C'est un espace de travail. De préparation. Nombre de nos clients veulent que l'on expose leurs morts.

— Vous embaumez ? Vous maquillez ?

— Oui.

— Combien de personnes travaillent en bas au quotidien ?

— Un entrepreneur de pompes funèbres, un technicien et un styliste.

Elles pénétrèrent dans une petite pièce remplie de fleurs et de fauteuils confortables.

— Je vais prévenir M. Travers de votre visite. Mettez-vous à l'aise, je vous en prie.

Restée seule, Eve se mit errer dans la pièce. Arielle n'était pas ici. Il ne pouvait la séquestrer dans un lieu aussi fréquenté.

Il travaillait en solitaire.

Mais elle était sur la bonne piste, elle en avait la conviction. De même, elle était persuadée que Robert Lowell n'était pas à Londres.

Travers apparut. Grand, émacié, le visage grave, une caricature de croque-mort.

— Madame ?

— Lieutenant, rectifia-t-elle. Dallas.
— Kenneth Travers.
Il vint vers elle, la main tendue.
— Je suis le directeur. En quoi puis-je vous aider ?
— Je suis à la recherche de Robert Lowell.
— C'est ce que m'a expliqué Marlee. M. Lowell vit en Europe depuis plusieurs années déjà. S'il demeure le propriétaire de l'entreprise, il s'implique fort peu dans ses activités quotidiennes.
— Comment entrez-vous en contact avec lui ?
— Par l'intermédiaire de ses avocats à Londres.
— J'ai besoin du nom du cabinet et d'un numéro.
— Bien sûr.
M. Travers croisa les mains devant lui.
— Puis-je savoir de quoi il s'agit ?
— C'est en rapport avec une enquête en cours.
— Vous enquêtez sur les meurtres de deux jeunes femmes retrouvées récemment, c'est bien cela ?
— En effet.
— Mais M. Lowell est à Londres, lui rappela-t-il d'un ton patient. Ou en voyage. Il se déplace énormément, je crois.
— Quand l'avez-vous vu pour la dernière fois ?
— Il y a cinq, six ans. Oui, c'est cela, six ans.
Eve sortit la copie de la photo d'identité.
— Est-ce Robert Lowell ?
— Ma foi, oui ! Mais je ne comprends pas, lieutenant. C'est Robert Lowell, le premier du nom. Il est mort depuis bientôt quarante ans. Son portrait est accroché dans mon bureau.
— Pas possible ?
Malin, songea Eve. Ce salaud était malin comme un singe.
— Et cet homme, le reconnaissez-vous ?
Elle lui montra le portrait-robot de Yancy.
— Oui. On dirait l'actuel M. Lowell.
Il pâlit tandis que son regard passait du dessin à Dallas.

— J'ai vu cette esquisse aux informations. Honnêtement, je n'ai pas fait le lien. Je... Comme je le disais, je n'ai pas vu M. Lowell depuis des années, je n'ai pas imaginé une seconde... Mais il doit y avoir une erreur. M. Lowell est un homme tranquille et solitaire. Il n'a pas pu...

— C'est ce qu'ils disent tous. J'ai une équipe qui va débarquer d'ici peu avec un mandat de perquisition. Nous devons fouiller les lieux.

— Lieutenant Dallas, je peux vous assurer qu'il n'est pas ici.

— Je vous crois. Néanmoins, nous devons fouiller les lieux. Où séjourne-t-il lorsqu'il vient à New York ?

— Je l'ignore. C'est tellement rare... et je ne me suis pas permis de le lui demander.

Travers tripota nerveusement sa cravate, la lissa.

— Durant les Guerres Urbaines, il existait une filiale dans le Lower West Side, observa Eve.

— Je crois, oui. Mais nous n'avons que cet établissement-ci depuis que j'appartiens à la société.

— À savoir ?

— Je suis le directeur de ce funérarium depuis presque quinze ans. Je n'ai eu que de très rares contacts directs avec M. Lowell. Il ne souhaite pas être dérangé.

— Quelle surprise ! railla-t-elle. M. Travers, il me faut les coordonnées de ses avocats, et toutes les informations que vous possédez au sujet de Robert Lowell. Que savez-vous de sa belle-mère ?

— Sa... Il me semble qu'elle a été tuée au cours des Guerres Urbaines. À ma connaissance, elle n'a jamais travaillé pour l'entreprise familiale, je ne sais donc pas grand-chose sur elle.

— Son nom ?

— Je suis navré, il ne me vient pas à l'esprit à brûle-pourpoint. Il figure peut-être dans nos archives. J'avoue que tout ceci est très... très perturbant.

— Je comprends. Un meurtre, ça vous gâche de belles funérailles.

Il s'empourpra, pâlit de nouveau.

— Je comprends que vous deviez faire votre travail, lieutenant. Mais la cérémonie d'adieu à l'une des jeunes victimes vient de commencer. Je dois vous demander, à vous et à vos hommes, de rester discrets. C'est un moment extrêmement pénible pour les proches de Mlle York.

— Je vais faire en sorte que ceux d'Arielle Greenfeld n'échouent pas bientôt dans votre salle de la Tranquillité.

Ils se firent aussi discrets que possible. Pendant que Feeney et McNab s'attaquaient aux ordinateurs, Eve descendit dans la salle de préparation avec Connors.

— Ça ressemble à la morgue en plus petit, constata-t-elle en parcourant du regard les tables de travail munies de rigoles, les tuyaux, tubes et autres instruments. J'imagine que c'est ici qu'il a perfectionné ses notions d'anatomie. Peut-être même s'est-il exercé sur des cadavres.

— Charmant.

— Oui, bon, mais dans la mesure où ils étaient déjà morts, ça n'a pas dû les déranger outre mesure. Au fait, quand mon heure viendra, épargne-moi les maquilleurs et les stylistes. Allume un grand feu et glisse-moi dans les flammes. Ensuite, tu pourras te jeter sur le bûcher funéraire pour montrer ton désespoir et ton dévouement.

— C'est noté.

— Il n'y a rien d'intéressant pour nous ici. Il faut me trouver le local qui servait du temps des Guerres Urbaines. Ainsi que toutes les autres propriétés appartenant à la famille Lowell, sous quelque forme que ce soit.

— Je m'en charge.

Elle sortit son communicateur, grogna :

— La réception est nulle. Remontons. Je veux savoir où Callendar en est avec la belle-mère. Elle a peut-être des biens à son nom, poursuivit Eve tandis qu'ils grimpaient l'escalier. Il s'en sert peut-être. Ses avocats traînent des pieds comme toujours. Entre Whitney et Tibble, ils finiront bien par céder.

— S'il est aussi intelligent que nous le pensons, ses avocats ne nous mèneront qu'à un compte anonyme et à un service de messagerie. Il protège ses arrières.

— Alors on s'attaquera au compte anonyme et au service de messagerie. Cette ordure est à New York. Il s'y terre, il y possède un espace de travail, un véhicule. Tôt ou tard, nous réussirons à le coincer.

À peine atteignaient-ils le palier que son communicateur bipa.

— Dallas.

— Je l'ai trouvée ! annonça Callendar d'un ton allègre. Edwina Spring. Je l'ai dénichée dans la section Arts et Musique d'un vieil exemplaire du *Times*. Une diva, à en croire le titre. Un prodige. Elle avait à peine dix-huit ans quand elle a conquis le public du *Metropolitan*. Maintenant que j'ai son nom, je vais pouvoir aller plus loin.

— Lancez une recherche multiple. Voyez si elle possède une ou des propriétés en ville.

Tout de suite.

— Concentrez-vous là-dessus, Callendar. J'ai une petite visite à rendre, ensuite je fonce au Central.

— Une visite ? s'enquit Connors.

— Pella. Il sait quelque chose. Son dossier médical confirme qu'il est à l'article de la mort, à peine capable de traverser sa chambre. Mais il sait quelque chose.

— Personne ne t'a suivie jusqu'ici ?

— Non.

— Il est donc peu probable qu'on te suive jusque chez lui. Peabody est débordée, je vais t'accompagner.

— Je peux me débrouiller seule.

— Je n'en doute pas. Mais plutôt que de déranger les membres de l'équipe qui sont ici pour te suivre électroniquement, ce serait plus simple et plus rapide que j'y aille avec toi. Les autres nous retrouveront au Central.

Elle haussa les épaules.

— D'accord.

À leur arrivée chez Pella, ils durent franchir les barrages des droïdes domestiques et médicaux.

— Si vous voulez vous plaindre, adressez-vous au préfet. Ou au maire. Oui, c'est ça. Le maire adore recevoir les plaintes des droïdes, maugréa Eve.

— Nous sommes chargés de veiller sur la santé et le confort de M. Pella.

— C'est *votre* santé et *votre* confort qui risquent d'être mis à mal si je vous embarque au Central, riposta Eve. Poussez-vous ou je vous fais condamner pour obstruction à la justice.

Elle bouscula le robot et poussa la porte de la chambre.

— Reste à l'écart, chuchota-t-elle à Connors. S'il voit que j'ai de la compagnie, il risque de se fermer comme une huître.

Comme la fois précédente, les rideaux étaient tirés, et elle entendit la respiration rauque de Pella à travers le masque à oxygène.

— J'avais dit que je ne voulais pas être dérangé. Si vous ne me fichez pas la paix, je vous bousille les circuits ! fit-il, croyant s'adresser à un droïde.

— Vu votre état, vous auriez du mal, répliqua Eve en s'approchant du lit.

Il remua, souleva les paupières et la fixa.

— Que voulez-vous ? Je ne suis pas obligé de vous parler. J'en ai discuté avec mon avocat.

— Pas de problème. Contactez-le et dites-lui de vous retrouver au Central. Il vous expliquera que j'ai le droit de vous maintenir en garde à vue pendant vingt-quatre heures en tant que témoin d'un homicide.

— Qu'est-ce que vous racontez ? Je n'ai rien vu d'autre que ces fichus droïdes qui tournent autour de moi comme des vautours depuis six mois.

— Vous allez me dire ce que vous savez, Pella, ou vous passerez avec moi le peu de temps qu'il vous reste. Robert Lowell. Edwina Spring. Je vous écoute.

Il changea de position, agrippa le drap.

— Si vous en savez autant, pourquoi avez-vous besoin de moi ?

— Écoutez-moi bien, espèce d'ordure, murmura-t-elle en se penchant sur lui. Vingt-cinq femmes sont mortes, la vingt-sixième est peut-être mourante.

— Moi aussi, je suis mourant ! Je me suis battu pour cette ville. J'ai donné mon sang pour elle. J'ai perdu la seule chose qui comptait pour moi, et depuis, plus rien n'a d'importance. Pourquoi voulez-vous que je m'apitoie sur le sort d'une femme ?

— Elle s'appelle Arielle. Elle est pâtissière. Elle a un voisin, juste en face de son joli petit appartement. C'est un gentil garçon. Elle ne sait pas qu'il l'aime, elle ignore qu'il est venu me voir aujourd'hui, fou d'angoisse, pour me supplier de la sauver. Elle s'appelle Arielle, et vous allez me dire ce que vous savez.

Pella tourna la tête.

— Je ne sais rien.

— Menteur.

Elle referma la main sur son masque à oxygène, le vit écarquiller les yeux. Elle n'allait pas le lui arracher – enfin, probablement pas –, mais il l'ignorait.

— Vous voulez continuer à respirer ?

— Les droïdes savent que vous êtes là. S'il m'arrive quoi que ce soit...

— Du genre ? Oups ! Il a rendu l'âme alors que je l'interrogeais ? Moi, un officier de police qui a juré de servir et de protéger. Et accompagnée d'un témoin prêt à me soutenir ?

— Quel témoin ?

D'un signe, Eve invita Connors à s'avancer.

— Si ce salopard claquait alors que je le questionne au sujet d'un suspect, ce serait un accident, non ?

— Absolument, répliqua Connors avec un sourire glacial. Un événement imprévisible.

— Vous savez qui c'est, Pella. Et vous savez qui je suis. Le flic de Connors, c'est ainsi que vous m'avez appelée. Croyez-moi, si vous cessez de respirer, et si je mens sur les circonstances de votre décès, il me défendra bec et ongles.

— Sur une pile de Bible, confirma Connors.

— Mais vous n'avez pas envie de claquer tout de suite, n'est-ce pas, Pella ? Cela se voit dans votre regard. Vous allez donc me dire la vérité. Vous connaissez Robert Lowell. Vous avez connu Edwina Spring. J'attends...

— Oui, oui... Oui, je les connaissais. Mais ils appartenaient à l'élite. Je n'étais qu'un soldat. Éloignez-vous de moi, bon sang !

— Pas question. Dites-moi ce que vous savez.

Pella jeta un coup d'œil en direction de Connors, lâcha un soupir.

— Il avait à peu près mon âge – quelques années de moins –, mais il n'a jamais combattu.

D'une main tremblante, il rajusta son masque.

— Avec ses airs doux et sa fortune familiale... Les hommes dans son genre ne se salissent jamais les mains, ne risquent jamais leur peau. Elle... j'ai soif.

Eve repéra un gobelet muni d'une paille sur la table de chevet. Elle le lui tendit.

— Je ne peux pas tenir ce fichu machin. Sale journée. Surtout depuis que vous êtes là.

Sans un mot, elle inclina le gobelet pour qu'il puisse insérer la paille par une ouverture dans le masque.

— Elle ? reprit-elle quand il eut bu.

— Elle était très belle. Jeune, élégante, une voix d'ange. Elle venait parfois à la base. Elle chantait pour nous. Des airs d'opéra italiens, en général. Elle nous flanquait la chair de poule.

— Vous en pinciez pour elle, Pella ?

— Salope, grommela-t-il. Que savez-vous de l'amour ? Thérèse était tout pour moi. Mais j'aimais ce qu'Edwina représentait, ce qu'elle nous offrait. L'espoir et la beauté.

— Elle venait à la base de Broome Street, c'est ça ?

— Oui.

— Ils habitaient là, n'est-ce pas ?

— Non. Avant, je pense que oui, mais pas durant la guerre, pas tant que les soldats s'y trouvaient. Par la suite, je n'en sais rien, et je m'en fiche. En tout cas, quand j'y étais, ils vivaient ailleurs, dans le West Side.

— Où ?

— C'était il y a longtemps. Je n'y suis jamais allé. Pas un simple soldat. Mais des officiers s'y rendaient, et j'ai entendu des rumeurs... C'est douloureux d'y repenser. Et j'y repense sans cesse.

— Je compatis, monsieur Pella, fit-elle, et elle était sincère, mais Arielle Greenfled est encore vivante et elle a besoin d'aide. Que racontait-on ? Qu'avez-vous appris qui puisse m'aiguiller ?

— Comment voulez-vous que je le sache ?

— Il y a sûrement un rapport avec Edwina Spring. Elle est morte, n'est-ce pas ?

— Tout le monde meurt... Je... j'ai surpris Edwina en train de discuter avec un soldat que je connaissais. Un jeune premier lieutenant, fraîchement débarqué du Nord. Je ne me souviens pas de son nom. Quand elle venait chanter, ils s'éclipsaient tous les deux. On voyait bien la façon dont ils se regardaient. Comme Thérèse et moi.

— Ils étaient amants ?

— Probablement. En tout cas, ils en avaient envie. Elle était beaucoup plus jeune que le Receveur.
— Qui ?
— James Lowell. C'est comme ça qu'on l'appelait.
— Parce que c'est lui qui réceptionnait les corps à la morgue, dit-elle, se rappelant les propos de Dobbins.
— C'est ça, oui. Elle était deux fois plus jeune que lui, vive, superbe. Il était trop vieux pour elle, et… il y avait une lueur dans ses yeux. Dans ceux de son père aussi. Une lueur qui vous flanquait la chair de poule.
— Ils ont appris sa relation avec le soldat.
— Oui. Je pense qu'ils avaient l'intention de s'enfuir. Il n'aurait pas été le premier ni le dernier à déserter. C'était en plein été. Nous avions sécurisé le secteur, du moins provisoirement. Je suis sorti, histoire de prendre l'air, de me rappeler pourquoi nous nous battions. Je les ai entendus discuter derrière une des tentes où l'on entreposait le matériel. Sa voix était reconnaissable entre mille. Ils parlaient de remonter vers le Nord, dans les montagnes. Beaucoup de gens avaient fui la ville, et il avait de la famille là-bas.
— Elle allait quitter son mari.
À l'époque, Robert Lowell devait avoir environ vingt ans, calcula Eve.
— Je ne me suis pas montré. Je n'aurais rien dit de toute façon. Je savais ce que c'était que d'être amoureux, d'avoir peur pour l'être aimé. J'ai rebroussé chemin, puis j'ai traversé la rue pour qu'ils ne se doutent pas que je m'étais trouvé tout près d'eux. Pour leur laisser un peu d'intimité. On n'en avait pas lourd en ce temps-là. Et je l'ai vu, de l'autre côté de la tente, en train de les écouter.
— Lowell, devina Eve. Le jeune.
— Il semblait en transe. J'avais entendu dire qu'il avait un problème mental. J'étais convaincu que c'était un prétexte pour le tenir loin du front. Mais

là, j'ai compris que quelque chose clochait. De l'eau.

Une fois de plus, Eve l'aida à boire.

— Il les a dénoncés, supposa-t-elle.

— Sans doute. Je ne pouvais rien faire tant qu'il était là. J'avais l'intention de les avertir plus tard. Je n'en ai pas eu l'occasion. J'ai marché un peu. Je tergiversais. Je voulais en parler d'abord avec Thérèse. À mon retour, ils avaient disparu. Le lieutenant était en mission, Edwina était rentrée chez elle. Je ne les ai pas revus vivants.

— Que leur est-il arrivé ?

— C'était plus d'une semaine plus tard.

Il était visiblement fatigué. Eve comprit qu'elle n'en apprendrait guère plus.

— Lui était porté manquant, et elle n'était pas revenue. Je pensais qu'ils s'étaient enfuis. Puis, un soir, j'ai pris mon quart de surveillance. Elle gisait sur le trottoir. Personne n'a jamais pu expliquer comment celui qui l'avait déposée là avait évité les sentinelles. Elle était morte.

Une larme perla au coin de son œil, roula le long du masque.

— J'avais déjà vu des corps dans cet état. Je savais ce qui lui était arrivé.

— Elle avait été torturée ?

— Ils l'avaient suppliciée avant de la jeter nue dans la rue. Comme un tas d'ordures. Ils lui avaient rasé les cheveux et déchiqueté le visage, mais je savais que c'était elle. Ils lui avaient laissé le pendentif représentant l'Arbre de Vie qu'elle portait toujours.

— Vous avez pensé que c'était l'œuvre des Lowell ? Lequel ? Son mari, son beau-père, son beau-fils ?

— Ils ont prétendu qu'elle avait été enlevée et torturée par l'ennemi. C'était un mensonge. J'avais déjà vu ce genre de lésions… sur l'ennemi, justement. Le vieux était un bourreau. Tout le monde était au courant, mais c'était motus et bouche cousue. Quand on pensait qu'un prisonnier avait des informations à livrer, on l'emmenait chez Robert Lowell – le vieux.

Pella souleva les paupières. Ses yeux étaient brillants de colère.

— Quand ils sont venus la récupérer, il a pleuré comme un bébé, celui que vous recherchez aujourd'hui. Deux jours plus tard, je perdais Thérèse. Après ça, plus rien ne m'importait.

— Pourquoi n'avez-vous rien dit à la police il y a neuf ans, lors des premiers meurtres ?

— Ça ne m'a pas traversé l'esprit. J'avais baissé le rideau sur le passé, sur elle. Puis j'ai vu le portrait-robot. Quand vous êtes venue hier, je savais qui c'était.

— Si vous m'aviez révélé son nom hier, vous auriez épargné à Arielle vingt-quatre heures de souffrances.

Pella détourna la tête.

— Nous souffrons tous.


Écœurée, Eve quitta la maison de Pella au pas de charge.

— Le salaud. Il me faut la liste de toutes les propriétés ayant appartenu aux Lowell ou à Edwina Springs pendant les Guerres Urbaines.

— Prends le volant, je m'en occupe, répliqua Connors en sortant son ordinateur de poche.

Elle démarra tout en contactant Callendar au Central.

— Du nouveau ?

— Oui et non. Je peux vous dire qu'Edwina Spring a pris sa retraite – au grand dam des amateurs d'opéra – à l'âge de vingt ans lorsqu'elle a épousé le riche et célèbre James Lowell. Ensuite, elle n'apparaît plus que dans les chroniques mondaines. Un gala par-ci, une réception par là. J'ai son certificat de décès. Edwina Roberti. Chanteuse d'opéra. D'après ce document, son mari, Lowell, Robert, lui a survécu. Elle se serait suicidée. Il n'y a pas de photos, lieutenant, mais ça doit être elle.

— Ça l'est.

— Morris a quelque chose pour vous.

— Passez-le-moi.

— Dallas, le Centre Familial de Manhattan, First Avenue. À la fin du xx$^e$ siècle, la famille Lowell a commandité la construction d'une aile pédopsychiatrique. L'établissement continue à être financé grâce à une fondation. J'ai parlé avec le directeur du personnel. Samedi, ils ont reçu la visite imprévue du représentant de la fondation en question. Un certain Edward Singer. Il a demandé à visiter les lieux. On lui a laissé carte blanche. Des médicaments se sont volatilisés.

— J'envoie quelqu'un prendre sa déposition.

— Ils conservent leurs disques de sécurité pendant sept jours. Singer apparaît dessus.

— Nous les confisquerons. Les techniciens passeront la pharmacie au peigne fin. La chance nous sourira peut-être. Beau travail, Morris.

— Je suis content.

— Je vous comprends. Terminé.

Elle coupa la communication et glissa un coup d'œil à Connors tout en appelant Peabody.

— Nous construisons la cage. Il ne nous reste plus qu'à y enfermer ce salaud.

# 21

L'étau se resserrait. Elle commençait à y voir plus clair, à aligner liens, mobiles, pathologie. Nul doute que lorsqu'ils arrêteraient Robert Lowell, ils se présenteraient au procureur avec un smash au panier.

Mais cela n'aidait en rien Arielle Greenfeld.

— Trouve-moi quelque chose, dit-elle à Connors tandis qu'ils s'engouffraient dans l'ascenseur du parking.

— Tu sais à quoi ressemblent les archives de l'époque ? rétorqua-t-il. Ce qu'il en reste ? Je suis en train de rassembler un puzzle dont la moitié des pièces ont disparu ou sont éparpillées aux quatre vents. J'ai besoin d'un matériel supérieur à ce fichu ordinateur de poche.

— D'accord, d'accord.

Elle pressa les doigts sur son front. L'effet du remontant s'atténuait dangereusement.

— Laisse-moi réfléchir.

— Je ne sais pas comment tu peux encore réfléchir. Si tu ne fais pas une pause, Eve, tu vas t'effondrer. Et je ne parle pas au sens figuré.

— Arielle Greenfeld ne fait pas de pause, rétorqua-t-elle.

Elle émergea de la cabine.

— Il nous faut les coordonnées de toutes les sociétés et propriétés des Lowell recensées à travers le monde. Parle au directeur, mets la pression sur ces avocats britanniques à la noix et sur les institutions financières où il détient des comptes anonymes.

— Je peux t'annoncer d'emblée qu'il faudra des semaines – au mieux – pour soutirer le moindre renseignement aux banques. Quant aux avocats, ils ont leurs propres défenseurs qui nous feront tourner en bourrique. Et s'il a été prudent, ce dont je ne doute pas un seul instant, les fameux comptes en cachent d'autres, qui en cachent d'autres, etc. Je peux m'y atteler à la maison, mais ce sera long.

Est-ce que cela leur permettrait de retrouver Arielle ? s'interrogea Eve.

— Je ne peux pas me passer de toi ici pour l'instant, répondit-elle. Concentrons-nous d'abord sur les propriétés et les avocats. On peut supposer qu'il possède des coffres-forts. Il paie tout en espèces. Commençons par les banques du centre-ville.

Elle pénétra dans le Q.G. et fonça sur Callendar.

— Dressez-moi la liste de toutes les banques du centre-ville. Envoyez-leur un portrait-robot et la description de Robert Lowell ainsi que de ses alias connus. Par ailleurs, recherchez toutes les relations de Lowell, mortes ou vivantes. Nom, dernière adresse connue, titres de propriété... Connors, si tu as besoin d'aide, adresse-toi à l'équipe de la DDE. Votre attention s'il vous plaît ! enchaîna-t-elle en haussant le ton. En l'absence du capitaine Feeney et de moi-même, c'est l'expert civil qui est en charge de l'électronique. Si vous avez des questions, c'est à lui que vous devez les poser.

— Le chouchou du lieutenant, murmura Callendar, juste assez fort pour que Connors l'entende.

Elle eut une moue moqueuse qui le fit sourire et ajouta :

— Je vous parie dix jetons que j'aurai une touche du côté des propriétés avant que vous ayez des contacts avec les banques.

— Pari tenu, Bonnets D !

Eve les abandonna pour relire ses notes dans son bureau. Tout en travaillant, elle contacta Feeney au funérarium.

— Tu as du nouveau pour moi ?

— Rien. L'entreprise est revenue à notre homme à la mort de son père. Ses coordonnées sont celles de l'opéra de Londres. Quant aux fichiers papier et informatiques, Lowell les a récupérés il y a des années. Désolé.

— Ce salaud a pensé à tout. Aucun des employés actuels n'était là du temps de Lowell ?

— Aucun. J'ai vérifié. Je rapporte ce que j'ai, nous allons éplucher tout ça.

— Retrouve-moi au Q.G.

Elle se leva. Elle était à bout de forces. Si elle ne s'obligeait pas à bouger, elle s'effondrerait.

Il se trouvait à New York. Le lieu où il vivait, œuvrait, séquestrait Arielle était forcément à New York. Un bâtiment qui avait survécu, du moins en partie, aux Guerres Urbaines. Un bâtiment qui représenterait un lien avec lui, avec elle, avec cette époque...

La mort était sa profession. Préparation ou enlèvement des cadavres, échos des Guerres Urbaines, profit et science. Il vivait de la mort.

En tuant, il recréait la mort d'une femme, encore et encore, tout en nourrissant son besoin de dominer, d'infliger de la souffrance.

D'après le médecin légiste et les techniciens de laboratoire, il se servait d'instruments de torture datant des Guerres Urbaines et de quelques-uns, plus modernes. Idem pour les drogues.

L'opéra. L'intrigue, le cadre, la tragédie, le lien avec Edwina Spring. Les déguisements étaient en fait des costumes, les alias, de simples rôles à endosser.

N'en était-il pas de même pour les victimes ? N'étaient-elles pas un élément de plus dans ses jeux de rôles ?

Dans combien de temps lui ferait-il à elle, Eve Dallas, signe de monter sur scène ? Et pourquoi attendait-elle ?

Elle se commanda un café, avala un autre cachet. D'un point de vue purement technique, elle aurait dû patienter vingt-quatre heures avant d'en reprendre un. Mais si elle voulait précipiter son intervention dans le spectacle, elle se devait de rester suffisamment lucide pour se rappeler son texte.

Sa tasse à la main, elle regagna le Q.G.

Elle établit les communications nécessaires afin que tout le monde sur le terrain puisse participer.

— Mise à jour. On démarre avec la DDE. Feeney ?

— Nous nous apprêtons à analyser les disques confisqués au funérarium. Nous examinerons également les archives papier en quête d'informations pertinentes concernant Robert Lowell et/ou Edwina Spring. L'ordinateur de secours contient une liste d'homicides et de personnes disparues qui pourraient concorder avec ses activités précédentes. Nous avons demandé les dossiers.

— Résultat ?

— Deux affaires. Toutes deux en Italie, une il y a quinze ans, la deuxième il y a douze ans. Dans les deux cas, la description des victimes colle avec le profil. Une à Florence, l'autre à Milan.

— Connors, Lowell a-t-il des entreprises dans l'une ou l'autre de ces villes ?

— À Milan. Une société montée juste avant que Lowell hérite.

— Je veux tous les détails sur l'affaire de Milan d'abord. Baxter, tâchez de joindre le responsable italien de l'enquête ou son supérieur. S'il le faut, engagez un traducteur. Connors, affiche les autres locaux de Lowell.

Il s'exécuta.

— On se passera de mandats. Feeney, tu t'occupes de ça. Je veux des équipes de trois sur chaque site. Attaquez-vous d'abord aux secteurs privés ou réservés au personnel. Cuisinez tout le monde, n'omettez rien ni personne.

— J'ai deux autres édifices, annonça Connors. Tous deux ont été vendus. Le premier, très abîmé pendant la guerre, a été rasé et reconstruit sous la forme d'un immeuble d'appartements. Le second, intact, a été vendu par le père de Lowell il y a vingt-trois ans.

— Je les prends. Au boulot, Feeney, active mes yeux et mes oreilles. Peabody et deux uniformes me suivront à dix blocs de distance. Je pars dans cinq minutes.

Connors se leva pour lui emboîter le pas. Feeney se gratta le crâne, puis décida de les suivre.

— Des équipes de trois, commenta Connors. Sauf pour toi.

— Tu sais pourquoi.

— Ça ne me plaît pas pour autant. Tu peux épargner un uniforme. Je resterai avec Peabody.

Elle secoua la tête.

— J'ai besoin de toi ici. Dehors, tu seras un boulet. Ici, tu peux faire toute la différence.

— Dommage.

— Je n'y peux rien.

Elle attrapa son manteau, aperçut Feeney alors qu'elle l'enfilait.

— Une seconde, petite, on vérifie ton matériel.

— Ah, oui, c'est vrai !

Elle appuya sur le bouton sur sa veste.

— Le système fonctionne ?

Il jeta un coup d'œil sur son moniteur de poche.

— Affirmatif... Nous approchons du but.

— Oui. D'ici à vingt-quatre heures, trente-six tout au plus, on l'aura épinglé. Le temps presse, Feeney. Il a probablement commencé avec Arielle ce matin aux aurores. Il est sur elle depuis dix ou douze heures, selon moi. Peut-être tiendra-t-elle une journée, une journée et demie. Peut-être pas. Je ne peux pas l'obliger à m'attaquer, mais j'ai la ferme intention de lui offrir la possibilité d'essayer.

Feeney porta les yeux sur Connors, revint sur elle.

— Pas assez pour qu'il saute sur l'occasion.

— Non. Il faut que je pénètre à l'intérieur, que je fasse en sorte qu'il m'emmène là où elle se trouve. Je sais comment faire. Je sais comment faire, répéta-t-elle en fixant Connors. S'il m'en donne la chance. Sinon, je compte sur vous deux, ici, pour me dénicher ce qui nous mènera à lui. Il y a neuf ans, si nous avions pensé que je puisse être une cible, qu'aurais-tu fait, Feeney ?

— Ce que tu fais, admit-il.

— Alors j'y vais.

Connors la regarda s'éloigner. De retour devant son ordinateur, il divisa l'écran afin de pouvoir la suivre grâce à la caméra qu'elle portait. Voir ce qu'elle voyait, entendre ce qu'elle entendait.

Il devrait s'en contenter.

Elle commença par le deuxième site : une demeure privée. Pendant que sa machine travaillait, Connors concentra son attention sur la bâtisse. Sobre et élégante, décida-t-il. Nichée parmi d'autres bâtisses tout aussi sobres et élégantes.

Quand la porte s'ouvrit et qu'une femme apparut, un chiot jappant à ses côtés et un bébé calé sur la hanche, il se détendit.

Eve entra.

Connors écouta vaguement leur conversation. Tout ce que racontait la femme confirmait les données officielles sur la propriété. Elle était mère de famille professionnelle et habitait là avec son mari, cadre, leurs deux enfants et un terrier particulièrement irritable.

— Mauvaise pioche, marmonna Eve en regagnant son véhicule. Je repars. Je n'ai pas l'impression d'avoir été suivie.

Elle avait froid. Terriblement froid. Elle était sûrement en état de choc. Dans les films, quand quelqu'un était en état de choc, on lui mettait une couverture, non ?

Certaines parties de son corps s'étaient engourdies. Était-ce un mal ou un bien ? Elle savait qu'elle avait perdu connaissance la deuxième fois – à moins que ce ne soit la troisième ? – qu'il l'avait torturée.

Puis il avait fait quelque chose qui l'avait réveillée en sursaut. Quelque chose qui l'avait secouée comme une décharge électrique.

Tôt ou tard, il ne parviendrait plus à la ranimer. Une partie d'elle-même priait pour que la délivrance arrive enfin. L'autre continuait de s'accrocher à la vie.

Quelqu'un allait venir. Elle tiendrait bon et quelqu'un viendrait à son secours.

Lorsqu'il reparut, elle ravala un hurlement. Elle aurait voulu crier, crier à en faire éclater toutes ces parois de verre.

— Je... Puis-je avoir de l'eau, s'il vous plaît ?

— Je regrette, mais c'est interdit. Vous êtes hydratée par intraveineuse.

— Mais j'ai la gorge sèche, et j'espérais parler davantage avec vous.

— Vraiment ?

Il s'approcha de ses plateaux. Elle n'osa pas tourner la tête pour voir ce qu'il y ramassait cette fois-ci.

— Oui. De musique. Quelle œuvre écoutons-nous en ce moment ?

— Verdi. *La Traviata*.

Paupières closes, il agita les mains comme un chef d'orchestre.

— C'est magnifique, n'est-ce pas ? Émouvant. Passionné.

— Votre... votre mère a chanté cet opéra ?

— Bien sûr. C'était l'une de ses œuvres préférées.

— Cela a dû être tellement dur pour vous de la perdre. J'ai une amie dont la mère s'est suicidée. Ça a été affreux. On… on a du mal à comprendre que quelqu'un puisse être si désespéré que la mort lui apparaît comme une réponse.

— Pourtant, c'est exactement cela. Au bout du compte, c'est la réponse pour chacun d'entre nous.

Il vint vers elle.

— C'est ce que nous demandons tous quand vient notre heure. Elle. Vous.

— Je n'ai pas envie de mourir.

— Vous mourrez. Comme elle. Mais ne vous inquiétez pas, c'est moi qui vous donnerai cette réponse, ce cadeau, comme je l'ai fait pour elle.

Connors percevait les échanges entre les autres membres des équipes sur le terrain. Sirotant un café, il épluchait les archives, couche par couche, en extirpait des bribes d'informations qu'il s'efforçait de rassembler pour composer une image cohérente.

Le deuxième bâtiment possédait un sous-sol. Bien que les chances soient minces de trouver quoi que ce soit, Eve commença par là.

Non, décida-t-elle. Ce n'était pas un endroit pour lui. Trop moderne, trop moche. Trop de monde et trop de sécurité. Difficile, voire impossible de traîner à l'intérieur une femme inconsciente ou terrifiée sans éveiller l'intérêt des voisins.

Malgré tout, elle posa des questions, montra le portrait-robot.

Et si elle s'était trompée ? S'il n'était pas à New York ? Peut-être avait-il acheté une maison en banlieue et ne venait-il à Manhattan que pour chasser et déposer ses proies. Combien de temps aurait-elle perdu à chercher un local ici alors qu'il assassinait ses victimes dans un ranch de White Plaines ou de Newark ?

Elle remonta dans sa voiture. Elle ferait un saut à la pâtisserie avant de se rendre à l'appartement de Greenfeld. Quelque chose avait dû lui échapper. Elle devait retourner chez chacune des victimes et sur leur lieu de travail.

Se faufilant dans la circulation, elle informa la base de ses intentions.

— Cela me permettra de rester dehors quelques heures de plus, de me montrer. Et ça ressemblera à ce que c'est : je cours après mon foutu poursuivant !

— J'ai une autre possibilité, intervint Connors. Une fabrique de machines à coudre dans SoHo, divisée en lofts à la fin du XX$^e$ siècle. Elle aurait servi de baraquement au cours des Guerres Urbaines et aurait été touchée à plusieurs reprises – sérieusement. L'ensemble a été restauré et vendu par lots au début des années 2030.

— Je vais vérifier. Donne-moi l'adresse.

Lorsqu'il la lui dicta, elle fit la moue. Elle avait traversé la ville d'ouest en est. Elle devait maintenant repartir tout à fait à l'ouest et remonter vers le nord.

— Peabody, vous avez noté ?

— Affirmatif.

— J'y vais.

Elle fit demi-tour, puis répondit au signal de son communicateur de bord.

— Dallas.

— Lieutenant Dallas ? Je vous appelle de la part de M. Klok. Vous souhaitiez qu'il vous contacte dès son retour. Il est arrivé aujourd'hui et est à votre disposition.

— Parfait.

— M. Klok vous rencontrera à votre convenance. Toutefois, il préférerait, si possible, que vous vous déplaciez jusqu'à son domicile, car il s'est blessé en tombant. Son médecin lui a recommandé de ne pas bouger de chez lui pendant quarante-huit heures.

— Ah, bon ? Comment est-ce arrivé ?

— M. Klok a glissé sur une plaque de verglas sur le trottoir. Il souffre d'un léger traumatisme crânien et d'une entorse du genou. Si c'est trop compliqué pour vous, il me fait dire qu'il ira vous trouver à votre bureau dès que son médecin lui en donnera l'autorisation.

— Inutile. Je suis justement dans le quartier. Je peux être là d'ici à quelques minutes.

— Entendu. Je vais prévenir M. Klok.

Eve coupa la transmission.

— Hmm, murmura-t-elle.

— Ça sent mauvais, commenta Feeney dans son oreillette.

— Oui. Quelle coïncidence ! Par ailleurs, c'est assez grotesque de la part de notre individu de m'inviter chez lui plutôt que de me suivre. Pour autant qu'il sache, je ne me déplace jamais sans ma partenaire.

Elle pianota sur son volant.

— Klok était irréprochable – et, non, je n'écarte pas la possibilité que ce soit un personnage fictif. Malgré tout, je tiens à lui parler. Si jamais c'est sa façon de m'attirer, il m'offre une entrée gratuite.

— Dans un piège, grogna Connors.

— Ça n'en sera un que dans la mesure où je le laisserai refermer la trappe. J'ai trois hommes derrière moi. J'ai des yeux et des oreilles électroniques. J'y vais. Profite du temps du trajet pour te renseigner sur cette demeure. Si j'ai des doutes, vous le saurez. Peabody, rapprochez-vous et garez le sous-marin à trois pâtés de maisons de ma destination.

— Bien reçu. Nous sommes à environ dix blocs ; la circulation est dense. Nous allons contourner l'embouteillage.

— Lancez une nouvelle recherche sur Klok. Vérifiez s'il est bien arrivé à New York aujourd'hui comme il l'affirme. Adressez-vous aux sociétés de transports publiques et privées. Si vous obtenez les résultats pendant que je suis à l'intérieur, transmettez-les-moi. Sinon, silence ! J'y suis presque.

Eve fit rouler ses épaules. Elle était nerveuse. Ces fichues pilules énergétiques la mettaient dans un état d'agitation fébrile.

— La transmission se brouille, observa Feeney en se tournant vers Connors. Vous avez tout entendu ?

— Oui. En effet, ça grésille un peu. Vous pouvez y remédier ?

— J'y travaille. Peabody, vous l'avez toujours ?

— Oui. McNab dit que le signal lumineux tressaute.

— C'est une interférence, décréta Connors. Une autre fréquence qui se superpose à la nôtre. Bordel ! aboya-t-il en s'écartant vivement de son poste. C'est une autre balise. Une deuxième balise sur sa voiture. Les fréquences se confondent parce qu'elle est tout près de la base. Il l'a traquée ; c'est pour cela qu'il l'a appelée. Il savait qu'elle était dans les parages.

— Dallas ! Dallas ! Tu me reçois ? hurla Feeney dans le récepteur. Dallas ! Peabody, intervenez immédiatement ! Bordel de merde !

Il se leva d'un bond et courut derrière Connors qui piquait déjà un sprint en direction de l'ascenseur.

— Elle sait ce qu'elle fait, marmonna Feeney tandis qu'ils se ruaient dans la cabine.

— Lui aussi.

Eve se gara, traversa le trottoir. Le portail de la cour était grand ouvert. Quel accueil ! songea-t-elle en rajustant son holster.

— Je suis à la porte d'entrée, murmura-t-elle dans son micro avant d'appuyer sur la sonnette.

Un droïde lui ouvrit.

— Merci d'être venue, lieutenant. M. Klok est dans le salon. Puis-je prendre votre manteau ?

— Non. Conduisez-moi jusqu'à lui.

Elle ne quitterait pas le droïde des yeux. Au cas où.

Les rideaux étaient tirés, la lumière, tamisée. Elle aperçut la silhouette d'un homme dans un fauteuil devant un feu de cheminée, la jambe encastrée dans une attelle, le pied reposant sur un pouf.

Petite barbe brune ; cheveux bruns, courts ; une ecchymose sous l'œil gauche. Quelqu'un de poli l'aurait qualifié de « corpulent ». Aux yeux d'Eve, il était « très gros ».

— Lieutenant Dallas ? s'enquit-il avec un petit accent germanique. Pardonnez-moi de ne pas me lever. J'ai été maladroit, j'ai fait une chute stupide. Asseyez-vous, je vous en prie. Puis-je vous offrir à boire ? Un thé ? Un café ?

— Non.

Tout en parlant, il lui avait tendu la main. Elle s'avança pour la lui serrer, un geste qui lui permettait de se rapprocher suffisamment pour déterminer si oui ou non il s'agissait de Robert Lowell.

Lorsqu'elle se positionna pour le regarder dans les yeux, elle sut. Elle s'écarta pour dégainer son arme.

— Bonjour, Bob.

Il ébaucha un sourire.

— Personne ne m'a jamais appelé Bob. Vous m'avez démasqué.

— Debout. Vous ! ajouta-t-elle en pivotant vers le droïde. Si vous ne voulez pas que je vous grille les circuits, restez où vous êtes.

— Je suis un peu encombré, dit Lowell d'un ton aimable. Tout ce rembourrage. Et cette attelle.

Eve donna un coup de pied dans le pouf.

— À plat ventre à terre, mains dans le dos. Plus vite que ça !

— Je vais faire de mon mieux.

Il glissa de son siège, souffla en s'efforçant de rouler sur le ventre.

Lorsqu'elle se pencha pour lui saisir le poignet, il retourna la main et la referma sur celle d'Eve.

Elle sentit la piqûre, lâcha un juron.

— Ce salopard vient de me droguer!

Elle braqua son pistolet sur lui, tira. Puis ses jambes se dérobèrent sous elle et elle s'affaissa à genoux.

— C'est une vieille méthode, déclara Lowell en basculant sur le dos. Souvent utilisée pour commettre des meurtres dans le passé. En ce qui vous concerne, je ne vous ai injecté qu'un simple tranquillisant... à effet rapide, précisa-t-il avec un sourire.

Il s'assit le temps de déboutonner son costume rembourré et de s'en débarrasser. En dessous, il portait un gilet pare-balles, modèle standard.

— Vous connaissant, je me doutais que vous me tireriez dessus. Il vaut toujours mieux prendre ses précautions. Descendez-la dans mon atelier, ordonna-t-il au droïde.

Son double emmenait déjà la voiture d'Eve loin, très loin.

— Oui, monsieur.

Il avait tout le temps, songea Lowell. Quand il serait certain que tout se passait comme prévu, il ferait revenir le droïde à la maison et remplacerait son disque dur, de même qu'il remplacerait la mémoire du robot domestique. Comme il l'avait fait à maintes reprises.

Une page blanche.

Il ramassa le costume, l'attelle, l'arme qu'Eve avait lâchée en tombant. Elle avait peut-être averti ses collègues de sa destination. Dans ce cas, quelqu'un viendrait. Mais rien ne permettrait d'affirmer qu'elle était passée.

On ne découvrirait son véhicule qu'à des kilomètres.

Il aurait débranché tous les appareils électroniques et de communication dont elle était munie.

Il l'aurait pour lui, songea-t-il en descendant au sous-sol. Il pourrait enfin achever l'œuvre de sa vie.

Peabody se tenait à l'extérieur de la propriété, malade d'angoisse et de frustration. Elle avait requis un camion-bélier pour défoncer un portail qui refusait de bouger et des torches laser pour découper les barreaux aux fenêtres.

Eve était dans cette maison, et il était impossible d'y pénétrer.

— Il faut franchir la sécurité.

— Je suis dessus ! marmonna McNab. Je n'ai jamais vu une telle succession de codes d'accès et de mots de passe.

Tous deux pivotèrent alors qu'une voiture freinait dans un crissement de pneus sur la chaussée. À l'immense soulagement de Peabody, Connors et Feeney en jaillirent.

— On n'arrive pas à neutraliser le système. C'est une véritable forteresse.

— Poussez-vous de là.

Connors bouscula McNab, sortit ses outils personnels.

— J'ai tout essayé, mais...

— C'était une base militaire pendant les Guerres Urbaines, expliqua Feeney à Peabody. À l'instant où Eve est entrée, tous ses appareils ont cessé de fonctionner. Nous avons eu des renseignements en chemin. Le premier Robert Lowell avait acquis ce bien au nom de jeune fille de son épouse. Il y a installé une filiale de son entreprise, mais en fait, c'était une façade.

— Forcez ce foutu système ! gronda-t-il à l'adresse de Connors.

— Bouclez-la et laissez-moi bosser.

Arielle posa les yeux sur lui tandis qu'il surgissait derrière le droïde.

— Qui est-ce ?

— On pourrait dire que c'est la dernière de sa race.

Il se pencha sur la table où le robot venait de déposer Eve, fouilla dans ses poches, en extirpa tous ses appareils. Il lui ôta aussi sa montre.

— Jetez tout ça dans la benne de recyclage. Ensuite, vous remonterez et vous vous mettrez en arrêt.

— Voyons, voyons…

Lowell glissa les doigts dans les cheveux d'Eve.

— Il va falloir vous laver et vous préparer. Autant en profiter pendant que vous dormez. Nous allons passer un certain temps ensemble, vous et moi. J'attendais ce moment avec impatience.

— Vous… vous allez me tuer maintenant ? voulut savoir Arielle.

— Non, non, vous avez encore du temps devant vous. Mais je vais faire quelque chose de particulier.

Il pivota vers Arielle comme s'il était enchanté de pouvoir en discuter avec elle.

— Je n'ai jamais eu l'occasion de travailler avec deux partenaires en même temps. Et vous vous révélez tellement plus intéressante que je ne le craignais. Je crois sincèrement que vous tiendrez plus longtemps que la plupart - sinon toutes celles qui vous ont précédée. Mais elle ? Pour elle, je place la barre très haut. La dernière Eve.

— Elle… j'ai l'impression de la connaître.

— Mmm ? Oui, vous avez pu l'apercevoir aux informations. À présent…

— Monsieur Gaines !

Il fronça les sourcils.

— Oui, quoi ? Qu'y a-t-il de si urgent ? J'ai du travail.

— Quel est… quel est le temps le plus long ? Parmi toutes celles que vous avez amenées ici, laquelle a tenu le plus longtemps ?

Une lueur dansa dans les prunelles de Lowell.

— Décidément, vous ne cesserez jamais de me surprendre. Prenez-vous cela comme un défi ? Aurais-je titillé votre esprit de compétition ?

— Je ne... si je n'ai pas la réponse à cette question, je ne peux pas essayer de surpasser les autres. Acceptez-vous de me le dire ?

— Moi, je le peux.

Son arme de secours à la main, Eve se redressa sur la table d'acier.

— Quatre-vingt-cinq heures, douze minutes et trente-huit secondes.

— Non !

Tout d'abord stupéfait, il devint écarlate de fureur.

— Non, non, non ! Ce n'est *pas* autorisé !

— Tant pis.

Eve tira avec son pistolet paralysant réglé au maximum ; il s'effondra comme une masse.

— Ordure ! grommela-t-elle en priant pour ne pas s'évanouir ou vomir.

— Je... je savais que vous viendriez, balbutia Arielle, les yeux embués de larmes. Je savais qu'on me sauverait. Quand je vous ai vue, j'ai tout de suite compris que j'allais m'en sortir.

— Oui... Attendez...

Eve posa les pieds à terre, s'efforça de retrouver son équilibre.

— Vous avez été formidable. Vous avez su habilement retenir son attention le temps que je dégaine mon arme.

— J'avais envie de le tuer. Je me suis souvent imaginée en train de le faire. Ça m'a aidée.

— Je n'en doute pas. Écoutez, je suis légèrement désorientée. Je préfère attendre avant de couper vos liens. Accrochez-vous encore un peu. Je sais que vous souffrez, mais il faut tenir.

— J'ai si froid.

Eve réussit à ôter son manteau et à le draper sur le corps mutilé d'Arielle.

— Je m'occupe de lui, d'accord ? Ensuite, j'appellerai du renfort.

— Vous pourriez m'apporter un verre d'eau ?

Eve posa la main sur la joue d'Arielle.

— Bien sûr.
— Et peut-être une poignée d'analgésiques.
Entre deux sanglots, Arielle tenta de sourire.
— Votre manteau est superbe.
— Oui. Je l'aime beaucoup.

# 22

Deux pilules énergétiques assorties d'un tranquillisant. Quelle combinaison ! songea Eve. Elle se sentait stupide, tremblante et nauséeuse. Mais elle devait non seulement rester sur ses pieds, mais aussi trouver la force de faire ce qu'elle avait à faire.

Elle chercha ses menottes à tâtons dans son dos. Soit elles n'y étaient pas, soit elle avait la main gauche complètement engourdie.

— Merde. Il faut que je neutralise cette ordure... J'ai dû les laisser tomber là-haut quand il m'a piquée. Il faut juste...

Elle se retourna, aperçut les cordes insérées dans les trous de part et d'autre de la table.

— Et voilà ! C'est bon.

— Vous n'avez pas l'air dans votre assiette, commenta Arielle. Je dois être dans un état encore plus piteux que vous, mais vous avez une sale tête.

— On a passé un temps fou à vous chercher, Arielle.

Eve s'efforça de dénouer les cordes en jurant entre ses dents, car ses doigts étaient aussi agiles que des hot-dogs au soja détrempés.

— Merci.

— Pas de problème. Bordel ! Ce salaud a été scout, ou quoi ?

— J'ai toujours pensé que ces types-là étaient des petits psychotiques.

Moite de transpiration, Eve s'entêta.

— J'y suis presque. Accrochez-vous.

— Je n'irai nulle part.

Eve réussit à libérer l'une des cordes, puis se plia en deux, en proie à un haut-le-cœur.

— J'ai la nausée. Ne vous inquiétez pas si je vomis.

Arielle parvint à sourire.

— Si vous vomissez, visez-le.

Eve émit un petit rire et s'accroupit pour ligoter les mains de Lowell.

— Vous êtes épatante, Arielle. Une véritable Amazone. Je comprends qu'Erik soit amoureux de vous.

— Quoi ? Erik ? Erik m'aime ?

Eve s'essuya le front et leva les yeux vers Arielle.

— J'étais censée garder ça pour moi, j'imagine. J'ai franchi la limite. La faute aux drogues. Mais écoutez, enchaîna-t-elle en attachant les poignets de Lowell plus serrés que nécessaire, si vous n'éprouvez rien pour lui, tâchez d'épargner son amour-propre. Parce que lui, il est fou de vous.

Eve se redressa, ignora le vertige qui la faisait vaciller, et s'attaqua aux chevilles de Lowell. Deux grosses larmes roulèrent sur les joues d'Arielle.

— Mince ! grommela Eve. Je sais que vous souffrez. Je sais que tout ceci est abominable, mais tenez le coup encore quelques minutes.

— J'ai eu le coup de foudre pour cet imbécile quasiment le jour où il a emménagé en face de chez moi. Cet idiot n'a jamais pris la moindre initiative.

— Ah !

Les gens étaient bizarres, pensa Eve. Cette femme avait résisté à un traitement innommable, et voilà qu'elle pleurait parce qu'un garçon avait un faible pour elle.

— Je suppose qu'il va s'y mettre. Doux Jésus, arrêtez-moi cette musique ! aboya-t-elle.

Mais les voix continuaient de résonner dans la pièce.

— Vous savez comment il éteint cette cacophonie ?

— Non. Je n'ai pas trop bougé depuis mon arrivée ici.

Eve se laissa tomber sur les fesses et se mit à rire comme une folle.

— Vous n'avez jamais envisagé d'abandonner la pâtisserie pour la police ? Je vous assure que vous avez les qualités nécessaires.

— Ma passion, c'est la cuisine. Je vais vous confectionner le plus beau gâteau que vous ayez jamais vu. Ce sera une œuvre d'art. Ô mon Dieu, vous croyez que quelqu'un va bientôt arriver avec des antalgiques ?

— Ça ne devrait plus tarder, assura Eve. Je vais voir si je peux ouvrir les portes ou briser une vitre.

— Mais… Ne m'abandonnez pas.

Eve se mit debout, s'approcha d'Arielle.

— Je n'irai nulle part sans vous. Vous avez ma parole.

— Comment vous appelez-vous ? Je suis désolée, vous me l'avez peut-être déjà dit.

— Dallas. Eve Dallas.

— Si Erik et moi nous marions, notre premier enfant portera votre nom.

— Il est assez courant.

— Sortez-nous de là, Dallas.

Eve alla jusqu'à la porte, tira, poussa, secoua, frappa. Jura. Revenant vers Arielle, elle remonta son manteau sur son visage.

— Juste une minute, au cas où le gaz vous aspergerait.

Sur ce, elle s'empara de son arme et fit exploser la porte.

Le verre ne céda pas. Elle fit une nouvelle tentative, visant le même endroit, puis une troisième. À la quatrième, la vitre se fendit, les fissures formant une véritable toile d'araignée.

— C'est presque fini, Arielle.

Eve rengaina son pistolet, attrapa un tabouret et le jeta contre la porte endommagée. Elle cogna jusqu'à ce que le sol scintille de miettes de verre.

Reposant le tabouret, elle alla découvrir Arielle. Celle-ci était de plus en plus pâle, le corps frémissant de spasmes. Il fallait faire vite.

— J'ai trouvé une issue. À présent, je vais couper vos liens.

— Tâchez de ne pas déraper avec la lame. J'en ai par-dessus la tête d'être tailladée.

Eve s'empara d'un des instruments de Lowell et libéra le bras d'Arielle. Il était parsemé de coupures, de perforations et de brûlures. Elle regarda la jeune femme droit dans les yeux.

— Il paiera pour ses crimes, siffla-t-elle. Il regrettera chaque minute passée avec vous. Je vous le promets.

Elle dut scier les cordes en laissant des bracelets autour des poignets mutilés. Et ravaler sa rage devant les horribles plaies.

Elle libérait les jambes d'Arielle quand elle entendit Lowell gémir.

— Il se réveille! Il se réveille! s'écria la jeune femme, affolée. Il ne peut pas ôter ses liens, n'est-ce pas?

— Non. Et s'il essaie, nous avons ceci.

Eve dégaina de nouveau son arme.

— Pourquoi vous ne lui tirez pas dessus? Que je le voie souffrir.

— Je comprends, mais il est temps de vous sortir d'ici. Tenez, enfilez ce manteau.

Comme Eve l'aidait à passer les manches, Arielle eut un tressaillement de douleur.

— Pardon.

— Ce n'est rien, assura Arielle, les yeux rivés sur Lowell. Vous pouvez m'aider à descendre, que je lui écrabouille la figure? J'en rêve depuis le début.

— Une fois encore, je comprends, mais voici ce que nous allons faire. Je veux que vous vous accrochiez à mon cou. Il y a du verre partout et je n'ai pas pensé à prendre une paire de chaussures de rechange. Tenez bon, je vais vous porter sur mon dos... Voilà... Prête ? On y va.

Chancelante, Eve se pencha pour mieux répartir le poids et se concentra sur sa tâche. Trois mètres à parcourir, jaugea-t-elle en plaçant soigneusement un pied devant l'autre.

Une fois hors de cette pièce, elle trouverait de quoi établir une communication avec ses hommes.

Soudain, il y eut un bruit sourd suivi de pas précipités. Elle resserra la main autour de son pistolet. Et s'autorisa un soupir de soulagement en entendant la voix de Connors.

— Par ici ! Appelle les secours ! C'est la cavalerie, Arielle.

— Non...

La tête d'Arielle tomba lourdement sur l'épaule d'Eve.

— C'est vous.

Connors se faufila à travers le labyrinthe du sous-sol en se laissant guider par la voix d'Eve.

Il l'aperçut, blême, le visage ruisselant de sueur, l'arme au poing, une femme sur le dos.

— Nous sommes là !

Elle parvint à lui sourire.

— Il était temps ! riposta-t-elle.

En un éclair, il fut devant elle. Ignorant la marée de flics qui arrivaient de partout, il encadra son visage des deux mains et l'embrassa avec fougue.

— Laisse-moi faire, dit-il en soulevant Arielle dans ses bras.

— C'est votre homme ? demanda celle-ci.

— Ouais.

Arielle dévisagea Connors.

— Waouh !

Elle laissa échapper un long soupir, et ferma les yeux.

— Vite ! Un médecin ! ordonna Eve en se penchant en avant, les mains sur ses cuisses. Peabody, vous êtes là ?

— Présente !

— Sécurisez les lieux. Je veux que la police scientifique passe l'ensemble au peigne fin.

— Dallas, vous êtes un peu verte.

— Il m'a injecté un inhibiteur. Stimulants, tranquillisant, je suis un ragoût chimique, ajouta-t-elle avec un rire amer. Merde ! Saisissez tous les appareils électroniques. Désactivez les droïdes à l'étage. Et pour l'amour du ciel, éteignez-moi cette musique avant que mes tympans explosent !

Elle vacilla, et serait tombée si Feeney ne l'avait rattrapée.

— Un vertige. Ça va, j'ai juste un peu mal au cœur. Lowell est là-bas, neutralisé. Emmène-le. Il est à toi.

— Non, marmonna Feeney en lui serrant brièvement le poignet. Mais je veux bien le coffrer pour toi. McNab, aidez le lieutenant à monter, puis revenez ici vous occuper des machines.

— Je peux me débrouiller seule, rétorqua-t-elle.

— Si tu t'écroules, tu rateras ta sortie, lui chuchota Feeney à l'oreille.

— Appuyez-vous sur moi, lieutenant, proposa McNab en lui entourant la taille du bras.

— Si vous essayez de me peloter, j'ai encore la force de me battre.

— Quel que soit votre état, Dallas, vous me terrifiez.

— Comme c'est mignon, murmura-t-elle, touchée.

— Nous n'arrivions pas à entrer, expliqua-t-il en l'entraînant vers la sortie. Nous étions dix minutes derrière vous à cause d'un embouteillage, et ensuite, nous nous sommes retrouvés coincés devant le portail. Votre voiture n'était pas là, mais nous savions que vous étiez dans le bâtiment. J'étais incapable de forcer le système de sécurité. Connors y est parvenu. Nous avions demandé un camion bélier et des torches laser, mais il s'est débrouillé sans.

— Il est malin comme un singe.
— Cela dit, il lui a fallu du temps. Cette baraque est pire que le Pentagone ! Après ça, on a dû franchir d'autres obstacles pour atteindre le sous-sol.
— Combien de temps y suis-je restée ?
— Une vingtaine de minutes. Peut-être une demi-heure.
— Pas trop mal.
— Je prends le relais, annonça Connors.
— Ne… Non ! protesta-t-elle.

Trop tard. Il l'avait déjà soulevée dans ses bras.

— Je ne résiste pas à la tentation, avoua-t-il en blottissant le visage au creux de son cou. Tu es blessée ?
— Non. J'ai l'impression de m'être enivrée avec un mauvais vin. Mais ça commence à s'estomper. Mmm… tes cheveux sentent bon !

Elle les renifla, se ressaisit, grimaça.

— Ces fichues drogues. Pose-moi à terre. Tu sapes mon autorité et entaches ma réputation.

Il obéit, mais enroula le bras autour de sa taille.

— Tu as besoin de t'allonger.
— Certainement pas. Si je m'allonge, j'aurai le tournis. Il faut juste que je sorte d'ici.
— Lieutenant ?

Newkirk la rejoignit avec son manteau.

— Mlle Greenfeld a demandé qu'on vous rapporte ceci.
— Merci. Où est-elle ?
— L'équipe médicale l'examine dans le hall.
— Parfait. Agent Newkirk ? Beau travail.
— Merci, lieutenant.
— Je veux la voir avant qu'ils la transportent à l'hôpital, dit Eve à Connors.

Arielle était allongée sur une civière.

— Accordez-moi une petite minute, fit Eve aux deux infirmiers qui s'apprêtaient à la pousser jusqu'à l'ambulance. Comment vous sentez-vous, Arielle ?

— Ils m'ont injecté des drogues géniales. Je suis sur un petit nuage. Vous m'avez sauvé la vie.

Arielle tendit la main pour serrer celle d'Eve.

— Avec tous mes collègues ici présents et cet expert civil, rectifia Eve. Mais si vous voulez mon avis, Arielle, vous vous êtes surtout sauvée vous-même. Nous nous reverrons quand vous irez mieux.

— Pour qu'il paie.

— Exactement.

— Je suis à votre disposition.

— Entendu.

Eve se tourna vers Connors, et lui demanda son communicateur de poche. Elle composa un numéro.

— Salut, Erik ! Du calme ! s'exclama-t-elle tandis qu'il l'assaillait de questions. J'ai quelqu'un à côté de moi qui veut vous parler. Arielle, dites bonjour, ajouta-t-elle en lui tendant le communicateur.

— Erik ? Erik ?

Arielle se mit à rire et à pleurer en même temps, et adressa un sourire radieux à Eve.

— Il est en larmes !... Ne t'en fais pas, Erik. Je vais bien. Tout va bien.

Eve fit signe aux infirmiers.

— C'est bon. Et dites au gars au bout du fil où vous l'emmenez. Il voudra l'y rejoindre.

— Bravo, lieutenant, murmura Connors tandis qu'Arielle s'éloignait.

— Mouais. Tu pourras toujours t'acheter un autre communicateur. Allez, il faut que je clôture le dossier.

— Il faut que *nous* clôturions le dossier, corrigea-t-il.

En arrivant au Central, Eve se sentait un peu plus solide sur ses jambes. Elle s'obligea à avaler une omelette à base d'œufs déshydratés de la cantine et fit passer le tout avec une bouteille d'eau.

Elle rêvait d'une douche et d'un lit. Mais plus que tout, elle rêvait d'un face-à-face avec Lowell.

Elle repoussa son assiette et alla se planter devant les tableaux de meurtres.

— Pour toutes ces victimes, murmura-t-elle. Ce que nous avons fait, ce que nous allons faire maintenant, c'est pour elles. C'est ce qu'il faudra souligner. En salle d'interrogatoire, devant les juges et les journalistes. C'est important.

— Aucun de ceux qui ont travaillé ici ces derniers jours ne les oubliera, la rassura Connors.

Elle hocha la tête.

— Cela va durer un certain temps. Je sais que tu refuseras de partir avant que ce soit terminé, je ne prendrai donc pas la peine de te le suggérer. Tu peux t'installer en salle d'observation si tu veux.

— Volontiers.

— Parfait. Je vais le faire monter. Trouve-toi un petit coin. J'ai besoin de voir Peabody.

Elle gagna la salle commune. Lorsqu'elle y pénétra, les conversations se turent et les applaudissements crépitèrent. Elle leva la main.

— Du calme. Ce n'est pas encore fini. Peabody !

Cette dernière quitta son bureau, pivota vers ses collègues, s'inclina brièvement avant d'emboîter le pas à Eve.

— J'ai une faveur à vous demander, fit celle-ci à brûle-pourpoint.

— Je vous écoute.

— Vous avez mérité d'interroger ce salopard. Vous êtes mon second sur cette enquête, c'est donc votre droit. Mais je vais vous demander de céder votre place à Fœney.

— Je peux rester en salle d'observation ?

367

— Absolument. Je vous revaudrai cela.
— C'est inutile. Personne ne doit rien à personne lorsqu'il s'agit d'un cas pareil.
— Bien. Amenez-le-nous, voulez-vous ? Salle A.
— Avec grand plaisir. Dallas, vous permettez que je danse ?

Sans attendre d'autorisation, elle exécuta un pas de claquettes, puis s'éloigna. Eve poursuivit jusqu'à son bureau, contacta Feeney.

— Salle d'interrogatoire A. Il arrive.
— Arrache-lui les yeux.
— À toi l'honneur.
— Peabody…
— Elle sera là en observatrice, comme la moitié des flics du Central. Allez, Feeney, celui-ci est pour nous. Finissons-en.
— J'arrive.

Le moment venu, elle franchit le seuil de la salle d'interrogatoire en compagnie de Feeney. Lowell était assis tranquillement, un homme d'aspect ordinaire, d'un âge avancé, au visage éclairé d'un sourire à la fois aimable et perplexe.

— Lieutenant Dallas, voilà qui est inattendu.
— Démarrer l'enregistrement. Dallas, lieutenant Eve et Feeney, capitaine Ryan. Interrogatoire de Lowell, Robert.

Elle mentionna les numéros de tous les dossiers avant de lui citer le code Miranda révisé.

— Robert Lowell, avez-vous compris quels étaient vos droits et obligations ?
— Bien entendu. Vous avez été très claire.
— Vous êtes accusé d'avoir enlevé, séquestré, agressé et tué six jeunes femmes. D'avoir enlevé et retenue prisonnière Arielle Greenfeld. Par la suite, vous serez interrogé par les Autorités Globales sur les enlèvements, agressions, séquestrations et meurtres des autres femmes.

— J'ai parfaitement saisi, répondit-il, toujours souriant, en croisant ses mains potelées. Souhaitez-vous que je vous fasse gagner du temps en avouant tous ces crimes ?

— Je vous trouve très guilleret pour un homme qui va passer le reste de sa minable existence en cellule, observa Feeney.

— En fait, ce ne sera pas le cas. Je mourrai paisiblement d'ici à vingt-quatre heures, comme je l'ai précisé dans mon contrat de suicide assisté, requis et accordé. Il n'y aura aucun problème, ajouta-t-il, dans la mesure où des médecins ont signé un certificat attestant de mon état de santé et dans lequel ils acceptaient ma requête. Mes avocats m'ont assuré que ce certificat suffirait à annuler les charges qui pèsent contre moi. Ni l'État ni les Autorités Globales ne peuvent passer outre au droit de mourir d'un individu. En outre, cela représente une économie considérable. Alors…

Il haussa les épaules.

— Vous croyez que vous allez vous en sortir en gobant une poignée de cachets ? s'exclama Feeney.

— Parfaitement. Ce n'est pas ce que j'espérais, croyez-moi. Je n'ai pas achevé mon travail. Pas complètement. Vous étiez mon ultime projet, précisa-t-il à l'intention de Dallas. Le point culminant. Après quoi, j'aurais pu aborder ma propre mort en ayant la satisfaction du devoir accompli. Cela dit, je ne peux pas me plaindre.

Eve se cala dans son siège, opina.

— Vous avez pensé à tout. Je dois l'admettre – Bob –, vous avez pensé à tout. C'est admirable. Je trouve moins satisfaisant d'arrêter un assassin négligent.

— J'aime l'ordre.

— Je m'en suis rendu compte. J'apprécie votre proposition de nous faire gagner du temps en avouant l'ensemble de vos crimes, mais après tout le travail que nous avons fourni, nous avons faim de détails. C'est ce que l'on pourrait appeler notre « récompense ». Aussi cet entretien risque-t-il de durer un certain temps... Voulez-vous quelque chose à boire ?

Elle lui sourit.

— Je souffre encore un peu des effets du tranquillisant que vous m'avez injecté. Je vais prendre un soda à la caféine. Et vous ?

— C'est gentil. Je boirais volontiers un soda.

— C'est comme si c'était fait. Feeney, si tu allais prendre l'air pendant que je me rends au distributeur ?

— Qu'est-ce qui te prend ? dit-il dès qu'ils furent dans le couloir.

Le regard d'Eve, son expression se durcirent.

— J'ai une idée. Ne me pose aucune question. Jamais. Quand on y retournera, on jouera le jeu. On obtient les détails et on le coffre. Prête-moi ton communicateur, veux-tu ? Je n'ai pas encore remplacé le mien. Et attends-moi.

Elle prit l'appareil de Feeney et se dirigea vers les distributeurs. Discrètement, elle bipa Peabody.

— Dites à Connors de sortir. Ne me parlez pas. Vous ne m'avez pas entendue.

Elle raccrocha et fixa la machine. Un instant plus tard, Connors surgissait derrière elle.

— Lieutenant ?

— Commande-moi un Pepsi, un Canada Dry et un Fizzy à la vanille. J'ai besoin de tes services, enchaîna-t-elle tout bas. As-tu les moyens de faire disparaître ce certificat ? Sans laisser la moindre trace ?

— Oui, répondit-il simplement.

— Je sais que c'est illégal, mais j'ai promis à Arielle qu'il paierait. Je l'ai promis à tous mes hommes. Donc, j'accepte de franchir la ligne.

Il récupéra les tubes, les lui tendit, la regarda droit dans les yeux.

— Il faut que j'y aille, déclara-t-il à voix haute et claire. Je regrette de ne pas pouvoir rester, mais j'attends des appels, et tu as filé mon communicateur à Arielle. J'essaierai de revenir le plus vite possible. Sinon, on se voit à la maison.

— D'accord. Merci.

Ils se séparèrent.

— Je t'ai pris un Fizzy à la vanille, annonça-t-elle à Feeney.

— Pour l'amour du ciel...

— Si tu voulais autre chose, il fallait le dire. Le certificat va se volatiliser, lui chuchota-t-elle. Ne me pose aucune question, crois-moi sur parole. Ce salaud ne partira pas comme il l'espère. Nous allons le lui laisser croire jusqu'à ce qu'il ait avoué.

Feeney la dévisagea longuement, puis hocha la tête.

— Allons-y.

L'interrogatoire dura des heures. Lowell ne demanda pas une seule pause. Il exultait. Après tout ce temps, tous ces efforts, il pouvait enfin partager son obsession.

Il leur décrivit chacun des meurtres en détail.

Eve et Feeney travaillaient en tandem, comme au bon vieux temps.

— Vous avez une sacrée mémoire, commenta Feeney.

— C'est vrai. Vous verrez que chacun de mes projets est documenté. Consigner des informations était l'une de mes tâches pendant les Guerres Urbaines. Avant d'apprendre que j'étais en phase terminale de ma maladie, j'avais envisagé de publier ces textes. De manière posthume, évidemment, mais ce n'est pas grave.

— Qu'est-ce qui vous a poussé à vous lancer dans cette entreprise ? demanda Eve. Nous savons que ces femmes...

— Mes partenaires, coupa-t-il. Je les considérais comme mes partenaires.

— Elles n'étaient sans doute pas de cet avis, mais peu importe. Vos partenaires représentaient à vos yeux votre belle-mère.

— Elles le *devenaient*, ce qui est très différent. Elle a été la première, voyez-vous. L'Eve, ajouta-t-il avec un sourire. D'où mon désir de boucler la boucle avec vous. C'était la perfection incarnée. Elle était sublime. J'ai tous les enregistrements de ses spectacles. Elle a renoncé à une carrière magnifique pour moi.

— Pour vous ?

— Oui. Nous étions, comment dire ? Des âmes sœurs. Je n'ai jamais su jouer d'un instrument – elle était une pianiste accomplie – et je n'avais pas de voix, mais c'est à travers elle que j'ai appris à aimer la musique. C'est elle qui m'a sauvé.

— Comment cela ?

— Mon père me considérait comme imparfait. Je souffrais de quelques défauts, si vous voulez, provoqués par des complications lors de ma naissance. J'avais du mal à contrôler mes impulsions. Contre l'avis de mon grand-père, il m'a fait entrer dans une institution spécialisée pendant une courte période. J'étais assez jeune. Puis Edwina est apparue. Elle était patiente, attentionnée. Elle se servait de la musique pour me calmer ou me distraire. Elle était ma mère, ma partenaire, mon grand amour.

— Elle a été tuée au cours des Guerres Urbaines.

— Son heure était arrivée. Le cycle humain est une question de temps, comprenez-vous ; de temps, de volonté et d'acceptation individuelle.

— Mais vous l'avez dénoncée, lui rappela Eve. Vous l'avez entendue discuter avec le soldat dont elle était amoureuse. Vous saviez qu'elle projetait de s'enfuir avec lui. Vous ne l'avez pas laissée partir, n'est-ce pas ?

Une lueur d'irritation brilla dans ses prunelles.

— Comment êtes-vous au courant ?

— Vous êtes intelligent, Bob. Nous aussi. Qu'avez-vous fait quand vous avez découvert qu'elle s'apprêtait à vous quitter ?

— Elle n'avait pas le droit de m'abandonner. Nous étions faits l'un pour l'autre. C'était une trahison impardonnable. Je n'avais pas le choix. J'ai fait ce que je devais faire.

— C'est-à-dire ? intervint Feeney.

— Je suis allé trouver mon père et mon grand-père, je leur ai expliqué qu'elle nous avait trompés. Que je l'avais entendue planifier sa trahison avec un soldat. Que c'était une traîtresse.

— Vous leur avez fait croire que c'était une espionne. Qu'elle allait trahir la cause.

Il écarta les mains, paumes en l'air.

— Cela revenait au même. C'était une tragédie pour nous tous. On l'a emmenée, ainsi que le soldat, dans le laboratoire de mon grand-père.

— Au sous-sol de la maison où vous avez séquestré ces femmes, ici, à New York. Là où votre grand-père torturait les prisonniers pendant les Guerres Urbaines.

— Il m'a tout appris. Il a insisté pour que je l'observe tandis qu'il s'occupait d'Edwina. Cela a duré des jours. Plus longtemps que pour le soldat.

Il s'humecta les lèvres, but une gorgée de soda.

— Les hommes sont plus faibles, m'a expliqué mon grand-père. Tellement plus faibles que les femmes. À la fin, elle l'a supplié de la laisser mourir. Je l'ai regardée dans les yeux, et j'ai vu toutes les réponses, tout l'amour, toute la beauté qui remontent à la surface quand le corps et l'esprit sont réduits à néant. C'est moi qui ai arrêté le chronomètre. C'était le cadeau que je lui offrais. Elle fut la première, et toutes celles qui l'ont suivie n'ont été que son reflet.

— Pourquoi avoir attendu si longtemps avant de traquer ce reflet ?

— Les remèdes que l'on m'avait prescrits à l'hôpital. Mon père insistait lourdement pour que je les prenne et me surveillait de près. Or ces médicaments m'engourdissaient l'esprit.

— Corrine Dagby, ici même, à New York, il y a neuf ans, dit Eve. Ce n'était pas votre première victime. Vous aviez dû perfectionner votre art auparavant. Combien y en a-t-il eu avant Corrine ?

— Mon grand-père m'a enseigné les rudiments de l'art, puis j'ai poursuivi mon éducation en travaillant dans l'entreprise familiale. Je me suis exercé sur des cadavres sous la tutelle de mon grand-père. Et j'ai voyagé. Je m'y suis mis après le décès de mon père, il y a vingt ans. Il m'a fallu une décennie de plus avant de me sentir prêt. J'ai pris des notes sur les autres, les échecs et les quasi-succès. Vous trouverez tout cela dans mes archives.

— Pratique, commenta Eve.

On frappa à la porte. Peabody passa la tête dans la pièce.

— Excusez-moi, lieutenant. Puis-je vous voir un instant ?

— Oui. Continue, Feeney.

— Connors vient de me contacter. Il me charge de vous dire qu'il a accompli la tâche que vous lui aviez confiée et qu'il revient.

— Parfait. Je veux que McNab et vous alliez vérifier son dossier médical. Inutile de le croire sur parole quand il prétend avoir obtenu l'autorisation officielle de mettre fin à ses jours. Examinez toutes les données confisquées sur la scène. Réveillez ses avocats à Londres. Ses médecins aussi, si vous trouvez leurs coordonnées. Je veux être sûre qu'il ne nous mène pas en bateau.

— Pourquoi est-ce qu'il...

— Exécution, Peabody.

— Oui, lieutenant.

Eve rejoignit Feeney qui continuait de cuisiner Lowell.

— Au fait, je voulais vous demander combien de temps Edwina Spring avait tenu, interrompit Eve.

— Mon grand-père employait différentes méthodes et entrecoupait les séances de pauses qui me paraissaient un peu trop longues. En tout cas, Edwina était très forte et possédait un instinct de survie particulièrement élevé. Quatre-vingt-dix-sept heures, quarante et une minutes et huit secondes. Personne ne l'a jamais égalée. Vous y seriez peut-être parvenue, c'est pourquoi je tenais tant à finir avec vous.

— Et vous, vous tiendrez combien de temps ? riposta Eve en se levant comme Peabody reparaissait sur le seuil.

Elle sortit dans le couloir, ferma la porte derrière elle.

— Alors ?

— C'est à n'y rien comprendre ! Il n'existe aucun document confirmant sa requête de suicide assisté. Rien dans ses archives, pas davantage dans les banques de données officielles. J'ai réussi à joindre l'avocat à Londres – celui qui dirige le cabinet. Il n'a pas apprécié que je le dérange chez lui.

— Le pauvre chéri !

— Il était dans tous ses états. Je lui ai annoncé que son client venait d'être arrêté pour homicides multiples et qu'il comptait sur sa requête de suicide assisté pour éviter le procès et l'incarcération. L'avocat a proclamé que Lowell avait bien un certificat, mais il a été incapable de me fournir le moindre papier. Il en était vert. Il a menacé de retarder indéfiniment la procédure, mais il n'a aucune influence aux États-Unis.

— C'est tout ce que je voulais savoir.

— Mais...

— Félicitations, Peabody. L'heure est venue de clore ce dossier.

Eve réintégra la salle d'interrogatoire, fermant la porte au nez de sa partenaire.

— Résumons, attaqua-t-elle. Vous avez compris vos droits et obligations, refusé la présence d'un représentant légal et confessé vos crimes.

— Mis à part l'emploi du terme « crime », dont je vous laisse la responsabilité, je réponds oui.

— Combien de temps vous donnaient vos médecins ?

— Pas plus de deux ans, les derniers mois promettant d'être particulièrement pénibles. Je préfère partir en douceur.

— Je m'en doute. Mais ça n'arrivera pas. Vous ne disposez pas d'une autorisation de suicide assisté, Bob.

— Bien sûr que si !

— Non. Et votre avocat de Londres n'en a pas davantage.

Elle plaqua les mains sur la table, se pencha vers lui.

— Il n'existe aucun document officiel et rien ne nous oblige à vous croire sur parole. Deux ans, c'est peu à mes yeux, mais vous allez les passer en cellule.

Il hocha lentement la tête.

— J'ai les papiers.

— Vous n'avez rien. Vous n'êtes plus libre de requérir cette autorisation. Vous avez été accusé et vous avez avoué de votre plein gré une série d'homicides. Vous êtes fichu.

— Vous mentez. Vous cherchez à me déstabiliser.

— Croyez-le si ça vous amuse. Vous aurez tout le temps d'y réfléchir durant les deux années à venir.

— Je... je veux mes avocats.

— Pas de problème. Mais ils ne pourront rien pour vous. Vous allez connaître la souffrance. Vous rendrez votre dernier soupir en hurlant de douleur.

— Non, non. J'ai tout prévu. Il me faut ma musique, mes médicaments.

— Feeney, je pense qu'il est temps de le redescendre.

— J'attends ce moment depuis neuf ans, marmonna le capitaine en hissant Lowell sur ses pieds. Je parie sur les progrès de la science, ajouta-t-il en le traînant vers la sortie. Deux ans ? D'ici là, ils auront peut-être découvert un remède pour vous guérir. Ce serait bien.

Il jeta un coup d'œil à Eve, lui sourit.

— Ce serait sacrément bien.

# Épilogue

Quand Eve émergea dans le couloir, les flics surgirent de partout. Elle eut le temps d'apercevoir Connors parmi eux juste avant que Baxter se fraie un chemin jusqu'à elle, la soulève de terre et dépose un baiser sonore sur sa bouche.

— Seigneur ! Vous êtes devenu fou ?

— Il fallait bien que quelqu'un le fasse, et c'est toujours lui qui en a le privilège, répliqua-t-il en désignant Connors du pouce. Fichez-vous de moi, ajouta-t-il en la reposant à terre, mais j'ai toujours été ému par les fins heureuses.

— Si vous recommencez, je vous expédie à l'hôpital le plus proche. Tous ceux qui ne sont pas de service, rentrez chez vous. Disposez, fichez-moi le... Commandant !

— Excellent travail, Dallas. Félicitations à vous tous. À présent, je vous suggère de suivre les ordres du lieutenant. Le département est fier de chacun d'entre vous. Lieutenant ?

— Commandant. Le dossier et le rapport seront prêts d'ici à une heure.

— Pas question. Allez vous reposer. Je me charge de la paperasse.

— Commandant...

— C'est un ordre !

Il lui prit la main, la serra vigoureusement.

— Et – cerise sur le gâteau –, c'est moi qui prendrai la parole devant les journalistes.
— Bien, commandant.
Quand Connors lui entoura les épaules du bras, elle ne protesta pas.
— Je te ramène à la maison, lieutenant ?
— Bonne idée. Peabody, je ne veux pas vous voir ici avant 10 heures demain matin.
— Dallas...
— Pas d'étreinte ! coupa Eve. Je suis déjà assez humiliée comme ça par mes hommes.
— Dommage.
Mais Peabody sourit tandis qu'Eve s'éloignait avec Connors.

À peine assise dans la voiture, elle s'endormit. Connors conduisait une main sur le volant, l'autre sur celle de sa femme. À mi-parcours, il enclencha le mode automatique et s'autorisa un moment de répit.
Arrivés devant chez eux, il descendit du véhicule, le contourna pour ouvrir la portière d'Eve. Mais lorsqu'il se pencha pour la soulever dans ses bras, elle le repoussa.
— Non. Je peux marcher.
— Tant mieux parce que je suis à bout de forces.
Ils restèrent immobiles un instant au bas du perron.
— Il ne nous reste plus qu'à entrer, monter et nous coucher, décida-t-elle. Ça doit être possible.
— Ça l'est, oui. Allons-y.
Bras dessus, bras dessous, ils gravirent les marches et franchirent le seuil.
— Regardez-vous, grommela Summerset, qui se tenait dans l'entrée. Chancelants comme des ivrognes. Si je puis me permettre, une bonne douche et un repas correct ne vous feraient pas de mal.
— Merci, Summerset, mais nous sommes épuisés. Prenons l'ascenseur, ma chérie. Je n'ai pas le courage d'emprunter l'escalier.

Summerset retint Galahad qui s'apprêtait à les suivre.

— Si on les laissait tous les deux, hein ? Et maintenant que les enfants sont rentrés sains et saufs, allons nous offrir un petit en-cas.

Dans la chambre, Eve se débarrassa de son manteau, de sa veste, de son arme tout en se dirigeant vers le lit. Connors l'imita.

— J'ai quelque chose à dire.

— Sois bref, le prévint-elle. Je dors déjà.

— J'ai déjà travaillé avec toi, je t'ai observée, j'ai essayé de comprendre comment tu fonctionnais. Mais je n'ai jamais été autant impliqué que cette fois-ci. Tu es une femme étonnante, lieutenant, mon Eve chérie.

Il se laissa tomber dans le lit près d'elle.

— Tu n'es pas mal non plus.

Elle se tourna vers lui, le regarda au fond des yeux.

— Je n'exigerai pas de savoir comment tu as réussi à faire ce que je t'avais demandé.

— Ce serait de toute façon trop compliqué de te l'expliquer maintenant.

— Nous l'avons arrêté et nous avons sauvé Arielle Greenfeld. Mais sans ton intervention, justice n'aurait pas été faite.

Elle lui caressa la joue.

— On a fait du bon travail.

— En effet.

Leurs lèvres s'unirent brièvement.

— Et maintenant, si on s'offrait huit heures de vacances ? Lumières à zéro ! commanda Connors.

Dans l'obscurité, serrés l'un contre l'autre, ils s'abandonnèrent au sommeil.

**8871**

Composition Chesteroc Ltd
Achevé d'imprimer en France (La Flèche)
par CPI Brodard et Taupin
le 4 février 2009 51217
Dépôt légal février 2009. EAN 9782290008935

Éditions J'ai lu
87, quai Panhard-et-Levassor, 75013 Paris
*Diffusion France et étranger : Flammarion*